DONGSUH MYSTERY BOOKS 126

THE SEVEN FILE

파일 7

윌리엄 P. 맥기번/윤종혁 옮김

동서문화사

옮긴이 윤종혁 (尹鍾爀)

서울대 영문과, 동대학원을 거쳐 캐나다 요크대, 토론토대 대학원 수학.
한양대·고려대·이화여대·서울대 강사를 거쳐 홍익대 교수 역임. 지은책
시집 《산울림》《나그네의 새벽》옮긴책 C. 브론테 《제인 에어》 등이 있다.

DONGSUH MYSTERY BOOKS 126

파일 7

윌리엄 P. 맥기번 지음/윤종혁 옮김

초판 발행/1977년 12월 1일

중판 발행/2003년 9월 1일

발행인 고정일/발행처 동서문화사

창업 1956. 12. 12. 등록 16-345 (윤)

서울강남구신사동 540-22 ☎ 546-0331~6 FAX) 545-0331

www.epascal.co.kr

＊

편찬·필름·제작 일체 「동판」 자본으로 이루어짐에 따라
출판권 소유권자 「동판」에서 제조출판판매 세무일체를 전담합니다.
사업자등록번호 211-90-02201
ISBN 89-497-0222-3 04840
ISBN 89-497-0081-6 (세트)

파일 7
차례

켄 화이트에게 바친다

등장인물

올리판트 브래들리 부호

리처드(딕) 브래들리의 아들

엘리나(엘리) 리처드의 아내

질 리처드와 엘리나 부부의 딸

캐슬린(케이트) 레일리 보모

잴로드 부인 가정부

에드윈(에디) 그랜트

듀크 파렐   ⎤
                      ⎬ 유괴범
하워드 클리시   ⎦

벨 그랜트의 아내

행크 듀크의 동생

애덤 윌슨 행크의 친구

클로리 FBI 수사요원

제리 로스 FBI 뉴욕 지부 차장

데이비드 웨스트 FBI 수사 감독관

제1장

아침 10시 반, 검은 점퍼차림의 덩치 큰 사나이가 2번 거리 31번 블록으로 꺾어 들어갔다. 한 건물 앞에 잠시 멈춰 서서 그곳의 번지를 보고 있더니 곧 그 블록을 따라 내려갔다. 그는 왼쪽 다리를 감싸듯이 하며 약간 절름거린다.

이른 봄 햇빛이 빛나고 있다. 길가에서 놀고 있는 아이들의 웃음소리가 오가는 자동차의 소음을 뚫고 들려온다. 여기저기서 노인들이 비상계단에 걸터앉아 부드럽고 엷은 햇볕을 쬐고 있다.

가죽 점퍼 사나이는 건물 번지에 주의를 기울이며 양복점, 담배 가게, 최근에 멋있고 편리한 도시 주택으로 개조된 몇몇 낡은 공동 주택 앞을 다리를 절며 지나간다. 이 근처는 시대의 물결에 견뎌내지 못하고 지금 한창 변화되고 있는 중이다. 낡고 그을린 가게들은 꽃집과 실내장식점으로 바뀌었다. 반세기 동안이나 이곳에 살아온 사람들은, 지난날 당당했던 이 근처의 유물들을 멋있는 도시 한복판의 주택으로 바꾸려는 취미와 돈을 가진 사람들에 의해 쫓겨나기 시작하고 있다. 이 블록에는 도시의 보도 위에 난 버섯처럼 자라는 아이들이 있는가 하면, 택시로 학교에 다니고 주말을 시골에서 보내며 하녀나 부모가 따르지 않고는 절대로 외출하지 않는 아이들도 있다.

절름발이 사나이는 그 블록으로 가던 도중 걸음을 멈추고, 돈을 들여 훌륭하게 개조한 높은 건물을 쳐다보았다. 그리고 갓 칠한 창문의 테두리 장식과, 석수장이가 예쁘게 다듬어 올린 바깥벽과, 옛날식 노커와 두꺼운 놋쇠 번지판이 붙은 듬직하고 우아한 문을 감탄하는 듯이 바라보며 미소 지었다.

이 사나이의 이름은 듀크 파렐. 한몫할 것 같은 거무스름한 얼굴이 햇볕에 빛나고, 미소를 짓자 놀랄 정도로 아름답게 보인다. 이 얼굴에 숨어 있는 거칠음은 기분 좋게 사라져 버렸다. 빈틈없는 눈매와 뿌루퉁하니 성난 것 같은 입 언저리는 미소를 짓고 있으면 그다지 눈에 띄지 않는다. 그리고 이 사나이는 지금도 계속해서 미소를 짓고 있다. 30대 후반이지만, 나이보다 10살은 젊어 보인다. 어깨는 넓고 힘차 보인다. 몸집은 운동선수처럼 날씬하다. 그 미소에는 젊음의 쾌활함과 자신이 넘치고 있다. 절름거리는 다리는 마음먹기에 따라서 심하게도 가볍게도 보일 수 있는 모양이다. 다리만 절지 않는다면 경호원이나 직업 축구선수로 보일 것이다. 운동과 햇빛을 가까이하고, 간소하고 청결한 생활을 하며, 간단하지만 좋은 식사와 충분한 휴식을 즐기고 있는 사나이로 보일 것이다.

사나이는 한쪽 손을 검은 쇠난간에 얹고 문간 돌계단을 오르기 시작했다. 절름발이인데도 헛짚음이 없는 빠른 걸음걸이였다. 무거운 놋쇠 노커를 두드리자 집 안에서 희미하게 차임 소리가 들렸다. 미소를 짓고 사나이는 그 소리가 울리며 사라져가는 것을 가만히 듣고 있었다. 보모 제복을 입은 까만 머리의 날씬한 여자가 문을 열었을 때, 그는 아직도 웃고 있었다.

"전화회사에서 왔습니다."

모자에 손을 얹으며 사나이는 가볍게 인사했다. 점퍼 앞이 열려 있었으므로 보모에게는 그의 벨트에 늘어져 있는 가죽 도구주머니가 보였다. 작은 망치 대가리가 햇빛에 비쳐 번쩍 빛났다.

"오늘 아침 댁의 전화에 고장이 없었습니까?" 사나이가 물었다.

"오늘 아침에는 전화온 것도 없었고, 집에서 걸지도 않았어요."

그녀의 말투에는 아일랜드 사투리가 섞여 있었다. 심한 편은 아니었지만 곧 알 수 있었다.

"걸지 않아서 다행이었군요." 사나이는 그녀를 상대로 농담이라도 하는 것처럼 즐거운 듯한 미소를 지어보였다. "이 블록의 전화선이 고장 났는데, 혹시 이 댁인지도 모르겠습니다. 어디 한 번 봅시다."

순간 그녀는 머뭇거렸다. 사나이는 그 이유를 알 수 있었다. '모르는 사람을 집에 들일 때는 아주 조심해야 해. 확실한 신분증명서를 가지고 있나 확인하지 않으면 안돼. 여기는 뉴욕이야. 정신 차리지 않으면……' 이런 명령을 주인마님에게서 받았을 게 틀림없다. 사나이는 눈썹을 찡그리면서 자기 시계를 보았다.

"댁의 전화는 하나뿐이 아니로군요."

사나이의 태도가 그녀를 안심시켰다. 그는 완전히 사무적이어서 얼른 일을 끝내고 싶어하는 것 같았기 때문이다.

"네, 아래층과 2층에 전화가 있어요. 들어오세요. 하지만 될 수 있는 대로 조용히 해야 해요. 아기가 자고 있으니까요."

"우리 집에도 어린아이가 있지요." 사나이는 안심시키듯 미소를 지었다. "집 안을 소리 나지 않게 걷는 데는 익숙해 있답니다. 그런데 남자아이인가요, 아니면 딸……."

"딸이에요. 이제 돌이 지났을 뿐이에요."

듀크 파렐은 머리를 내둘렀다. 미소를 띤 채.

"그 나이의 아기란 정말 힘들지요."

"네, 그래요."

이번에는 그녀도 함께 미소를 지었다. 완전히 마음을 놓은 것이다.

'언제라도 문제없다.' 듀크 파렐은 현관에 들어서자 그녀가 문을 닫는 것을 기다리며 생각했다. 세상 사람들은 본디 악의 존재를 믿지 않는다. 정말 어이없는 일이다. 신문을 읽고도 그대로 믿지 않는다. 세상의 비열함과 악행이 신문 일면에 크게 나와 있는 것을 읽으면서도 "요즘 전혀 끼니를 잇지 못하고 있기 때문에……" 하고 애걸하는 사람이 있으면 지갑으로 손을 뻗는다. 모르는 사람을 집에 들이기도 하고, 손을 들어 자동차를 세우고 태워달라는 사람을 태워주기도 하며, 부랑자와 낙오자들의 구제에 손을 대기도 한다. 한 마디로 말해서 인간이란 애정과 신뢰를 가지고 대할 가치가 있는 존재로 생각하고 행동한다.

"전화는 서재에 있어요."

그녀는 앞장서서 거실로 들어가며 말했다.

듀크는 조심스러운 눈으로 흘끗흘끗 집 안을 둘러보며 아주 훌륭하다고 평가했다. 바닥에 깐 오래된 나무가 부드럽고 따뜻하게 번쩍이고 싱싱한 꽃과 눈이 부실 것 같은 그림이 짙은 잿빛 커튼이며 벽지와 대담한 대조를 이루고 있다. 낮은 의자가 세 개 난로 앞에 나란히 놓여 있고, 호화스럽게 장식한 나뭇가지 모양의 촛대가 대리석 맨틀피스 양쪽 끝에 세워져 있다. 전문가가 정성들여 꾸며놓은 매력적인 방이다.

이 집 안주인이 시키는 대로 한 모양이군 하고, 듀크는 짐작했다. 그녀 즉 브래들리 부인은 유행의 창조자이다. 그녀는 아이디어를 생각해 낼 때마다 기쁘게 미소 지으며 이 멋지고 섬세한 효과를 가져다준 계획을 세워나갔으리라는 것을 듀크는 상상할 수 있었다.

"여기를 진홍색으로 해서 훤하게 해봐요" 하고 그녀는 말했을 것이다. 보스턴의 상류가정 출신이니까. 머리를 단정하게 깎은 건강해 보이는 그녀의 남편은 "나는 아무래도 좋소, 당신이 좋다고 생각되는 대로 하구려"라고 말했을 것이다.

전화가 놓여 있는 작은 서재는 짜임새 있게 꾸며진 전통적인 구조였다. 보스턴과 '가문'이라는 것에 대한 양보였을 거라고 듀크는 짐작했다. 녹색 가죽의자, 책장을 늘어놓은 벽, 사냥하는 모습의 판화——남자의 방다운 꾸밈이었다. 어디를 보나 대부호 브래들리의 휴식처에 걸맞는다.

"남자에게는 푹 쉴 만한 곳이 필요한 거요, 여보."

그의 아내는 물론 이 말에 맞장구를 쳤을 것이다. 그는 잘생긴데다 신사적이며 굉장한 부자이니까. 그리고 서로 사랑하고 있다. 그것을 잊어서야 되겠는가. 듀크는 브래들리 부부를 개인적으로는 알지 못했고, 알고 싶지도 않았다. 그러나 두 사람의 취미와 습관에 대해서는 권위자처럼 잘 알고 있었다.

듀크는 문 앞에 서서 가만히 지켜보고 있는 보모는 아랑곳하지 않고 전화기를 살펴보는 동작을 몇 분 동안 계속했다.

"아, 여기는 아무렇지도 않은 것 같군요." 그는 마룻바닥에 장치된 금속상자의 뚜껑을 덮었다. "이 아래층 전선을 살펴봅시다. 그리고 위층 전화기도. 길은 제가 압니다."

"질 아기가 잠들어 있는 동안은 별로 중요한 볼일은 없어요."

"질 아기? 귀여운 이름이군요."

듀크는 보모를 흘끗 쳐다보았다, 아무 의미 없는 다정한 미소를 띠고.

"당신은 아일랜드 태생이군요, 그렇지요?"

"네."

'좀 냉정하군' 하고 듀크는 머리를 갸웃했다. '수리하러 온 사람 따

위는 상대하지 않겠다는 건가? 아니면 다만 수줍어서일까?'

"나의 아버지도 아일랜드 출신입니다. 벨파스트(북 아일랜드의 수도)에 있는 공작 댁에서 일하고 있었기 때문에 나를 '듀크'라고 불렀지요." 그는 머리를 내저었다. "좋은 아버지였는데…… 아무래도 미국이라는 곳은 낯이 설어서 말입니다. 가난한 아일랜드 사람에게는 너무 크다고 늘 말씀하셨었지요."

이 이야기는 거의 다 순간적으로 생각해 낸 것이었다. 그러나 그의 아버지가 그에게 '듀크'라는 별명을 붙인 것은 사실이었다. 이 별명은 그 뒤로도 계속 없어지지 않았다. 학교에서도 교도소에서도…….

듀크는 식당과 부엌의 전선을 조사하는 척하면서 아무렇지도 않은 듯 이야기를 계속했다. 그는 본능적으로 뛰어난 배우였던 것이다. 남을 속이는 것을, 속이는 그 자체를 즐기면서 지금 그는 꾸밈없고 성실하며 견실한 서민의 역할을 해 보였다. 그녀는 곧 기분이 좋아져서, 그의 호인다운 잡담에 미소를 짓기 시작했다. 더욱이 듀크는 남의 이야기를 들을 줄도 아는 사나이였다. 그녀는 그가 마음 편히 귀담아들어 주는 것이 몹시 기뻤다. 어느 틈엔가 그녀 쪽에서 주로 이야기를 하게 되었다. 그녀의 이름은 캐슬린 레일리라고 하며, 질이 태어난 뒤로 이 브래들리네 집에 와서 일하고 있다는 것을 그는 알았다. 캐슬린은 15살 때 아일랜드의 리메릭을 떠나 아버지와 함께 미국으로 옮겨왔다. 지금은 22살로 여름이 끝나면 학교로 돌아가 X선 기사가 되는 과정을 마칠 예정이지만, 자기가 돌보는 질이 사랑스럽고 귀여운 아기이므로 이 집을 떠나면 몹시 섭섭할 것이라고 그녀는 말했다.

듀크는 흥미 있게 듣고 있는 척 꾸며 상대방으로 하여금 그렇게 믿도록 하면서 계속 방문과 창문과 전등 스위치의 위치에 주의하고 있었다. 필요하면 깜깜한 한밤중에라도 이 방에서 저 방으로 다닐 수 있도록 방 안 구조를 기억해 두었다. 달릴 수도 있을 정도로, 부엌에서 그는 작은 베란다로 나가는 문을 열어보았다. 거기서 계단을 통해 정원으로 내려갈 수 있고, 정원에는 칸살을 두른 어린이용 놀이터와 모래 마당이 있었다.

"아이들에게는 정말 훌륭한 놀이터군요."

이때 그의 눈은 작은 뜰 뒤쪽에 있는 벽돌 벽의 높이를 눈어림으로 계산하고 있었다.

"아가씨는 정말 재미있습니다." 듀크는 문득 말을 그치고 한쪽 손을 들었다. "아니, 아기가 울고 있는 모양인데요."

그녀는 몸을 돌려 귀를 기울이더니 가볍고 빠른 걸음으로 홀을 지나 정면에 있는 계단 아래로 내려갔다. 듀크는 호주머니에서 열쇠를 꺼내 부엌 문의 자물쇠에 밀어 넣었다. 그의 손가락 힘으로 자물쇠가 돌아갔다……

"아마도 나에게 왠지 그런 느낌이 들었을 뿐인 모양이군요." 그녀가 부엌으로 되돌아오자 그는 미소 띤 얼굴로 머리를 저으며 말했다. "나에게 첫아기가 태어났을 때는 밤새도록 잠 한 번 제대로 자지 못했답니다. 아직 숨을 쉬고 있는지 어쩐지 확인하기 위해 줄곧 들여다보러 갔었지요."

그녀는 웃었다.

"그랬을 거예요."

'잠깐, 이 순간을 이용해야겠다.' 듀크는 보다 흥미를 가지고 그녀를 바라보며 생각했다. '정말 순진한 아가씨다. 그러나 나에게는 맞지 않아.' 기다란 명주실 같은 검은 머리, 짙고 푸른 눈, 비단결처럼 희고 부드러운 피부…… 티 하나 묻지 않은 흰 제복에 싸여 있지만 그녀의 육체는 흥분을 느끼게 할수록 처녀답고, 사랑스럽고, 꽉 죄어들며, 그리고 상처입기 쉬울 것이 틀림없다. '확실히 세상에서 가장 때묻지 않은 여자 가운데 한 사람이로군' 하고 그는 생각했다. '그러나 길들일 만한 가치가 있다. 오히려 그렇기 때문에 더욱 길들이는 보람도 있을 것이다. 세상을 곱게 보고 있는 이 여자의 눈을 뜨게 하여 세상이 어떤 것인지 똑똑히 보여주면 얼마나 재미있을까? 그러나 그렇게 할 수는 없다. 아무튼 내가 할 일이 아니다.' 그녀의 교육에 있어 그 단계를 담당하게 될 어떤 사나이에 대해 그는 일종의 부러움을 느꼈다.

"아기 방은 계단을 올라간 곳에 있어요." 그녀는 복도를 앞장서서 안내하며 말했다. "전화는 바로 그 옆방에 있지요. 주인 부부가 쓰는 방이에요."

듀크는 그녀에게 계단을 앞서 올라가게 하고, 그녀의 발목을 바라보며 즐겼다. 멋있는 광경이라고 그는 생각했다. 뒤꿈치가 낮은 구두와 흰 나일론 양말을 신고 있는데도 다리가 날씬하고 아름다워 보인다. 속살이 비치는 양말과 굽 높은 구두를 신었다 하더라도 이렇게 다리가 예쁘게 보이는 아가씨는 얼마 안 될 것이다. '이것도 한 가지 재주로군' 하고 그는 생각했다.

그녀는 층계참에서 걸음을 멈추고 그를 돌아보았다.

"용서하세요" 하고 그녀는 목소리에 동정을 담아 재빨리 말했다. "당신을 재촉할 생각은 아니었어요."

웃음을 참느라고 힘이 들었다. 사실 그로서는 이런 계단쯤은 세 걸음으로 올라올 수 있는 것이다.

"나는 누구 못지않게 걸을 수 있습니다." 그는 날카롭게 말했다.

이렇게 말하면 사람들이 동정한다는 것을 그는 알고 있었다. 그러면 사람들이 이쪽을 연민을 싫어하는 자존심 센 사람이라 생각하고 지고 마는 것이다.

"용서하세요." 그녀는 어쩔 줄 몰라 하며 되풀이 말했다.

그는 미소를 지어보이며 그녀를 안심시켰다.

"나를 쏜 녀석은 더 후회하고 있겠지요."

"전쟁 때문이었나요?"

"독일에서…… 오래 전에." 그는 여전히 미소 짓고 있었다. "하지만 지금의 나에게는 전화 고장이 더 중요합니다. 지난 일은 지난 일이고…… 거기가 아기 방인 모양이지요?"

2, 3센티미터쯤 열려 있는 문 쪽을 보며 그는 고갯짓을 했다.

"네."

듀크는 크림빛이 도는 흰 벽지와 번쩍번쩍 빛나는 놋쇠 손잡이와 장식을 바라보았다. 갓난아이는 그 안에서 자고 있다. 어린 질은 올리판트 브래들리의 손녀이다. 올리판트 브래들리라는 이름은 중역회의, 금융업, 중개회사, 그리고 돈 등과 같은 뜻의 말이다. 노란 색황금을 잊어서야 되겠는가! 질이라는 아기는 분명 백만 달러짜리 아기다. 듀크는 흥분이 온몸에 퍼지는 것을 느꼈다. 다음번에 그가 여기 서 있을 때는 집안이 온통 깜깜하고 쥐죽은 듯 조용하겠지…….

"전화는 침실에 있어요." 그녀가 조용히 말했다.

"알고 있습니다." 그는 자기가 아기 방에 흥미를 갖는 것을 보고 그녀가 무슨 다른 일에 결부시켜 생각하지 않을까 걱정하면서 대답했다.

그는 브래들리 부부의 침실로 들어가면서 참으로 굉장한 생활을 하고 있다고 생각했다. 가정부——오늘은 쉬는 날이라는 것을 그는 잘 알고 있다——보모, 귀여운 갓난아기, 깨끗한 큰 집, 은행의 돈——정말 굉장한 생활이다. 침대 쪽을 향해 난로가 있고, 방 안 가득히 깔려 있는 카펫은 그의 무거운 구두 밑으로 두께가 30센티미터는 되는 것 같이 느껴졌다.

침실 장식은 핑크와 검정이었다. 유머러스한 에로티시즘, 시원하게 미소 짓는 섹스, 억제하지 않는 근대적인 섹스가 감도는 느낌이었다.
정말 재치 있는 사람들이라고 듀크는 생각했다. 그러나 그런 것은 그
가 알 필요가 없는 일이다.

그가 전화기와 전선을 살펴보고 있는 동안 캐슬린은 브래들리 부부
에 대한 일이며 그 밖의 사소한 정보를 들려주었다. 그러나 그로서는
어느 것 하나 중요하고 의미가 있는 일로 생각되지 않았다. 두 부부
는 유쾌한 사람들로, 누구에게나 호감을 받는다는 것이었다.

"민주적인 사람들이군요, 그렇지요?" 듀크가 말했다.

그녀는 그의 목소리에 가시가 있는 것을 느꼈다.

"일부러 그런 태도를 꾸미고 있지는 않아요."

"하긴……." 그는 비뚤어진 희미한 미소를 띠면서 그녀를 살폈다.
"좋은 걸 가르쳐드릴까요? 당신이 미국으로 온 건 잘했습니다."

"어째서 그런 말을 하시는 거지요?"

"미국 사람들은 아름다운 것을 좋아하니까."

"다른 나라 사람들은 그렇지 않다는 말씀인가요?"

"그들보다 미국 사람이 아름다운 것에 대해 훨씬 높은 값을 매기지
요. 이제 당신도 알게 될 겁니다."

"아무튼 충고는 고마워요."

그녀는 가볍게 대답했으나, 그의 말을 듣고 볼이 조금 붉어졌다.
그의 눈에 무언가 생각하고 있는 듯한 강한 관심이 어려 있는 것을
그녀는 느꼈다.

듀크는 자신이 어리석은 흉내를 내고 있는 것을 알아차렸다. 그뿐
인가, 위험한 짓이었다. 그러나 이 집의 조용함과 침실의 은은한 향
내와 그녀의 순진하고 상처입기 쉬운 아름다움──이러한 것이 그에
게 추운 날 마신 위스키와 같은 작용을 했다. 관능적인 따스함이 그
의 경계심을 무디게 했다.

"당신 같은 아가씨라면 세상일이 모두 문제없이 당신 생각대로 될 거요. 당신도 그건 알고 있겠지요?"

"그런 건 생각해 본 적이 없어요." 그녀는 태연하게 말했다. 이제 얼굴에서 미소가 사라져 있었다. "이제 이야기가 끝났나요?"

"아직 완전히⋯⋯." 그는 굳게 결심한 듯한 미소를 띠면서 말했다.

그의 본능은 이곳을 떠나라고 경고했다. 그러나 그 외침은 약하고 희미했다. 벌써 빈틈없이 행동해야 한다는 생각 따위는 사라져버렸다. 그는 지금 그녀의 피부가 이제까지 본 적이 없을 만큼 희다는 것을 생각하고 있었다. 그리고 그녀의 몸이 그의 두 팔 안으로 들어오고 말 것 같다는 생각을 하고 있었다.

천천히 몸을 돌려 그는 그녀와 문 사이로 돌아갔다. 아기가 눈을 뜨고 울기 시작한 것은 바로 그때였다. 그녀는 그의 옆을 돌아 방을 가로질러 달려갔다.

"지금 가요, 착한 아기님!"

그녀는 안심시키는 것 같은 쾌활한 목소리로 말했다.

듀크는 천천히 숨을 내쉬고 홀로 들어갔다. 가슴이 힘차게 뛰고 있었다. 반쯤 열린 아기 방 문을 바라보면서 그는 말했다.

"그만 가겠습니다."

어린아이가 졸린 듯 목구멍을 울리는 소리가 들렸다.

"고장난 곳을 알아냈나요?"

아무에게나 말하는 것 같은 애교 있는 목소리였다. 연극인가? 그렇게 생각되지는 않았다. 그만큼 영리한 여자일 리가 없다.

"아니오, 아마 길 저쪽 편 다른 회선인가 봅니다."

"혼자 나가주세요. 나는 질 아기 때문에 꼼짝도 못하니까요."

"좋습니다. 그럼, 안녕히⋯⋯."

밖으로 나와 밝은 봄날의 햇빛 아래에 서자 듀크는 호주머니에서 손수건을 꺼내 땀에 젖은 이마를 문질렀다. 바보 같은 녀석이라고 생각했다. 그러나 거기에는 노여움도 유감도 들어 있지 않았다. 석 달이나 준비해 온 일을 하마터면 망칠 뻔했다. 대체 그것은 무엇 때문이었을까? 예쁜 두 다리와 싱싱해 보이는 몸 때문이었다. 정말 대단한 아가씨야. 그처럼 멋있는 여자는 온 뉴욕을 다 뒤져도 몇 안 될 것이라고 그는 생각했다. 그러나 진심으로 자신을 꾸짖고 있는 것은 아니었다. 그는 지금까지 갖고 싶은 것은 언제나 손에 넣어왔다. 그 일을 위해서라면 어떤 조건이나 결과도 무시해 왔다. 지금에 와서 그것을 바꿀 생각은 없었다. 지금 이 순간 그는 그 사실을 똑똑히 알게 되었다고 생각했다.

호텔로 향해 거리를 걸으면서 듀크는 얼굴에 비치는 따뜻한 햇볕과 분주한 사람들과 시끄러운 자동차가 빚어내는 흥분감을 즐겼다. 그의 주위를 걷고 있는 무수한 사람들의 물결 속에 자신이 녹아드는 듯한 느낌이 들었다. 모두들 이 도시가 주는 무한한 약속으로 기분이 좋아져서 힘을 내고 있는 것이다. 사치, 여자, 자극 등이 모두 편리하게도 몇 평방 블록 속에 채워져 있다. 그리고 그것은 모두 돈으로 살 수 있는 것이다. 이 도시는 부자에게만 약속을 지킨다. 그는 그것을 잘 알고 있었다. 오직 부자에게만……

그의 호텔은 40번 블록으로 들어가는 길가에 있었다. 거무스름한 빛깔의 길쭉한 건물로 이 블록 이 장소로 억지로 밀려온 것처럼 보인다. 그 거리는 잘 위장된 입구 안에 널찍하니 재미있는 곳이 있을 것처럼 보이는 엉터리 술집과 헐벗은 가건물들이 들어찬 번화하고 비합법적인 곳이다. 호텔 프런트에서 듀크는 열쇠를 받아들며 계원에게 뭔가 전갈이 없었느냐고 물었다.

프런트 계원은 몸집이 좋고 볼이 붉은 젊은이로, 호텔 일을 경멸하고 있었다. 그는 그것을 숨기려고 하지도 않았다. 여기에 묵는 손님들은 대부분 부랑자이며 털이 난 정도라는 것을 알고 그렇게 취급하면 된다고 생각하는 것이다. 듀크의 물음에 대해 그는 얼굴을 들지도 않고 머리를 가로저을 뿐이었다.

"나는 동생에게서 올 전보를 기다리고 있소." 듀크는 부드럽게 말했다. "메인 주로부터 오는 중요한 용건이오."

"내가 지키고 있으니까 걱정할 건 없습니다."

듀크는 계원에게 미소를 보내며 잠시 우물쭈물하고 있더니 퉁명스럽게 말했다.

"귀찮게 해서 미안합니다. 아무튼 고맙소."

계원은 엘리베이터 쪽으로 다리를 절면서 가는 그를 바라보고 있었다. 그리고는 얄미운 듯이 입술을 꽉 다물었다. 그런 타입의 사람을 그는 알고 있었다. 익살스럽고 게다가 거칠다. 멋대로 하게 내버려두면 참을 수 없는 짓을 한다.

듀크는 작업복을 벗고 회색 플란넬 양복에 흰 와이셔츠를 입은 다음 단정한 짙은 푸른색 넥타이를 맸다. 거울에 비친 자신의 모습에 미소를 지으며, 양치질할 때 쓰는 플라스틱 컵에 위스키를 따랐다. 그는 자신의 거만한 검은 얼굴 모습과 깊숙이 들어간 눈 속의 강한 표정이 마음에 들었다.

이윽고 그 얼굴에서 미소가 사라지더니 낮은 목소리로 욕을 했다.

"행크 녀석, 어째서 내 전보에 답을 보내지 않는 거지? 나를 함부로 대하다니, 꼬마 동생답지 않은데! 공들여 그 녀석을 완전히 개처럼 길들여두었는데. 이 정도의 세월이 지났다고 해서 그 교육을 잊어버리지는 않았겠지. 그런데 우리가 그 녀석의 산장을 써도 좋다는 답장을 보내오지 않고 있어. 우물쭈물하고 있으면 그랜트가 잔소리를 할 텐데. 그렇게 되면 나도 싫거든."

위스키를 마시며 듀크는 잠시 미소를 지었다. 아니, 그까짓 그랜트 녀석이 뭐라고 하든 알 바 아니지 하고 그는 생각했다. 아무래도 자꾸만 그 보모에게로 생각이 돌아갔다. 사실대로 말하자면 그녀에게로 돌아가는 생각을 멈추려고 하지 않았던 것이다. 그는 그대로 자신을 생각에 맡긴 채 즐겼다. '그 여자는 남자에 대해서 잘 모른다. 우선 거기서부터 시작하자. 그녀는 결혼과 아기와 뒤뜰에 작은 정원이 있는 집을 생각하고 있었지. 그러나 남자에 대해선 생각도 하지 않고 있어. 좀더 어른이 될 때까지도 생각지 않겠지.'

그는 그녀를 온갖 다른 환경에 놓고서 상상했다. 술집에 있는 그녀, 숲 속을 거닐고 있는 그녀, 지하철의 군중 속을 헤치고 가는 그녀, 온갖 종류의 사나이와 함께 있는 그녀, 그리고 이브닝드레스를 입고 있는 그녀, 운동복 차림의 그녀, 따뜻하고 향내가 가득한 침실에서 얇은 속옷차림으로 있는 그녀, 바닷가에 거의 나체로 누워 있는 그녀를 상상했다. 그 여자도 햇볕에 탈까 하고 그는 자신의 검은 손을 내려다보며 생각했다. 아마 타지 않을 것이다. 그러나 타도 좋다. 그 여자의 검은 머리와 푸른 눈에는 핑크빛이 잘 어울리겠지.

듀크는 갑자기 조마조마해지며 침착성을 잃고 위스키 잔을 비웠다. 그랜트에게 전화할 시간인 것이다. 산장에 대해서는 아직 아무 소식도 없다고 그에게 말해야 한다……

듀크가 열쇠를 프런트에 맡기자 계원이 쳐다보며 말했다.

"5분쯤 전 당신에게 전보가 왔소."

젊은이는 돌아서더니 열쇠 두는 곳에서 전보를 꺼내 카운터 저쪽에 있는 듀크에게로 밀어주었다.

듀크는 그 노란 봉투는 거들떠보지도 않고 계원을 노려보았다. 지금까지 1시간이나 마시고 있었으므로 화난 무서운 눈초리가 되어 있었다.

"왜 위로 보내주지 않았소?"

"저, 나는 지금 여기에 혼자뿐이라서…… 심부름꾼이 커피를 가지러 밖으로 나갔기 때문에……."

"중요한 일이라고 말했잖소?"

"미안하오. 하지만 일일이……."

"서비스를 하는 게 당연하잖소!" 듀크의 목소리가 거칠게 계원의 목소리를 내리눌렀다. "당신은 여기서 '네'라든가 '아니오'라고 대답하면서 시키는 대로 하면 되는 거요. 그 때문에 얼마 안 되는 급료라도 받는 게 아니오. 차라리 원숭이를 길들여 놓아두는 것이 값싸게 먹히겠군!"

계원의 뺨이 노여움으로 떨렸다.

"그런 심한 말을 하지 않아도 나는 당신 같은 사람이 어떤지 알고 있소." 그러나 그는 도저히 듀크와 시선을 마주할 수가 없어 말을 끊고 입술을 핥았다.

"나 같은 사람이 어떻단 말이오?" 듀크는 조용히 말했다. "말해 보시오."

"나는 그저……" 계원의 목소리가 높고 불안해졌다. 공포로 말미암아 위엄이 사라져버렸다. "서비스를 잘하도록 하겠습니다. 앞으로는 절대로 이런 일이 없을 겁니다."

사과의 말을 흘려들으며 듀크는 발작적인 노여움을 담은 손짓으로 전보 겉봉을 확 찢었다. 그것은 동생 행크로부터 온 것이었다. 그것을 읽고 있는 동안 그의 얼굴에 화난 표정 대신 가느다란 미소가 천천히 떠올랐다. 꼬마 녀석, 그 교훈을 아직 잊지 않았군…… 듀크는 몸을 돌려 다리를 절며 공중전화 쪽으로 로비를 가로질러갔다. 계원은 공포로 눈을 크게 뜬 채 그의 넓은 어깨를 바라보고 있었다.

제2장

에드윈 그랜트는 수화기를 내려놓고 거실 맞은쪽의 육중한 의자에 앉아 있는 반백의 여윈 사나이 쪽을 흘끗 보았다.

"산장에 대해서는 이야기가 끝났네." 그랜트는 무표정하게 말했다. "듀크에게서 연락이 왔는데, 우리가 그 집을 필요로 하는 주일에는 녀석의 동생이 1주일 동안 낚시를 가서 그곳을 쓰지 않는다는 걸세. 용케 날짜를 맞추었군."

의자에 앉은 사나이는 어렴풋이 웃었다.

"잘됐군." 그는 더할 나위 없이 잘 훈련받은 영국식 악센트로 말했다. 이것으로 좋은 학교와 좋은 환경에 있었다는 것을 보여주려는 모양이었으나, 실제로는 다만 그런 체하고 있는 듯한 느낌, 고압적인 명령 아래에서 바쁘게 혹사당하고 있는 못난 인간이라는 느낌을 주었다. "외투는? 아, 그렇습니다. 아니, 그만 정말 바보 같은 실수를……" 하는 따위의 말을 하기 위해 훈련된 듯한 목소리였다.

이 사나이의 이름은 하워드 시드니 클리시. 작고 약하며, 회색 실크 넥타이와 조그만 진주 넥타이핀으로 겨우 위로를 받는 사나이로서

반질반질한 검은 옷을 입고 있었다. 외모에는 이렇다 하게 말할 만한 곳이 없다. 작고 평범한 얼굴이다. 오랜 세월에 걸쳐 억지로 웃는 버릇이 생겼는데 그 자신은 이것을 고상하고 품위 있는 태도로 생각하고 있다. 증오심으로 마음이 이상하게 되어 있을 정도였지만, 거기에 분명히 담을 막아두고 있어 좀처럼 그 담을 넘어 폭발시키지 않게끔 하고 있다. 가끔 폭발시켜도 혼자 있을 때뿐이다. 세상에 보이는 것은 부드럽고 애교 있는 태도이다. 그리고 비웃음을 당하거나 싫은 소리를 들을 때에는 꾸밈없이 예의바른 태도를 보여, 이것을 유일한 방어책으로 삼고 있다.

그는 그랜트에게 말했다.

"자네는 듀크의 동생 일을 정말 문제없다고 생각하는 모양이지? 즉 틀림없이 예정대로 낚시하러 갈 거라고 믿고 있군?"

"듀크가 그 녀석 일은 틀림없다고 말했어."

"하지만 문제는 말이야…… 듀크를 믿어도 괜찮을까?"

그랜트는 1, 2초 동안 클리시를 바라보고 나서 넓은 어깨를 움츠렸다. 담배에 불을 붙여 물더니 방 정면 창문 아래에 붙여서 만들어놓은 의자에 앉았다. 거기에 앉으면 이 아파트가 한눈에 다 보인다——거실, 식당, 짧은 복도, 부엌. 가구는 싸구려로, 빛깔도 아무렇게나 고른 것이다. 우울한 전망이지만, 이제 1주일만 지나면 이곳을 두 번 다시 보지 않아도 된다는 것을 알고 있었으므로 그것으로 위안을 삼았다. 그는 이곳을 두 달 동안 빌려 썼는데, 먼저 세 들었던 사람이 방 안의 가구를 백화점 지하 특설 매장의 것으로 온통 채워 놓은 것이다. '이제 앞으로 2주일 지나면' 하고 그랜트는 생각했다. '다시 전성시대로 돌아갈 수 있을 것이다.'

그랜트는 어깨가 떡 벌어지고, 힘세 보이는 몸집 큰 사나이로, 어울리지 않을 정도로 근육이 발달되고 뼈대가 굵직하다. 그는 언제나

체중에 대해 신경을 쓰고 있다. 아침 햇빛이 그의 생기 없는 금발에 와 닿아 얼굴에 가득 찬 누런 양피지 표면 같은 작은 주름을 뚜렷이 드러내 보여주었다. 이제 45살인데도 고민과 긴장이 얼굴에 새겨져 있다. 그 45년 동안의 대부분은 삶을 유지한다는 단순하지만 심각한 문제를 해결하기 위해 쓰인 것이다.

이윽고 그랜트가 말했다.

"듀크는 걱정 없어. 그에 대한 일은 염려 말게."

"자네는 듀크의 동생에 대해 알고 있나?"

"만났느냐고 묻는다면, 그런 적은 없네. 그러나 그 녀석에 대해서는 듀크가 다 말해 주었지. 듀크와는 전혀 다른 타입인 모양일세." 그랜트는 보일 듯 말 듯 미소를 지어보였다. "대충 이야기를 들려주지. 행크라는 그의 동생은 한국에 가서 큰 공을 몇 개나 세웠다더군. 그리고 다시는 집에 돌아오지 않았어. 부모가 모두 죽고 없었기 때문인지도 모르지. 아니면 듀크를 피하고 싶었는지도 모르고, 아무튼 그 녀석은 메인 주로 가서 그곳에 있는 옛날 친구의 부동산회사에 들어갔네. 아주 착실한 사람이지. 그렇지 않다면 우리에게도 형편이 좋지 못하거든."

"듀크와 한 벽돌의 조각이라고는 생각되지 않는군."

"같은 조각이라고는 말할 수 없지. 부모 중 한쪽이 다르거든. 아버지는 같은데, 어머니가 달라."

"둘은 가끔 만났나?"

"아니, 옛날에 무슨 일이 있었나 보더군. 나로서는 무슨 일인지 알 수 없지만. 듀크는 동생을 완전히 손아귀에 넣고 있네. 녀석이 돈이 필요하여 전보 한 장만 치면 현금이 오는 거야. 동생은 듀크를 무서워하는 것 같네. 하지만 그런 건 아무래도 상관없겠지."

"그러나 듀크는 아무래도 좋다고 말할 수 없을걸."

그랜트는 클리시를 바라보았다.

"그 녀석은 문제없다고 말하지 않았었나! 나는 그 녀석을 벌써 몇 해 전부터 알고 있네. 교도소에서 만났지. 1943년일 걸세."

"이런 말 해서 미안하지만, 그 마지막 말은 자랑할 게 못된다고 생각하네."

클리시는 그의 습관이 된 희미한 미소를 보였다.

"그만두게!" 그랜트는 일부러 천천히 사이를 두고 말했다.

"아니, 그저 농담이었네." 클리시의 미소가 긴장되었다. "기분을 상하게 할 생각은 아니었어."

"닥치라고 말했잖나!" 그랜트는 일어서서 주먹으로 손바닥을 쾅 쳤다. "나는 농담 따위 싫어!" 그는 클리시를 노려보았다. 넓은 가슴이 천천히 오르내리고 있었다. "알겠나, 15년 전만 해도 나는 시카고에서 세력권을 둘이나 가지고 있었네. 번호 도박이며 경기장 밖에서의 경마내기며 무엇이든 말이야. 나는 그때 아직 30이었지만 문제없이 해냈지. 돈도 자동차도 여자도 마음대로 할 수 있었고, 일은 해마다 확장돼 갔어. 나는 시카고를 움직이는 놈들 속에 들어 있었던 걸세. 나는 기계장치를 보고 있었어. 잘난 사람들이 원하는 대로 기계가 빨리 또는 더디게 돌아가는 것을 빈틈없이 지켜보고 있었던 걸세. 만일 내가 감옥에 갇히지만 않았다면 지금쯤 어떻게 되어 있을지 생각해 보게." 노여움이 조금 가라앉자 그는 불쾌한 듯이 머리를 내저었다. "나는 지금쯤 시카고를 움직이고 있을 걸세. 그때는 그렇게들 말하고 있었어. 그런데 그만 술집 주인을 쏘아버린 거야. 인색한 도둑놈이었지. 마침 폭력 근절이니 뭐니 하고 한참 떠들어대고 있을 때였어. 나는 사회 개조를 부르짖는 놈들의 제물이 된 걸세. 알겠나?" 그는 엄지손가락으로 자기의 넓은 가슴을 찔렀다. "나 에디 그랜트는 말일세, 온 시카고의 악의 그늘에 있었던 사나이라네. 모두 나를 카포네처럼 싫어했지. 그래서 20년을 먹은 거야. 그러니까 자네도 내가 하는 일이 틀렸느니 어쨌느니 하고 농담하지 말라구. 알았나!"

"그야 물론……."

"그래, 그 잘난 사람들이 지금 내게 좋은 장소를 마련해 줄 것이라고 생각하나?" 그랜트는 클리시를 가만히 내려다보았다. "천만에! 그러니까 나는 혼자서 하는 거라네. 그리고 그들에게 내가 끄덕없이 하고 있다는 것을 보여줄 생각일세!" 그는 한쪽 손으로 느닷없이 뿌리치는 것 같은 몸짓을 했다. "이번 일은 내가 하는 거네. 자네가 하는 게 아니야! 자네도 이 사실을 충분히 알고 있겠지?"

"알다마다, 우리는 적어도 백 번은 되풀이했을걸."

"그렇고 말고, 이 일은 내가 빈틈없이 계획한 거야. 걱정할 건 아무것도 없어."

문의 자물쇠에 열쇠가 꽂히더니 식료품 자루를 든 금발의 여자가 방으로 들어왔다.

"돌아왔어요, 여보." 그녀는 발로 문을 닫으며 말했다.

40대 초반으로 아름답기는 하나 나이든 부인답게 침착해 보였으며 둥글고 통통하니 귀여운 얼굴이다. 눈은 크고 푸른 빛이었으나 심한 근시였다. 누가 와 있는 것을 알아차리자 눈을 실처럼 가늘게 뜨고 보더니 "어머나, 당신이었군요, 하워드" 하고 말했다.

클리시는 영국 왕실 근위대의 근위병처럼 똑바로 서 있었다.

"어떻습니까, 부인? 이런 바보 같은 질문을 하다니…… 언제나 건강하시군요."

"이런 황송할 데가!"

벨은 턱밑으로 손가락을 가져가더니 부러 과장되게 무릎을 숙여 정중하게 절을 했다.

"여보, 두 분께 마실 걸 가져다 드릴까요 ? "

"필요 없소." 그랜트가 분명히 말했다. "클리시는 돌아가려는 참이었으니까. "

클리시는 점잖게 기침했다.

"나는 정말 곧 돌아가야 하기 때문에……." 그는 홈버그 중절모와 우산을 집어 들며 흘끗 시계를 보았다. "벌써 약속 시간이 늦어버렸군. 사실은……." 그는 벨 그랜트 부인에게 애교 있는 미소를 보냈다. "이렇게 늦었는데, 그녀가 나를 용서해 줄까 ? "

"물론 문제없을 걸세. "

클리시는 물러나왔다. 벨에게 공손히 인사하고, 그랜트에게 약간 고개를 숙여 보인 다음 서둘러 만나러 가는 상대는 언제나 그 자신과 그리고 고독인 것이다.

벨이 부엌에서 셰리주를 따른 잔을 가지고 돌아왔을 때, 그랜트는 하루도 거르지 않는 체조를 하고 있었다. 그녀는 그에게 미소를 보내며 푹신한 의자에 앉아, 매끄럽고 둥근 무릎이 보이도록 스커트를 고쳤다. 예쁜 다리를 가지고 있었으므로 그것을 보이는 일이 즐거운 것이다. 아름다움을 드러내 보이는 것이 습관이 되어버렸다. 온갖 종류의 남자에게 반사적으로 그것을 내보이는 것이다.

"당신 엉터리로 하고 있군요. 무릎을 굽히지 않았잖아요. "

"그럴 리가 있나. "

"아니, 농담이에요. 당신은 이제 체조인가 뭔가 하는 것에 아주 열심이시군요. 미스터 아메리카 결선을 노리고 있나요 ? "

그랜트는 대답하려 하지 않았다. 허리 체조를 마치자 그는 침실로 들어갔다. 벨은 셰리주를 마시며 잡지를 집어 들었다. 그랜트의 무관심에는 익숙해져서 그편이 오히려 좋았다.

침실에서 그랜트는 화장대 거울에 비친 자신의 모습을 물끄러미 바라보며, 가느다란 레이스처럼 온 얼굴에 가득 잡힌 주름을 찬찬히 음미하듯 살펴보고 있었다. 45살이면 당연한 일이 아니냐고 그는 생각했다. 희끄무레해지기 시작한 머리카락을 한 다발 이마 위로 끌어내리고 나서 정수리의 엷어져가는 것을 주의하여 만져보았다. 아직도 많이 남아 있다…… 교도소 생활을 하던 때에 비해 조금도 나이가 더 들어 보이지 않는다. 점잖아 보일는지는 모르지만, 더 나이 들어 보이지는 않는다. 재기하면 모두들 그라는 것을 알아볼 것이다. 이상한 얼굴을 하고 "아니, 에디 그랜트 아닌가?"라고 말하지는 않을 것이다. 모두들 알아볼 것이 틀림없다. 그는 교도소에서 나이를 먹고 패기를 잃어버리는 바보가 아니다. 항복하고, 늙어빠져 눈물을 흘리며 남에게 동정을 구하는 그런…….

"벨, 내가 일러둔 화장 크림은 사다두었소?"

그는 아내에게 소리쳤다.

"네, 약장에 있어요."

그랜트는 벌써 몇 초 동안이나 자기 모습을 가만히 바라보고 있었다. 가슴팍과 몸통의 굳은 근육을 돋보이게 하기 위해 깊이 숨을 들이마시면서…… 됐어, 이만하면 됐어, 하고 그는 생각했다. 그는 거실로 돌아왔다.

"메인 주의 그곳은 멋있는 모양이지. 듀크 동생네 집 말이야. 신선한 공기와 깨끗한 생활을 할 수 있다더군."

"어머나! 당신은 마치 우리들이 캠핑이라도 가는 것 같이 말씀하시는군요."

"뭣하러 가는지 알고 있으면서," 그랜트는 갑자기 조마조마해 하며 신경질적이 되어 그녀를 바라보았다. "공연한 소리 하지 마."

"당신은 대체 왜 그러시지요?"

"아무렇지도 않아. 아무것도 아니오."

"당신은 그 두 사람 중 어느 한쪽에 대해 걱정하고 있는 거지요?"
그녀는 가끔 쓰는 상냥한 소녀 같은 목소리로 말했다. "듀크 씨, 아니면 클리시 씨?"

그랜트는 날카롭고 차가운 눈초리로 못마땅한 얼굴을 했다.

"듣기 싫은 소리는 그만둬. 둘 다 걱정 없으니까. 틀림없어."

"그럼, 뭐가 어떻게 되었다는 거예요?"

그녀는 슬픈 듯이 물었다.

그랜트는 아무 대답도 하지 않고 창문 쪽으로 돌아가 길 아래 단풍나무 잎에 반짝이고 있는 햇빛을 바라보았다. 잠시 뒤 그는 조용하고 무겁게 말을 꺼냈다.

"나는 확실히 걱정스러워. 미국에서 첫째 가는 갱이 천만 달러가 생긴다 해도 하고 싶어하지 않을 일을 지금 우리가 하려는 거요. 그러니까 걱정스러운 게 당연하지."

"그래도 당신은 그것을 하겠다는 거겠지요?"

벨은 셰리주를 천천히 아랫입술로 가져가면서 말했다.

"유괴는 다른 일과 달라." 그랜트는 가만히 길을 내려다보며 말했다. "친구니 돈 같은 건 소용이 없지. 이 일에는 친구가 없어. 살인이나 은행을 터는 것보다 훨씬 더 위험한 일이거든. 살인이나 은행 강도라면 갱들에게 가서 돈 좀 주면 숨겨주기도 하고 도망치게 해주기도 하지. 그러나 유괴를 도와줄 갱은 없어. 곧 경찰에 고발하겠지." 그는 몸을 돌려 기묘하리만큼 반듯하고 파르스름한 눈으로 벨을 보았다. "우리들…… 당신과 나, 듀크, 클리시가 그런 꼴을 당하는 거요. 우리는 그들과 싸우지 않으면 안돼. 우리에게 도움이 되어줄 자는 아무 데도 없소. 잘못하다가는 30일 뒤 전기의자에 앉게 될지도 모른다는 기분이 든단 말이오."

"그래도 당신은 할 작정인가요?"

한쪽 발로 천천히 원을 그리며 그녀는 거듭 물었다.

그랜트는 강렬하게 빛나는 무서운 눈초리로 그녀를 바라보며 고개를 끄덕였다.

"그렇지. 나는 해낼 거요. 누가 뭐라고 해도 해내고 말 거요."

17일 오후 5시, 검은 재규어가 31번 블록의 갈색 브래들리네 돌집 앞에 멈췄다. 가죽 스포츠 점퍼를 입은 젊은 사나이가 뛰어내려 문을 조심해서 닫고는 돌계단을 올라가 벨을 눌렀다. 가정부인 잴로드 부인이 문을 열자, 그 사나이는 경례하는 시늉을 했다.

"재규어가 한 마리 짖으려 하고 있소 $\binom{\text{자동차 이름인 재규어는}}{\text{미국 표범이라는 뜻}}$. 그놈을 좀 지켜주시오. 나는 학교로 돌아가야만 하니까."

"두 분 모두 곧 떠날 거예요."

사나이는 건물에 가려 직사각형으로 잘라진 푸른 하늘과 흰 구름을 보며 미소 지었다.

"두 분께서는 주말을 한껏 즐기려는 모양이로군요. 요트인가요?"

"그렇겠지요."

"인생은 그래야 하지요." 그는 한숨을 지었다. "나도 돈이 생기면 그렇게 될 수 있소. 푸른 바다, 흔들리는 돛대, 맥주 한 병, 그것이 사람 사는 세상이란 거지요. 안 그래요?"

잴로드 부인은 무서운 얼굴을 했다. 회색 머리에 몸집이 크고 보수적인 이 여자는 세상의 무의미한 일을 참지 못했다. 그녀는 이 젊은 사나이의 말도 무의미하게 생각되었다. "당신은 돈을 번다고 하지만, 이렇게 나와 잔소리하며 시간을 빼앗겨서는 벌지 못해요."

젊은 사나이는 웃고 나서 바쁘게 돌계단을 내려갔다. 그는 두 팔을 힘차게 흔들면서 3번 거리 쪽으로 걸어갔다. 봄 공기의 상쾌한 느낌을 즐기고 있는 것이 틀림없다.

길 맞은편의 자기 방에서 하워드 클리시가 이 광경을 지켜보고 있었다. 어둠 속에 우두커니 서서 그는 창문의 두꺼운 커튼 사이로 엿보고 있었다. 방은 공기가 탁해서 후덥지근하고, 그가 저녁에 먹으려고 사온 리버 소시지 샌드위치와 커피 냄새가 은은히 감돌았다. 그의 몸은 마치 스스로 움직일 힘이 없는 듯 꼼짝도 하지 않았으며, 얼굴은 무표정했다. 눈만이 살아 있는 것처럼 보였다. 안경테 속의 그 눈은 이상야릇하게 긴장되어 불타고 있는 것 같았다.

문이 열리고 브래들리 부부가 나타나자 클리시는 심장이 갑자기 신경질적으로 뛰는 것을 느꼈다. 창문에 좀더 다가붙었다. 한 가닥 햇빛이 그의 이마에 솟은 땀을 스쳤다.

리처드 브래들리가 짐을 차에 싣고 있었다. 까만 머리의 30대 중반에 들어선 젊은 사나이다. 돼지가죽 가방이 두 개, 가죽 화장 가방이 하나, 차에서 쓰는 호화스럽고 두꺼운 무릎덮개——클리시는 얄미운 듯, 부러운 듯한 표정으로 세고 있었다. 슈트케이스에 상표가 붙어 있지 않은 것을 보자 어쩐지 마음에 거슬렸다. 온 세계를 여행하고 다니면서도 흔해 빠진 관광객으로 보이는 것이 싫어서 상표를 붙이려 하지 않는 것이다. 과연 브래들리 집안 사람이다. 그러니까 좋은 곳에는 어디에나 갈 수 있다. 여행 표시를 붙여 바보들이 바라보게 할 필요는 없다고 말하고 있는 것 같다.

클리시는 분노를 즐기고 있었다. 분노가 맥박과 호흡을 빠르게 하고, 일종의 권력감과 긴장감이 온몸을 채워 견딜 수 없을 것 같은 흥분을 느끼게 했다.

브래들리 부인——엘리나라는 이름인 것을 클리시는 알고 있다——은 남편이 차 뒤에 짐을 싣고 있는 동안 가정부와 마지막 말을 주고받고 있었다. '마지막 명령이로구나' 하고 클리시는 음울한 기분으로 생각했다.

"이렇게 하시오, 저렇게 하시오" 하고 그는 큰소리로 말해 보았다. 점잔뺀 퉁명스러운 목소리가 나왔다. "그 고깃덩이와 남은 것들은 먹어 없애요, 전화만 걸고 있으면 안돼요."

클리시는 돈 있는 사람, 엘리나 브래들리와 같은 사람에 대해 너무나 잘 알고 있었다. 그는 자신의 육체와 정신에 깃들어 있는 온 힘을 다해 그들을 미워하고 있었다. 엘리나 브래들리의 온몸에 돈 있는 표시가 나는 것이 그에게 보였다. 그들로서는 제대로 숨길 수 없는 표시인 것이다. 그녀는 잿빛어린 금발과 차갑고 새침한 태도에 잘 어울리는 큰 잿빛 트위드 톱코트를 입은, 더할 나위 없이 아름답고 훌륭한 차림이었다. 추어주는 말을 듣고 버릇없이 함부로 굴며, 갖고 싶은 것은 무엇이든 가지고 있는 여자이다. 악어가죽 펌프스(끈이 없는 가벼운 구두)와 거기에 어울리는 핸드백, 날씬한 목에 밝은 노란색 캐시미어 스카프가 두드러지게 눈에 띈다. 그러나 그의 눈에 분명히 비치는 건 옷차림만이 아니었다. 그녀가 품위 있어 보이는 조그만 머리를 숙이는 태도에는 오만함이 깃들어 있었다. 그녀의 늘씬하고 우아한 몸의 멋을 부린 선 하나하나에 오만함이 깃들어 있는 것이다. 그에게는 그것이 보였다. 그는 차갑고 음험한 눈초리로 두 사람을 지켜보며 저들은 결코 감출 수 없을 것이라고 생각했다——가난한 자와 약자에 대한 무자비한 경멸을.

두 사람을 지켜 보면서 그는 심장이 분노로 굳어지는 것을 느꼈다. 그들은 남아돌 정도로 많은 물건을 가지고, 자기에 대해 절대적인 자신감을 느끼며 태연하게 마음 놓고 특권을 누리고 있는 것이다. 그가 길가에 등뼈가 부러진 채 두 사람의 발아래 쓰러져 있게 된다 해도 아랑곳하지 않을 것이다. 개새끼! 그러면서도 그가 달려가서 문을 연다든가 저 여자에게 머리를 숙이고 미소 지어 보이지 않거나 하면 어떻게 될까? 그런 경우라면 이야기가 다르다. 자기네의 평온한 즐거움에 방해가 된다든가 할 경우에만 그들은 다른 사람에 대해 관심을 갖는다. 저들의 주의를 끄는 방법은 하나밖에 없다. 저들에게 상처를 입히는 것이다.

"마음껏 즐겨라, 둘이서 사이좋게!"

그는 고요한 방을 향해 중얼거렸다.

그는 씁쓰레한 흥미를 가지고 그들의 주말에 대해 생각했다. 테니스와 골프와 요트, 날씬하고 아름다운 육체에 애정과 건강을 불어넣는 바닷바람. 그리고 마시고 놀며 돈 있는 사람의 행복을 즐기기 위해 정기를 기르는 긴 밤.

"멋대로 즐기려무나!"

그는 말했다. 그 소리가 어두운 방 안에 갑자기 거칠고 무섭게 울렸다.

리처드 브래들리가 얼굴을 들어 아내를 바라보고 미소를 지으며 소리쳤다. 그녀는 가정부 잴로드 부인에게 마지막 작별의 말을 하고 급히 계단을 내려왔다. 날씬한 다리가 햇빛에 반짝 빛났다. 가정부 잴로드 부인은 1, 2초쯤 두 사람을 지켜보고 있다가 안으로 들어갔다. 문이 닫히며 클리시의 시선을 가로막았다.

클리시는 방 쪽으로 가서 전화를 집어 들었다. '멋대로 즐겨라. 돌아오면 인생이 다른 것으로 되어 있을 테니까' 하고 보일 듯 말 듯한 미소를 지으며 그는 생각했다.

"두 사람은 방금 떠났네."

클리시는 수화기 너머로 그랜트에게 말했다.

"좋아. 가정부가 돌아가거든 내게 전화해 주게."

"물론."

전화를 끊는 소리가 클리시의 귀에 들렸다.

제3장

한밤중에 검은 세단이 다가와 2번 거리의 동쪽 31번 블록 어귀로 부터 몇 집 아래쪽에 멈췄다. 운전석에는 그랜트가 앉아 있었다. 모자 챙을 깊숙이 내려쓴 얼굴의 어두운 삼각형을 담뱃불이 비춰내었다. 그 옆에는 벨이 몸을 둥그렇게 웅크리고 앉아 있었다. 목 둘레에 커다란 주머니쥐 털가죽 외투 깃을 세우고 있었다. 밤은 차갑고, 따가운 바람이 인기척 없는 고요한 거리를 휘몰아치고 있었다.

듀크는 두 사람의 뒤에 앉아 몸을 앞으로 내밀고 있었다. 어둠 속에서 그 눈의 날카로운 광채만이 보였다.

"내 시계는 12시 1분인데, 자네 것은 어떤가?"

듀크가 조용한 목소리로 물었다. 그랜트가 팔을 굽혀 자기 시계를 보았다.

"맞아, 정확히 10분이 지나면 현관 앞으로 가겠네."

듀크는 브래들리 집 아기 방으로 숨어들어가 아기를 31번 블록의 길가로 데려오는 데 30초도 틀리지 않게 잘 계산하여 세심한 주의를 다해 행동할 예정이었다. 그들은 31번 블록의 큰길에서 만나기로 했다. 브래들리 집 뒤의 좁은 길은 자동차가 들어갈 만큼 폭이 넓지 않았기 때문이다.

그랜트는 몸을 틀어 듀크를 돌아다보았다.

"준비 다 됐나?"

"10분 지나면 만나게 될 걸세." 듀크의 미소는 어둠 속에서도 뚜렷이 떠올랐다. "걱정할 건 아무것도 없어."

"그야 물론이지." 그랜트가 날카로운 목소리로 가볍게 대답했다. "자, 시작하세."

듀크는 차에서 내려 브래들리 집 쪽으로 난 좁은 길을 빠른 걸음으로 걸어갔다. 검은 가죽 점퍼를 입고, 목에 검은 스카프를 꼭 감고 있었다. 절름발이면서도 재빠르고 조용한 동작이었다. 노란 가로등 불빛을 받아 어둠 속에서 얼굴만이 하얗게 빛나보였다.

벨은 차 안에서 담배에 불을 붙였다. 그랜트가 그녀를 보고 낮은 소리로 꾸짖었다.

"지금 피우지 않으면 안 되겠소? 돌아갈 때까지 기다리지 못하겠느냐고." 그랜트는 말하다 말고 입술을 핥더니 바람막이 유리를 통해 2번 거리의 인기척 없는 어둠 속을 바라보았다. 이따금 트럭이 소리를 내며 지나갈 뿐 길에는 인기척 하나 없었다. "나는 곧 그 어린애 때문에 손이 묶이고 말 거요. 그때까지 이걸 다 피워버려야겠어요."

"그럼, 마음대로 하구려."

'핑계도 많군. 시키는 대로 잠자코 따라할 것이지' 하고 그랜트는 생각했다. 신경이 날카로울 대로 날카로워져 있는 것이 걱정스러웠다. 꼭 뭔가 잘못될 것만 같은 생각이 문득 들어 몹시 초조했다. 이 것은 정말 뜻밖이었다. 두려워할 까닭은 없다. 계획에 빈틈은 없다. 세밀한 점까지 정성들여 검토했다. 듀크에 대해서도, 클리시에 대해서도 별로 의심하고 있지 않다. 그런데 왜 불안한 생각이 드는 것일까?

벨이 조용히 웃었다.

"당신은 이상한 사람이에요. 오늘 밤까지 나는 당신 몸에는 신경이라는 것이 없는 줄 알았어요."

"무슨 소리를 하고 있는 거야, 벨?"

"저녁식사를 마친 바로 뒤였어요. 당신은 아주 이상한 얼굴을 하더군요. 나는 보았어요. 정말 뜻밖이었어요. 낯모르는 곳에서 번쩍 눈을 뜨고, 여기가 어디냐고 묻는 것 같은 얼굴이었어요. 자기 뒤에 무엇이 있는지 무서워서 돌아다보지 못한 게 아니에요?"

"그건 당신 상상이지." 그랜트는 못마땅한 태도를 지어 보이려고 했다. "나에 대해 이러쿵저러쿵 생각하는 건 집어치워요. 아기에게 필요한 건 모두 가지고 왔소? 그리고 내가 체조할 때 쓰는 그 철사 잡아당기는 도구도 가방 안에 넣었겠지?"

"네, 넣었어요. 완전히 다 갖춰져 있어요."

'저녁식사를 마치고 난 바로 뒤였어. 벨이 말한 대로야. 나는 이 일에 내 목숨을 걸고 있어. 글자 그대로 내 벌거벗은 몸뚱이를 걸고 있어' 이렇게 생각하자 갑자기 무서워지며 마음이 약해졌다. 다른 일이라면 그렇지 않다. 그런 일에는 단 10년 동안의 자유가 걸려 있을 뿐이다. 소행이 선량했던 점이 참작되면 6년이 될지도 모른다. 그러나 유괴라면 전기의자가 있을 뿐이다. 시계를 보니 7분이 지나 있었다. 지금 듀크는 아기 방에 있을 것이다, 틀림없이! 그는 마른 기침을 한 번 하고는 시동을 걸었다.

"집 앞길로 가야겠군. 무사히 해치웠으면 듀크가 우리를 기다리고 있을 테니까."

그는 나직한 목소리로 조용히 말했다.

브래들리의 집 가까이에는 차를 세울 만한 곳이 없었다. 길 양쪽으로 차가 줄지어 가득 차 있었다. 듀크의 모습은 보이지 않았다. 그러나 아직 예정보다 한 2분쯤 빨랐다. 그랜트는 브래들리 집에서 세 집 떨어진 곳에 다른 차와 나란히 차를 세우고 시동을 끈 뒤 불을 껐다. 침묵과 어둠이 두 사람을 감쌌다. 그 블록에는 겨우 몇몇 창문이 밤하늘에 노랗게 네모꼴로 보일 뿐이었다.

그랜트는 브래들리 집 현관의 두 문을 바라보며, 그것이 열리면 곧 시동을 걸 수 있도록 준비하고 있었다. 이제부터 일어날 일이 생생하게 머리에 떠올랐다. 문이 열린다. 그리고 아기를 안아 블룩해진 듀크의 검은 모습이 나타난다. 그를 맞으러 천천히 차를 몰고 가는 자신의 팔과 다리의 움직임이 느껴지는 것 같은 기분이 들었다. 그리고 상상 속에서 속력을 내어 어둠 속으로 사라져가는 엔진의 매끄러운 울림이 들려왔다······.

그러나 문은 여전히 닫혀 있었다.

"늦는군." 얼른 열렸으면 하고 생각하면서 그랜트는 말했다.

3분이 지났다. 1분 1초가 지나는 것이 아주 길고 분명하게 느껴졌다.

"듀크는 1분이라고 말했지, 분명히?" 그랜트가 벨 쪽을 바라보며 말했다. 이상하게 높고 날카로운 목소리였다. "1분 전이라고는 말하지 않았지?"

"당신들 둘 다 시간을 1분으로 맞추었어요."

백미러에 3번 거리에서 그 블록을 꺾어 들어오는 차가 한 대 비쳤다. 그 차의 지붕에 빨간 장방형의 불이 반짝였다.

"제기랄!" 그랜트는 조용히 말했다.

"왜 그래요?" 벨은 그랜트의 이마에 갑자기 땀방울이 솟아나는 것을 보았다. 그녀는 그의 손을 잡으며 다시 물었다. "왜 그래요?"

"경찰이야!"

순찰차의 불이 가까이 다가왔다. 그는 벨의 어깨에 손을 돌려 끌어당겼다.

"저것이 멈추거든 우리는 작별인사를 하고 있는 것으로 하는 거요, 알았지?"

그러나 순찰차는 멈추지 않았다. 천천히 지나가버렸다. 운전석에 앉아서 무표정하게 두 사람을 흘끗 쳐다본, 번쩍거리는 경찰모자 밑의 사나이 얼굴은 젊고 매서웠다.

그랜트는 벨의 어깨에서 손을 떼고 순찰차의 미등이 2번 거리 교차점에서 사라질 때까지 지켜보고 있었다. 그리고 나서 조용히 말했다.

"이 다음에는 아마 저런 방해꾼이 서서 뭔가 물을 거야."

그는 입술을 축이면서 브래들리 집의 닫혀 있는 문을 보았다.

"아무래도 뭔가 잘못된 것 같은 생각이 드는군."

"그 사람은 다만 6, 7분 늦는 것뿐이에요."

"이 길을 다시 돌아봐야겠군. 한 번, 꼭 한 번뿐이야."

"어떻게 되었다고 당신은 생각하는 거지요?"

"그걸 안다면 어떻게든 하지." 그랜트가 시동을 걸면서 말했다.

그 블록을 한 바퀴 도는 데 2분이 걸렸다. 천천히 조용하게 차를 운전하면서 다시 31번 블록으로 내려왔는데, 아직도 듀크의 모습은 보이지 않았다. 브래들리 집 현관 계단에도 앞쪽 길에도 인기척은 없었다. 그랜트는 도망치려고 액셀러레이터를 밟았다. 그때 세워둔 두 대의 차 사이에서 사람의 그림자가 움직이더니 헤드라이트 불빛 앞에 갑자기 듀크가 모습을 나타냈다.

듀크 혼자였다. 힘주어 브레이크를 밟은 그랜트에게 그 모습이 보였다. 차는 흔들거리며 급정거했다. 듀크가 다리를 절면서 다가왔다.

흥분하여 눈을 반짝이며, 깊이 생각하고 있는 표정이었다.

"타!" 그랜트가 말했다. "타라니까!"

"아니, 나는 또 안으로 들어가야만 해."

"자네 미쳤나?" 그랜트의 목소리가 갑자기 높아졌다. "타라고 했잖아!"

듀크가 큰 손으로 그랜트의 어깨를 내리누르며 날카롭게 말했다.

"들어봐, 잠자코 들어보라니까. 보모가 아직 잠을 안 자고 있는 거야. 그 방에서 아기 옆에 누워 나란히 있었어. 내가……."

"하고 싶다면 자네 혼자 해봐!" 그랜트는 듀크의 억세고 무서워 보이는 눈을 바라보면서 말했다. "나는 달아날 테니까."

듀크는 그랜트의 어깨를 누르고 있는 손에 힘을 주었다.

"당황할 건 없어. 보모는 약 기운으로 죽은 듯이 누워 있어. 10분쯤은 깨어나지 못할 거야. 에디, 침착해." 그는 그랜트의 어깨를 누른 채 어두운 거리를 잠깐 둘러보더니 마지막으로 길 맞은편의 어두운 창문으로 시선을 옮겼다. "당황할 건 없어." 그는 다시 낮고 굳센 말투로 말했다. "수상하게 보여선 안돼. 나는 친구에게 작별인사를 하고 있는 것처럼 보일 거야. 제발 내 말을 들어줘."

"보모가 자네를 보았나?" 그랜트가 물었다.

"아니, 나는 그 여자 뒤에서 했으니까, 그녀는 아무것도 보지 못했을 거야." 듀크의 시선은 그랜트를 지나 잠시 벨에게 머물렀다. "당신은 나와 함께 안으로 들어가 줘요. 보모와 아기를 둘 다 데리고 나와야 해. 나 혼자서는 안 되니까……."

"자네 술 취한 게 아닌가?" 그랜트는 듀크의 손을 뿌리쳤다. "대체 지금 무슨 말을 하고 있는 거야?"

"둘 다 데려와야 해, 에디." 듀크는 엷은 웃음을 띠고 있었으나 차갑고 기분 나쁜 눈초리였다. "그 보모를 남겨두고 오면 눈치를 채고 우리를 신고할 거야. 그렇게 되면 모든 일이 뒤죽박죽되겠지. 그러나 우리가 그 여자도 함께 데리고 나오면 경찰에서는 그 여자가 한 짓으로 생각할 거란 말이야. 안 그런가?" 목소리가 갑자기 강해졌다. "여보게, 어떻게 된 거지? 귀찮게 되었군. 그러니까 무서워서 손을 떼겠다는 말인가? 두 사람 다 어린애야! 이래도 어른이라고 할 수 있겠나?"

그랜트는 입술을 핥으며 흘끔 벨을 보았다. 그녀는 외롭고 겁에 질려 있는 것처럼 보였다. 큰 눈이 어둠 속에서 반짝였다. 그랜트가 두려워하며 얘기하고 있던 일이 생각난 것이다. 그들의 계획을 전부 망쳐버릴 우연한 일이, 아무래도 잘못되어 가는 듯한 생각이 그랜트의 마음에 미신처럼 눌어붙어 있었다. 그것은 논리도 이성도 받아들이지 않았다. 감정에 바탕을 둔 확신이었다.

"좋아, 해보지." 그랜트는 벨에게 말했다. "좋아."

"하지만…… 당신……."

"괜찮아."

그러나 그랜트는 자기의 말이 거짓말이라는 것을 알고 있었다. 싸움을 피하려고 가락을 맞추어 충동적인 행동을 하고 있을 뿐이었다. 이래서는 좋지 않다는 것을 그랜트는 알고 있었다. 벨이 망설이자 그랜트가 다시 날카롭게 소리쳤다.

"당신은 듀크와 같이 가봐."

그러자 벨은 차 문을 열고 밖으로 나와 차의 앞으로 갔다. 헤드라이트 빛으로 창백한 그녀의 얼굴에 공포가 떠올라 있는 것이 그랜트에게 보였다.

듀크는 벨의 팔을 잡고 그랜트에게 말했다.

"10분 동안 근방을 돌며 기다려주게. 그때까지는 끝날 테니까."

그랜트는 시동을 걸었다. 차가 달려가자 듀크가 벨에게 말했다.

"자, 급히 하지 않으면…….

아기 방으로 들어가 보니, 아까 나올 때와 똑같았다. 아기는 둘레에 살을 끼운 침대에 있고, 보모는 벽을 향한 침대 겸용의 긴 의자에 누워 있었다. 공기는 역겨운 에테르 냄새로 숨이 막혔다. 밤새 켜두는 파란 전등이 위에서 부드러운 빛을 던지고 있었다. 그 빛은 눈이 커다란 인형의 미소를 비추고, 밝은 색의 그림책이며 장난감들을 비추었다. 따뜻하고 좋은 냄새가 풍기고, 비단결처럼 부드러운 모포와 끌어안고 싶은 큰 베개가 사치스럽게 놓여 있었다.

듀크가 조용히 말했다.

"보모 방은 이 위쪽요. 1주일 정도 필요한 만큼 이 여자의 물건을 가방에 넣어주오. 장신구와 향수와 편지를 잊으면 안 되오. 일용품 말이오."

"그런 것이 모두 이 여자에게 필요할까요?" 벨이 신경질적인 목소리로 속삭이며 그의 바로 옆에 서서 보모의 날씬한 모습과 베개에 흩어져 있는 검은 머리를 바라보았다.

"계획적으로 이곳을 나간 것처럼 보이게 하는 거요." 듀크의 목소리는 여전히 낮고 조용했다. "자, 빨리 해주오, 벨!"

벨은 소리 나지 않게 방에서 나갔다. 듀크는 긴 의자에 앉아 보모의 창백한 얼굴을 가만히 보았다. 그녀는 느릿느릿 힘들게 숨을 내쉬며, 머리가 아픈 듯 멍하니 고개를 좌우로 움직이고 있었다. 전등불빛에 그녀의 부드럽고 고운 피부가 더 돋보였다. 그가 생각했던 것보다 훨씬 작은 몸집이다. 분명 여자라기보다 소녀 같았다. 허리가 가늘고 엉덩이와 젖가슴은 이제 다 자란 것 같았으나 여전히 작았다. 키가 큰 것처럼 보인 것은 그녀의 몸매와 걸음걸이 때문이었다. 긴 속눈썹 끝에 감겨진 그녀의 눈에 미소를 보내며 이 여자는 그저 예쁜 정도가 아니라고 그는 생각했다. 미인인 것이다. 단단하고 섬세하며, 길을 들이면 꽃이 필 여자다. 훈련시켜 이르는 말을 듣게 하는 것을 필요로 하는 타입이다──그것도 호되게. 그러나 이런 교육은 재미 있다. 교육이 끝나면 그들은 그를 기쁘게 해주기 위해 더 애쓰게 될 것이다. 그의 동생 행크처럼……

귀중한 시간을 헛되이 보내고 있다는 데 생각이 미쳤다.

"자, 일어나!"

그는 그녀의 뺨을 힘껏 천천히 때렸다. 그녀가 눈을 뜨고 공포의 부르짖음을 외치려고 하자 듀크는 억센 손으로 그녀의 입을 눌렀다.

"소리 내지 마! 알았지?"

그녀는 그의 무거운 몸을 밀치고 그 가는 몸을 비틀며 숨이 막힐 정도로 내리누르고 있는 그의 손에서 얼굴을 뿌리치고 빠져나오려고 몸부림쳤다. 그러나 헛일이었다.

듀크는 조용히 말했다.

"이제 그만! 어린아이에게 상처를 입혀도 괜찮겠소?"

그 말을 듣자 그녀는 승부가 되지 않는 무의미한 싸움을 그만두었 다. 그의 손에 내리눌린 몸이 빳빳해지며 움직이지 않게 되었다. 눈 만이 움직이고 있었다. 그의 얼굴을 살펴보고 있는 그 눈이 갑자기 그를 알아보자 새로운 공포가 거기에 더해졌다.

"이제 됐소. 당신은 나를 알고 있겠지. 잘 들어둬요. 우리는 어린 아이를 데리고 갈 거요. 우리가 시키는 대로만 하면 어린아이에게 상처는 입히지 않겠소. 알았소? 어린아이가 사느냐 죽느냐는 당신 에게 달려 있소. 잘 알겠지?"

그녀가 말을 할 수 있도록 그는 손을 뗐다.

"네, 아기에게 상처를 입히지 말아 주세요, 소원이니까."

듀크는 또 손을 내려 그녀의 말을 가로막았다.

"좋아. 그 편이 현명하지. 우리는 지금부터 오늘 밤 오랫동안 차를 타게 될 텐데, 당신은 옷을 입고 드라이브를 즐겨주오. 시끄럽게 굴면 크리스마스 칠면조처럼 꽁꽁 묶어서 차의 짐 싣는 곳에 던져 버리겠소. 그건 싫겠지? 손과 발에 피가 통하지 않게 되고, 숨도 제대로 쉴 수 없을 테니까. 8시간이나 10시간쯤 지나면 얌전히 있을걸 하고 생각하게 마련이지. 내 말을 알아듣겠소?"

벨이 조그만 여행가방과 스웨터와 회색 트위드 스커트와 검은 펌프스를 가지고 방으로 들어왔다.

"말끔히 다 넣었어요."

"됐어." 듀크는 보모의 입에서 손을 떼어내고 그녀의 어두운 눈을 가만히 들여다보았다. "얌전히 하는 거겠지?"

그녀의 시선은 벨에게로 갔다가 다시 듀크에게로 돌아왔다. 그녀의 가쁘고 얕은 숨결만이 방 안의 침묵을 흔들었다.

"어때?" 듀크는 다그쳤다.

그녀는 그를 쳐다보면서 입술을 축이더니 천천히 고개를 끄덕였다.

행크 파렐의 산장 앞을 지나가는 꼬불꼬불하고 좁은 자갈길로 들어서면 오른쪽으로 차갑고 푸른 메드맥 강이 보인다. 뉴욕을 빠져나온 뒤로 차는 꼭 두 번 멈췄다. 한 번은 3번 거리에서 몸값을 요구하는 편지를 우체통에 넣기 위해, 또 한 번은 그로부터 7시간 뒤 커피와 프라이드 에그 샌드위치를 사기 위해서였다. 벌써 뉴욕을 떠난 지 8시간이나 된다. 지금은 뉴욕에서 훨씬 북쪽인 메인 주 포틀랜드 시 북쪽 90마일 지점에 있다.

태양은 이른 새벽의 대지를 몇 겹이나 두껍게 덮고 있던 안개를 말끔히 걷어버렸다. 2시간 전부터 그들은 지나치리만큼 깨끗한 시골, 봄이 와서 이제 풀리기 시작한 겨울의 시골을 달리고 있었다. 깊은 떨기나무숲에는 밝은 녹색이 섞이고, 눈 녹은 물이 높은 곳에서 강으로 졸졸 흘러내렸으며, 언 땅은 여기저기 거무스름한 빛을 띠고 있었다. 정적과 작고 밝은 늪이 있는 땅, 바위투성이인 해안선과 바닷바람에 시달린 작달막한 전나무 숲이 있는 곳.

차가 행크 파렐의 산장 옆 작은 길에 멈춰섰을 때, 순간 아무도 입을 열지 않았다. 그들은 주위의 정적과 바다에 면한 곳에서 흔히 느끼는 이상야릇한 거리감에 압도되어 있었던 것이다. 간신히 듀크가 몸을 움직이자, 그것이 다른 사람들에게 신호의 역할을 했다. 이윽고 그들은 차에서 내려 집 쪽을 바라보았다.

말쑥하고 예쁘장한 소금통 모양의 목조 건물이었다. 옛날식 그대로 앞부분은 2층으로 돼 있었고, 아래층 창문 높이에서 뒤쪽으로 똑바로 내밀어진 부분이 있었다. 어느 곳 할 것없이 아주 새로운 느낌이 들었다. 판자벽 널빤지는 새로 칠한 흰 페인트로 번쩍이고, 창유리는 햇빛을 받아 맑게 빛나고 있었다. 대지가 높기 때문에 전망이 아주 좋았다. 한쪽은 싱싱한 전나무의 푸르름이 줄곧 비탈을 이루며 조수가 밀려들어오는 아래쪽 강으로 이어져 있다. 한쪽에는 꼬불꼬불한 길과 반쯤 숲에 둘러싸인 늪이 보였으며, 그 앞에는 또 한 채의 집 지붕 윤곽이 푸른 하늘에 뚜렷이 보였다. 행크의 산장은 길에서 반마일쯤 들어간 곳에 있었는데, 가장 가까운 윌리엄즈보로 마을에서도 5마일쯤 떨어져 있다.

그랜트는 눈을 가늘게 뜨고 빛나는 태양과 하늘과 강물을 바라보았다. 그에게는 이 고장 모습이 마음에 들지 않았다. 엄숙하고 차가워 정들기 어려울 것 같았다. 그러나 말없는 숲을 물끄러미 바라보고 주위의 황량한 분위기를 느끼자 그는 약간 웃음을 지었다. 소풍을 온 것은 아니다. 그 일을 위해서는 이곳이 이상적이다. 그랜트는 이제 확신을 되찾고, 또 사물을 분명하고 날카롭게 생각하고 있었다. 계획을 바꾸어야 되었지만 대단한 것은 아니다. 처음에 그는 메인 주까지 올 작정이 아니었다. 그는 뉴욕에 머물러 있으면서 몸값을 받기로 되어 있었다. 그러나 보모를 데리고 왔기 때문에 그도 같이 오지 않으면 안 되었다. 벨은 운전할 줄 모르고, 듀크에게 보모와 길 양쪽을 동시에 경계하게 할 수는 없었다. 그러나 이제는 보모를 처리할 수 있으니까 그는 아침이 되면 기차를 타고 뉴욕으로 돌아갈 생각이었다.

"들어가지." 그가 말했다.

20분 뒤 그랜트는 듀크와 함께 소나무가 활활 타오르는 난로 앞에서 몸을 녹이고 있었다. 듀크는 맨틀피스 위에 있는 두 개의 두꺼운 사기 컵에 럼을 따르고 있었다. 그들이 왔을 때 난로에 불피울 준비가 되어 있고, 부엌 테이블에는 럼 병이 놓여 있었다. 그리고 내 집처럼 마음 편히 지내라는 듀크 동생의 편지가 놓여 있었다.

그랜트는 기분이 아주 좋았다. 입과 눈언저리의 긴장된 표정도 사라져버렸다. 불이 그의 차갑게 굳어 있는 근육을 녹여주고, 강한 럼의 향내가 그의 오감을 활발하게 만들었다. 그는 길쭉하고 아늑한 방을 둘러보았다. 책장과 작은 피아노와 써서 낡아빠진 카펫과 가구에 눈길이 멎었다. 그는 갑자기 웃기 시작했다.

듀크가 그에게 럼 잔을 건넸다.

"뭐가 그렇게 우스운가?"

"글쎄, 생각지도 못할 만큼 간단히 일이 아니었나! 그저 가만히 들어가 미국에서 가장 거물인 한 사람의 손녀를 빼앗아온 거야. 신문을 훔치는 정도의 수고였지."

"밖의 차 안에만 앉아 있었으니 틀림없이 간단했겠지."

"누구의 공로였다는 이야기는 그만두세." 듀크의 야유도 그랜트의 좋은 기분을 해치지 못했다. "문제는 일이 무사히 끝났다는 것일세!

아침이 되면 나는 뉴욕으로 돌아가서 돈받을 준비를 하겠네. 자네는 그 보모를 조용히 하도록 해두기만 하면 되네. 별로 어렵지는 않을걸세."

"그런데 왜?" 듀크가 엷은 웃음을 띠며 말했다.

그랜트는 그를 보았다. 이윽고 그는 대들보가 드러나 있는 낮은 천장으로 시선을 옮겼다. 벨이 보모와 아기를 위층으로 데리고 올라갔다. 머리 위에서 구두 소리가 들렸다.

"서투른 짓은 하지 말아줘." 그랜트가 말했다. "그 여자는 얌전히 있으니까. 어린아이를 살리기 위해서라면 무슨 짓이고 할 거야."

"나도 그런 생각을 하고 있었네."

듀크는 말하며 럼 술을 한 모금 마셨다.

"서투른 짓은 하지 말라고 일러두었네." 그랜트는 듀크를 흘겨보았다. "그 여자에게 손대지 말아."

"그 여자 쪽에서 내게 몸을 던져오면 어쩌지?" 듀크는 익살스럽게 한숨을 내쉬어보였다. "나는 힘이 쑥 빠져버릴지도 모르네. 에디."

"똑똑히 기억해 두게. 그 여자에게 손대지 마!"

듀크가 홀가분하면서도 약간은 도전적인 기분으로 그랜트에게 싱긋 웃어보였을 때, 문을 두드리는 소리가 들렸다.

순간 두 사람은 꼼짝도 하지 않았다. 얼어붙은 듯이 우뚝 선 채 두 사람은 서로를 바라보고 있었다. 두 사람의 숨결이 침묵 속에서 천천히 괴로운 듯이 들렸다. 이윽고 그랜트는 낮은 소리로 욕을 하며 한쪽 손을 웃옷 주머니에 집어넣었다.

"침착해!" 하며 듀크가 그의 팔을 잡아 눌렀다.

"자네는 아무도 이리로 오지 않을 거라고 말하지 않았나."

"그 권총에서 손을 놓아!" 성이 난 강한 귓속말로 듀크가 말했다.

"아마 내 동생의 친구일 걸세. 내게 맡겨둬."

그랜트는 마른 침을 삼켰다. 낡은 양피지 같은 노란 빛이 얼굴에서 사라졌다. 아침 햇빛 아래에서 보니 그의 피부는 지저분한 잿빛이었다. 그는 쉰 목소리로 말했다.

"누군지 나가봐."

듀크가 다리를 절며 방을 가로질러가자 문에서 두 번째 노크 소리가 들렸다. 그는 큰소리로 말했다.

"나갑니다!"

문이 활짝 열렸다. 문 앞에 서 있는 모랫빛 머리의 젊고 늘씬한 사나이를 물끄러미 쳐다보며 듀크의 얼굴에 미소가 얼어붙었다. 몇 초 동안 두 사나이는 부자연스럽고 긴장된 침묵 속에서 상대방을 물끄러미 쳐다보고 있었다. 두 사람 다 미소 짓고 있었다. 그러나 두 사람이 서로 살피는 듯한 경계의 눈초리에는 밝은 구석이 조금도 없었다. 이윽고 듀크가 느닷없이 요란스럽게 웃으며 자기보다 젊은 사나이의 어깨를 두들겼다.

"이거 놀랐는걸. 이런 놀라운 일이 있나! 들어와, 꼬마야!"

듀크는 몸을 돌려, 한쪽 손을 웃옷 주머니에 깊숙이 넣은 채 천천히 이쪽으로 오고 있는 그랜트를 보았다.

"에디, 놀랍지 않은가?" 듀크의 목소리는 크고 쾌활했지만 눈에는 어두운 경고의 빛이 생생하게 깃들어 있었다. 그는 웃으면서 말했다. "에디, 내 동생을 만나주게!"

제4장

　행크 파렐은 시선을 듀크에게서 뒤로 옮겨, 한쪽 손을 가볍게 주머니에 찌른 채 커다랗고 창백한 얼굴에 아무 표정도 띠지 않고 두 사람 쪽으로 천천히 다가오는 건장한 사나이를 흘끗 보며 고개를 끄덕였다. '이자가 에디 그랜트로구나' 하고 행크는 생각했다. 듀크의 편지에는 그랜트와 그의 가족을 1주일 동안만 이리로 데려오고 싶다는 내용이 씌어 있었다. 그랜트와 듀크는 같이 장사를 시작할 생각이므로 아늑하고 조용한 곳에서 세밀한 계획을 검토해 보고 싶기 때문이라는 것이었다. '거짓말 마라, 이 그랜트라는 녀석은 아늑하고 조용한 곳이 몸에 맞을 것 같지 않은데' 하고 행크는 생각했다.

　그리고 행크가 들어온 뒤 듀크가 문을 닫았을 때, 행크는 방의 긴장감을 의식했다. 그것이 너무도 심했기 때문에 자신의 미소가 입술 위에서 딱딱하게 굳어버린 듯이 느껴졌다. 그랜트와 듀크는 공이 울리기를 기다리고 있는 권투선수처럼 서로 노려보고 있었다.

　"자네는 동생이 낚시를 갔다고 하지 않았나?" 그랜트가 성난 목소리로 차갑게 말했다. 듀크는 아무렇게나 미소 지어 보였다.

"내가 잘못 알았는지도 모르겠군. 그러나 별로 지장은 없잖아, 에디?"

듀크는 경고하는 듯한 목소리로 말했다. 행크는 그걸 느낄 수 있었다. 그리고 그랜트가 주머니 속에서 권총을 쥐고 있는 것도 그는 알아차렸다. 총구가 웃옷 속에서 둥근 모양으로 툭 튀어나와 있었다.

행크의 두 팔이 몸에서 떨어졌다. 뭔가 일어나지 않을까 하여 본능적으로 그것에 대비한 것이다. 그랜트가 행크 쪽을 흘끗 쳐다보았다. 행크는 서투른 짓을 했다고 생각했다. 이 싸움은 자기와 관계된 일이 아니다. 듀크와 그랜트 사이의 일이다. 둘이서 다투고 있는 참에 온 것인지도 모른다.

행크는 담배를 꺼내며 새삼 방의 긴장감을 무시하고 두 사람 사이로 걸어갔다. 그러나 그것은 쉬운 일이 아니었다. 그랜트가 쥐고 있는 권총이 그의 가슴을 똑바로 겨누고 있었기 때문이다. 행크가 말했다.

"우리가 세낸 비행기가 엔진에 문제가 생겨 출발이 늦어졌습니다. 그래서 여기까지 단숨에 달려와 인사나 하고 갈까 해서……."

"출발이 늦어졌다고?" 그랜트의 눈은 차갑고 험악했다. "얼마쯤?"

"몇 시간쯤이면 됩니다."

행크는 그랜트에게 담배를 내밀었다. 이 이상한 긴장을 일상적인 동작으로 가라앉히려 했던 것이다. 그러나 그랜트는 머리를 저으며 의심스러운 듯이 계속 그를 살피고 있었다. 이 두 사람은 무엇을 두려워하고 있는 것일까 하고 행크는 생각했다. 그와 동시에 그는 오랫동안 느끼지 않았던 공포를 느꼈다. 형은 이번에 또 무슨 일을 벌인 것일까?

"럼 술은 있었겠지요?" 행크가 듀크를 흘끗 쳐다보면서 말했다.

"응, 있어." 듀크는 쾌활하게 말하며 갑자기 진정이 깃든 듯한 태도를 보였다. "에디와 내가 마시기 시작했어. 걱정 마." 그는 웃으며 행크의 어깨에 두 손을 얹더니 진심으로 놀라고 기뻐하는 것처럼 엷은 미소를 띠면서 그를 찬찬히 살펴보았다. "꼬마야, 정말 반갑다. 모두 한잔해야겠는데. 대체 이게 몇 해 만이지? 5년만인가, 응?"

"거의 8년이나 되지요."

"그래? 그렇게 오래 되었나! 에디, 나는 내 동생을 8년 동안이나 만나지 못했었네."

방 안의 긴장감이 풀렸다. 행크는 그것을 느꼈다. 그랜트는 주머니에서 손을 뺐고, 듀크는 그의 자신 있는 역할——소란스럽고 기세 좋은 회합의 중심인물처럼 행동하고 있었다.

"당신을 만나서 기쁘오, 행크 파렐 씨." 그랜트가 큼직하고 네모진 손을 내밀며 말했다. 그는 미소 짓고 있었으나, 이 노력은 기묘하리만큼 파르스름한 눈언저리의 작은 주름살을 돋보이게 할 뿐이었다. "우리들 회의에 당신 집을 쓰게 해주어서 고맙소."

듀크는 행크의 어깨에 한쪽 팔을 돌려 거칠게 끌어안았다.

"내 부탁을 이 녀석이 들어주지 않을 걸로 생각했었나, 에디?" 그는 그랜트를 향해 싱긋 웃어보였다. "우리 파렐 집안 형제는 다같이 뭉쳐 있다네. 그렇지, 꼬마야?"

"그럼요." 행크는 짧게 대답했다.

그는 어깨에 형의 팔이 닿아 있는 느낌이 못마 그 두 가지 울림이 집 안에 울려 퍼졌다가 천천히 정적 속으로 사라져갔다.

못마땅했다. 어 듀크는 한숨을 내쉬며 담배를 꺼냈다.

보다 더 "에디란 녀석도 가엾군. 우리들도 마음상하는 있는 것일까?

일을 했었지. 그러나 부모에게 저런 걱정을 끼쳐주지는 않았어." 그는 미소를 띠며 행크에게 담긴 것을 행크는 보았다. 자기의 냉정함을 형이 느꼈다는 것을 행크는 알았다. 이것은 날 때부터 타고난 듀크의 본능인 것이다. 그는 사람이 생각하고 있는 것, 느끼고 있는 것을 용케 본능적으로 알아차리는 것이었다. 뭔가 숨기려 하고 있는 경우에는 특히 그렇다. 상대방이 자기에게 공포감과 죄의식을 가지고 있는 것을 그는 본능적으로 알아차렸다.

듀크는 그랜트에게 미소를 보내며 말했다.

"예전에 나는 행크와 싸움을 했지만, 이건 집안일일세. 가끔 나는 이 녀석에게 형을 좀 존경하라고 가르쳐줄 필요가 있었다네."

그리고 그는 두 주먹으로 행크의 가슴 아래쪽을 가볍게 두들겼다.

"아직도 그 교훈을 기억하고 있겠지, 꼬마야?"

"형한테 여러 가지를 배웠었지요," 행크는 천천히 말했다.

"이제 완전히 어른이 되었구나."

물끄러미 행크를 바라보며 듀크는 시험해 보는 듯한 약간 도전적인 미소를 띠었다.

"너는 벌써 28살이니까. 그렇지? 전쟁에도 갔다 왔어. 뭔가 훈장을 타 온 걸 신문에서 읽었다. 고향 신문에 나와 있었거든. 제1면에 네 사신까지 넣어서 말이다. 내가 영웅이 되었다는 거야. 대단한 일이 아니냐?"

그리고 나서 듀크는 한숨을 내쉬며 나쁜 쪽 다리를 두들겼다.

"그런데도 군의관은 나보고 집에 가서 전시공채를 사라고 했을 뿐이었어."

행크는 듀크의 신세타령에 조금도 마음이 움직이지 않는 자신에 대해 안심했다. 듀크의 이야기가 오히려 어딘지 좀 우습게 생각되었다. 행크는 무심코 말했다.

"그래서 얼마나 샀지요?"

순간 듀크는 깜짝 놀란 얼굴을 했으나 곧 태도를 바로잡고 행크의 팔을 두들겼다.

"녀석, 군대에 갔다 오더니 농담도 다 할 줄 알게 되었구나."

행크는 자신이 자유로워진 것을 의식하고, 그것이 기뻐서 듀크에게 미소를 보냈다. 옛날의 노예 같은 복종은 이제 완전히 끝났다. 그것을 그는 지금 깨달았다. 공포감도 치욕감도 없고 지금까지 줄곧 고민해 온 책임감의 죄의식도 없이 듀크와 얼굴을 마주볼 수 있는 것이다. 자유로웠던 지난 8년 동안에도 줄곧 그를 형에게 붙들어매 놓았던 고삐는 끊어졌다. 그도 이렇게 되리라고 생각하고는 있었다. 듀크에게서 해방되었다는 느낌은 가지고 있었다. 그러나 아무래도 그것을 시험해 보지 않으면 안 된다고 생각했던 것이다. 그것이 오늘 아침 이리로 돌아온 이유였다.

듀크의 대담하고 강해 보이는 얼굴, 쑥 내민 이마 아래 깊숙이 들어간 차가운 눈, 그것을 유심히 바라보면서 이제 이 사람은 나와 관계가 없다고 행크는 생각했다. 자신의 기회를 스스로 묻어버린 사나이, 어떤 직장에 나가든 술과 싸움으로 붙어 있지 못한 사나이, 자기가 곤란하게 되면 전부 남의 탓으로 돌리던 사나이——이런 사람에 대해 이제 그가 상관할 바 뭐 있겠는가. 행크는 그렇게 생각했다. 이 순간까지 형을 똑바로 본 일이 없었던 것에 행크는 생각이 미쳤다. 지금까지 공포감과 죄의식으로 형이라는 사람을 제대로 볼 수가 없었다. 그러나 지금은 형이 어떤 사람인가 똑똑히 파악했다. '약한 사람을 괴롭히는 사나이, 거짓말쟁이…… 나는 이런 사람을 왜 무서워했던가?'라는 생각이 들자 그는 조금 화가 치밀어 올랐다.

그리고 자신에게 아무런 감정도 솟아나지 않는 데 행크는 놀랐다. 가엾다는 마음도, 동정심도, 이제 아무것도 그에게는 남아 있지 않았다. 그런 것은 이제 모두 없어졌다. 몇 해나 형에게 위협받는 동안 그런 감정은 다 없어지고 말았다. 매시간 치러왔던 것이다.

"자, 그걸 마시지 않겠나?" 그랜트가 듀크에게 자신의 초조한 기분을 알리려는 듯한 목소리로 말했다. "자네 동생은 곧 떠나야 될 테니까."

듀크는 절름거리며 부엌으로 갔다. 행크는 자기 시계를 보았다.

"아, 벌써 시간이 거의 다 되었군요." 행크는 난로 쪽으로 갔다. '왜 이들은 나를 돌려보내려 하는 것일까?' "이러고 있으면 기분이 좋습니다." 그는 웃옷을 벗고 두 손을 따뜻한 불에 쬐었다. '그리고 어째서 그랜트는 권총을 가지고 있는 것일까?'

"추워진 것 같군" 하고 그랜트는 말했다. 그리고 '이 형제는 너무도 닮지 않았는데' 하고 생각했다.

행크는 얼굴이 희고 예민한 타입으로, 짧은 모랫빛 머리에 키가 후리후리하고 늘씬했다. 이런 몸매를 지닌 녀석에게는 속기 쉽다. 온순하고 약해 보여서, 이런 녀석은 아무것도 아니라고 생각해 버리는 것이다. 그러나 이 녀석의 크고 뼈대가 굵은 손목에는 힘이 있어 보이고 걸음걸이며 몸을 가누는 태도를 보면 날쎌 것 같다. 형보다 키가크다. 그러나 형 쪽이 이 녀석보다 40파운드는 더 무겁다. 그것은 모두 떡 벌어진 어깨와 팔에 뭉쳐져 있다. 듀크는 이 녀석을 꼬마라고 부르고 있다. 그러나 그 정도는 아니다. 절대로 꼬마가 아니다. 저 턱과 매섭고 진실해 보이는 얼굴을 보면 그렇지 않다는 것을 알 수 있다. 이마에 가로로 희미하게 흰 상처자국이 있는데, 그것이 이 녀석의 얼굴을 한층 더 엄숙하고 실무적으로 보이게 한다. 이 상처 때문에 언제나 눈썹을 찡그리고 있는 것처럼 보인다. 듀크와 같이 거칠고 난폭한 점은 없지만, 보기보다는 만만치 않을 듯싶다. 그것을 그랜트는 알았다. 그러나 그랜트는 육체적인 대결을 두렵게 생각하지 않았다.

그랜트가 두려워한 것은 행크가 날카롭고 빈틈없는 사나이, 간단히 속아 넘어가지 않는 사나이같이 보인 점이었다. 그는 권총을 눈치챘다. 그것을 그랜트는 분명히 알고 있었다. 그렇다면 이 녀석은 어떻게 한다? 같이 한잔 마시고 나서 잘 있으라고 크게 손을 흔들고…… 그리고는 경찰로 가지 않을까? 이 녀석을 돌려보내도 좋을까?

그랜트는 천천히 난로 쪽으로 걸어갔다.

"좋은 집이오."

그는 천장을 쳐다보았다. 2층은 죽은 듯 조용했다. 그렇다, 무사히 넘길 수 있을지도 모른다. 아무 걱정없이 이 사나이를 돌려보낼 수 있을지도 모른다.

"당신이 노크했을 때는 정말 놀랐소."

그랜트는 웃었다. 그 웃음은 진심에서 우러나온 것으로 명랑했다. 그는 곧잘 이렇게 웃는 것이었다. 그러나 약간 조마조마해 하는 듯한 느낌이 있었다.

"나는 도시에서 자라서 너무 아늑하고 조용한 곳에 오면 신경이 날카로워진다오. 듀크는 이 근처에 아무도 오지 않을 거라고 했는데, 당신이 문을 노크하는 바람에……."

그는 웃으면서 머리를 저었다.

"정말 간이 뒤집히는 것만 같았소. 글쎄, 이것 좀 보시오."

그는 주머니에서 권총을 꺼내 행크에게 보였다.

"내가 얼마나 신경이 날카로워져 있었는지 아시겠소? 누가 왔으리라고 생각했었는지 그건 나도 모르지만, 아마도 술 취한 인디언 패거리인 줄 생각했던 모양이오."

"놀라게 해드려서 미안합니다." 행크는 가벼운 기분으로 빙그레 웃었다. "하지만 이 근처는 꽤 조용해서 인디언의 습격은 몇 주일이 지나도 없습니다."

그랜트는 웃으며 권총을 주머니에 넣었다.

"그걸 몰랐기 때문에……."

"강가로 가면 사격 연습의 표적이 있을지도 모릅니다." 행크는 이 희극을 끝까지 해치우려고 아직도 빙그레 웃고 있었다. "그러나 인디언을 찾는 일은 시간 낭비일 겁니다."

위에서 말소리가 났기 때문에 행크는 천장을 쳐다보았다.

그랜트가 갑자기 큰기침을 했다.

"집사람이 당신을 만나지 못한 것을 알면 섭섭해 할 것입니다. 여기까지 차로 오느라고 지쳐 있기 때문에……."

"아마 또 다음에 기회가 있겠지요." 행크가 말했다.

"물론 그렇겠지요."

듀크가 럼 술을 뜨겁게 하여 쟁반에 담아가지고 들어왔다. 여전히 쾌활하게 수선을 떨고 있었다.

"자, 됐군. 정다운 술일세!"

찌르는 듯한 술냄새가 따뜻한 방에 강하게 느껴졌다. 매끈매끈한 소나무 마룻바닥에 타오르는 난롯불이 비쳤다. 태양이 창유리에 반사되어 빛나고 있다. 듀크에게서 컵을 받아들며 행크는 즐거운 그림 같다고 생각했다. 그러나 여기에 권총을 더하고 보니 그렇게 즐겁게만 생각되지는 않았다.

"이번에는 나도 크게 한몫 잡을 거다, 꼬마야!" 듀크는 행크에게 엷은 미소를 보였다. "에디도 나도 이번만은 틀림없이 해낼 거야."

"그 일을 위해 건배합시다!" 행크가 말했다.

듀크의 편지에는 그랜트와의 관계에 대해 어렴풋이 씌어 있었다. 통신판매를 할 텐데, 중개료는 들지 않는다, 막대한 이익…… 이런 것들이 씌어 있었다. 행크는 전에도 듀크가 이렇게 말하는 것을 들은 적이 있었다. 듀크는 언제나 이제 한 걸음만 더 가면 크게 벌 거라고 말한다. 그러나 반드시 뭔가 틀어지고 만다. 물론 자기 때문이었다고 말한 적은 한 번도 없었다. 바로 그것이 듀크의 입버릇이었다.

"나도 이번 일로 남부럽지 않게 될 거야." 듀크는 그랜트에게 눈짓했다. "이 녀석은 나보고 늘 훌륭하게 되라고 말했었지. 한집안의 자랑이 되라고 말이야. 제가 그러니까……."

듀크의 목소리는 아주 기분이 좋았으나 태도에는 가시가 돋쳐 있었다.

늘 들어온 이런 비웃음이 행크로서는 어쩐지 지겹게 느껴졌다. 그것이 기뻤다. 이로써 고삐가 또 하나 끊어진 셈이다.

그랜트는 빈 컵을 맨틀피스 위에 놓으며 시계를 보았다.

"지독한 드라이브였어." 그는 손으로 하품을 감추면서 말했다. "흥을 깨어서 미안하지만 나는 잠깐 쉬어야겠네."

행크가 컵을 아래로 내려놓았을 때 위에서 발소리가 들렸다. 긴박한 결심을 한 듯한 발소리가. 행크가 얼굴을 들자 그랜트와 듀크가 날카로운 경계의 시선을 주고받는 것이 눈에 들어왔다. 그리고 노여움과 절망으로 외쳐대는 여자의 목소리가 침묵을 깨고 들려왔다.

"이렇게 추운 곳에 아기를 둘 순 없어요, 여기서 얼어 죽고 말 거예요!"

"그만, 그만, 그렇게 큰소리를 내지 말아요."

어른이 말을 안 듣는 어린아이에게 타이르듯 달래는 말투였으나 용서하지 않겠다는 특별한 울림이 담겨 있었다.

"여기 있어 주게, 듀크." 그랜트가 말했다.

그는 잠시 행크를 지켜보고 있더니 이윽고 몸을 돌려 계단을 올라갔다.

억세고 힘차 보이는 몸 아래의 굵은 다리가 피스톤처럼 움직였다.

듀크는 문을 닫고 지친 듯한 미소를 띠며 동생을 바라보았다.

"여자란 금방 흥분하니까 말이야. 하지만 걱정할 건 없어. 대단한 것은 아닌 듯하니까."

"그다지 즐거운 일은 아닌 것 같은데요." 행크가 말했다.

그때 그랜트의 성난 듯한 날카로운 목소리가 들렸다. 그리고 항의하는 듯한 절망적인 젊은 여자의 목소리가 그보다 강하게 울렸다.

"집안싸움이란 대개 가까이에서 울리는 화재경보처럼 들리게 마련이지." 문에 기대선 듀크는 안심하고 있는 것처럼 보였다. 승부를 겨룰 것까지도 없는 상대를 대하고 있는 권투선수 같았다. "이런 일에 마음 쓸 것 없어."

"저 젊은 여자는 누굽니까? 그리고 그녀가 걱정하고 있는 어린아이란 또 뭐지요?"

듀크는 말썽이 계속되고 있는 2층을 흘끗 쳐다보고는 한숨을 내쉬며 어깨를 움츠렸다. 마음씨 좋은 듯한 굴복의 제스처였다.

"네게도 알 권리가 있을 것 같구나. 여기는 네 집이니까. 저 젊은 여자는 그랜트의 딸이란다. 그리고 아기는 그 딸의 아이인데, 아주 귀엽지. 그러나 그랜트의 딸에게는 남편이라는 자가 없는 거야." 그는 묘한 미소를 지었다. "알아듣겠지? 인간이란 때때로 실수를 저지르게 마련이니까."

듀크가 거짓말하고 있다는 것을 알아차리자 불길한 소름이 행크의 몸을 스쳤다. 그러나 그는 아무렇지도 않은 듯이 말했다.

"정말 안됐군요."

자기 보존의 본능으로 행크는 형의 태도에 대해 속속들이 알고 있었다. 몇 해 동안이나 그는 끊임없이 변하는 듀크의 거짓 가면을 경계해 왔다. 그래서 지금도 듀크가 거짓말하고 있다는 것을 그는 알았다. 피곤해 보이는 미소, 남의 일에 동정을 보내는 듯한 태도——모두 다 거짓이다. 이 피곤한 듯한 겉치레 속에 듀크의 근육은 싸움에 대비하여 긴장하고 있는 것이다.

　"안됐고말고." 듀크는 무거운 한숨을 내쉬었다. "그랜트에게도 무거운 짐이 되어 있지. 그래서 그랜트는 저렇게 초조해 하는 거란다. 너도 눈치챘겠지? 딸이 화를 잘 내어 부녀 사이가 그다지 원만하지 못한 모양이야. 아늑하고 조용한 곳에 함께 있으면 어떻게 원만해지지 않을까 하고 그랜트는 바라고 있지만……."

　"그렇다면 여기가 좋겠군요."

　문득 행크는 그들이 자기를 여기서 나가게 해줄까 의심했다. 그런 위험을 그들이 무릅쓸 수 있을까?

　위층의 말다툼은 절정에 이르렀다. 그랜트가 뭐라고 호통을 치고 문이 쾅 닫히는 소리가 났다. 그 두 가지 울림이 집 안에 울려 퍼졌다가 천천히 정적 속으로 사라져갔다.

　듀크는 한숨을 내쉬며 담배를 꺼냈다.

　"에디란 녀석도 가엾군. 우리들도 마음상하는 일을 했었지. 그러나 부모에게 저런 걱정을 끼쳐주지는 않았어." 그는 미소를 띠며 행크에게 담배를 내밀었다. "어때?"

　"고맙습니다."

　행크는 담배를 받아들고 듀크의 아무렇지도 않은 듯한 무관심한 태도에 장단을 맞추어 손등에다 그 담배를 툭툭 쳤다. 그러나 듀크가 그를 가만히 감시하고 있는 것을 알아차렸다. 성냥불 위로 생각에 잠긴 듀크의 눈이 날카롭게 빛나고 있었다.

　'지금 그들은 나를 내보내 줄 것인가?' 하고 행크는 그랜트가 계단을 내려오는 발소리를 들으며 생각했다. '조금 전에 그들은 줄곧 나를 쫓아내려 하고 있었어. 여기에는 뭔가 이상한 것이 있다. 내가 무엇을 생각하고 있는지, 무엇을 의심하고 있는지, 그들은 그것을 의심스러워하고 있는지도 모른다.'

"그럼, 난 그만 가봐야겠습니다."

그랜트가 방으로 들어오자 행크는 돌아서서 웃옷을 놓아둔 의자 쪽으로 천천히 걸어갔다. 두 사람 중 아무도 보고 싶지 않았다. 뭔가 얼굴에 나타나 있어 그것을 알아차릴지도 모른다. 두 사람에게 등을 돌리고 있는 동안 그를 어떻게 할 것인지 결정하겠지.

"다시 만나게 되어 반가웠어요, 형." 행크는 웃옷을 집어 들었다. "그리고 당신도요, 그랜트 씨. 오래 있을 수 없어 정말 섭섭합니다."

"정말 그렇구나, 꼬마야. 앞으로 좀 자주 만나도록 하자."

듀크가 말했다.

"물론이지요. 또 8년이 지나면 둘 다 늙은이가 될 테니까요."

행크는 웃었다.

두 사람은 지금 일의 처리를 결정하였다, 눈짓과 몸짓으로.

행크는 눈썹을 찡그리고 손목시계를 보며 천천히 몸을 돌렸다. 그가 해치우려 하고 있는 연극에는 이것이 가장 적당한 제스처이다——시간을 걱정하는 것이.

"서두르지 않으면……."

행크는 흘끗 그랜트를 쳐다보았다. 이때 그는 그들에게 자기를 내보낼 생각이 없다는 것을 알아차렸다.

그랜트는 커다란 두 손을 양옆에 축 늘어뜨리고 행크로부터 2미터쯤 떨어진 곳에 서 있었다. 그 넓적하고 이상하게 나이든 얼굴에는 아무 표정도 없었다. 눈만 멍하니 뜨고 있을 뿐, 아무것도 나타나 있지 않았다. 듀크는 맨틀피스 위에 한쪽 팔꿈치를 짚고 서 있었다.

빙긋이 미소 짓고 있어 하얀 이가 건강해 보이는 갈색 피부와 대조적으로 빛났다.

두 사람의 생각을 알게 된 것은 이 미소 때문이었다. 행크는 그 미소를 알고 있었다. 그는 어렸을 때 공포에 떨면서 그것을 경계하는 방법을 배웠다. 특별한 미소, 강렬하고 기분 나쁜 미소――이것은 위험이 다가와 있다는 것을 뜻한다. 듀크 이외의 누군가에게 위험이 다가와 있다는 뜻이다.

그랜트가 헛기침을 했다. 기침 소리가 주위의 침묵을 뚫고 뭔가를 의미하는 듯 강하게 울렸다.

"비행장까지는 얼마나 걸리지요?"

"30분 정도."

행크는 될 수 있는 한 아무렇지도 않은 표정으로 그랜트의 옆으로 다가갔다. 두 사람은 무슨 일이 일어나리라고는 예기치 않고 있었다. 그것을 행크는 알았다. 두 사람은 행크를 그다지 높게 평가하지 않는 것이다.

"그럼, 실례하겠습니다, 그랜트 씨. 형과 둘이서 큰돈을 벌어주십시오."

"그럴 작정이지만……." 그랜트는 웃지 않고 말했다. 목소리에 날카로운 익살이 깃들어 있었다. "이 다음에는 아마 당신도 좀더 오래 있게 될 거요."

"그렇고말고요."

행크는 계속 미소 지었다. 그랜트의 손이 천천히 웃옷 주머니로 움직이고 있었다. '지금이다!' 하고 행크는 생각했다. 천천히 거의 우연인 것처럼 부피가 큰 털 웃옷을 듀크의 얼굴에 메어쳤다. 그리고 온몸의 힘을 다해 오른손으로 그랜트의 가슴 밑을 내질렀다. 그 동작이 너무도 의외였고 재빨랐기 때문에 두 사람 모두 완전히 허를 찔렸다. 듀크는 맨틀피스 쪽으로 비틀거렸다. 그랜트가 반사적으로 있는 힘을 다해 손으로 총을 잡으려고 했다. 바로 그때 행크의 주먹이 명치 밑을 파고들어가 숨이 막혔다.

그랜트는 고통으로 몸을 웅크리고 목쉰 소리로 고함을 쳤다. 그 부르짖음은 곧 굳어진 목구멍에서 나오는 경련적인 헐떡임으로 바뀌었다. 권총은 주머니에서 거의 나와 있었으나 그것을 잡을 만한 힘이 없었다. 행크는 그것을 잡아채어 개머리판으로 그랜트의 뒤통수를 내리쳤다. 그랜트는 바닥에 쓰러져 꼴사납게 네 팔다리를 쭉 뻗었다. 행크는 얼른 뒤로 물러서며 권총을 돌려 듀크에게로 겨누었다.

듀크는 몸의 균형을 바로잡고 기가 막힌 듯이 행크를 바라보며 깜짝 놀란 듯 쉰소리로 말했다.

"대체 어떻게 된 거냐, 꼬마야?"

"움직이지 마!"

"너 정신이 돈 것 아냐? 그것도 군대에서 배웠니? 이유도 없이 사람을 치다니!" 듀크는 다리를 절면서 동생 쪽으로 한 발자국 다가섰다. "에디는 내 친구야!" 그는 성난 목소리로 말했다. "죽어가고 있는지도 모르겠다, 이 바보, 미치광이!"

"가만히 있으라니까!"

듀크는 권총으로 시선을 보내면서 멈춰섰다.

"너는 터무니없는 짓을 하는구나. 너도 무사하지는 못할걸. 사람의 머리통을 깨면 법률이 용서치 않거든." 그는 천천히 말하고는 어깨를 움츠리며 행크 쪽으로 다가갔다.

"하지만 어떻게 속일 수 있을지도 모르지. 나는 네 형이니까."

"형제니 어쩌니 해도 소용없어!" 행크의 권총이 똑바로 듀크의 가슴 밑을 노리고 있었다. "이 집에서 무슨 짓을 하고 있는지, 그것부터 말해 줘."

"정말 어른이 되었군." 듀크는 감개무량한 듯 말했다. 그의 태도도 달라져 있었다. 침착하고 마음 편한 것 같았다. 입술에 감탄한 듯한 가느다란 미소가 떠올라 있었다. "나라도 이렇게 쉽사리 에디를 해치울 수는 없을 거야. 군대에서 익힌 거로구나. 그렇지?"

그는 귀찮고 피곤한 듯이 우뚝 서 있었다. 졸린 듯 눈이 흐리멍덩하게 되어 있었다.

그러나 행크는 속지 않았다. 듀크가 어떤 위치에든 얼마나 빠르게 움직일 수 있는지 행크는 알고 있었다.

"정말 억세졌어." 듀크는 여전히 엷은 미소를 띠고 있었다. "하지만 그 총에는 안전장치가 걸려 있지."

"그런 말은 영화에서 들었겠지. 안전하게 가만히 서 있어!"

행크는 그랜트의 몸을 타넘어 2층으로 가는 문에 손을 얹었다.

"잠깐만!"

"기다릴 건 없어."

"기다려 줘. 부탁이다!" 듀크가 외쳤다.

행크는 형의 목소리와 그 눈 속에 담긴 절망과 공포에 압도되어 발을 멈췄다. 듀크가 절망적인 몸짓으로 이마를 문지르는 것을 보고 정신차려야 한다고 자신을 타일렀다.

"나를 도와다오, 꼬마야. 그 밖에 부탁은 없어. 제발 나를 도와다오."

"무슨 일을 저질렀지?"

"나는 너를 이 일에 관계시키고 싶지 않았어." 듀크는 두 손으로 바지 옆을 문질렀다. "나는 너를 보내고 싶었어. 여기서 나가게 하고 싶었어. 너도 그건 알겠지?"

"대체 무슨 일에 관계한다는 거지?" 행크는 차갑게 물었다.

가엾게 생각하기에는 듀크를 너무 지나치게 잘 알고 있었던 것이다.

"에디가 나에게 거짓말을 했어." 듀크의 목소리가 갑자기 높아졌다. "거짓말이 아니야. 에디는 강도짓이라고 말했어. 나는 빈털터리거든. 그래서 그 말에 솔깃했던 거야. 나는 차를 몰기만 하면 된다는 거였어. 어린아이에 대해선 나도 모르고 있었어. 정말이다, 맹세해도 좋아!"

행크는 온몸에 소름이 끼쳤다.

"대체 형은 무슨 소리를 하고 있는 거요?"

"유괴…… 협박하여 돈을 뜯어내는 유괴!" 듀크는 침착성을 잃고 떨리는 목소리로 말했다. 그는 행크에게서 시선을 돌리고 한쪽 손으로 입술을 문질렀다. "에디가 나를 속여서 끌어들인 거야. 나는 너를 여기서 내보내려고 했어. 그것은 너도 알고 있겠지?"

행크는 가만히 그를 지켜보았다. 숨막힐 듯한 정적이 느껴졌다. 자기 심장의 고동과 숨소리와 손바닥에 느껴지는 권총의 차가운 개머리 판을 의식했다. 그는 속삭이듯 말했다.

"터무니없는 어리석은 짓이로군."

"나 때문은 아니야." 듀크는 큰 가슴이 무섭게 들먹이고 있는 그랜트를 가만히 굽어보았다. "이 녀석이 나에게 거짓말을 한 거야. 개새끼! 내가 알면서 유괴 같은 데 손을 내밀었을 거라고는 생각지 않겠지?"

"2층의 젊은 여자는 누구요?"

"아기의 보모인데, 그 여자도 같이 데리고 오지 않을 수 없었어."

듀크는 혀로 입술을 축였다.

"그래, 너는 어떻게 할 생각이지, 꼬마야?"

"경찰에 전화를 걸어야지. 지금 당장."

"그럼 나는 끝장이야. 그걸 생각해 다오. 부탁이다."

"경찰이 형의 말을 믿는다면 무사할지도 모르잖소."

"내 말을 들을 리가 있겠니!" 듀크는 거칠게 말했다. "나는 징역을 살았어. 이런 말을 해봐야 헛수고야. 그렇게 정해져 있어. 경찰 녀석들은 그렇게밖에 생각지 않아. 어림도 없지. 나는 전기의자에서 사형을 받을걸." 그는 절망적으로 애원하듯 두 손을 들어 올렸다. "나를 살려다오, 꼬마야!"

"안 돼."

"잠깐 동안만 내 말을 들어다오. 그 이상 바라지는 않으마."

"안 돼."

권총을 형에게로 돌린 채 행크는 그랜트의 몸을 돌아 조심조심 전화기 쪽으로 갔다. 그는 눈앞의 위험을 알고 있었다. 2층에는 보모 말고 또 한 여자가 있다. 그녀가 무기를 가지고 있을지도 모른다.

듀크는 행크를 따라 같이 움직였다. 천천히 전화기 쪽으로 비집고 갔다.

"눈감아 다오, 꼬마야!" 그는 목쉰 소리로 애원했다. "내일 아침까지만. 그러면 아기를 집으로 돌려보내겠다. 에디가 데리고 갈 거야. 그것으로 모든 일이 완전히 끝나는 거야. 10시간이나 12시간이 지나면…… 그때까지만 눈감아 다오."

"안 돼."

"제발, 꼬마야! 경찰이 이리로 달려오게 되면 그 어린아이는 무사하지 못해. 그랜트가 방패로 쓸 거야. 총질이 시작되기 전에 저 어린아이를 여기서 내보내주자. 그 편이 영리한 생각이야. 그래도 너는 안 된다고 말하겠니?" 듀크의 목소리가 노여움으로 높아졌다. "너는 큰 영웅이 되고 싶은 거지! 경찰을 불러 네 이름이 신문에 나도록 하거라! 하지만 아기가 살해되면 어떻게 할 테냐? 그래도 넌 기분이 좋겠니?"

"저 어린이아가 죽게 내버려두지 않아. 나는 형과 그랜트를 먼저 쏠 테니까. 그런 줄 알고 있어." 행크는 조용히 말했다.

"그런 소리 하지 마!" 듀크는 머리를 내저었다. "나는 듀크다, 네 형이야 꼬마야!"

그는 입술을 떨었다. 마룻바닥을 끌며 절름거리는 다리가 유난히 눈에 두드러져보였다.

"그럼, 이렇게 하자. 에디에게 아기를 데리고 돌아가게 하자. 그리고 나서 너는 나와 함께 경찰한테 가는 거야. 그러면 경찰도 내가 하는 말을 믿어 줄 거다. 그리고 그랜트를 경찰에 넘기자." 그는 입술을 축였다. "겨우 몇 시간만 기다리면 돼. 내가 바라는 것은 그것뿐이야. 나는 죽고 싶지 않다, 꼬마야!"

스스로 그렇게 생각하고 싶지는 않았지만 행크의 마음이 무디어졌다. 듀크가 하는 말을 믿고 싶었다. 그 때문에 언제나 호된 꼴을 당해왔는데…… 지금 또 듀크의 말솜씨에 넘어가 그의 말을 믿고 싶어졌다. 듀크가 말한 그랜트의 이야기…… 정말 그랬는지도 모른다는 기분이 들기 시작했다.

듀크는 벌써 전화통에서 2미터 떨어진 곳까지 와 눈을 가늘게 뜨고 행크를 응시했다.

"겨우 몇 시간이야." 그는 전화통 옆으로 좀더 다가붙었다. 그것은 대단한 노력의 결과인 것처럼 보였다. "내가 살고 싶어하는 것을 불쌍하게 생각해 다오. 한쪽 다리만으로는 즐거울 것도 없지만, 둘 다 없는 것보다는 낫지 않겠니? 어떠냐?"

"안 돼!" 행크는 날카롭게 말했다. 그러나 듀크의 말이 그에게 작용하기 시작하고 있었다. "내가 속을 줄 알고!"

"그럼, 쏘아라!" 듀크는 옆으로 펄쩍 뛰어 전화통으로 다가갔다. 커다란 몸이 마치 고양이가 덤벼들 때처럼 재빨리 정확하게 움직였다. "나를 쏘아라, 잘난 놈아!" 그는 소리치며 한쪽 손으로 수화기를 탁 쳤다. "나를 죽여라! 그것이 네 놈의 소원이겠지." 기운없는 것 같던 태도가 사라져버렸다. 당장에라도 덤벼들려는 짐승 같았다. 근육을 바짝 긴장시키고, 두 다리 위에서 무거운 몸이 균형을 잡고 있었다. 낮게 몸을 꾸부리고 한쪽 팔을 크게 흔들며 그는 얄밉게 웃었다. "자, 쏴봐, 방아쇠를 당겨! 사격은 군대에서 익혔겠지? 뭘 무서워하고 있는 거야?"

"전화통에서 손을 떼." 행크는 조용히 말했다. "형을 쏘고 싶지는 않아."

"나를 쏘고 싶지는 않다고?" 매섭고 비웃는 듯한 목소리였다. "그런 소리를 하며 너 자신을 속이는 거니? 너는 줄곧 나를 미워해 왔어. 나를 지옥에 처넣고 싶겠지. 좋은 기회가 아니냐? 그만한 배짱도 없니?"

"미친 소리 그만둬! 전화통에서 물러나!"

"미친 소리?" 듀크는 한쪽 손을 내려 나쁜 쪽 넓적다리를 탁 쳤다. 주위의 정적을 뚫고 마치 권총을 쏜 것 같은 소리가 났다. "이봐, 네놈이 그랬어. 네가 어렸을 때 나를 죽이려고 했었지. 이번에는 경찰에 넘겨서 죽이고 싶겠지?"

"그 사고에 대해서는 지금까지 지겹도록 말했잖아!" 행크의 목소리도 듀크의 목소리 못지않게 날카로웠다. "20년 동안이나 줄기차게 말했잖아. 아직도 부족해?"

"그야 이런 말을 듣는 것이 지겹겠지. 네놈도 평생 다리를 절어보아라. 지겨운가 어떤가 알게 될 테니까. 우리는 그것을 '사고'라고 하기로 했었지? 행크 아기를 위해 그렇게 하기로 했었어. 그런데 그 아기는 성냥을 가지고 살인을 하려고 했던 거야."

"닥쳐!"

행크의 이마에 주름이 서는 것을 보고 듀크는 웃었다.

"그 이야기는 하고 싶지 않겠지. 안 그래? 그야 너는 말하고 싶지 않을 거다, 꼬마야. 자기의 실수를 이야기하는 건 재미있는 일이 아니니까. 그런데 너는 큰 실수를 한 거야, 나를 죽이지 못했으니까. 하지만 죽이려고 했었어. 개새끼! 그 생각을 하면 조금은 마음이 개운할 거다. 너는 불을 지르고 도망쳤어. 내가 위에서 자고 있는 걸 알고, 잠이 깨지 않으리라 생각하고서 말이야. 하지만 나는 잠이 깼어. 그래서 뛰어내렸지. 덕분에 죽진 않았지."

"전화통에서 물러나!"

행크는 이마의 상처자국을 문지르더니 미안한 듯이 한쪽 손을 옆으로 내렸다. 몇 해 동안이나 쓰지 않았던 난처하고 답답할 때 하는 몸짓이었다. 듀크가 아직 자기를 괴롭힐 수 있다는 것을 깨닫고 그는 갑자기 오싹한 공포를 느꼈다.

"내가 하는 말이 지겨우냐?" 듀크의 목소리는 낮고 열정적이었다. 그는 노여움이 깃든 매우 기분 나쁜 눈으로 행크를 흘겨보면서 옆으로 한 걸음 다가섰다. "뛰어내리긴 했지만 축구도 달리기도 못하게 됐어. 너도 굽혀지지 않는 다리로는 달리지 못할 테지? 너는 잘 모르겠지만, 그런 재미있는 일도 잘 기억해 둬. 나는 고등학교 2학년으로 주 대표 팀 선수였지. 위스콘신 주에서 처음으로 대표선수가 된 거야. 그러나 뛰어내리는 바람에 나는 그 모든 것과 인연을 끊어야 했어, 꼬마야!" 그는 동생의 이마 주름이 깊어지는 것을 지켜보면서 가시 돋친 웃음소리를 냈다. "그래서 온갖 일들이 시작되었지. 개처럼 다리를 절면서 돌아다녔어. 다른 사람들의 호기심어린 눈길을 받으며 찰스 거리를 다리를 절고 다니는 것이 싫었기 때문에 샛길로 해서 학교에 다녔지. 다른 친구들이 축구를 하거나 호숫가에서 달리기를 하면 잠자코 구경하고 있었어. 나는 그런 꼴이 된 거야! 여자애들은 나보고 한쪽 다리로 선 해오라기처럼 걸어도 전혀 아무렇지도 않다고 말하려고 했기 때문에 나는 그 애들에게서 도망쳐 버렸던 거야."

듀크는 또 웃었으나 그 눈은 경멸과 분노로 빛나고 있었다. "네놈은 이런 걸 몰랐을 거다. 네놈만이 동정을 받고 있었어. ‘행크가 형을 쇠꼬챙이에 꿴 돼지처럼 통째로 구우려 했다는 것을 그 애에게 말해선 안 된다. 그 애가 괴로워하면 안 되니까.’ 모두들 이렇게 말했지. 행크가 가엾다고 말이야!”

“난로의 불꽃이 옮겨붙은 거야.” 행크는 나직하고 거친 목소리로 말했다. “내가 눈을 떴을 때는 온 방 안이 연기로 가득 차 있었어. 형을 깨우려고 위로 올라갈 수는 없었어.”

듀크의 얼굴에 떠오른 분노를 가만히 바라보며 행크는 자신이 스스로의 자유를 찾기 위해, 자신의 목숨을 찾기 위해 지금 싸우고 있다는 것을 알았다. 듀크의 말은 그를 덮칠 행크의 결심을 산산이 무너뜨렸다. 듀크를 과소평가한 것은 그의 실수였다——일격도 가하지 않고 자유를 찾았다고 생각한 것은.

“사고였어!” 행크는 되풀이 말했다.

그리고 그는 다음에 해야 할 말을 생각하며 온몸을 긴장시켰다. 그것은 그가 몇 해나 생각하고 있었던 일이었다. 듀크와의 관계를 생각하며 끝없이 괴로워한 끝에 결론을 내린 것이다. 행크는 차갑게 말하기 시작했다.

“형은 희생자가 되고 싶었던 거야. 그리고 야비한 일을 할 때는 늘 그것을 구실로 삼았어. 언제나 도망칠 길을 만들어둔 거지. 절름발이면 사람을 죽여도 용서된다. 처음부터 그렇게 해서 속일 작정이었어. 그 굽혀지지 않는 무릎을 이용해서 사람들의 연민과 동정과 용서를 얻는 거지. 그것으로 사람들로부터 무엇이라도 짜내는 거지.”

“너는 나를 미워하고 있다고 내가 말했지?” 듀크는 조용히 말했다. “네 목소리가 그렇게 바뀌어 있는 것을 너 자신 못 느끼겠니?”

“그렇지 않아!” 행크의 숨결이 거칠어지며 가슴이 물결치기 시작했다. "어서 전화통에서 물러나!"

"왜 너는 나를 미워하니? 너는 좋은 일을 해왔어. 안 그래? 내가 다리를 절며 여자애들처럼 돌아다니는 동안 너는 고국을 떠나서 전쟁터에 나갔어. 아마 좋은 기분이었겠지? 그리고 영웅이 되었어. 한국의 어느 얼빠진 녀석을 등 뒤에서 쏘았다고 해서 말이야. 신문에 사진도 나왔지. 너는 보기 좋게 나를 밀어냈어. 한쪽 다리밖에 없는 인간이니까 문제없었겠지. 그런데도 너는 아직 만족하지 않고 있구나."
듀크는 한 발자국 행크에게로 가다섰다. "너는 지금 나를 경찰에 넘기려 하고 있어. 경찰에 넘겨주어 사형받게 하려 하고 있어. 그러나 네가 할 더러운 짓을 경찰에게 대신 시키지는 않겠다. 직접 나를 쏴! 자, 어서, 이 못난 녀석아! 자, 쏴!"

행크는 방아쇠를 당기려고 했다. 그러나 손가락에 맥이 풀려 힘이 없었다.

"나는 형을 죽이고 싶지 않아."

행크는 입술을 축였다. 그는 자신도 모르게 자유로운 쪽 손을 움직여 이마의 엷은 흰 흉터를 만졌다. 듀크가 갑자기 싱긋 웃었다.

"너는 아무도 죽이고 싶지 않은 거지, 꼬마야?" 그의 시선이 행크의 어깨 너머 쪽을 보았다. "그렇지 않을까, 에디?"

차가운 공포가 행크의 온몸에 흘렀다. 얼른 돌아다보았다. 그랜트는 아직도 축 늘어져 바닥에 쓰러진 채였다. 함정에 걸린 것이다. 만사가 틀어졌다. 그것을 그는 알았다.

반사적으로 몸을 바로잡으려고 했으나 순식간에 끝났다. 되돌아보며 권총을 다시 듀크에게로 겨누려 했지만 이미 때가 늦었다. 듀크의 손날이 그의 목을 치자 권총이 떨어져 방 한가운데로 굴러갔다. 손을 들고 맞설 겨를도 없이 듀크의 첫 일격으로 머리가 뒤로 젖혀졌다. 두 번째 주먹에 턱을 얻어맞고 비틀비틀하며 벽에 부딪쳤다.

듀크는 재빨리 달려들었다. 어디를 칠까 하고 눈대중을 하고 있었다. 그는 싱긋이 웃고 있었다. 하얀 이가 거무스름한 피부와 대조적으로 빛나고 있었다.

"이 못난 녀석!" 그는 웃어댔다.

행크는 도저히 두 손을 들어올릴 수가 없었다. 손목이 납덩이에 묶여 있는 느낌이었다. 듀크의 주먹을 잊고 있었던 것이다. 완전히 잊고 있었다.

듀크는 시범을 보여주는 것 같이 정확하게 두 번 행크를 쳤다. 하나는 명치 끝에, 또 하나는 턱 옆에. 그의 두 팔이 도끼를 내리치는 사형집행인처럼 이것이 마지막이라는 듯이 내리쳤다. 그는 내리치면서 웃고 있었다. 행크는 그 웃음소리를 들으면서 발아래 깔려 있는 암흑 속으로 떨어져갔다……

제5장

처음에는 통증이, 가슴 밑이 답답하고 쿡쿡 쑤시는 것 같은 아픔이 있었다. 그리고 어릴 때 위협을 당하던 옛날 꿈이 어지럽게 떠올랐다. 무슨 일인가 듀크의 마음에 들지 않는 일을 하여 화나게 한 꿈이었다. 이것이 언제나 그의 의식에 깊이 박혀 있었던 것이다. 형의 노여움을 샀다고 하는 억눌린 듯한 절망감이.

천천히 의식을 되찾은 행크의 생각은 줄거리가 없었다. 다만 꿈만이 토막토막 끊어져 생각났다. 그리고 기묘하게도 큰일났다는 느낌이 들었다. 그러나 무엇 때문에 큰일났는가? 그 꿈이 언제나 똑같은 중압감으로, 언제나 똑같은 공포감으로 내리누르고 있었다…….

"일어나. 자, 움직여봐!"

"알았어."

행크는 왼쪽으로 넘어져 두 무릎을 바싹 꾸부리고 있었다. 몸을 엎치자 가슴 밑의 통증이 허리 쪽으로 번져갔다. 그는 두 팔을 짚고 일어나려 하면서 천천히 헐떡였다.

"다치지는 않았니?" 듀크가 말했다.

행크는 눈을 뜨고 고통스러운 노력으로 초점을 맞추었다. 듀크와 그랜트가 그를 내려다보고 있고, 그 뒤에 여자 둘이 서 있었다. 검은 머리에 젊은 여자와 더 나이든 금발의 여자였다. 금발의 여자는 젊은 여자의 두 팔을 등으로 돌려서 부드러우나 억세 보이는 두 손으로 붙잡고 있었다. 이 두 여자도 그를 지켜보고 있었다. 모두 그를 지켜보고 있었다.

"일어나!" 그랜트가 노여움으로 흐려진 기분 나쁜 목소리로 말했다.

"이 녀석은 연극을 하고 있는 거야." 듀크가 말했다. "상당히 혼을 내주었지." 으스대면서 좀 재미있어하고 있는 것 같은 목소리였다. "이 녀석은 군대에서의 예법을 잊어버렸군. 너무하지 않나? 대체 군대에서는 젊은이들에게 어떤 예법을 가르치고 있지?"

"내가 뜯어고쳐 주지."

"그럼, 내가 이 녀석을 잡아 누르고 있지 않으면 안 되겠군. 자네를 용케 속였지. 이 녀석의 오른손은 세거든" 하고 듀크는 웃어댔다.

"그렇더군. 오른손이 상당히 세었어."

듀크가 웃었기 때문에 그랜트의 볼이 노여움으로 온통 벌게졌다.

"그럼, 해치워야지."

그랜트가 내밀어져 있는 행크의 한쪽 손등에 징박은 구두 뒤꿈치로 올라서자 행크는 바르르 떨며 몸을 비틀었다. 도저히 그 손을 끌어당길 수가 없었다. 그랜트는 무거운 몸을 천천히 잔혹하게 내리누르며 강철 쇠붙이가 칼처럼 힘줄과 뼈로 파고들게 했다.

"센 오른손이야. 그러나 두 번 다시 나에게 쓰지 못하도록 만들어 주지."

행크는 다른 한쪽 손을 움켜쥐어 입으로 가져갔다. 눈물이 솟아나왔다. 그는 몸서리쳤다. 식은땀이 흘러나오며 몸이 떨렸다. 그러나 소리는 지르지 않았다. 괴로운 듯한 숨결만이 그의 고통을 나타내주었다.

"이봐, 네가 스스로 불러온 일이야, 꼬마야."

듀크가 무관심한 목소리로 말했다.

그때 젊은 여자가 성난 목소리로 외쳤다.

"그만해요! 그만둬요! 이 사람을 내버려두어요!"

나이든 여자가 말했다.

"당신은 얌전하게 조용히 있어요. 당신이 흥분할 일은 아니니까."

"당신들은 대체 뭐하는 사람들이지요?"

"글쎄, 그걸 당신에게 보여주어야 할지 어떨지 모르겠군."

듀크가 조용히 말했다.

행크는 한쪽 팔꿈치를 세우고 몸을 일으켰다. 오른손은 이미 마비되어 있었지만, 으스러진 뼈 밑에서 불타는 듯한 작은 혈관이 가끔 내밀려져 나오는 것이 느껴졌다. 갈수록 통증이 심해졌다.

듀크가 두 손을 행크의 팔 밑에 넣고 가볍게 일으켜 의자에 앉히면서 말했다.

"자, 모두 침착해야 해."

"친구가 이 녀석을 기다리고 있을 테니까. 이제 곧 어찌된 일인가 하고 걱정하기 시작하겠지." 그랜트가 말했다. 침착하게 보이려고 애쓰고 있었지만 그 목소리는 긴장으로 떨렸다.

"그러니까 모두 침착하라고 한 거야. 좀 생각을 해야 돼. 정신 차려라, 꼬마야! 그렇게 가만히 있어."

행크는 흘기는 듯한 어두운 눈으로 듀크를 쳐다보았다.

"알겠니, 옛날 그대로야. 너는 나를 방해했기 때문에 다친 거야. 너는 이제 그런 일이 없을 거라고 생각했겠지? 아무튼 육군의 큰 영웅이었으니까." 듀크의 목소리에는 노여움이 깃들어 있지 않았다. 뭔가 재미있어하고 있는 것 같았다. "너는 정말 말을 못 알아듣는구나. 에디를 치고 경찰에 전화를 하려고 하다니, 넌 자신에 대해 어떻게 생각하고 있었지? 정의에 불타는 젊은이쯤으로 생각하고 있었니, 꼬마야?"

"그럼, 생각하는 일을 해보세. 이 녀석을 어떻게 하지?"

그랜트가 말했다.

"글쎄."

듀크는 행크를 쳐다보았다. 터진 피부, 피, 손가락이 붙은 자리의 점점 심해져가는 깊은 상처를 바라보았다. 그는 마지막으로 몸을 돌려 천천히 방 한가운데로 다리를 절며 갔다.

"자, 두 사람 다 잘 들어둬!" 그의 기분은 또 달라져 있었다. 크고 검은 얼굴이 차갑고 매서워보였다. "이 일은 너희들이나 우리나 똑같은 것을 걸고 있는 거야. 목숨을 말이지. 우리가 잘못하면 우리가 죽고 너희들이 잘못하면 너희들이 죽는 거야. 잘 알겠지? 행크, 나는 너를 차에 태워 비행장으로 데려다주겠다. 너는 친구에게 차바퀴를 갈아 끼우다가 손을 다쳤다고 말해. 한쪽 손으로는 낚시하러 가지 못하겠지. 알았어?" 목소리가 날카로워졌다. "내가 너에게 말할 때는 너도 뭐라고 말 좀 해봐."

"아, 알았어."

"이 아가씨를 봐라. 보라고 하잖아!"

행크는 천천히 여자에게로 시선을 옮겼다. 여자가 지금까지 울고 있었다는 것을 그는 알았다. 눈이 거무스름하게 부어 있었다. 얼굴에 눈물자국이 얼룩졌다. 작고 날씬한 여자로, 길고 검은 머리카락이 창백한 한쪽 볼에 그림자처럼 드리워져 있었다. 그녀 뒤의 여자는 특별히 사람의 눈을 끌지는 않으나 부드러운 느낌이 드는 아름다운 여자로, 얼굴에 괴로움을 견디고 있는 표정이 역력했다. 젊은 여자의 두 팔을 잡고 있는 방법이 능숙한 듯했다. 보모가 몸부림치면 자신의 몸을 다칠 뿐이다.

"잘 봐둬." 듀크가 말했다. "이 여자는 아기의 보모야. 아기는 2층에 있지. 아주 귀엽고 조그만 여자아이야. 비행기에서 이 여자의 일을 생각해라, 꼬마야. 거기서 네가 잘못하면 이 두 사람은 죽는 거야. 알겠지? 네가 이상한 짓을 하려고 하면 이 두 사람은 그것으로 끝장이야."

방의 고요함 속에서 심장이 괴로운 듯 고동치는 것을 의식하면서 행크는 여자를 바라보았다. 강에서 강한 바람이 불어와 큰소리를 내며 바깥벽에 부딪쳤다. 타고 있던 통나무가 갑자기 탁 튀어 정적 속에서 날카롭고 큰소리가 났다. 여자가 몹시 겁에 질려 있다는 것을 그는 알았다. 아기를 걱정하고 있기 때문일 것이다. 그리고 애원하는 듯한 여자의 눈빛을 그는 보았다.

"아기를 다치게 하지 말아줘요." 그녀는 듀크를 향해 떨리는 미소를 보이며 말했다. 화가 나 있는 어른의 비위를 맞추려 하는 어린아이 같았다.

"이 녀석에게 달려 있소." 듀크는 아무렇지도 않은 듯이 행크 쪽을 보며 고개를 끄덕였다. "이 녀석이 친구들에게 적당히 알아듣도록 말하면 그걸로 되지만, 그렇지 못하면……."

듀크는 커다란 어깨를 들먹이며 그 다음은 말하려 하지 않았다.

옛날부터의 수법이다. 행크는 우울한 절망감 속에서 그렇게 생각했다. 듀크는 결코 책임을 지지 않는다. 뭔가 방해물이 그의 앞에 나타나면, 그것은 그의 탓이 아니라고 생각한다. 방해가 나타났다고 해서 그가 계획한 일을 그만둘 리 없다는 것을 세상 사람들은 똑똑히 알아야 한다고 그는 생각하는 것이다.

"두 사람 다 할 일이 있는데……" 듀크가 젊은 여자를 보면서 말했다. "잘 들어둬. 너희들 중에 누구든 서투른 짓을 하면 아기가 죽는다는 것을."

"친구에 대해선 어떻게 할 수 있겠지." 행크가 말했다.

여자의 눈에 문득 희망이 빛났다. 그는 의아하게 생각했다. '이 여자는 얼마나 바보인가? 희망이 없다는 것을 모르는 것일까?'

"좋아, 너를 믿을 수 있다는 것을 알고 있었지."

"형은 잘될 것 같소?" 행크는 듀크를 노려보았다. "형은 우리 모두를 죽일 수는 있어도 잘되지는 못할 거요."

듀크는 천천히 미소 지었다.

"잘될 수 있도록 비는 것이 좋아. 너도 이제 완전히 이 일에 빠져든 거니까. 너는 나에게 권총을 들이댔어. 기억하고 있겠지? 너는 유괴사건이라는 것을 알고 있었던 거야. 너는 나를 쏘겠다고 위협하고, 경찰에 전화할 수가 있었지. 그러니까 너의 죄는 우리와 같은 거야."

"나는 형을 쏠 수가 없었어."

자유로웠던 8년은 이미 지나가고 말았다. 그것을 행크는 알았다. 희망이 없는 공포와 죄의식의 그물, 애정과 증오의 그물에 다시 사로잡힌 것이다. 듀크는 언제나 그와 함께 있다. 행크로서는 그 어두운 존재의 무거운 짐을 벗어버릴 수가 없는 것이다.

"어째서지?" 듀크는 엷은 웃음을 띠고 있었으나 눈에 증오와 비웃음이 날카롭게 번뜩였다. "형제이기 때문이냐? 황공한 일이로군. 너는 다만 나를 배신하려 했다는 말인 것 같은데…… 나도 너를 쏠 수 없을 거라고 생각하느냐?"

"틀림없이 쏘겠지."

목이 말라 고통스러웠기 때문에 행크는 침을 삼키면서 말했다.

젊은 여자가 이번에는 또다른 표정으로 그를 물끄러미 바라보았다.

행크는 문득 잘못했다는 생각이 들어 얼굴이 빨개지는 것을 느꼈다.

"가자, 꼬마야. 일어나!"

그랜트가 문까지 따라왔다.

"나도 같이 가는 편이 좋지 않을까?"

"아니, 좋지 않아." 듀크의 말투는 애교가 있었지만 눈에는 날카로움이 깃들어 있었다. "자넨 좀 쉬어야 해. 안 그런가?"

"쉬고 싶어도 그럴 수가 없네. 나는 지금 뉴욕으로 돌아갈 수가 없어. 그건 자네도 알고 있겠지?"

"어째서 돌아갈 수 없다는 건가?"

"자네와 벨 둘이서 자네 동생과 보모를 처치할 수 없을 테니까. 돈을 받는 건 아무래도 클리시에게 시키는 게 좋을 것 같네."

듀크는 조용히 미소 지었다.

"자네는 돌아가고 싶지 않은 모양이로군, 에디?"

"그런 말은 아닐세. 자네들 둘이서 잠시도 자지 않고 있을 수는 없잖나?"

"그건 내가 돌아온 뒤에 의논하기로 하세."

"클리시는 돈 받는 절차에 대해 잘 알고 있으니까 조금도 걱정할 건 없어."

"자넨 그 녀석을 신용하는 모양이군?"

"물론 신용하지."

"좋아." 듀크의 얼굴에서 미소가 사라졌다. 그는 의아한 듯 이맛살을 찌푸리며 그랜트를 쏘아보았다. "우리가 나가 있는 동안 근처를 뒤져서 총이나 칼, 부지깽이 같은 것들을 찾아놓게. 모두 한곳에 넣고 자물쇠를 채워두는 것이 좋겠네. 그리고 2층 창문을 닫고 못질을 해서 문단속을 하게. 어느 방이나 모두. 알겠나? 이곳은 감옥이니까 절대로 나갈 수 없도록 문단속을 잘 해주게. 어떻게 하면 좋은지 자네로서도 알고 있겠지?"

"걱정 말게. 틀림없이 해둘 테니까. 볼일이 끝나거든 곧 돌아오게."

"이 꼬마하고 둘이서 잠시 맥주라도 마시고 올까 했었는데."

"농담은 그만둬." 그랜트의 목소리가 긴장되었다. "희극 시간은 아니니까."

"침착하게, 에디, 침착해." 듀크는 그랜트의 어깨를 두들겼다. "체조라도 하고 있게. 지금은 토요일 아침일세. 어린애가 없어진 사실을 아직 아무도 몰라. 일요일 오후가 된 뒤부터 걱정해도 좋은 거야. 브래들리 부부가 돌아오고 나서……."

제6장

일요일 오후 5시 롱아일랜드 쪽에서 맨해튼으로 들어가는 트리보로 다리 근처의 교통량은 많지 않았다. 앞으로 3시간만 지나면 롱아일랜드에서 돌아오는 자동차로 어느 길이고 가득 차게 될 것이다. 그러면 다리를 건너는 데 꼬박 1시간은 걸릴 테고 주말의 즐거운 기억은 마구 울리는 경적 소리와 배기가스, 신경이 날카로워진 교통순경들로 붐비는 냉엄한 도시의 현실에 의해 사라져버리고 말 것이다.

리처드 브래들리는 톨게이트에서 요금을 치르기 위해 속력을 늦추면서 이렇게 생각하고 있었다. '역시 엘리의 말이 옳은 것 같군.' 일찍 출발하여 뉴욕으로 돌아가는 데 시간이 걸리지 않도록 하자고 그녀는 말했던 것이다. 매끄럽게 속력을 더해 다시 달리기 시작하면서 그는 그녀를 흘끗 보았다. 두 사람은 킴블의 집을 떠나서 출발한 뒤로 거의 말을 하지 않았다. 아무래도 그녀가 전처럼 좋은 기분이 되리라고는 여겨지지 않았다. 그래서 그는 또다시 초조해지기 시작했다. 그녀가 기어코 돌아가겠다고 고집을 부려 파티에 참석한 사람들이 모두 거북해 했다. 모두들 무슨 일이 생긴 모양이라고 생각했다.

물론 프랭크 킴블은 아무것도 아닌 것처럼 사교적으로 행동해서 무사히 처리됐다. 희극의 싸움 장면처럼 리처드 브래들리의 의견에 반대하고 그녀의 편을 들어 명랑하게 작별인사를 나눈 뒤 두 사람을 급히 돌려보냈다. 뒷일은 프랭크 자기에게 맡겨두라고 말하면서. 리처드는 가볍게 미소 지으며 생각하고 있었다.

벌써 끝난 일이다. 그녀가 소란을 일으켰다는 인상은 아무에게도 주지 않았을 것이다. 그렇게 생각하자 그는 은근하게 미소 지었다. 그녀는 다만 돌아가겠다고 고집을 부렸을 뿐이다. 그리고 아무도 그것을 말릴 수 없었을 뿐이다.

강을 낀 자동차길로 나오는 넓은 콘크리트 커브를 돌 때 그는 물 위의 따뜻한 햇살과 푸른 하늘에 뚜렷이 보이는 다리 윗부분의 딱딱한 고딕 풍 장식을 정신없이 보고 있었다. 1주일 중 일요일은 뉴욕에서 가장 좋은 날이다. 모든 것이 정말 조용하고 평화롭다. 엘리나의 불유쾌한 침묵에도 불구하고 그의 기분은 들떠서 명랑해졌다. 햇빛과 운동이 기막힌 약이었던 것이다. 그는 이 좋은 기분을 즐겼다. 뉴욕에 너무 오래 갇혀 있으면 언제나 그는 몸이 나빠졌다.

그는 다시 아래를 흘긋 보았다. 이제 몇 분 뒤면 집에 닿을 것이다. 지금은 화해할 때다.

"당신은 건강하게 잘 쉰 것처럼 보이는구려."

"요즘 내가 그렇게 여위어 있었나요?"

"그렇지는 않았지."

리처드는 그녀의 새침한 옆얼굴에 싱긋 미소를 보냈다. 그녀의 기분이 좋아졌다는 것을 그는 알았다. 그녀의 익살은 대개 백기를 들기 전의 형식적인 한 마디인 것이다. 그 다음에는 기분 좋은 말을 조금 해주면 된다.

"하지만 당신은 요트를 조종하는 법을 배워두어야겠소. 프랭크와 폴리의 집에서 주말을 보낸 것은 그것이 주된 이유였으니까. "

짧은 바지와 셔츠 하나를 입은 그녀가 정말 멋있어 보였던 것을 생각하니 기뻤다. 아주 날씬하고 세련되고 우아하게 보였다.

"올여름 당신에게 가르쳐주지. 폴리는 요트를 아주 잘 타거든. "

"그녀는 뭐든지 아주 잘하더군요. 요트도 그렇고, 사냥, 레슬링…… 여자가 하는 재주라면 모두. "

"그런 말 하는 게 아니오. "

그의 목소리는 형식적으로 굳어 있었다. 그의 기분을 몹시 해쳤다는 것을 그녀는 깨달았다. 친구에 대해 의리를 지키는 건 그에게 있어 굉장히 중요한 일인 것이다.

"폴리는 어쩌다가 요트를 타는 것이 아주 재미있다고 말했을 뿐이오. 그것을 가지고 당신이 기분 나빠한다는 건 이상하군. "

"하지만 그녀가 요트타기를 잘하는 것은 당연하잖아요. 오보에를 부는 것과 마찬가지일 거예요. 계속해서 하다 보면 차츰 비결을 알게 되는 게 아니겠어요? 그녀는 30년이나 하고 있다면서요. "

"아무리 오래해도 못하는 사람도 있지. " 리처드는 일부러 고집스러운 목소리로 말했다. "숙달되기 위해서는 뭔가가 필요해…… 정신 같은 것. 정신을 가지고 있느냐 없느냐……" 그는 얼굴을 찡그리며 담배를 꺼냈다. "당신은 아마 이런 건 조금도 모르겠지. "

"가지고 있느냐 있지 않느냐의 문제겠군요. " 엘리나는 퉁명스럽게 말했다. "우리는 옛날 집에서 온더록(술래잡기 기놀이)이라는 게임을 할 때도 언제나 그렇게 말했지요…… 가지고 있느냐 있지 않느냐, 라고요. "

"나는 당신이 머리가 좋은 것을 으스대며 덤벼들면 싫어져. 진실된 말을 하는 거요, 알겠소? 농담인 척하며 진실을 말하고 있지 않은 듯한 태도를 보이려고 해도 소용없소. "

"알았어요, 용서하세요. " 리처드가 맑고 솔직해 보이는 눈 위에 주름을 짓고 있는 것을 보자 그녀는 미소 지었다. "폴리는 천사예요. 나는 그녀에 대해 칭찬하고 있는 거예요. 당신도 알고 있잖아요."

"지나친 잔소리였는지도 모르겠소." 그의 목소리는 아직 이상하게 굳어 있었다. "하지만 엘리, 우리들 사이에서 당신이 친해질 수 있도록 애써준 사람을 비난하는 것은 무례한 일이라고 생각하오."

"무례하다고요? 그건 좀 정말 지나친 잔소리 같군요."

"알았소, 나는 확실히 잔소리꾼인 모양이군."

리처드는 자신이 까다롭고 잔소리가 많아졌다는 것을 알고 있었다. 그러나 어쩔 수가 없었다. 그는 확실히 형식을 소중하게 여기는 인간인 것이다. 전통을 무시하는 버릇없는 생각에는 찬성할 수 없으며 그것을 달리 꾸며 보일 수도 없다. 아버지에게서 배운 것이지만, 천박하고 무분별한 관용보다는 편협된 쪽이 더 낫다는 생각을 가지고 있었다. 행동과 옷차림과 말씨에 대해 자기 신념을, 그것도 확고한 신념을 갖지 않는다는 것은 나약하고 게으르기 때문에 무정부 상태에 굴복하는 것과 마찬가지라고 생각하는 것이었다.

"나의 아버지는 다른 집에 초대받았다가 돌아올 때는 두 가지를 남기고 오라고 늘 말씀하셨지. 하나는 그 집 하인들에 대한 고마움 표시이고, 또 하나는 그 집 주인의 명예에 관계될 만한 이야기를 듣거나 보았으면 그것을 들려주고 오라는 것이었소."

"당신 아버지는 내게도 그렇게 말씀하셨어요, 몇 번이나. 정말이에요."

"당연한 일이지. 당신은 그렇게 생각하지 않소?"

"그런 건 시시해요. 난 당신 아버지가 하시는 말씀 같은 건 조금도 마음에 두지 않아요."

엘리나는 눈물이 나올 것만 같은 심정이었다. 아버지와 친구에 대한 리처드의 가족과 같은 의리감에 대해서는 늘 감탄하고 있었다. 그

것은 달콤한 옛날풍의 미덕인 것이다. 그리고 그녀는 남편이 마음에
도 없는 험담을 하며 자신의 감정을 숨기려 하지 않는 점을 존경하고
있었다. 그러나 가끔 자기도 그들과 똑같이 대해주지 않는 것이 그녀
의 마음을 아프게 했다. 그리고 그에게는 참으로 오랜 친구가 많았
다. 그들은 위대한 비밀결사처럼 결합되어 있어 유니온빌의 사냥이며
롤리의 말 전시회며 스토우의 스키며 여기저기에서의 요트 놀이며 수
영 및 낚시에 태어나면서부터 가입되어 있었다. 그녀는 그런 친구들
이 그에게 정말 지나치리만큼 많다고 생각하고 있었다. 그들은 댄스
학교와 대학 댄스 파티에서의 데이트, 우스꽝스러운 옛날 캠프 노래,
축구시합과 테니스 시합, 죽고 나서 해군의 최고 훈장을 받은 가엾은
제리, 밤중에 물 없는 풀장에 뛰어들고도 손가락 하나 다치지 않았던
팀…… 이러한 옛날 일들의 기억으로 결합되어 있다. 이러한 기억들
이 그들 주위에 마술의 테두리를 그리며 새로운 친구, 새로운 아내,
그리고 소박한 일반 사람들을 따돌리고 있는 것이다. 옛날의 하루하
루가 제일 좋은 것이다. 그러면 새로운 하루하루는 어떤가?

　리처드는 42번 블록 교차점에서 바짝 속력을 내어 신호가 빨강불
이 되기 전에 통과했다. 그의 거친 운전에는 노여움이 깃들어 있었
다.

　"아버지 이야기 같은 것을 꺼내어 당신을 싫증나게 하지 않았더라
면 좋았을걸 그랬군, 엘리."

　"여보, 나는 걱정이 되어 견딜 수 없어요. 어떻게 할 수가 없어
요."

　리처드가 자세히 보니 그녀는 거의 울음을 터뜨릴 것만 같았다.

　"아니, 어떻게 된 거야, 엘리? 나는 결코 그럴 생각은……." 그는
손을 뻗어 그녀의 손등을 토닥거렸다. "자, 기운을 내요. 이제 곧 집
에 도착할 테니까."

"질이 걱정이라고 당신에게 말했잖아요. 어젯밤에도 말했고, 오늘 아침에도 말했어요. 전화를 걸어도 아무 대답이 없단 말이에요. 어젯밤에 두 번, 오늘 아침에도 두 번이나 걸었는데…… 그런데도 당신은 전혀 걱정하지 않았어요. '시끄럽게 보채는 여자 같은 짓은 그만두구려' 하고 말했을 뿐이에요. 요트를 타러 가자느니, 그렇지 않으면 테니스를 하든가 또는 아령 체조라도 하는 게 어떠냐고…… 당신은 그런 것밖에 생각하고 있지 않았어요."

"글쎄, 여보, 그런 어리석은 일은 생각지 말아요. 기운을 내라니까. 아마 둘이서 산책이라도 나간 것이겠지. 케이트가 질을 온종일 공원으로 데리고 나갔는지도 모르잖소."

이렇게 명랑하게 말했지만, 리처드는 미안한 느낌이 들기 시작했다.

엘리나가 아기에 대해 걱정하고 있는데도 자기는 그 기분을 이해해 주지 못하고 화가 나 있었던 것이다. 물론 이상한 일이 생긴 것은 아니리라. 그러나 엘리나는 걱정하고 있다. 그것은 조금도 부자연스러운 일이 아니었다. 그리고 사실 케이트가 이렇게 오래 집을 비운다는 것도 좀 이상하다…….

"엘리, 만일 정말 뭔가 이상한 일이 있었다면 케이트가 당신에게 전화했을 거요. 여기는 콩고가 아니란 말이오."

"난 정말 바보가 된 것 같아요. 냉정하고 걱정하지 않는 것을 신조로 삼고 있는 현대적 어머니인 내가 말이에요. 스포크 박사가 이 말을 들으면서 제1과로 되돌아가라고 할 거예요."

2번 거리를 남쪽으로 달려 두 사람은 벌써 34번 블록과 갈라지는 모퉁이까지 왔다. 다음은 이제 세 블록을 더 가서 오른쪽으로 꼬부라지면 된다. 잘 알고 있는 곳에 왔기 때문에 마음이 든든해졌다. 저녁 해가 비치는 가운데 이 근처는 어렴풋이 평화롭게 잠들어 있는 것 같앉다. 두 사람은 젤로드 부인이 거래하는 가게를 지나갔다. 베일리 푸줏간, 라고니 식품점, 머큐리 약국. 이 이름들이 평온의 상징처럼 두 사람을 안심시켰다. 달라진 일이 있을 리가 없다. 자기들이 살고 있는 곳이다. 차가 31번 블록으로 돌았을 때 엘리나는 이렇게 생각했다. '케이트와 질은 매일 강가나 공원으로 산책하러 가는 도중 여기 이 가게들과 주택 앞을 지나가겠지.'

그러나 그녀는 마음속에서 들려오는 가느다란 공포의 목소리를 완전히 잠재울 수는 없었다. 질은 이제껏 그녀가 세워왔던 여러 가지 목표 중 가장 귀중한 것으로, 그 무엇과도 바꿀 수 없었다. 이 아이가 태어난 것은 두 사람이 결혼하고 5년이 지난 뒤였다. 오랫동안 기다렸던 만큼 더욱 소중하게 생각되었다. 그녀는 지금까지 자신의 생애가 목표를 세우고 실천해온 것의 반복으로 생각되었다. 그녀의 지난 인생의 대부분은 가난했다. 품위를 잃지는 않았지만, 가난은 고통스러웠다. 그녀의 아버지는 여느 개업의였는데, 전시의 수요로 몸무게가 금으로 환산될 만큼 경기가 좋은 시기가 오기 전에 세상을 떠났다.

그녀는 일하면서 학교를 다녔다. 이것이 최초의 큰 목표였다. 그리고는 밀워키의 패션 세봉의 일에서 뉴욕의 보나 좋은 직업으로 진출했다. 그녀에게는 또한 언제나 부차적인 자그마한 목표가 있었다. 새드레스라든가, 빠듯한 예산의 휴가여행이라든가, 리처드와 알게 되기 전에 여섯 군데쯤 작은 아파트를 전전했는데 그 아파트를 가운데 한 곳의 방 안에 있었던 가구의 덮개라든가…… 돈은 그녀에게 있어 중요한 것이었고, 일해서 돈을 얻는다는 것은 즐거움이었다. 리스트를 만들고, 예산을 세우고, 주의해서 자기 예산을 결정하여 수지 균형을 자신의 모습처럼 뚜렷이 해두는 것을 그녀는 좋아했다.

그러나 브래들리 집안의 경우 돈에 있어서도 달랐다. 돈은 그저 거기에 있는 것이다. 흔들림이 없고, 자극이 없는 존재로서 그녀의 주위 여기저기에 있는 것이다. 아무도 그것을 1주일 단위의 보수로 벌지도 않고, 그것으로 언제까지 생활이 유지될 것인가 걱정하지도 않았다. 그것은 발밑의 땅처럼 항구적인 것이었다. 뭔가 원하는 것이 있을 경우 관심사는 품질과 편리함에 대해서였지, 몇 달러 몇 센트 하느냐에 대한 것은 아니었다. 리처드는 돈에 대해서 주의를 하지만, 그러나 그녀로서는 이해할 수 없는 방법을 썼다. 그는 돈을 추상적으로 어떤 일을 하는 데 필요한 덩어리를 늘어놓듯이 생각했다. 달러를 음식과 의복과 집세로 환산하지는 않았다.

한 건물 옆에서 공놀이를 하는 아이들 옆을 지나게 되자 리처드는 속력을 늦추었다.

"자, 다 왔소. 곧 알게 될 거요, 모든 것이 다 제대로 되어 있다는 것을. 질은 먹는 것 때문에 응석을 부리고 있고, 케이트는 여전히 명랑하고…… 내기하겠소?"

"난 싫어요." 엘리나는 그에게 미소 지어 보이면서 말했다.

갑자기 그의 말이 옳다고 여겨졌던 것이다. 브래들리 집안은 행운과 장기계약을 맺고 있다. 집안은 평화로 빛나고 있을 것이다. 케이트와 질은 아기 방에서 놀고 있으리라. 오늘 밤도 언제나처럼 편안하고 즐거운 저녁이 될 것이다. 리처드는 마티니를 만들어 가지고, 골드스턴즈네 집 사냥 파티에서 계속 넉 잔을 마셨다는 이야기를 할 것이다. 1시간쯤 아래층에서 질을 데리고 노는 동안 젤로드 부인이 저녁 준비가 다 되었다고 알려줄 테지.

리처드가 집 앞에 차를 세웠다.

"짐은 당신에게 부탁해요. 괜찮지요?"

"물론. 당신은 얼른 들어가 보구려."

리처드는 고마운 듯이 기지개를 켰다. 테니스와 요트로 주말을 즐긴 뒤 다시 1시간 운전을 했기 때문에 좀 고단했다. 그러나 기분은 좋았다. 차를 돌리면서 그는 거리를 둘러보고 텅 빈 일요일의 분위기를 기분 좋게 느꼈다. 엘리나가 이곳을 좋아한다는 것을 그는 알고 있었다. 그녀를 기쁘게 해주기 위해 그는 기꺼이 양보하고 있었다. 그녀는 잠시 일을 계속하고 싶어했는데, 뉴욕에 살지 않으면 그것이 불가능하기 때문이었다. 그러나 질이 학교에 다니게 되면 여기에 살수 없다. 그때는 물론 교외로 옮겨야 한다. 그렇게 되면 엘리나는 일하러 다니지 못할 것이다. 그로서는 통근할 수 있도록 해주어야 한다는 생각은 아무래도 들지 않았다. 여자가 희망한다면 직업을 갖는다는 것에 대해 반대하지는 않지만, 교외에서 지내게 되면 아무래도 집안일과 지방의 사교적 활동에 완전히 시간을 빼앗기고 말 것이 틀림없다.

그는 현관 계단을 오르면서 여느 때보다 더 상냥하고 따뜻한 기분으로 그녀의 일을 생각하고 있었다. 그녀를 얻은 것은 행운이었다. 그녀는 킴블의 집에서 문제없이 가장 매력적인 여자가 되었다. 프랭크 킴블은 행복한 마스티프 개처럼 그녀의 시중을 들어주었으며, 여자들은 진심으로 그녀를 좋아하는 것 같았다. 사물에 대한 그녀의 재미있고 유머러스한 견해는 그들에게 있어 새로운 경험이었다. 그녀의 모습과 옷차림에 있어서도 그들은 완전히 압도된 듯했다.

그녀는 자물쇠에 꽂은 열쇠를 돌려서 문을 밀고 있었다. 그의 시선은 그녀의 번쩍번쩍 빛나는 검은 펌프스와 같은 높이에 있었다. 뚜렷이 보이는 그녀의 발목, 미끈한 다리의 우아함을 바라보며 그는 감탄한 듯이 미소 지었다. 그는 그녀의 걸음걸이를 좋아했다. 한걸음 한걸음 분명하고 확신에 차 있으며 품위가 있었다.

그가 한 계단 더 올라가자 현관의 갈아서 만든 바닥 위에 놓여 있는 편지가 눈에 띄었다. 아무래도 이상하다고 그는 생각했다. 어째서 케이트는 이것을 서재로 가지고 가지 않았을까?

엘리나는 미처 그 편지를 보지 못했다. 그녀는 기대와 기쁨으로 미소 지으며 아기 방 쪽을 쳐다보고 있었다.

"질!" 하고 그녀는 큰소리로 불렀다. "이제 돌아왔다!"

현관을 가로지를 때 그녀가 편지를 밟아 속달 우표 바로 밑에 한쪽 펌프스 발꿈치의 모난 윤곽이 뚜렷이 찍혀 있었다.

"질, 엄마야! 착한 아기는 어디에 있지?"

그녀는 계단을 달려 올라가며 소리쳤다.

리처드는 엘리나의 목소리가 큰 집안에 단조롭게 메아리치는 것을 의식하며 허리를 굽혀 그 편지를 집어 들었다. 봉투에 보낸 사람의 주소가 없으며, 맨해튼에서 토요일 아침 일찍 소인이 찍힌 것임을 곧 알 수 있었다. 그렇다면 온종일 여기에 놓여 있었다는 말이 된다. 그리고 어제도 하루 종일……

봉투 끝을 찢어 한 장뿐인 편지지를 꺼냈을 때, 엘리나가 질의 이름을 몇 번이고 되풀이 부르는 소리가 들렸다. 그러나 메아리만 칠 뿐 아무런 반응이 없었다. 그녀의 목소리는 곧 미친 듯한 부르짖음이 되었다.

리처드는 그 편지를 단숨에 읽어 내려갔으나 뭐가 뭔지 알 수 없었다. 열려진 현관 입구에 서 있는 그의 발밑에 노란 햇빛이 네모진 모양으로 비쳤다. 우뚝 선 채로 그는 눈썹을 찡그리며 손가락 끝으로 이마를 문질렀다. 대체 이 편지는 무엇인가? 무슨 어리석은 소리를 늘어놓고 있는 건가?

이윽고 그는 다시 편지를 잘 읽어보고 그 뜻을 알아차리자 토할 것만 같은 육체적인 충격을 느꼈다. 편지지를 든 손이 떨렸다. 머리끝에서 발끝까지 떨고 있는 자신을 깨달았다. 엘리나의 목소리가 더욱 높게 들렸다. 그녀는 지금 계단을 내려오고 있었다. 미친 듯한 속력으로 달려 내려왔다. 절망적으로 도움을 찾아 그의 이름을 부르고 있었다.

"여보, 여보, 둘 다 집 안에 없어요 ! "

"아, 알았소, 알고 있소. "

그녀는 걸음을 멈추고 그를 쳐다보았다. 내리누르는 듯한 정적 속에서 그녀의 몸이 긴장되어 굳어졌다.

"여보, 당신, 무슨 말을 하고 있는 거예요 ? " 그녀의 목소리가 떨리면서 그의 얼굴에 나타난 공포를 보자 끊어졌다. "어떻게 된 건지 이야기해 줘요 ! "

그는 이야기할 수가 없었다. 아니, 이야기하려고 했으나 할 수가 없었다. 목이 바싹 타면서 고통으로 죄어들었다.

"이야기해 줘요 ! "

엘리나가 속삭이는 목소리로 말했다.

그는 그녀를 붙들고 힘차게 가슴으로 끌어당겼다. 편지는 그녀의 눈앞에 있었다. 그녀는 그것을 읽고, 길에서 현관으로 비쳐드는 노란 햇빛 속에 우뚝 선 채 남편에게 기댔다.

"편지에 씌어 있는 대로 하지 않으면 안 되오. " 그는 긴장되어 높은 목소리로 그녀의 귀에다 속삭였다. 주말의 혈색이 그의 얼굴에서 사라져버렸다. 눈은 절망과 공포로 번쩍이고 있었다. "알았소 ? 하라고 한 대로……. "

그녀는 남편의 가슴에 몸을 기대고 흐느껴 울면서 말했다.

"큰일이에요, 어떻게든…… 어떻게든……. "

"조용히, 조용히 하오 ! " 그는 거칠게 말했다.

그는 큰길 쪽으로 조용히 시선을 돌리고 알 수 없는 무서운 공포에 사로잡혀 눈에 익은 광경들을 바라보았다. 지금은 방어할 수도 없고 힘을 쓸 수도 없는 약한 두 사람뿐이다. 햇빛 비치는 길, 집 앞 교회의 조용한 정면, 자전거를 달리며 큰소리로 외치고 있는 소년——이러한 모든 것이 그의 눈에는 적의가 깃들고 악의에 찬 것으로 보였다.

"저쪽에서 하라고 한 대로 하지 않으면 안 되오." 그는 아내의 어깨를 잡고 있는 손에 힘을 주면서 말했다. "곧 아버지에게 전화를 하겠소. 그만 진정하구려. 그만하라니까."

거의 끊어질 것 같은 목소리였다. 그는 문을 쾅 닫아 햇빛에 번쩍이며 그들을 위협하고 있는 바깥 세계로부터 인연을 끊었다.

큰길 맞은편 자기 방에서 클리시는 문이 닫히는 것을 무한히 흡족한 만족감을 가지고 지켜보고 있었다. 그는 재판관이 숨겨진 것이 없는 정당한 판결문을 읽을 때처럼 천천히 정중하게 고개를 끄덕였다.

"그래," 그는 평온하고 조용한 목소리로 말했다. "그래, 이제 그들은 알게 되겠지."

뭔가 판단을 내릴 때와 같이 평온한 기분이었다. 그것은 스스로도 좀 이상했다. 이런 기막힌 기쁨은 미친 듯한 노여움을 동반해야만 느낄 수 있는 것인데, 조금도 노여움이 없다. 그보다는 엄숙하고 거의 무관심한 기분이었다.

저 두 사람은 고뇌며 굴욕 같은 것을 지금까지 경험한 적이 없으리라. 그러나 이제 그것을 알게 될 것이다. 그것이 공평하고 옳지 않겠는가. 고뇌는 부자에게나 가난한 사람에게나 똑같이 있어야 한다. 그러나 부자는 이 기본적인 법칙을 거부하고 있다. 가난한 사람을 제물로 삼아 거기서 벗어나고 있다.

클리시는 시계를 보았다. 15분이 지나 있었다. 그러나 문은 닫힌 채였다. 사이렌 소리도 나지 않았다. 이 조용한 집의 혜택받은 아름다운 부부를 위로하기 위해 달려오는 경찰차도 없었다.

클리시는 소리 없이 싱글벙글 웃었다. 그 미소가 그의 작고 못생긴 얼굴을 빛나게 했으며, 눈언저리에 주름을 만들었다. 저들 두 사람은 경찰을 부르지 않을 것이다. 그리고 내 명령을 기다리겠지……

두 사람은 지금 무엇을 하고 있을까? 잘생긴 스포츠맨, 대단한 은행예금과 허영심을 살찌우기 위해 아름다운 부인과 결혼한 젊은 주인은 무엇을 하고 있을까? 그 사나이는 무엇을 하려 하고 있을까? 지금쯤 그는 전화기를 붙잡고 신경질적인 속삭이는 목소리로 아버지에게 도움을 청하며 서둘러 달라고 부탁하고 있겠지. 아니면 아버지에게는 아직 연락이 닿지 않았을지도 모른다.

"클럽에 물어보고 이쪽에서 전화하겠습니다."

그리하여 그는 마치 죽은 사람 같은 얼굴로 전화에 매달려 있는 중이겠지……

아내는 어떨까? 사람을 내려다보는, 난 체하는 미인, 백만장자의 취미를 가지지 않으면 어울리지 않는 그 미인은? 지금은 화장이 지워지고, 눈은 울어서 벌겋게 부어올라 그다지 미인도 아닐 것이다. 플레이보이 남편에게 어떻게든 해달라고 울부짖으면서 떼를 쓰는 어린아이처럼 발을 동동 구르고 있을 것이다.

클리시는 두꺼운 커튼 뒤에 선 채 꼼짝도 하지 않고 꼬박 1시간 동안이나 브래들리의 집을 지켜보고 있었다. 6시에 브래들리 집 가정부가 돌아왔다. 체구가 당당하고, 자신이 매우 능률적인 사람이라는 것에 만족하고 있는 여자. 클리시는 그런 타입의 여자를 알고 있었다. 자기를 고용한 사람에게 충실하여 주인에 대한 개와 같은 관계에 기꺼이 만족하고 있다. 자기가 속한 계급을 적으로 돌리더라도 주인을 위해 충성을 다하는 것이다.

그 밖에는 아무도 찾아오지 않았다. 브래들리 부부는 이쪽의 명령에 따르고 있는 것 같았다. 벌써 보스턴의 아버지와는 연락이 되었을 것이다. 차바퀴는 이미 돌기 시작했다…….

7시에 클리시는 톱코트를 입고 침침하고 퀴퀴한 냄새가 나는 방을 나왔다. 현관 계단 위에 잠깐 멈춰서서 조그만 두 손에 낀 장갑을 쓰다듬고 있었다. 벌써 해는 지고 차가운 바람이 느껴졌다. 잠시 뒤 장갑을 낀 두 손으로 쇠난간을 잡으며 세심한 주의를 기울인 발걸음으로 계단을 내려가기 시작했다. 지나가는 젊은 남녀가 그에게 미소를 보냈다. 어디로 보나 그는 결혼한 일이 없든가 또는 아내를 잃은 사나이, 일요일 저녁에 산책을 나가는 예의바르고 검소한 사나이였다. 클리시는 브래들리의 집을 무심코 흘끗 바라본 다음 몸을 돌려 3번 거리 쪽으로 힘차게 걸어갔다. 이제 글랜트에게 전화할 시간이다. 모든 일이 잘되었다고 말해 주기 위하여…….

올리판트 브래들리는 이 일요일 오후 6시 반 조금 지나 보스턴에 있는 비튼 스트리트 아파트의 자택으로 돌아갔다. 현관에 모자와 지팡이를 걸고는 넓고 길쭉한 거실로 성큼성큼 들어갔다. 큰 키에 호리호리한 몸매, 흰 머리, 위엄 있는 푸른 눈. 이때의 그는 아주 최고로 기분이 좋았다. 그것이 걸음걸이와 얼굴 표정에 잘 나타나 있었다. 좀처럼 자신의 기분이나 감정을 숨기려 하지 않는 사람으로 기쁘면 웃고, 화나면 소리 지르고, 지겨우면 보청기를 벗는다. 기분을 곧 밖으로 드러낼 만큼 자아가 강했다. 은행에는 막대한 예금이 있다. 그가 지금 기쁜 듯이 엷은 미소를 띠고 있는 것은 이날 오후를 조 피어슬과 함께 보내며 피노클(트럼프 놀이의 일종)로 30달러를 땄기 때문이다.

그는 독서용 의자 옆의 테이블 램프를 켜며 "앤더슨" 하고 불렀다.

저녁 어둠 속에서 큰 방의 그늘진 부분이 음침하게 느껴졌다. 그는 밝고 생생하고 활기 있는 것을 좋아했다. 그런데 아내는 그것을 품위가 없다고 말했다. 그는 잠시 아내에 대해 생각하고 미소 지으며 몸을 바로잡았다.

"언제나 찬물로 샤워를 하다니! 보스턴의 점잖은 가문인데, 당신은 너무 품위가 없어요……." 과연 그럴지도 모른다. 피노클에 진 조 피어슬이 노발대발하며 분해하던 것을 기분 좋게 되새기며 그는 이런 생각을 했다.

식당문이 열리며 그의 시중을 드는 하인 앤더슨이 들어왔다. 주인 보다 몇 살인가 아래이지만 더 늙어보였다. 회색 머리는 정수리가 엷어졌으며, 잘 싸지 않은 부서지기 쉬운 짐을 안고 있는 것 같은 걸음걸이였다.

"피어슬 님 댁으로 전화드리려던 참이었습니다. 뉴욕에 계신 아드님께서 5시부터 계속 전화를 걸어왔습니다. 아주 급한 볼일이라고 했습니다."

"으음, 누가 아픈 모양이지?"

"아닙니다. 아드님께서는 모두 건강하다고 했습니다. 두 분이 주말에 프랭크 킴블 씨 댁에 가 계셨다고 하더군요."

"그 사람들과 같이 있으면 일사병에 걸리기 쉽지. 질은 어떻다던가?"

"저, 질 아기에 대해서는 아무 말씀도 없었습니다."

올리판트 브래들리는 납작한 금시계를 꺼내 잠시 바라보고는 다시 조끼 주머니에 넣었다. 이것은 그의 고칠 수 없는 버릇으로, 이렇게 하지 않고는 가만히 있지 못하는 자신이 못마땅했다. 대체 무엇 때문에 언제나 시계를 보지 않고는 가만히 있지 못하는 것일까? 아침식사 때 시간을 본다. 산책할 때 시간을 본다. 톨게이트에서 카드를 받을 때도 시간을 본다. 못난 버릇이다. 손이 반사적으로 움직이고 마는 것이다. 무의미하고 어리석은 늙은이의 손이. 그는 이 버릇을 고치려고 결심했다. 벌써 50번이나 결심했었다. 시간은 가는 대로 내버려두자. 시계를 보는 것은 그만두자. 보아도 아무 소용이 없지 않은 가.

"서재에서 그 애에게 전화하겠네." 그는 문에서 멈춰서며 앤더슨에게 싱긋 웃어보였다. "오늘 오후 조 피어슬에게서 30달러를 땄지. 어떤가?"

앤더슨은 마주 미소를 보냈다.

"그분은 무척 기분이 나쁘셨겠군요."

"그렇지. 그는 내가 속였다고는 말하지 않았지만, 내가 손님이라서 참은 거네. 여기서 내기를 했으면 그렇게는 안 되었을 거야. 되찾기 전에는 돌아가지 않겠다고 고집 부렸을 때의 일을 기억하고 있나? 결국 소파 위에서 잠이 들고 말았었지."

"네, 기억하고 있습니다. 그분은 이틀 동안 여기에 계셨습니다, 틀림없이."

서재의 전화기를 집어 들고 교환수에게 뉴욕의 아들네 전화번호를 말할 때에도 올리판트 브래들리는 빙그레 웃고 있었다.

앤더슨은 주인이 귀에 익은 높은 목소리로 불렀을 때, 차를 쟁반에 준비하고 있었다. 그 다급한 목소리에 그는 가슴이 철렁 내려앉았다. 들고 있던 쟁반을 내려놓자 컵과 접시가 금방 넘어질 것 같은 소리를 냈다. 주인이 또다시 이름을 불렀으므로 그는 "네!" 하고 대답하면서 급히 서재 안을 칸막이하여 만든 쑥 들어간 독서실로 달려갔다.

"브랜디를 한 잔 가져다주지 않겠나?"

브래들리는 수화기를 내려놓은 채 한쪽 손을 책상에 올려놓고 그 옆에 서 있었다. 입술에는 미소가 떠올라 있었으나 눈에 묘한 표정이 담긴 것을 앤더슨은 알았다. 눈이 반짝이고 매서워지며 긴장해 있었다.

"무슨 일이 있었습니까?"

"아니, 그저 안부 전화를 걸어온 것뿐일세. 별로 달라진 건 없어."

"무언가 좋지 않은 일이 있었던 것처럼 보입니다. 혹시……."

"아니, 또 그 아픈 증세가 일어난 것뿐이라네."

올리판트 브래들리는 애써 미소를 보이며 가슴에 손을 댔다. 앤더슨을 속이기는 어렵다. 두 사람은 30년이나 같이 지내면서 서로 알만큼 알고 있는 것이다. 그러나 속이지 않으면 안 된다. 누구에게도 말해서는 안 된다.

"브랜디를 마시면 가라앉겠지."

"플레이튼 선생님을 부르는 편이 좋지 않겠습니까?"

"자네가 부르면 그는 기뻐하겠지? 요즘 그의 삶의 기쁨이란 오로지 친구를 입원시키는 일뿐이니까. 괜찮네. 브랜디를 가져다주면 그것으로 돼. 그리고 2, 3일 동안 뉴욕에 다녀올 테니 가방 준비를 해주게. 밤에 쓸 물건은 필요없어. 귀찮지 않아서 좋군."

"알았습니다."

앤더슨은 분명히 걱정으로 마음이 놓이지 않는 듯 문께에서 초조해하고 있었다. 브래들리는 속으로 자신을 꾸짖었다. 히스테리를 일으킨 어린아이 같은 태도를 보이고 있는 바보——모조리 드러내 보이는 짓을 하고 있지 않은가.

"딕이 수식 리스트를 같이 조사해 주었으면 하기 때문에……." 브래들리는 마음편한 목소리를 내려고 애썼다. "내가 나이를 먹어서 천리안이 된 줄로 생각하는 모양이지."

"네, 참으로 좋으시겠군요. 아드님도 질 아기도 만나볼 수 있으시고."

"아암, 그렇고 말고."

앤더슨이 가방 준비를 하고 있는 동안 브래들리는 조 피어슬을 전화로 불러냈다. 책장 위에 놓인 은테 액자 속의 작은 여자아이가 그를 바라보고 있었다. 사과처럼 둥근 장밋빛 볼, 인형 같은 곱슬머리와 보조개, 경이와 흥분으로 숨도 쉬지 않고 세상을 향해 밝게 미소 짓는 얼굴. 그는 이 사진을 찍기 위해 이 아이에게 미소 짓도록 만들던 일을 떠올렸다. 얼빠진 사진사는 수탉이 우는 것 같은 소리를 냈으나, 그것은 이 아이를 겁나게 만들 뿐이었다. 엘리나도 리처드도 사진사와 큰 차이가 없었다. 그러나 그가 이 아이를 웃겼다. 점잖게 아기를 바라보며 천천히 눈을 크게 벌려가는 낡은 수법이 성공한 것이다. 갑자기 그는 주먹으로 책상을 내리쳤다. 흥분하면 안 된다고 플레이튼 의사가 말했었는데…… 플레이튼 같은 자가 뭐 어쨌다는 거야! 이처럼 온몸에 스며드는 것 같은 차가운 분노를 그는 여태까지 느껴본 일이 없었다. 범인들에게 따끔한 맛을 보여주어야겠다. 재산을 다 없애는 한이 있더라도 찾아내고야 말리라…….

피어슬 집 하인 우두머리가 주인은 숲으로 산책을 나갔으며, 차 마시는 시간에 돌아올 거라고 말했다. 브래들리는 피어슬이 돌아오거든 곧 전화해 달라고 일러두었다.

그는 수화기를 놓고 일어나 걱정스러운 듯이 두 손을 마주 문지르면서 방 안을 왔다갔다했다. 그러니까 토요일 밤부터 없어진 것이다. 그런데 보모는 어디에 있는 건가? 그 케이트라는 아일랜드 처녀는 어디에 있는 건가? 리처드는 그 여자에 대해선 아무 말도 하지 않았다. 그녀도 이 사건에 관계된 것일까?

앤더슨이 가지고 온 브랜디를 마셨으나 위의 신경질적인 통증은 가라앉지 않았다. 갑자기 무서운 공포감에 사로잡혔다. 질은 벌써 죽었을지도 모른다! 범인이 살려 두었을 리가 없어. 어찌되었든 돈은 치르게 될 것이다. 질의 목을 손가락으로 누른다. 죽은 몸에 흙을 덮는다. 그것으로 그 아이는 벌써 범인의 방해가 되는 일은 없다.

그렇다, 그 애는 죽었다. 브래들리는 그렇게 확신했다. 그와 동시에 그의 어리석은 꿈도 모두 사라졌다. 그 아이가 말을 배우기 시작하게 되면 옆에 있어 주고, 그 아이가 말하는 것을 익히도록 도와주고, 해마다 여름이 되면 제임스 허버의 크고 오래된 저택으로 그 아이를 데려가려고 생각하고 있었는데…… 요즘에는 그 저택에 가지 않았다. 그곳은 아이들을 위한 집으로 해두었던 것이다. 아무튼 엘리나는 그다지 가고 싶어하지 않는 듯했다. 그는 한쪽 손으로 두 눈을 문지르면서 이런 생각을 했다. 이러한 꿈 때문에 그는 살아 있었던 것이다. 미끼, 다만 미끼에 지나지 않았다. 지친 당나귀 앞의 당근이었다. 플레이튼 의사의 격려를 받으며 그는 자신을 속여오고 있었다.

"손녀가 태어난 것을 본 것만으로도 좋은 걸세. 그것만으로도 충분해." 그의 단 하나뿐인 손녀. "그것으로 나는 완전히 만족하네. 나는 달을 얻었다고 말하고 있는 것은 아닐세, 이 사람아." 처음에는 이러했다. 그리고는 곧 이렇게 말했다. "그 애가 말하는 것을 듣고 싶군." 그리고 그 다음에는 "그 애가 파티 드레스를 입고 있는 것을 보았으면 좋겠어. 요즘 아이들은 빠르니까 말일세, 이 사람아." 꿈을 쫓고 있는 어리석은 노인…… 플레이튼 의사의 부추김을 받으며.

브래들리는 눈물을 참으며 손녀의 사진을 바라보았다. 이 아이를 살릴 수가 없다. 이 아이를 공포와 고통에서 한순간이나마 구해줄 수가 없다. 이만한 돈이 있는데도, 이만한 세력이 있는데도…….

전화가 울렸다. 브래들리는 급히 수화기를 집어 들었다.

"피어슬인가? 매우 중요한 일인데, 이야기 좀 할 수 있겠나? 자네 지금 혼자 있나?"

"지금 서재에 있는데, 문이 닫혀 있네. 왜 그러나?"

"좋아. 그럼, 잘 들어주게. 두 번 되풀이하지 않을 테니까."

"알았네, 말해 보게."

"잘 듣게." 브래들리의 목소리는 낮고 거칠었다. "오늘 밤 20만 달러가 필요하네. 지금부터 2시간 안에. 그런데 아무래도……."

"대체 무엇 때문에……. "

"내 말을 잘 듣게. 돈은 5달러와 10달러와 20달러짜리가 아니면 안돼, 헌 돈으로. "

"어찌된 일인가? 대체 무슨 일이 있었나? "

"전화로는 말할 수 없어. 1시간 뒤에 자네 은행으로 가겠네. 돈이 준비되면 곧 출발할 수 있도록 비행기 준비를 해주게. "

"알았네. " 피어슬의 목소리가 날카로워졌다. "지배인을 둘 불러서 돕게 하겠네. 그리고 내 아들에게 비행기 준비를 시켜두겠네. 1시간 뒤에 만나세. "

브래들리는 수화기를 놓고 손가락 끝으로 이마를 문질렀다. 좋아, 돈은 치른다. 적어도 그것만은 해준다. 전화를 걸면 도와줄 만한 사람이 50명쯤 되지만, 조 피어슬이 가장 적당하다. 돈은 아깝지 않다. 그 돈은 손녀를 죽인 인간 쓰레기들의 손으로 들어가겠지. 그러고도 그들은 붙잡히지 않고 무사할 수 있을까? 벌받지 않고 무사할 수 있을까? 지친 늙은이와 겁에 질린 부모의 손으로는 불가능하다. 리처드와 엘리나는 경찰의 손에 넘기는 것에 대해 반대한다. 어린아이가 죽어 있다는 잔혹한 사실에 직면하는 것은 몇 주일이나 지난 뒤가 될지도 모른다. 그렇게 되면 너무 늦다. 단서는 사라져버리고 말 것이다. 종잡을 수 없게 되어버릴 것이다. 리처드와 엘리나가 이런 것을 어떻게 알겠는가? 둘 다 히스테리를 일으킨 어린아이와 다름없다. 그들로서는 생각을 하는 것도, 계획을 세우는 것도 불가능하다.

노크 소리가 나고 앤더슨이 얼굴을 내밀었다.

"가방 준비가 다 되었습니다. 차를 드시겠습니까? "

"좋아. 아니, 필요 없네. 시내에서 아무거나 먹지. "

문이 닫히자 브래들리는 천천히 전화기로 손을 뻗었다. 늙은 얼굴이 갑자기 엄격하고 매서운 표정으로 바뀌었다. 자신이 결정할 일은 아니다. 그러나 결단을 내려야 한다. 자기의 판단이 옳다. 그 점이 중요한 것이다. 그는 수화기를 집어 들고 헛기침을 했다. 그리고 교환수에게 말했다.

"연방경찰(FBI)에 연결해 주시오."

제7장

이날 밤 7시 반쯤 산장의 전화벨이 울렸다. 듀크는 난로 앞에 앉아 기분 좋은 듯이 손발을 쭉 뻗고, 늘어진 한쪽 손에 불이 꺼진 엽궐련을 들고 있었다. 졸린 듯 꾸벅이고 있었다. 억세 보이는 거무스름한 얼굴이 통나무 불의 열로 벌게져 있는 그의 방은 따뜻하고 쾌적했다. 낡은 가구와 마룻바닥이 전등불빛으로 부드럽게 반짝이고 창과 문은 어둠이 짙어지면서 심해진 폭풍우에 대비하여 굳게 닫아놓았다. 바람과 비가 어지럽게 방향을 바꾸어 사방으로 무섭게 부딪치며 메어치는 듯한 큰소리를 냈다.

그랜트는 신경질적으로 담배를 빨며 방 안을 왔다갔다하다가, 가끔 시계를 흘끗 보곤 했다. 걱정스러운 듯 긴장된 표정이었다. 근육이 발달된 몸이 긴장으로 보기 흉해졌다. 끊임없이 이리저리 시선을 움직여, 목적도 없이 방 구석구석과 타오르는 불꽃이 만들어내는 그림자를 바라보고 있었다.

전화벨이 울리자 그랜트는 몸을 돌려 가만히 듀크를 쳐다보았다.

"전화가 왔군."

"자네는 모차르트의 곡이라도 울려나오기를 기다리고 있었겠지?"

듀크는 싱긋 웃었다.

"그만둬!" 그랜트가 날카롭게 말했다.

"뭘 그만두라는 건가? 전화를 받아봐."

"그렇지." 그랜트는 얼른 방을 가로질러가서 수화기를 집어 들고 조심스러운 목소리로 "여보세요" 하고 말했다. 잠시 약간 이맛살을 찡그린 채 듣고 있더니 차츰 표정이 밝아지며 입술에 미소가 떠오르기 시작했다. "잘됐군." 그는 숨을 깊이 들이켰다. "그거 잘됐군."

듀크는 그랜트를 쳐다보았다.

"아직 돈쓰는 짓은 하지 말라고 일러두게."

그랜트는 한쪽 손으로 귀찮다는 시늉을 해보였다.

"그럼 지금까지는 잘되어가고 있군그래." 그는 수화기를 향해 말했다. "그런데 여기는 조그만 문제가 있었네. 그래서 나는 뉴욕으로 돌아갈 수 없어. 그러면 어떻게 되는지는 알고 있겠지?" 그는 천천히 머리를 저으며 상대방의 말을 듣고 있었다. "괜찮아. 전화로는 말할 수 없어. 자네는 알고 있을 텐데?" 그는 다시 상대방이 하는 말을 듣고 있더니 마지막으로 말했다. "맞았어, 그러면 되는 거야. 바로 그런 순서일세. 물론 자네와 연락은 계속해야겠지. 뭔가 잘 모르는 일이 있으면 이리로 연락하게. 그렇지. 그래, 물론이지……."

그랜트는 수화기를 놓고 듀크 옆에 앉았다. 담배에 불을 붙이고 땀에 젖은 이마를 수건으로 두들겼다. 커다란 몸의 긴장이 어느 정도 풀려 있었다.

"지금까지는 잘 되어가고 있네." 그는 듀크를 곁눈으로 보았다. "브래들리 부부는 5시에 돌아왔는데, 그 편지를 집어 드는 것을 클리시가 보았다는군. 부부는 집 안으로 들어갔고 그 다음은 모른다네. 가정부가 6시에 돌아왔는데, 그 밖에는 아무도 오지 않았다네."

"두 사람은 시킨 대로 하겠지." 듀크는 한쪽 팔을 머리 위로 뻗으면서 말했다. "그들은 자기들의 아기를 돌려보내주었으면 할 테니까. 클리시는 어떤가? 잘 있던가?"

"목소리는 그렇더군. 돈은 그 녀석이 받기로 했네. 그 녀석과 둘이서 준비했었지. 그 녀석은 모든 점에서 연구해 두었거든." 그랜트는 미소 지으며 곁눈으로 듀크의 옆얼굴을 살펴보았다. "그 녀석이 하나 내가 하나 마찬가지야. 그 땅딸보는 아주 빈틈 없거든."

"나는 그 녀석이 마음에 안 들어." 듀크가 하품을 하면서 말했다. "나는 비굴한 녀석은 금방 알 수 있지. 조심하게. 그 녀석은 오래지 않아 공원에서 벌거벗은 채 붙잡힐 거야."

"그러나 그 녀석으로서는 처음으로 붙잡히는 걸세. 그렇게 말하며 뽐내는 녀석도 드물거든. 예를 들어 우리들만 해도 그렇지. 그러나 그 녀석은 여태까지 한번도 붙잡힌 일이 없다네. 얼굴 사진이나 지문을 찍힌 일도 없어. 그리고 브래들리의 집 큰길 맞은편 방에 2년 동안이나 살고 있지. 만일 경찰이 이리로 찾아오더라도 그 녀석에 대해선 모를 걸세."

듀크는 또 하품을 하면서 일어났다.

"경찰이 그 녀석의 일을 알아냈다 해도, 또는 그 녀석이 밀고를 한다 해도 빠져나오지는 못할 걸세. 그것이 이런 종류의 일에 있어선 장점이지." 그는 두 손을 엉덩이에 대고 엷은 미소를 띠며 그랜트를 내려다보았다. "같은 패가 오히려 신용할 수 있으니까. 경찰은 같은 패를 팔았다고 해서 살려주지는 않거든. 모두 전기의자에서 구워질 뿐이야."

"굽는다는 소리는 집어치워" 하고 소리치며 그랜트는 담배를 난로 불 속으로 집어던졌다.

2층으로 통하는 문이 열리며 보모가 방으로 들어왔다.

"아니……." 듀크가 몸을 돌려 그녀를 보며 말했다. "당신 있는 곳은 모두 별일 없겠지?"

"네, 고마워요."

"그 아기는 좋은 동무가 될 것 같더군."

"하지만 힘이 들어요" 하고 말하고 나서 케이트는 얼른 "그 나이 또래의 아기들은 다 그렇지만 말이에요" 하고 덧붙였다.

그녀는 한 마디 한 마디 신중하게 말했다. '상대방을 경멸하는 것 같은 짓을 해서는 안 된다. 이들을 화나게 하지 않으면 아기를 해치지는 않겠지.' 이것은 희망이 아니라 기도였다. 악의 존재를 이렇게 쉽게 받아들일 수 있다니, 그녀로서는 놀라운 일이었다. 맨 처음 그녀가 느낀 것은 분노와 일종의 공포에 찬 놀라움이었다. 감히 이런 짓을 하는 인간이 있을까 하는. 맨 처음 그녀는 노여움에 불타며 그렇게 생각했었다. 그때까지 그녀는 듀크나 그랜트 같은 인간이 존재한다는 사실을 알지 못했다. 동정과 자비심이 없는, 다른 사람의 고뇌에 대해 동물처럼 무감각한 인간을 하느님이 창조할 리 없다고 생각하고 있었다. 그러나 지금 그 놀라움과 도저히 믿어지지 않는 기분이 사라졌다. 듀크와 그랜트는 존재하고 있다. 악은 존재하고 있다. 그것은 달래지 않으면 안 된다.

듀크가 천천히 부엌문 쪽으로 가서 큰 몸집으로 그곳을 가득 가로막고 섰다. 그는 그녀가 어떤 생각을 하고 있는지 알아내려는 듯 그녀를 굽어보며 미소 지었다.

"뭔가 시킬 게 있거든 나를 이곳 지배인이라고 생각해 주오."

"아니, 다 좋아요." 그녀는 듀크를 똑바로 쳐다보며 말했다.

그녀가 무서워하고 있는 것은 이 사람이다. 잔혹하고 무자비할 뿐만 아니라, 그녀의 생각을 꿰뚫어보고 만다는 것을 그녀는 알고 있었기 때문이다.

"당신 방은 마음에 드오? 그리고 그 큰 침대는? 그것으로 괜찮겠소?"

"네, 아주 좋아요."

그녀는 그의 옆을 지나가려고 몸을 움직였는데, 그는 옆으로 비켜서 주지 않았다. 문 앞을 가로막아선 채 희미한 미소를 띠고, 그녀가 점점 난처해하는 것을 지켜보고 있었다.

"나는 그 큰 침대에 당신이 있는 것이 걱정이 되는군. 너무 커서 추울 것 같기 때문이지. 쓸쓸하지 않을까 생각하는데……."

"걱정 말아요." 그녀는 조용히 웃는 그를 보고 말했다.

볼이 발갛게 달아오르는 것을 그녀 스스로도 느꼈다. 그는 일부러 이런 짓을 하고 있지만 뚜렷한 목적이 있는 것은 아니었다. 그것이 그녀를 몹시 화나게 했다. 위로 겸 사디즘의 발작이다. 비 오는 날 밤의 놀이인 것이다. 화살 던지기나 장기 대신이다.

"아기에게 우유를 가져다주어야……."

"그래야지. 나는 남의 일을 방해한 적은 없으니까." 듀크는 천천히 몸을 비켜 그녀에게 길을 열어주었다. "그러나 일만 하고 놀지 않으면 그것도 질색이지."

그녀가 부엌으로 들어가기 위해서는 그를 밀어붙이지 않으면 안 되었다. 그가 일부러 이러고 있다는 것을 그녀는 잘 알고 있었다. 그는 그녀가 몸을 움츠리며 자기를 피하는 것을, 불쾌감을 누를 길 없어 반사적으로 나타나는 그 행동을 가만히 지켜보고 싶었던 것이다. 이로써 그녀가 생각하고 있는 것을 그는 분명히 알 수 있을 것이다. 그녀가 애써 예의바르게 꾸미고 있어도 이 육체적인 반발만은 숨길 수가 없다.

"다음에 만나기로 하지." 듀크는 다 알고 있다는 듯, 보일 듯 말 듯한 엷은 미소를 띠고 그녀를 보았다. "여기에 있으면 뭔가 시간 보내는 방법을 생각해 내지 않으면 안 되거든."

그는 그녀에게서 떨어져 성큼성큼 거실로 되돌아갔다.

그랜트가 약간 얼굴을 찡그리며 그를 쳐다보았다.

"손대지 말라고 했잖아."

듀크는 어깨를 움츠리며 싱긋 웃었다. 그는 기분이 매우 좋았다. 그래서 이 비난을 무시하기로 한 것이다. 그는 머리를 흔들며 말했다.

"자네는 훌륭한 사감이 되겠는걸."

부엌에는 행크가 다친 손을 무릎에 얹고 식탁 앞에 앉아 있었다. 으스러진 뼈 밑에서 맥박이 느릿느릿 뛰고 있었다. 그것이 무겁게 뛸 때마다 가느다란 통증이 아래팔로 전해져 왔다. 이것이 벌써 36시간이나 계속되고 있다. 이틀 동안 깎지 않은 수염으로 지저분해진 얼굴은 여위고 창백했다. 벨이 그와 마주 앉아, 자기의 작고 통통한 손에 쥐어진 럼 술잔을 멍하니 바라보고 있었다. 두 사람은 이야기하고 있지 않았다. 상대방의 존재를 거의 의식하지 못하는 듯했다.

행크는 부엌으로 들어오는 보모를 흘끗 쳐다보았다. 그는 그녀와 듀크의 대화를 듣고 있었다. 그는 지금 그녀의 볼에 나타난 노여움의 빛을 보았다. 듀크의 짓이라고 그는 생각했다. 듀크는 순결이라는 것을 마치 자기에 대한 개인적인 도전처럼 생각하고 있다. 이 미덕이 공포심이나 무기력의 결과이며, 그렇지 않으면 기회가 없었기 때문이라는 것을 증명해 내는 것만큼 그에게 있어 기쁜 일은 없었다.

그녀가 수도에서 난로로 가서 젖병을 올려놓고 끓이는 것을 그는 바라보고 있었다. 그녀를 도와줄 방법은 없다. 그로서는 아무것도 할 수가 없다. 그는 완전히 패배했다는 생각에 마비되어 있었다. 손과 팔에 아픔이 메트로놈처럼 치고 있다는 것도 그는 거의 의식하지 못했다. 듀크를 떠나 있던 그 8년 동안에 그가 노력해서 얻은 것은 열

풍 속의 먼지처럼 모두 날아가 버리고 말았다. 자유, 자존심, 자신의 용기를 발견한 것에 대한 가슴이 죄어드는 듯한 비밀스런 기쁨── 그 모든 것은 사라져버렸다. 그러나 그런 용기가 정말 자신에게 있었을까? 아니다. 그저 자신을 속이고 있었던 것뿐이다. 듀크와 떨어져 있으면 자신의 공포심과 죄의식을 부정할 수 있다. 그러나 그것이 완전히 소멸되지는 않는 것이다.

벨이 얼굴을 들어 어두운 창유리를 타고 흘러내리는 무서운 비를 바라보았다.

"언제까지 오려는지 모르겠군."

"1주일 동안 계속되는 수도 있지요." 행크가 말했다.

벨은 한숨을 내쉬고 럼 술을 한 모금 마셨다.

"맛있군요, 정말."

그녀는 처량한 기분이었다. 기운이 빠져 우울했다. 몸을 깨끗이 하고, 아주 예쁘게 보이고 있지 않으면 무슨 일에고 기쁨을 느끼지 못하는 것이다. 집 안은 축축하고, 문 틈새로 불어오는 바람이 발 아래로 휘몰아치고 있다. 그녀는 스커트 위에 올이 굵은 털 스웨터를 입고 있었는데, 그 때문에 자신이 얌전치 못하고 어울리지 않는 듯한 느낌이 들었다. '금발의 뚱뚱이'라고 그녀는 슬픈 기분으로 생각했다. 럼 술이 따뜻하게 자기 연민의 정을 그녀의 가슴에 부채질했다. 그래도 그 기분은 명랑한 금발의 것은 아니었다.

"도와드릴까요?" 벨이 보모에게 말했다.

"아니오, 고맙긴 하지만……."

"걱정하지 않아도 돼요. 나도 아기를 돌보는 일은 잘 알고 있으니까."

"하지만 나 혼자서도 할 수 있어요."

"그야 물론 혼자서 할 수 있겠지요." 불만스러운 말투였다. 벨은 움직이고 돌아다니며 자신을 잊고 싶었던 것이다. "하지만 당신은 좀 쉬어도 좋잖아요. 커피라도 마시고 있어요. 그 사이에 내가 아기에게 우유를 먹일 테니까."

"그 아기는 내 손에 익숙해 있어요. 하지만 친절은 고마워요."

아무 생각없이 마치 기뻐하는 것 같은 말투였지만, 턱 근처에 노여움이 깃들어 있는 것을 행크는 읽을 수 있었다.

"그럼, 좋아요. 나는 물어보려고 했던 것뿐이니까. 나는 아무래도 사람이 좋아서……."

벨이 일어나 팔짱을 끼고 부엌에서 천천히 나갔다. 거실에서 벨에게 이야기를 걸고 있는 그랜트의 목소리가 들렸을 때 행크가 천천히 일어났다. 보모는 난로에서 떨어져 책상을 돌아오는 행크를 가만히 지켜보고 있었다. 둘만이 있는 것은 이것이 처음이었다. 내리누르는 것 같은 정적 속에서 두 사람 사이의 긴장이 높아갔다. 공포심과 위기감으로 두 사람의 감각은 날카로워져 있었다. 한 마디 한 마디의 말, 한순간 한순간의 표정에 의미가 담겨 있었다.

"나는 그를 쏠 수 없었소." 행크는 무의식적으로 두 손을 들고 하소연하는 듯한 몸짓을 해보였다. "당신은 이해하겠소?"

그녀는 그를 뚫어지게 지켜보았다. 창백한 얼굴에 어둡고 경계하는 듯한 눈빛이었다.

"아뇨."

"저자는 내 형이오. 그래도 이해하지 못하겠소?"

"이해하려고 했어요."

"하지만 이해가 안 된다는 말이로군요."

"네, 안돼요." 그녀는 그의 다친 손을 내려다보며 조용히 말했다. "달아매어두지 않으면 안돼요." 그 목소리는 완전히 무감각했다.

그녀는 수도 위의 타월걸이에서 접시 닦을 때 쓰는 접은 타월을 집어 재빠르고 정확한 손놀림으로 중간까지 잡아 찢었다. 그 두 끝을 이으며 그녀는 말했다.

"될 수 있으면 2, 3시간마다 뜨거운 물에 손을 담그고 있어요. 그래도 통증은 가라앉지 않겠지만 상처는 깨끗하게 돼요. 자, 팔을 들어올리세요. 좀더 높이. 그 정도로 됐어요."

그녀는 타월로 만든 고리를 그의 목에 걸고, 맞은쪽 끝을 어깨 위로 가져가 목 뒤에서 맸다.

"고맙소."

그녀는 그의 손을 자세히 보았다. 갑자기 숨을 삼키는 소리가 그에게 들렸다.

"의사에게 보이지 않으면……."

"왜 내가 그를 쏘지 못했는지, 당신은 이해하지 못하겠소?"

그는 다시 물었다.

"그런 건 문제가 아니에요." 그녀는 그를 쳐다보았다. 어둡고 공허한 눈길이었다. "내가 말한 것은 이해한다는 뜻이에요. 당신은 쏘지 않았어요. 문제는 그거예요."

부엌으로 돌아오는 벨의 발소리가 행크에게 들렸다. 그는 보모에게서 떨어져 식탁에 앉았다. 지금 이 이상 그녀에게 할 말은 없었다. 그녀는 그를 신용하지 않고 있다. 그것만 알면 됐다. 그렇다면 그도 그녀를 신뢰할 수 없다. 아직 그녀가 알아차리지 못한 것을 그는 알고 있었던 것이다. 듀크와 그랜트는 아무래도 두 사람을 살려두지 않으리라는 것을.

벨이 팔짱을 낀 채 들어왔다. 보모가 난로에서 젖병을 집어 드는 것을 보고 말했다.

"지금 아기에게 먹일 건가요?"

"네."

"나에게 시켜요, 부탁이니까. 아기를 떨어뜨리거나 하지는 않아요. 당신이 어린아이일 때 나는 이미 아기를 돌보고 있었으니까."

"안돼요."

보모는 벨의 옆을 지나가려 했으나 벨이 그녀의 팔을 잡아 눌렀다.

"잠깐만, 내가 뭔가 전염병이라도 가지고 있는 것처럼 말하는군. 난 그 소중한 아기를 만지지 못할 만큼 나쁜 사람이 아니에요."

"나쁜 사람이 아니라고요?" 보모는 한순간 벨을 말없이 바라보았다. 어이가 없어 멍하니 서서 눈에 익지 않은 기분 나쁜 동물을 처음으로 보고 있는 듯한 모습이었다. 그녀는 천천히 머리를 내저으며 덧붙였다. "나쁜 사람이 아니라고요?"

"그래, 말했잖아, 나쁜 사람이 아니라고!" 벨의 목소리가 쉰소리로 변했다. 젊은 여자의 눈에 담긴 경멸이 그녀의 가슴을 아프게 찔렀다. 눈이 쿡쿡 쑤셔오는 것 같은 느낌이 들었다. "그렇게 거만하게 굴지 않아도 되잖아. 나에 대해 알지도 못하면서……."

벨에 대한 반감이 보모의 눈과 얼굴에 노골적으로 드러났다. 그녀는 낮고 떨리는 목소리로 말했다.

"우리 집 개에게도 당신이 밥을 주게 하고 싶지는 않아요."

"말 잘하는군!"

벨은 웃으려고 했으나 그 노력에는 확신이 없었다. 보모의 눈 속에 담긴 경멸을 마주할 수가 없었다. 그녀는 얼굴을 돌려 조심조심 행크에게 미소를 보내며 그에게 호소하여 이해를 구하려고 했다.

"이 사람이 하는 말을 당신도 들었지요? 지독히 신경질적이군요. 안 그래요?"

벨은 지금 동정이 그리웠다. "마음에 둘 것 없어. 이 여자는 머리가 어떻게 된 모양이니까" 하고 위로해줄 친구가 그리웠다.

그러나 행크의 눈초리는 벨에게 그런 위안을 주지 않았다.

보모는 부엌에서 나가고, 벨은 천천히 식탁 앞에 앉아 럼 술을 조금 따랐다. 두 사람의 머리 위로 홀을 지나 어린아이가 있는 방으로 가는 보모의 조용한 발소리가 들렸다.

"대단한 배짱인데, 저 여자." 벨은 천장을 흘끗 보며 머리를 내둘렀다. "저 여자의 말을 들으니 마치 내가 포로수용소 세우는 것을 취미로 삼고 있는 것 같잖아. 저 아기의 시중을 드는 것은 세상에 자기 하나뿐이라는 듯 말하니…… 자기 아이도 아니면서, 자기 아이 같은 건 갖고 있지도 않으면서. 그런데도 나에게 그런 성인 같은 소리를 한단 말야. 저런 여자애가 나 같은 좋은 어머니 역할을 할 수 있으려구. 나에게도 아이가 하나 있지요, 당신 알고 있어요?" 벨은 행크에게 미소를 보냈다. "남자아이예요, 16살인데, 난 정말 좋은 어머니랍니다. 나는 그 애에게 무엇이든지 해주었어요, 하지만 어리광은 부리게 하지 않았어요, 필요하면 엄하게 할 수 있었으니까." 그녀는 추억에 잠겨 술을 마시며 고개를 끄덕였다. "아이의 어리광을 받아주는 집이 어떻게 되는지 나는 보아왔거든요. 하지만 토미에게는 그다지 엄하게 할 필요가 없었어요, 언제나 착한 아이였으니까."

"그 애는 지금 어디에 있지요?" 행크가 물었다.

"우리 어머니와 함께 있어요." 그가 관심을 가져주는 것이 기쁜지, 벨은 그에게 또 미소를 보냈다. "그 애에게는 가정이 필요해요, 그런데 나는 이리저리 꽤 돌아다녔기 때문에…… 그 애는 육상부에 들어가 있지요, 1마일을 달려요, 나에게 반가운 편지를 보내주고, 어디에 있든 우리 어머니가 사진을 보내주지요."

"만일 당신이 그 애가 어디 있는지 모른다고 하면?"

벨은 순간 난처한 얼굴을 지었다.

"하지만 우리 어머니와 같이 있는 걸요, 지금 말하지 않았어요?" 이윽고 그녀의 표정이 다시 바뀌어 천천히 미소를 지었다. "그건 나를 함정에 빠뜨리려고 한 말이지요? 그렇지요?" 그녀는 불쾌하게 생각하는 것처럼 보이지는 않았다. 다정한 흥미를 가지고 그를 가만히 보고 있었다. "'그 애가 유괴당했다고 한다면'…… 그런 말이지요? 글쎄요, 나에게 만일 브래들리 집안처럼 돈이 있다면 당장 몸값을 치르고 돌려받겠어요. 그 길밖에 없잖아요? 저 아기도 그렇게 되는 거예요. 아무도 그 애를 어떻게 하지는 않아요. 나는 처음부터 에디에게 그 점을 분명히 말해 두었지요. 무사히 집으로 돌려보내야 한다고요. 그렇지 않으면 나는 한패에 들지 않겠다고요. 정말 그렇게 말해 두었어요. 브래들리 집안이라면 그 정도 돈은 아무것도 아니에요. 그리고 걱정이 약이 되는 수도 있어요. 지금까지 아마 걱정 같은 건 해본 적이 없는 사람들일 테니까요."

'진심으로 그렇게 믿고 있는 거로구나' 하고 행크는 무표정하게 그녀를 바라보며 생각했다. '어떤 종류의 여자일까? 겉모습으로 보아서는 아무 단서가 없다. 물들인 금발머리, 동그스름하니 아직 예쁜 얼굴, 놀랄 만큼 아름다운 다리——이렇게 늘어놓아봐야 아무것도 알 수 없다. 도덕성 마비 환자, 행동을 선과 악으로 나눠 생각하는 것이 육체적으로 불가능한 정신적 백치. 유괴를 조금도 나쁜 일로 생각지 않고 있다. 오히려 걱정이 그 부모에게 치료적 효과를 준다는 말까지 서슴지 않고 한다. 그러면서 보모에게 모욕당했다고 느껴 기분 나빠하기도 한다. 어린아이 같다. 어리석고 못된 어린아이.'

그랜트는 초조하고 기분 나쁜 표정으로 부엌에 들어와서 벨 쪽을 바라보았다.

"대체 저녁식사는 어떻게 하는 거지? 뭔가 준비를 시작했나?"

"준비라고 해야 콩과 소시지 통조림밖에 없어요."

그랜트는 애써 노여움을 참았다. 통조림으로 식사하는 것이 그녀의 잘못은 아니다.

"좋아, 그걸로 어떻게 해보구려. 그런데 당신은 어째서 몸을 깨끗이 하지 않는 거지?"

"이런 냉장고 같은 곳에서요? 당신은 머리가 어떻게 된 게 아니에요?"

벨은 반항적으로 그랜트를 바라보았지만 그의 불쾌한 표정을 보자 무서운 생각이 들어 기가 꺾였다.

'어째서 이 사람은 나에게 화를 내는 걸까? 이 사람이야말로 신경이 뒤죽박죽되어 있는 모양이지' 하고 그녀는 생각했다.

그 때문에 그녀는 손톱 매니큐어를 지우는 약과 머리 감을 때 쓰는 과산화수소를 잊고 온 것이다. 다른 것은 모두 빠짐없이 짐을 싸두었다. 어린아이에게 필요한 것, 베이비 파우더, 크림, 먹을 것, 기저귀. 그녀 자신의 옷은 며칠 전부터 준비가 되어 있었다. 그녀는 조심해서 이 여행을 위한 계획을 세우고, 매일 아침 자세한 목록을 만들어 사는 대로 그것을 지워나갔다. 다만 빠뜨린 것이 있다면, 마지막으로 모퉁이에 있는 잡화점에 들러서 매니큐어 지우는 약과 과산화수소를 사는 것이었다. 그랜트가 완전히 냉정을 잃고 있었기 때문에 그녀는 아파트를 나오지 못하고, 커피를 가져다주기도 하고 시카고에서 있었던 옛날이야기를 들려주거나 하지 않으면 안 되었던 것이다. 그녀는 자기가 나쁜 것이 아니었다는 생각이 들자 화가 나기 시작했다. 앞으로 하루나 이틀 있으면 그녀의 머리는 뿌리가 검어질 것이다. 그렇게 되면 또 그에게 잔소리거리가 생기게 될 것이다.

"언제나 먹는 것만 걱정하는 건 집어치워요! 두세 차례 식사를 거르는 편이 당신에게는 오히려 좋을 거예요. 위장 신경이 어떻게 된 모양이군요. 나는 내 앞에 있는 거라면 무엇이든 먹을 수 있어요."

"그렇지, 그렇지 않으면 마시든가?" 그랜트는 럼 술병을 흘겨보았다. "당신은 소시지를 좋은 비프스테이크로 생각하고 있겠지. 대개는 취해 늘어져 있으니까."

"어머나, 무슨 말을 그렇게 심하게 하세요! 나는……."

"그만둬, 벨! 저녁식사 준비나 하라구."

그랜트의 신경질이 갑자기 기분 나쁘게 더해가고 있다는 것을 그녀는 알았다. 눈이 흐릿하니 번쩍거리고, 꽉 다문 입술 주위에 핏기가 없어진 곳이 보였다. 그녀를 때리려 하고 있다는 것을 벨은 알았다.

"알겠어요, 여보, 지금 곧 할 거예요. 뭔가 만들겠어요, 당신이 좋아할 것을."

"그래, 됐어. 잔소리는 집어치워. 어서 일이나 해!"

그랜트는 흘끗 행크를 보더니 몸을 돌려 거실로 돌아갔다.

"저이는 말하는 것도 제정신이 아니에요, 여러 가지 걱정거리가 있기 때문에……."

"저녁 준비를 도와 드리지요." 행크가 말했다.

그랜트가 방 안을 서성거리는 소리가 들렸다. 소나무 마룻바닥에 구두 뒤꿈치가 정확하게 율동적인 소리를 내고 있었다. 줄곧 담뱃불을 갈아붙이면서 왔다갔다 하고 있으리라.

"난 이런 콩을 맛있게 요리하는 방법을 알고 있습니다"라고 말하며 행크는 벨을 쳐다보았다. '이 여자가 맨 먼저 지고 말겠지' 하고 그는 생각했다. "어떻습니까? 도와드려도 괜찮을까요?"

"물론이지요." 그녀는 눈을 깜박여 눈물을 털어버리며 그를 바라보았다. "이야기 상대가 있으면 기분이 편해져요. 그래서 나는 아기 일을 같이 도와주려고 했던 건데…… 그뿐이에요." 그녀는 일어나 스커트를 매만졌다. "자, 합시다. 나는 서투른 요리사지만 열심히 해볼 생각이니까 도와주세요."

그 뒤 커피를 끓이는 동안 두 사람은 식탁에 앉아 잠시 쉬었다.

"당신 아들 이름이 뭐라고 했지요?" 행크가 물었다.

"톰, 그러니까 즉 토미지요." 벨은 아까보다 훨씬 명랑한 기분이 되어 말했다. 몸을 움직이며 수다를 떨었기 때문에 언제나처럼 좋은 기분으로 돌아와 있었다. "그 애에 대해서 당신한테 이야기하지 않는 편이 좋았을지도 모르겠군요" 하며 그녀는 행크의 눈을 들여다보고 엷게 미소 지어 보였다. "나를 보닛을 쓴 할머니로 생각하면 곤란하니까요."

행크도 미소 지어 보였다.

"육상부에 있다고 했지요, 당신 이야기대로라면?"

"그래요, 커피를 드릴까요?"

"네, 고맙습니다."

그녀가 일어나자 행크는 거실로 흘끗 시선을 돌려, 그랜트의 느릿하고 무거운 발소리에 다시 귀를 기울였다.

제8장

FBI 수사 감독관 데이비드 웨스트의 아파트 현관에 있는 전화가
울렸을 때, 웨스트는 브리지를 하고 있었다. 밤 9시 반이었다. 쌀쌀
하고 기분 좋은 봄날 밤이었다. 포토맥 강에서 불어오는 산들바람이
이 이틀 동안 워싱턴에 아주 쾌적한 날씨를 가져다주고 있었다. 전화
가 울렸기 때문에 그는 당면한 어려운 고비에서 벗어났다. 그는 킹과
퀸이 없는 불리한 조건 아래 포어 스페이드를 만들어야 하는 대단히
어려운 입장에 있었던 것이다. 킹과 퀸을 누가 쥐고 있는지 모른다.
셋이서 하고 있었는데, 그와 짝이 된 정면 빈자리의 패가 드러나 보
이고 있어 거기에 없다는 것을 알고 있을 뿐이다. 그의 아내와 옆집
에 살고 있는 톰 윌킨즈가 그의 양옆에 있었는데, 이 두 사람의 표정
이나 최초의 1라운드에서는 아무것도 파악하지 못했다. 윌킨즈가 그
2장을 가지고 있다면, 그에게는 낮은 패로 이길 기회가 전혀 없다.
윌킨즈는 기분 좋아하며 그를 해치우게 될 것이다. 윌킨즈는 솔직하
고 유쾌한 사나이지만, 브리지만 하면 신경질적인 사람으로 변한다.
특히 그의 쨍쨍 울리는 쇳소리 같은 웃음은 견딜 수 없다고 웨스트는

생각했다.

"잠깐 실례하겠네."

웨스트는 일어났다.

"천천히 하게." 윌킨즈는 웃기 시작했다. "이왕 간 김에 자네가 가지고 있는 블랙우드의 브리지 책이라도 들여다보고 오게나. 참고가 될 걸세."

웨스트는 훌륭한 노름꾼이라면 이런 미소를 짓는 법이라고 말하듯 미소 지어 보이며 현관으로 가서 전화를 받았다. 물론 무슨 전화일까 호기심을 가지고. FBI 직원에게는 근무외 시간이라는 것이 없다.

상대의 목소리를 알았을 때 굉장히 중요한 용건이라는 것을 금방 알았다. 참으로 중요한 일이라는 것을.

웨스트는 "네"라고 말한 뒤 가만히 듣고 있었다.

몇 분 지나자 웨스트는 슬픈 듯한 미소를 띠고 브리지 테이블로 돌아왔다.

"내 운명일세. 없어서는 안 될 사람이라는 거지."

"어머나, 당신, 안 돼요!" 아내가 말했다.

"어떻게 된 건가?" 윌킨즈가 물었다.

"일이 생긴 거예요. 그뿐이에요."

아내가 기분 좋게 체념한 듯이 한숨을 내쉬며 말했다.

남편이 방으로 들어왔을 때, 그의 표정을 살펴보고 그녀는 남편이 당장 나가지 않으면 안 된다는 것을 알아차렸다. 그것도 남에게 의심을 품게 하는 멋진 소란을 피우지 않고 슬그머니 나가고 싶어한다는 것을.

"지금까지 있었던 사건 서류를 지금 여럿이서 조사하는 모양일세." 웨스트는 자기 카드를 집어 들었다. "24시간 계속 하고 있기 때문에 내 담당 부문은 아마 일요일 밤쯤에나 나올 것 같은데, 벌써부터 나오라고 야단들이군. 그런데 누구 차례인가?"

톰 윌킨즈가 또 웃으며 말했다.

"우리가 자네를 해치울 때까지는 부디 나가지 말았으면 하네."

"해치워질지 어떨지 해볼까?"

웨스트는 조심해서 신중하게 승부를 겨루었다. 겉으로 보기에는 게임에 열중해 있는 것 같았다. 이처럼 그의 태도에는 조금도 나타나지 않았지만, 그의 생각은 뉴욕 31번 블록의 갈색 사암 건물과 질 브래들리라는 어린아이의 주위를 맴돌고 있었다. 보모도 없어졌다. 거기에 희망이 있다. 아마 노이로제로 자신이 무시당했다고 생각했을지도 모르고, 어린아이에게 병적인 애착을 느낀 것인지도 모른다. 이런 여자들은 대개 하루쯤 지나면 완전히 겁을 먹고 신경이 날카로워져 후회를 하며 나타나는 것이다. 어린아이를 무사히 데리고, 그는 초조한 마음을 억누르면서 가지고 있는 패를 한 장 빼내 이번 라운드의 패를 벌었다. 올리판트 브래들리가 20만 달러를 가지고 뉴욕으로 가고 있는 중이다. 브래들리가 뉴욕의 라 구아르디아 공항에 도착한 뒤부터는 FBI 뉴욕 지부가 경호할 것이다. 아직까지는 뉴스가 전혀 새어나가지 않았다. 그나마 다행한 일이다. 뉴스가 새어나가게 되면 아이를 돈과 맞바꿀 기회가 더욱 적어져 불행한 일이 생기게 된다.

그는 또 패를 벌고, 톰 윌킨즈가 난처해하는 것을 보며 싱긋 웃었다. 그러나 그의 눈에는 윌킨즈의 붉은 얼굴과 안경만이 보였으며, 어쩔 수 없이 눈길이 거기 머물러 있을 뿐인 것이다. 지금 백 명의 FBI 요원이 뉴욕으로 향하고 있는 중이다. 뉴저지 주에서, 펜실베이니아주에서, 오하이오 주에서, 서쪽으로는 멀리 시카고에서 이런 종류 일의 전문가들이 뉴욕을 향해 가고 있는 중이다. 그들은 호텔과 하숙집과 뉴욕 지부의 직원들 집에 묵으며 온 뉴욕에 퍼질 것이다. 뉴욕 지부의 활동이 눈에 띄게 두드러지거나 뉴욕 이외의 직원이 갑자기 한곳에 모였다는 것을 눈치채여서는 안 된다. 이것이 비밀을 유지하기 위한 기본적인 원칙이다. 엘리베이터 보이, 여자 종업원, 택시 운전기사, 문지기——이런 사람들이 지껄일지도 모른다. 생각없이 말하는 것이지만, 그것이 화를 가져온다.

"두고보라구, 무슨 일이 일어난 거야. 오늘 이 빌딩에 처음 보는 FBI 친구들이 50명이나 온 것을 나는 똑똑히 보았어." 누가 이 말을 듣고 있는지 모른다. 바텐더나 아내, 여자친구…… 아니면 유괴에 직접 관계있는 누군가.

그가 마지막 패를 집어 들자 아내가 말했다.

"아이, 속상해, 아슬아슬한 고비에서 당신에게 지고 말았군요."

알 수 없었던 2장의 중요한 패는 결국 아내가 가지고 있었다. 이것이 좋은 징조가 되기를 웨스트는 진심으로 빌었다.

윌킨즈가 돌아가자 웨스트는 침실로 가서 짐을 꾸리기 시작했다. 그 일은 곧 간단히 끝났다. 그는 예의바르고 질서 있는 사나이로, 직업군인 같은 신체 훈련을 받고 있었다. 필요한 것은 모두 있어야 할 곳에 놓여 있었다. 옷가지와 세면도구를 찾기 위해 1초라도 허비하는 일은 없다. 그는 40대 후반에 가깝지만 머리는 아직 숱이 많고 검었으며, 몸의 반사신경도 자기 나이의 반 정도밖에 안 되는 사나이 못지않았다. 모든 기능이 완벽하게 돌아가고 있었다. 기억은 정확하고, 눈은 날카롭고 지적이며, 목소리는 성이 나면 채찍처럼 핑계나 변명을 후려갈긴다. 남에 대해서 좀처럼 칭찬하지 않는 대신, 비위맞추는 소리도 받아들이지 않는다. 그러나 사람들은 그를 위해 일하는 것을 특권으로 생각하는 것이다.

그가 침실에서 나오자 아내가 모자와 외투를 들고 기다리고 있었다.

"언제 전화해 주시겠어요?"

"내일 밤에."

"조심하세요, 여보."

그녀는 그가 어디로 가서 어떤 일을 하는지 모른다. 그것을 물으려고 생각한 적은 없었다. 몇 해 동안 그녀는 공포심을 억누를 수는 없었지만 호기심은 억누를 수가 있었다.

웨스트는 그녀에게 키스한 뒤 문 쪽으로 향했다. 그녀는 그가 서둘러 복도의 엘리베이터로 걸어가는 것을 지켜보고 있었다. 그는 손목시계를 보고 있었다.

뉴욕 FBI는 일요일이면 대개 평일보다 일을 훨씬 줄이고 있다. 정기 통신의 큰 흐름은 아주 조금만 남겨두었으며, 몇 대의 타이프라이터와 텔레타이프는 침묵하고 있다. 많은 사무직원들이 쉬므로 이 로어 브로드웨이의 크고 낡은 건물 몇 층은 인기척이 없고 깜깜하다. 다만 몇 안 되는 사람들이 아래층 연구실을 지키고 있을 뿐이다. 근처까지도 조용하게 안정되어 있다. 어느 때보다도 조용한 일요일 밤을 얼마 안 되는 택시들이 지나가고, 이따금 트럭이 소리내며 달려갔다. 데이트하는 젊은이들이 이른 봄의 따스함을 즐기며 거리를 산책하고 있고, 아래쪽 거리에서는 신문팔이가 하나 월요일 아침 신문 톱기사의 재미있음직한 제목을 외치고 있다. 전형적인 주말 광경이다. 조용하고 권태로우며 거의 잠들어 있는 것 같다.

밤 9시, FBI 뉴욕 지부 차장 제리 로스가 와서 엘리베이터를 타고 6층 자기 방으로 올라갔다. 몇 명의 수사요원이 먼저 와 있었다. 그가 탄 엘리베이터가 올라가고 있는 사이에 또 두 사람이 로비로 들어왔다. 로비의 제복을 입은 수위가 그 앞을 지나가는 그들에게 조용한 미소로 인사했다. 여느 때의 움직임과 똑같다. 수사원은 24시간 내내 드나들며, 보고를 하기도 하고, 서류철을 뒤적이기도 하고, 단서를 뒤쫓기도 한다. 수위가 보기에, 아니, 그가 아닌 다른 누군가 이 건물을 감시하는 사람이 있어 그가 본다 하더라도, 복잡하고 강력한 기구의 온 기능이 활동을 시작하려 하고 있다고는 전혀 생각할 수 없을 것이다.

제리 로스는 전등이 훤한 자기 방 책상 앞에서 서 있었다. 충분히 말린 재목에서 잘라낸 듯한 시꺼먼 얼굴, 곰처럼 생긴 사나이다. 머리는 회색이고, 입과 입 언저리에 깊은 주름이 있으며, 얼마쯤 호전적인 무서운 인상이다. 눈치가 있는 사람이라면 술집 싸움판에서 그를 멀리할 것이다.

자기 앞에 있는 5명의 수사요원을 노려보면서 제리 로스는 책상을 내리쳤다. 주의를 촉구하기 위해서가 아니라 강조하기 위해서였다.

"한 번밖에 말하지 않겠네." 그는 조용히 말했다. "질 브래들리라는 어린아이가 2번 거리 31번 블록 715호 자기 집에서 유괴됐네. 돈을 요구하는 편지가 배달되었지. 그래서 우리는 이 사건을 조사하게 되었네. 일부러 5일 동안 기다리며 FBI의 임무인 주 사이의 범죄라는 추정을 내릴 것까지도 없어. 그 아기의 부모도 언제 아이를 데리고 나갔는지 정확히 알지 못한다는데, 아마 금요일 밤이나 토요일 언제일 걸세. 부모는 이미 몸값을 지불할 준비를 했지." 그는 한 사람 한 사람의 얼굴을 천천히 둘러보았다. "지금으로서는 어느 곳에서도 이 사건의 수사에 관계하지 않고 있어. 앞으로도 그럴 걸세. 워싱턴에서는 이 사건을 수사하기 위해 이곳으로 감독관을 한 사람 보내오기로 되어 있지. 데이비드 웨스트 감독관. 자네들도 그분에 대해 듣고 있겠지? 나는 같이 일해 본 적이 있는데, 이 사건이 해결되고 나면 자네들도 어째서 내가 그를 최적임자로 생각했는지 그 이유를 알 수 있을 걸세. 자, 일을 시작하세. 감독관이 여기에 도착하기 전에 해둘 일이 있으니까."

제리 로스는 책상에서 종이를 한 장 집어 들고 죽 훑어보았다.

"좋아. 번스, 자네는 31번 블록으로 가주게. 차 안에서 그 블록의 사진을 찍어오는 거야. 이 방에서 일을 하려면 그 집 부근의 확대 사진이 필요할 테니까. 현관, 작은 길, 신문판매대, 상점, 주택, 창고, 모두 다. 우리가 브래들리 씨 집을 감시하고 있을 장소도 찾아야 해. 정확하게 축소하여 스케치를 만들어야 하네. 그것이 끝나거든 사진반에 보고하도록. 자, 가보게.

넬슨, 자네는 이곳 도서관에 가서 올리판트 브래들리에 관해 발견되는 자료를 전부 조사하게. 던 앤드 블래드스트리트의 신용 조사보고와 푸어의 회사 임원록과 인명록을 조사하도록. 그 집안의 사업관계와 인척관계, 가입해 있는 클럽, 여름 별장이 어디에 있는지까지 될 수 있는 대로 모두 조사하게. 전부 필요하니까. 부친인 올리판트 브래들리 씨에 대해서는 길게 나와 있겠지. 아들은 리처드 타운젠트 브래들리일세. 엘라나 심즈라는 여자와 결혼했지. 이 여자에 대해서도 어디엔가 나와 있을는지 몰라. 아무튼 모두 테이프에 녹음해서 타이피스트 두 사람에게 치도록 시키게. 웨스트 감독관이 도착했을 때 내 책상 위에 그것이 놓여 있도록 해야 하네."

"지방신문 자료부에 물어볼까요?"

키가 크고 머리가 붉은 넬슨이 물었다.

제리 로스는 잠시 망설이고 있더니 머리를 저었다. 신문 자료부에는 훨씬 많은 정보가 있겠지만, 아무리 이쪽에서 브래들리 집안에 대한 관심을 속여보아야 빈틈없는 편집자나 기자와 마주치면 진상을 눈치 채게 될지도 몰라. 가장 큰 문제는 아기를 무사히 부모에게 돌려주는 일이야. 다른 것은 아무래도 좋아. 유괴범을 체포하고, 재판에 붙이고, 처형하는 것은 부수적인 문제이지.

"신문에는 관계하지 않는 게 좋아. 이곳 자료에 있는 것만으로 조사하게."

"알겠습니다."

다음 두 사람의 수사요원이 남았다. 제리 로스는 왼쪽에 있는 사나이에게 말했다.

"벨, 자네는 웨스트 감독관의 본부를 2층에다 만들어주게. 오늘 밤 이곳에 있는 가장 우수한 사무직원을 열 두 사람 데려오고, 통신 연락원들을 모아주게. 자동차와 트럭을 넉넉히 준비해 두고 지문 도구, 공격 무기, 최루 가스 등 필요하게 될지 모르는 것은 모조리 준비하게. 이 사건의 서류철도 만들게. 여느 기록과 분명히 따로 해두어야 하네."

통제와 신속이 가장 필요하다. 만일 웨스트에게 보조자이든, 파일이든, 색인 카드이든, 그 밖에 무엇이든 필요한 것이 있으면 당장 제출되어야 한다——30초 이내에, 사건이 해결되기 전에 이 파일은 1톤이나 되는 부피로 부풀어 오를지도 모른다. 그 한 장 한 장이 곧 이용될 수 있도록 되어 있지 않으면 안 된다. 사무직원은 정보와 수사보고에 색인을 붙여 정리하고, 웨스트의 지휘를 받는 수백 명의 수사요원 한 사람 한 사람에 대해 매 분마다 그의 활동 내용과 소재를 한눈에 파악할 수 있도록 기록하지 않으면 안 된다. 그렇게 하도록 되어 있다. 그것이 정석이다. 앞으로 1시간쯤 뒤 웨스트가 왔을 때 그의 수사요원들은 언제라도 활동할 수 있도록 대기하고 있지 않으면 안 된다.

"서류철 맨 위에 이렇게 써넣게."

제리 로스는 워싱턴에서 전화로 보고해 온 부본을 벨에게 건네주었다.

"파일 7이라고요?" 벨이 말했다.

"그렇지." 제리 로스의 목소리가 갑자기 무섭고 성난 말투로 바뀌었다. "파일 7."

'7'이란 유괴사건 서류철의 총칭 번호로서, 그 속에 담겨 있는 의미가 이 두 사람에게 쓰디쓴 기억을 불러일으켰다.

"자, 일을 시작하게." 그리고 제리 로스는 그의 책상 앞에 서 있는 마지막 사나이 쪽을 향해 말했다. "다른 일이라면 자네를 부르지 않았을 걸세, 클로리." 제리 로스는 커다란 두 손을 마주 문질렀다. 눈썹을 찡그리자 눈언저리 주름이 깊어졌다. "딸은 어떻게 됐나? 뭔가 진단 결과가 나왔나?"

"아니, 아직 테스트하고 있는 중입니다."

제리 로스는 헛기침을 했다.

"자네를 부른 것은 자네에게 31번 블록에 살고 있는 아저씨가 있다는 게 생각났기 때문일세. 브래들리 씨 집과 같은 블록에."

클로리는 고개를 끄덕였다.

"네, 그렇습니다." 그는 약간 얼굴을 찡그렸다. 곱슬곱슬한 검은 머리와 지적인 눈을 가진 쾌활해 보이는 젊은이였다.

"아저씨는 시경에서 연금을 타고 은퇴한 뒤로 줄곧 그곳에 살고 있습니다."

"자네는 그 아저씨 집을 종종 방문하고 있겠지?"

"네, 2주일에 한 번쯤은 찾아갑니다. 지금은 혼자 삽니다. 아들이 하나 뉴멕시코 주에 있지요."

"그래서 말인데, 자네는 아마 내가 무슨 생각을 하고 있는지 알겠지? 웨스트 감독관은 누군가 한 사람 브래들리 씨 집에 넣어두고 싶어할 걸세. 자네가 아저씨네 집으로 가서 지붕을 타고 브래들리 씨 집으로 들어가면 어떻겠나?"

"아주 좋은 생각입니다."

"자네는 그 블록에 있어도 좋은 핑계가 있네. 몇 번이나 아저씨를 찾아뵈러 그곳에 갔었으니까. 큰길이 감시받고 있다 해도 자네는 의심받지 않을 걸세. 누군가가 자네에 대해 묻더라도 그런 이유를 안다면 안심하겠지."

"그렇습니다, 옳은 말씀입니다."

제리 로스는 책상을 내려다보았다.

"자네가 일단 브래들리 씨 집에 들어가면 다시는 못 나오는 걸세. 딸에게 무슨 일이 생겨도 자네가 그 집에 들어간 이상 다시 나오게 할 수는 없어. 그것은 알고 있겠지?"

"알고 있습니다."

"아니면 웨스트 감독관의 판단에 맡기는 것이 좋을까?"

클로리는 망설이더니 희미한 미소를 지으며 고개를 저었다.

"감독관에게는 감독관의 문제가 있습니다. 내 일로 걱정하지 않도록 해주십시오. 나로서는 여러 말씀 드리고 싶지 않습니다. 브래들리 씨의 어린아이를 찾아내는 데 내가 도움이 될 수 있다면, 그 댁으로 들어가겠습니다. 감독관에게는 무조건 명령에 따르겠다고 전해주십시오."

"잘 알았네." 제리 로스는 천천히 고개를 끄덕이며 말했다.

올리판트 브래들리는 그날 밤 10시 반 라 구아르디아 공항 터미널 빌딩에 들어왔다. 보스턴에서 아들의 전화를 받고 나서 겨우 4시간이 지난 뒤였다. 두 손에 가방을 하나씩 들고 있었는데, 짐꾼이 도와주려고 하자 머리를 흔들어 거절했다. 한 가방에는 갈아입을 옷가지, 또 하나에는 때묻은 소액 지폐로 20만 달러가 들어 있었다. 혼잡한 터미널 빌딩을 바쁜 걸음으로 나와 택시 타는 곳으로 가면서 노인은 심각한 얼굴을 하고 있었다. 비행기 안에서 생각해 보니 FBI에 전화한 것이 걱정되기 시작했던 것이다. 그렇게 한 것이 가장 현명했다는 것은 의심할 여지가 없다. 그것을 걱정하고 있는 건 아니었다. 그러나 과연 자신이 그렇게 했어야 했는가 하는 점이 문제였다. 아들이 결정할 일이었는데……

보스턴에서 그가 전화로 이야기한 FBI의 수사요원은 영원처럼 생각된 몇 분 동안 질문 공세를 퍼부으며 놓지 않았었다——그 편지의 정확한 글귀는 어떤 것이었나? 과거에 협박장이 온 일은 없었는가? 뉴욕으로는 몇 시에 출발할 것인가? 몇 시에 도착할 예정인가? 손녀의 사진은 가지고 갔는가?

브래들리는 겨우 전화를 끊고 은행으로 달려갔었다. 그에게는 자기가 할 일이 있었다. FBI는 FBI가 할 일을 하게 두면 된다. 그러나 그로 하여금 걱정하게 만든 것은 이런 질문들이 아니었다. 지금 그가 당면해 있는 어려운 일이 걱정되었던 것이다——그의 결정을 아들과 며느리에게 설명하는 일이. 리처드는 비밀의 필요성을 강조했다. 아기가 행방불명되었다는 것을 남에게 알려서는 절대로 안 된다. '질의 목숨은 범인들이 시키는 대로 빨리 명령에 따르는가 어떤가에 달려 있다'——리처드는 이렇게 말했다. 그러나 그 점은 리처드가 잘못 생각한 것이다. 어린아이는 벌써 죽었을 것이다. 지금 그들이 할 수 있는 일은 그에 대한 보복을 신속하게 결정적으로 하는 것뿐이다. 보복을 하는 데는 수사와 진행기관이 필요하다. 올리판트 브래들리는 자기가 의무를 수행하고 있다는 것을 확신하고 있었다. 그러나 리처드와 엘리나가 이해할지 어떨지, 그것이 불안했다.

택시 한 대가 그를 위해 문을 열었다. 깊은 생각에 잠겨 있었기 때문에 눈에 띄지 않는 몇몇의 젊은 사나이가 사람과 차의 혼잡으로부터 슬며시 택시를 몰고가는 것을 그는 알아차리지 못했다. 그는 운전기사에게 아들의 주소를 말한 뒤 돈이 든 가방을 무릎 위에 올려놓고 편안히 앉았다. 택시가 빠르게 달리며 지나가는 파크웨이의 자동차

흐름 속으로 들어서자, 운전기사가 얼굴을 들고 백미러에 비친 그의 눈을 들여다보았다.

"손녀의 사진을 가지고 계십니까, 브래들리 씨?"

브래들리는 깜짝 놀랐다. 갑자기 묻는 바람에 얼떨떨했다. 돌진해 오는 무수한 헤드라이트, 속력을 더하는 차의 요란한 소리, 이러한 것에 압도되어 기분이 어지럽고 신경이 곤두섰다.

"당신은 누구?"

돈 가방을 몸에 꼭 끌어안고 브래들리는 몸을 앞으로 내밀었다.

운전기사는 길에서 눈을 떼지 않고 손을 뒤로 뻗어 그에게 납작한 가죽 케이스를 건넸다.

"신분증명서입니다."

그것은 작은 책처럼 양쪽으로 펼쳐졌다. 안에 길쭉한 카드가 있는데, 손때가 타지 않도록 투명 플라스틱으로 덮여 있었다. 브래들리는 그 카드의 사진을 자세히 들여다보고 나서 몸을 더 앞으로 내밀어 운전기사의 옆얼굴을 바라보았다.

"당신은 새터크 씨군요?"

"그렇습니다. 손녀의 사진을 지금 가지고 계십니까?"

"그렇소, 물론 가지고 있지요."

"운전대에 그것을 떨어뜨려주십시오. 그리고 깊숙이 앉아 편안히 계셔주십시오."

반시간 뒤 차가 2번 거리로 접어들었을 때 새터크가 조용히 말했다.

"차가 서거든 요금 치르는 것을 잊지 말아주십시오. 나를 진짜 택시 운전기사가 아니라고 생각하는 사람이 있으면 안 되니까요."

"범인이 집을 감시하고 있다는 거요?"

"감시하지 않는다고 생각할 수는 없지 않습니까?"

일요일 이 시간이면 31번 블록은 평화롭고 조용하다. 주택과 가로 등에서 노란 불빛이 비치고, 몇몇 사람이 낡은 갈색 사암 건물 입구 계단에 앉아 있었다. 모두들 생활이 보장되어 편안하게 보였다. 이것 이 시의 몇 천이나 되는 거리의 걱정 없는 평온한 생활 풍경이다. 텔 레비전에서 웃음소리가 흘러나왔다.

보도에 있던 한 여자가 남자에게 말했다.

"집으로 들어가서 쇼의 끝부분을 보지 않겠어요?"

브래들리는 택시에서 내려 미터기에 나와 있는 요금을 치렀다. 세 심한 주의를 기울여 자신의 역할을 다하기 위해 적당한 팁까지 더해 준 뒤 새터크에게 잘 가라고 인사했다. 그리고는 몸을 돌려 늙은 어 깨를 곧추세우고 아들의 집 현관 계단을 올라가기 시작했다. 눈을 들 어 문에 붙은 빛나는 놋쇠 숫자를 쳐다보았다. 문이 열리기 시작했을 때 그는 가슴이 답답해지는 것을 느꼈다. 아들 부부가 자기를 안타깝 게 기다리고 있다. 그들은 이해해 줄 것이라고 그는 생각했다. 그러 나 자기가 내린 결정의 중요성이 갑자기 무섭고 무거운 짐이 되어 있 었다.

새터크는 렉싱턴 거리를 세 블록 내려가서 밤새도록 영업하는 한 레스토랑에 차를 세웠다. 접은 신문을 들고 안으로 들어가 카운터에 앉았다. 옆에 있는 사나이는 디저트를 마치고 있는 중이었다. 두 사 람은 날씨 이야기를 시작했다. 그리고 토요일 밤 매디슨 스퀘어 가든 의 시합 이야기를 했다. 그 사나이는 스코어에 대한 자기 기억을 새 롭게 하기 위해 주머니에서 신문을 꺼냈다.

"10회 가운데 7회는 그 녀석이 우세하다는 판정이 나와 있소."

그 신문을 새터크 옆에 놓고 사나이는 커피를 끝낸 다음 담배에 불 을 붙였다.

"그럼, 천천히……."

"그럼, 실례하오." 새터크가 말했다.

그 사나이는 질 브래들리의 사진이 들어 있는 새터크의 신문을 집어 들고 레스토랑에서 성큼성큼 걸어나갔다.

새터크는 이마의 모자를 뒤로 젖혀 쓰고 나서 커피를 마셨다.

제9장

그랜트는 일요일 밤에 클리시로부터 두 번째 전화가 있으리라고는 예기치 않았다. 그 전화가 걸려왔을 때, 그는 난로 바로 옆에 앉아 쉴 새 없이 담배를 피우고 있었다. 웬일인지 마음이 가라앉지 않았던 것이다. 모두 다 계획대로 되어가고 있었으나, 지루하지만 이렇게 기다리고 있는 수밖에 없다는 기분이 완전히 들지 않았다. 온갖 것들이 그의 날카로운 신경을 건드리고 그를 조바심나게 만들었다. 벨은 술을 마시고 있고, 음식도 맛이 없었다. 듀크는 가끔 뽐내고 있다. 이 일을 공동으로 하고 있는 것 같은 표정을 하고, '내가 지휘하고 있는 거다' 하고 그랜트는 꺼져가는 난로에 담배를 던지면서 생각했다. '듀크의 버릇을 고쳐주어야지. 벨도 마찬가지야. 기분이 나빠. 대가를 치르게 해주고 싶은 심정이다. 대체 녀석들은 나를 어떻게 생각하고 있는 거지?'

그 전화벨 소리는 그에게 고통을 더하는 듯한 충격을 주었다. 그는 의자를 뒤로 밀치며 벌떡 일어났다. 그리고는 전화기를 마치 낯설고 위험한 적이라도 되는 것처럼 노려보았다. 머리 위에서 듀크가 다리를 절며 2층 복도를 계단 쪽으로 걸어오고 있는 발소리가 들렸다. 그랜트는 얼른 방을 가로질러가서 수화기를 집어 들었다.

클리시였다. 흥분하여 뽐내고 있었다. 아기의 할아버지가 1시간쯤 전에 아들 집에 도착했다. 가방을 들고. 돈이다, 틀림없이……

"잘됐군. 그 밖에 이상은 없나?" 그랜트가 물었다.

"고마울 정도로 조용하다네." 클리시의 목소리는 기쁨을 감추지 못했다. "녀석들은 어린 양처럼 순해……."

그랜트가 수화기를 내려놓았을 때, 듀크가 휴식을 취한 뒤 기운을 되찾은 얼굴로 방에 들어왔다. 저녁식사가 끝난 뒤 자고 온 것이다.

"잠자코 있게, 맞춰볼 테니까. 클리시가 붙잡힌 모양이지?"

"익살만 피우는군. 난 이제 질색이야!"

"좋아, 알았어." 듀크는 난롯불 쪽으로 절름거리며 걸어갔다. "난 자네가 좀 웃겨주기를 바라고 있는 줄 알았어."

"아기 할아버지가 1시간 전에 보스턴에서 찾아왔다네. 아마 현금을 마련해 온 모양일세."

"아직 일요일인데? 대단하군. 자기 마음대로 하는 은행을 가지고 있지 않으면 그렇게 못할 텐데. 우리들은 어머니가 죽게 되어 페니실린을 사야 한다고 해도 일요일에는 수표를 현금으로 바꿀 수 없네."

"자네가 세상을 보는 법은 상당히 유머가 있군."

"걱정하지 말게. 근처에 집은 한 채도 없으니까."

듀크는 약간 얼굴을 찡그리고 부드럽게 불빛에 감싸인 방을 흘끗 둘러보았다. 난로의 불꽃이 던지는 그림자가 폭넓은 소나무 마룻바닥 위에서 흔들흔들 뛰놀고 있다. 금글자로 제본한 고전 문학전집 한 질이 그 맞은편에 보인다. 밖에서 바람과 비가 아직 사방을 세차게 몰아치고 있다.

"내 동생은 정말 이상하고 비굴한 녀석이로군. 나 같으면 감옥에 들어가 있는 편이 낫겠는데."

"시시한 소리 집어치우게. 그런데 여보게." 그랜트가 옆으로 다가왔다. "자네 동생과 그 보모가 어떻게 되지는 않을까? 자네는 눈치채지 못했나?"

듀크는 히죽 웃어보였다.

"내가 전에도 말했었지. 자네는 훌륭한 사감이 될 거라고 말일세. 그 아가들은 그랜트 마나님을 속이는 짓을 하지 못할 걸세."

"나를 희극의 광대처럼 취급하지 마, 듀크!"

조용한 말투였지만 그랜트의 눈은 이상하게 차가운 빛을 띠고 있었다.

듀크는 어깨를 움츠렸다.

"자네는 나를 잘 알고 있잖아, 에디. 나는 가끔 농담을 하고 싶어진다네."

"지금은 그럴 때가 아니야."

지금까지 그랜트를 지배하고 있었던 것은 살기 위한 정열이었다. 살기 위해서 여러 번 사람을 죽여왔다. 협박을 당하거나, 불안을 느끼거나 하면 그것이 어딘지 모르게 그의 얼굴에 나타난다.

"물론이지." 듀크는 깊이 생각하는 듯한 표정을 보이면서 말했다. 그는 그랜트를 유능하고 빈틈없는 사나이로 생각해 왔다. 그러나 위험한 인간이라고는 생각지 않았다. 그런데 지금 그것이 대단히 잘못된 생각일지도 모른다고 그는 느꼈다. "내 동생과 그 아일랜드 여자 말인가?" 그는 머리를 내저었다. "그건 자네 상상일세, 에디."

"그럴지도 모르고, 그렇지 않을지도 모르지. 그 두 사람은 말을 하지 않아. 별로 얼굴을 마주 보는 일도 없고. 그러나 두 사람이 얼굴을 마주 볼 때, 나는 어딘가 묘한 느낌을 받았거든." 그랜트는 담배

를 피우며 갸름하고 파르스름한 눈으로 듀크를 바라보았다. "그 여자
는 조금 전에 자네 동생에게 감아줄 붕대를 가지고 아래로 내려왔었
지. 나는 감아주라고 말했네."

"사람이란 그런 기분이 되게 마련이야."

"그야 그렇지. 하지만 그 두 사람이 사이좋게 되면 어리석은 짓을
하려들지도 몰라. 용기를 내어 우리들을 귀찮게 할는지도 몰라."

"자네는 앞일을 미리 내다보고 있는 거로군?"

그랜트는 담배에 불을 붙였다.

"그러니까 나는 이 일의 지휘자란 말이야. 안 그런가……."

행크는 부엌 테이블에 앉아 있었다. 벨은 그가 설거지하는 것을 도
와주고 나서 2층 침대로 올라갔다. 그녀는 술이 취해 감상적이 되어
아들이 어렸을 때의 일을 지루하게 늘어놓은 다음 어떤 일이 있어도
절대로 떨어져 살지 않겠다고 몇 번이나 되풀이 말했다. 행크는 그녀
의 말을 그저 참고 듣고 있을 뿐이라는 것 이상의 인상을 그녀에게
주었는지 어쨌는지 잘 모르지만, 출발로서는 이만하면 충분하다고 생
각했다. 그녀는 단순한 여자이지만 어리석지는 않다. 처음부터 목적
을 알 수 있는 짓을 하면 의심할 것이다. 벨이 위층으로 올라가고 나
자 보모가 내려와서 그의 다친 손을 더운물로 씻고 베개 덮개를 찢어
붕대로 만들어 치료를 해주었다. 이것은 그랜트의 허락을 얻어 한 일
이었다. 그랜트는 문 앞에 버티고 서서 담배를 입에 물고 주의깊게
생각하는 눈초리로 두 사람을 지켜보고 있었다. 두 사람은 서로 아무
말도 하지 않았다. 행크는 그녀의 바로 옆에 서서, 그녀의 검은 머리
에 비치는 불빛과 눈 아래의 깊은 그늘과 창백한 피부의 고운 살결을
보고 있었다. 그러나 두 사람 사이에 교류되는 것은 아무것도 없었
다. 그저 그녀의 손가락이 그의 손에 상냥하게 닿았을 뿐이었다. 이

것은 누구에게나 베푸는 친절한 마음, 아무 생각 없는 본능적인 반응일 것이다.

지금 그랜트와 듀크는 거실에 있다. 두 사람이 중얼거리는 소리가 행크의 귀에 들려왔다. 두 사람은 결코 행크에게서 눈을 떼지 않았다. 부엌 뒷문에는 자물쇠가 채워져 있고, 그 열쇠는 그랜트가 가지고 있다. 창문은 닫히고 못질이 되어 있다. 하나뿐인 출입구는 정면 문인데, 두 사람 중 누군가가 늘 거실에 있으면서 감시를 하고 있다. 두 손이 멀쩡하다 해도 이런 상황에서는 전혀 손쓸 도리가 없다.

행크는 손가락 끝으로 이마를 문질렀다. 조금 전에 전화벨이 울렸다. 그랜트가 전화로 이야기하는 소리를 들었을 때, 그는 조금이나마 그 나름대로 희망을 가지지 않을 수 없었다. 어쩌면 듀크의 마음이 변해서 그랜트와 맞서게 될지도 모른다고 생각했던 것이다. 아마 그렇게 될 것이다. 그가 이처럼 공연한 희망을 갖지 않을 수 없는 것은, 형을 이해하려는 노력을 결코 버린 일이 없었기 때문이다.

지금도 그는 어째서 자기 형이 그랜트와 어울리게 되었는가를 이해하려고 하고 있었다. 형에게 미안한 짓을 했다고 생각하는 버릇이 너무도 강하게 뿌리박혀 있는 것이다. 형이 한 일에는 무언가 강력한 이유가 있을 게 틀림없다. 자신이 형을 이해할 수 있다면 형을 용서할 수 있을 것이다. 이것이 지금까지 계속 품어온 그의 희망이었다.

그는 듀크를 냉정하고 공정하게 판단할 수가 없는 것이다. 형이 오늘처럼 된 데에는 절대적으로 자신에게 책임이 있기 때문이다. 그는 그것을 잊을 수가 없었다. 그리고 형을 이해하려고 노력할 뿐이었다.

두 사람은 위스콘신 주의 작은 도시에서 자랐다. 빛나는 호수와 신선한 소나무 향이 있는 고장, 회고적인 개척자 감정이 스며들어 있는 고장이었다. 인디언 치피어 족을 보호하기 위해 특별보호구역이 겨우 몇 마일 밖에 있는 곳으로, 이 근처의 남자들은 대부분 덫을 놓는 법, 사냥하는 법, 고기낚는 법 등을 인디언 안내자로부터 직접 배웠다.

듀크는 다른 누구보다도 잘 익혔다. 늙은 인디언까지 이제 그에게 가르칠 것이 거의 없다고 인정했다. 15살의 소년으로 그는 깊은 숲속에 들어가 성냥과 모포, 캠핑 도구도 없이 몇 주일 동안이나 그 속에서 지낼 수가 있었다. 낚시 바늘과 낚싯줄과 덫으로 쓰이는, 둘둘 감은 그물 이외에는 아무것도 가지고 가지 않았었다——하기야 나이프는 가지고 갔지만. 듀크는 나이프를 몸에 지니지 않고 있는 일이 없었다. 낚시나 사냥에 관한 법률은 무시했다. 그에게 있어 암사슴은 먹는 고기일 뿐 그 이외의 아무것도 아니었다. 그는 관광객에게 사슴 고기를 팔고, 인디언에게 위스키를 팔았다. 이것은 연방 법률에 위반되는 일이었다. 그러나 아무도 그의 난폭한 행동에 특별히 신경쓰지 않았다. 그는 키가 크고 얼굴이 약간 거무스름했으며, 멋있는 체격을 지녔으며 자기 미소의 가치를 잘 터득하고 있었다. 상대를 위협할 수 없을 경우에는 매혹시켰다. 어느 수법도 효과를 내지 못할 경우에는 그 사람을 무시했다. 또는 그 사람이 예기치 않고 있을 때 반격했다.

물론 시내에는 그를 잘 알고 있는 사람이 몇 명 있었다. 약방의 홀히마이어가 그중 한 사람이었다. 듀크는 그에게서 어떤 물건을 사려고 한 적이 있었는데, 그 뒤부터 이 노인은 차가운 눈초리로 그를 경계하고 있었다. 그리고 롤링스 집안도 그러했다. 제임스 롤링스가 축구 연습을 하다 어깨를 다친 일에 대해서는 여러 가지 소문이 나돌았다. 듀크가 제임스에게 무섭게 덮치기 몇 초 전에 이미 호루라기가 울렸다는 말들을 했다. 그러나 이 소문 때문에 이렇다할 일은 아무것도 일어나지 않았다. 듀크의 어깨를 움켜잡은 어른도 있었지만, 터치다운을 하기 위해 부딪치고 부딪쳐 넘어뜨렸다고 해서 그것을 탓할 수는 없는 일이 아닌가?

그것은 그럴 수밖에 없었다. 랜슨 고등학교는 듀크를 풀백으로 해서 22연승을 거두었으며, 대학의 축구 관계자들이 그의 경기를 구경하려고 모두 와 있었다.

그러나 그는 학교에서는 인기가 없었다. 그를 좋아하는 여자아이들도 있었지만, 그는 그런 면에는 거의 관심을 보이지 않았다. 그는 그보다도 싸움을 좋아했다. 그가 즐겨 노리는 상대는 조용하고 점잖은 가정에서 자라난 천진스러운 아이들이었다. 그들은 그의 공격을 막아낼 준비가 돼 있지 않았다. 따라서 그의 마음대로 희생되었다.

그 어디가 나빴던 것인가? 행크는 이마를 문지르면서 생각했다. 듀크를 이해하려고 애쓰며 일생을 지내온 것 같은 느낌이 들었다.

아마 그의 어머니 때문일지도 모른다. 행크와 듀크는 배다른 형제였다. 듀크가 8살 때 듀크의 아버지는 재혼을 했다. 그 1년 뒤 행크가 태어났다. 듀크는 버거운 아이였으므로 그의 마음을 사기 위해 온 집안이 긴장된 불안한 분위기 속에서 행크는 자랐다. 행크의 어머니는 듀크와 원만하게 지내지 못할까 겁을 내며 그의 애정을 사는 데 정신이 없었다. 그녀의 두려움을 눈치챈 듀크는 뇌물을 요구했다. 그것은 좋은 일을 하는 대신이 아니라, 보다 나쁜 짓을 하지 않겠다는 데 대한 요구였다. 이렇게 해주면 그런 짓은 하지 않겠다는 식이었다. 이것이 계모에 대한 듀크의 수법이었다.

온 집안이 듀크의 기분과 신경질을 중심으로 해서 움직였다. 듀크의 친아버지까지 이 협박에 말려들었다. 아버지는 무슨 짓을 해서라도 집안의 평화를 유지하려 했다. 그는 작은 도시의 소매상으로, 집에 보탬이 안 되는 말다툼에 이겨서 상대방의 기분을 상하게 하기보다는 지는 편이 좋다고 생각하는 타입이었다. 내성적이고 소극적인 사람이었다.

"내 의견을 남이 들어주리라고는 생각지 않지만, 만일 들어준다면

……." 뭔가 주장을 하거나 의논하는 경우에는 먼저 미소를 지으며 이렇게 말했다. 사교적이며, 은근하고…… 한 마디로 약한 것이다. 행크가 약한 것과 마찬가지로.

아버지로서는 아무래도 듀크가 다루기 힘들었다. 누가 괴로운 심정을 호소해 오면 미소 지으며 '사내아이의 공격성'이라는 것에 대해 이야기했다. 그리고 아들을 타이르겠다고 약속했다. 그러나 듀크에게는 아무 말도 하지 않았다. 듀크의 행동을 바로잡으려고 하면 집을 나갈지도 모른다고 걱정했던 것이다. 그와 동시에 그는 아들의 외모와 그 거만함, 그 멋진 육체적인 재능을 자랑으로 생각하고 있었다. 읍내의 명사들은 시합 전후에 그의 가게에 들러서 떠들어대는 것이 버릇이 되어 있었다. 이것이 그를 무척 기쁘게 했다. 엽궐련을 권하기도 하고 등을 툭툭 두들기기도 할 때, 거기에는 따뜻하고 흉허물 없는 평등의 환각이 있었다. 이것을 모두 던져버린다는 것은 몹시 쓰라린 일이었을 것이다. 그는 지금까지 그런 경험이 없었으므로——어떤 교사가 말한 적이 있었지만——듀크의 학업성적이 좋아질 때까지 팀을 떠나게 한다는 것은 그로서는 도저히 달가운 일이 아니었다. 그래서 그는 듀크를 위해 거의 반사적으로 거짓말을 했다. "그 애는 10시 반에 침대에 있었습니다. 네, 내가 들여다보았습니다." 예사로 이렇게 말할 수 있었다.

그 사고가 일어나기까지 이러한 상태가 계속되었다. 그 사고로 많은 것이 끝나고 많은 것이 시작되었다……

거실의 불은 상냥한 빨간 눈처럼 소파에서 잠들어 버린 행크를 바라보고 있었다. 그때 행크는 9살이었다. 그러나 그는 그 불을 본 것을 생생히 기억하고 있다. 어둠 속의 상냥한 빨간 눈이 그를 계속 위협했다. 듀크는 위에서 자고 있었고, 아버지는 그가 속해 있는 한 사회봉사 단체의 월례 만찬회 때문에 시내에 나가 있었다. 아마 어머니가 살아 있었다면 사정이 달라졌을 것이다. 그러나 그녀는 6개월 전에 죽고 없었다.

불꽃이 카펫에 떨어진 것이 틀림없다. 그것이 신문지에 옮겨 붙고, 이어서 커튼에……

그리고 2, 3분 뒤 눈을 뜬 행크는 연기 속에서 큰소리로 형을 불렀다. 형이 있는 곳까지 올라갈 수는 도저히 없었다. 계단 앞의 불길은 2미터나 되었다. 듀크도 내려올 수가 없었다. 그래서 그는 뛰어내렸다.

행크는 그때 듀크가 있는 방 창문 아래에 가서 되풀이 불렀다. 듀크가 창문 유리를 차서 깨뜨리고, 한순간 난간에서 균형을 잡은 다음 어둠 속으로 뛰어내리는 것을 행크는 보았다. 땅바닥에 닿았을 때 듀크는 싱긋 웃었다. 하얀 이가 번쩍 빛났다. 위험이 그의 기분을 들뜨게 만들고, 그것에 직접 부딪치게 되자 완전히 흥분해 있었다. 자신에 넘쳐 위험을 대수롭지 않게 생각하고 있었다. 그러나 뛰어내린 거리가 너무 높고, 땅바닥은 쇠처럼 단단했다. 오른쪽 다리가 무릎에서 부러졌다. 그는 병원에서 석 달을 지낸 뒤 소나무 지팡이를 짚고 집으로 돌아오게 되었다. 의사는 좀더 좋아지게 될 거라는 말을 어렵게나마 했으나, 그것은 실현되지 않았다. 듀크의 다친 다리는 그의 눈빛과 마찬가지로 그의 육체의 일부가 되었다.

행크는 머리를 들었다. 그랜트와 듀크의 이야기 소리가 그치고, 정적 속에서 계단을 내려오는 보모의 조용한 발소리가 들렸다. 그녀는 계단 아래의 문을 열고 정확하고 큰 걸음으로 서두르면서, 거실을 가로질러 부엌으로 왔다. 그는 그녀가 몹시 지쳐 있는 것을 알았다. 얼굴이 창백하게 여위고, 목에는 작은 맥박이 힘차게 뛰놀고 있었다. 행크는 그녀의 표정에 여느 때와 다른 것이 있음을 알아차렸다.

그는 일어나서 물었다.

"어찌된 일이오?"

"아기가 아픈 것 같아요, 열이 나요."

"저런……." 자신의 무력함을 말로 표현하는 것이 안타까워 행크는 입술을 축였다. 무슨 말을 할 수 있겠는가? "큰일이군요, 정말 걱정인데"라고 말할 것인가?

"의사에게 보이지 않아도 괜찮겠소?"

"글쎄, 모르겠어요, 이렇게 갑자기 나는 열은 흔히 하룻밤 새에 내리기도 하지만……."

두 사람은 서로 바라보았다. 처음으로 단둘이 되었을 때와 마찬가지로, 두 사람 사이의 긴장에는 의미가 담겨져 있었다. 침묵의 한순간, 서로 살펴보고 있는 한순간, 말로 주고받는 것보다 더 큰 진실성이 담긴 심적 교섭을 찾고 있는 한순간이었다. 천천히 비교하며 평가하고 있을 겨를은 없었다. 직감에 의해서 서로 신뢰할 수밖에 없다. 이런 것을 행크는 군대에서 경험하고 있었다. 어떤 사나이를 본다. 다음 몇 초 동안에는 벌써 이 사나이가 자기 옆을 떠나 있을지도 모른다. 그 사나이의 포커 버릇, 술과 여자의 취미, 처자를 사랑하고 있는가 하는 사실——그런 것을 알고 있어도 지금 알고 싶어하는 것에는 아무 소용도 닿지 않는다. 정의를 내릴 수도, 입으로 말할 수도 없는 어떤 기준을 바탕으로 하여 그 자리에서 판단할 뿐이다. 가끔 틀리는 경우도 있다. 행크는 그녀의 불안을 이해했다. 그는 말했다.

"낫기를 바랍니다."

"우리들이 할 수 있는 일은 그것밖에 없어요."

그녀는 가만히 그를 바라보고 있었다. 오해할 여지가 없는 힘찬 말투로 일부러 '우리들'이라는 복수를 썼다. 그 말과 눈의 표정으로 그녀는 두 사람이 같은 편이라고 믿고 있음을 그에게 말한 것이다.

그때 듀크가 입가에 깊이 생각하고 있는 것 같은 미소를 띠고 천천히 부엌으로 들어왔으므로 행크는 그녀에게 뭐라고 대답할 겨를이 없었다.

"두 사람 다 심각한 얼굴을 하고 있군. 이것이 바로 젊은 세대라는 것인가?"

두 사람이 다 아무 대답도 하지 않았다.

"비밀 이야긴가? 내가 없는 편이 좋겠군, 그랜트도 역시."

듀크는 시무룩하니 말했다.

"아기가 열이 나고 있소." 행크가 말했다.

"그래? 그렇다면 걱정이군." 듀크는 이것을 두 사람의 야릇한 침묵의 설명으로 받아들인 것 같았다. 그는 보모에게 물었다. "대체 어찌된 일이오?"

"모르겠어요, 오래 차를 타고 왔기 때문인지도 몰라요. 변화 때문인지도……."

"하루쯤 지나면 익숙해지겠지. 어린아이에게 열은 대단한 게 아니야. 따뜻하게 해두어요. 내일이 되어도 낫지 않으면 테라마이신이라도 좀 써볼까?"

"의사의 처방 없이는 그런 것을 먹일 수 없어요."

"그야 의사에게 보이는 것이 가장 좋겠지." 듀크는 턱을 문질렀다. "하지만 그건 좀 무리한 주문인데."

"의사를 불러주지 않을 건가요? 아기의 상태가 나빠져도?"

"가능한 일은 하겠소. 아기가 정말 병이 나도 우리가 아무것도 하지 않은 채 내버려둘 것 같소?" 듀크는 커다란 두 손을 그녀의 어깨에 걸쳤다. "걱정 마오, 괜찮을 테니까."

듀크의 손이 닿자 그녀의 몸이 굳어지는 것을 행크는 보았다. 그는 자신의 볼이 노여움으로 달아오르는 것을 느꼈다.

"의사에게 보여도 당신만 있으면 걱정 없다고 말할 거요." 듀크는 미소 지으며 그녀의 창백한 얼굴을 내려다보았다. "그 애는 당신이 있어서 행복하군. 아기를 보살피는 정성이 정말 대단하거든."

"벌써 잠이 깼을지 몰라요."

그녀가 몸을 돌리려고 하자 듀크는 커다란 두 손으로 간단히 잡아 눌렀다.

"잠이 깨면 소리가 들리지."

"부탁이에요, 가게 해줘요."

"물론 가게 하구말구." 듀크는 동생의 눈에 노여움이 나타나 있는 것을 보고 싱긋 웃었다. "가 봐요, 자, 어서!"

어깨를 누르고 있는 손에 좀더 힘을 주었다. 그녀를 다치게 하려는 것이 아니라 손의 힘을 그녀에게 느끼게 하기 위해서였다. 그가 손을 떼자 그녀는 한순간 가만히 선 채 손가락 끝으로 어깨를 문지르더니 이윽고 몸을 돌려 조용히 부엌에서 나갔다. 그녀가 거실을 가로질러 계단을 올라가는 동안 형제는 말없이 서로의 얼굴을 가만히 노려보고 있었다. 머리 위에서 구두 뒤꿈치 울리는 소리가 들려왔다. 듀크는 머리를 내저으며 웃어댔다.

"용서해라, 꼬마야. 하지만 재미있군. 너 저 여자에게 반했지? 다 알고 있다! 이렇게 말이다!" 듀크는 손바닥으로 책상을 내리쳤다. "저 여자가 옆을 지나가면 너는 방바닥에 머리를 문지르고 싶은 기분이지. 무엇 때문일까? 정신적인 얼굴을 보고 싶기 때문이지. 그뿐인가?"

행크는 어깨를 약간 움츠렸다.

"그녀는 예쁘게 생겼어요, 아직 모르고 있었소?"

"너는 그런 말도 예사로 하는구나. 군대에서 여자를 많이 사귀었나 보군, 그렇지?"

"사실대로 말하자면, 저 여자는 나에게 옛 여자친구를 생각나게 해요."

"뭐? 누군데?"

"조 레노루즈."

"잘못 본 거겠지."

"조를 기억하고 있지 않소?" 행크는 보일 듯 말 듯 미소 지으며 형을 바라보았다. "조도 머리가 검고 얼굴이 희었지, 꼭 저 여자처럼. 형은 기억하고 있을 거요. 누군가가 밤에 축구 경기장 뒤에서 조를 몹시 때린 일이 있었잖소. 그래서 온통 소동이 벌어졌던 것을 형은 잊지 않았겠지. 조의 아버지가 경찰에게 몇 달이나 조사하도록 했었지요."

"아, 그 애 말이냐?" 듀크는 천천히 말했다.

"형은 조를 알고 있어. 형은 조와 데이트하고 싶어했었어. 틀림없이."

듀크의 얼굴이 어둡고 험상궂게 변해 있었다.

"옛날 일은 잊어버리기로 하자. 고향 마을의 아이들 일도 말이야. 지금 이야기를 하는 거야. 너에게 말해 둘 것이 있는데, 저 여자에게 손을 내밀지 마라. 멀리 떨어져 있어. 네 형인 듀크가 말하는 거야. 시키는 대로 하는 편이 좋아."

행크는 또다시 어깨를 움츠리며 담배를 물었다. 야릇하게 불안한 눈으로 형을 바라보면서 그는 생각했다.

'또 한 번 기회가 있으면 형을 죽일 수 있을까?'

제10장

우유배달부가 월요일 아침 8시에 브래들리 집 문의 노커를 울렸다. 쌀쌀하고 기분 좋은 날씨였다. 바다에서 불려온 부드럽고 흰 바다안 개를 통해 몇 가닥 긴 햇살이 비쳐들고 있었다. 공기는 상쾌했고, 하늘은 맑고 푸르렀다. 조금 있으면 교통이 혼잡해지고, 공기는 배기가스로 흐릿한 잿빛이 되고, 사람들은 신문을 사서 버스를 기다리는 줄에 서서 읽기도 하고, 축축하고 소리가 울리는 지하철 플랫폼으로 들어가면서 무언가에 쫓기는 듯 발걸음을 빨리 할 것이다. 그러나 지금 거리는 밝은 햇빛 아래 조용하고 즐거워보였다.

우유배달부는 조용히 휘파람을 불고 있는데 잴로드 부인이 문을 열었다. 우유배달부는 그녀에게 미소 지으며 모자 챙에 손을 올렸다. 이 집은 중요한 단골이다. 코티지 치즈(시어진 우유로 만드는 연하고 흰 치즈), 요구르트, 아이스크림 등 대부분의 사람들이 슈퍼마켓으로 사러 가는 것을 그에게서 사준다.

이번 주일의 주문을 받으면서 그는 물었다.

"작은 아기는 어떻습니까? 이 우유로 살찌고 튼튼해졌겠지요?"

"그, 그렇고말고요."

우유배달부는 그 목소리의 날카로운 가락에 놀라 흘끗 쳐다보았다. 기분 나쁜 얼굴 표정은 아니었다. 아마 신경 탓이겠지. 그럴 나이도 되었다. 그 나이가 되면 모든 일이 아주 훌륭하게 생각되든가 그렇지 않으면 절망적으로 생각되는 법이다. 그 중간이란 것은 없다. 그는 그렇게 생각했다. 트럭으로 돌아와서 그녀에게 크게 손을 흔들고 미소를 보이기 위해 돌아보았으나 문은 이미 닫혀 있었다. 내일이면 아마 여느 때처럼 쾌활해지겠지.

가정부가 식당으로 들어가자 FBI 요원이 아직도 주인과 함께 식탁에 앉아 있었다. 두 사람은 밤새 잠자지 않고 일어나 있었다. 수사요원은 질문을 하기도 하고, 집안을 돌아다니기도 하고, 서재에 차려놓은 무전기에 대고 이야기하기도 했다.

리처드 브래들리가 가정부를 쳐다보았다.

"커피를 한 잔 더 주겠소?"

"알았습니다."

잴로드 부인의 태도는 활발하면서도 감정을 드러내지 않았다. 이 집이 그녀에게 요구하고 있는 것은 서비스일 뿐, 콧방귀를 뀌거나 눈물을 흘리는 일이 아니라는 것을 그녀는 잘 알고 있었다.

클로리는 짙은 검은 머리에 손가락을 쑤셔 넣으며 담배에 불을 붙였다.

"그런데 어디까지 물었던가요? 프린스턴 대학 이야기까지였지요, 아마. 거기서 혹시 문제가 없었습니까?"

"아니오." 리처드는 미소를 지으려다가 한숨을 내쉬며 머리를 저었다. "수학 때문에 걱정했을 뿐입니다."

클로리는 벌써 1시간쯤 전부터 리처드의 과거에 대해서 그와 검토하고 있었다. 그를 싫어하고 있는 사람, 그가 일부러든 아니든 부당한 짓을 하거나 괴롭힌 사람을 생각해 낼지도 모른다고 여겼던 것이다. 그러나 지금까지로서는 댄스 학교의 라커룸에서 다툰 것 이상으로 중대한 일은 발견할 수 없었다. 리처드의 과거는 언제나 평온하고 유쾌하며 충분히 보호된 것이었다.

모든 장애물을 그의 아버지가 제거해 준 모양이다. 학교, 캠프, 이탈리아와 프랑스 여행——모두 즐겁게 지낼 수 있도록 신중히 준비되었던 것이다. 그리고 나서 해군——하기야 워싱턴의 책상에 앉아 있었지만——을 거쳐 아버지 회사의 중역이 되었다. 결혼에도 별로 문제가 없었다. 클로리가 받은 인상에 의하면 아버지는 탐탁해 하지 않았으나 아들이 하는 일을 방해하지는 않은 듯했다.

"사업 방면의 친구 관계는 어떻습니까?"

리처드 브래들리는 머리를 숙이고 담배를 더듬었다. 지치고 신경이 곤두서 있었다. 얼굴에 핏기가 없어지고, 눈에는 절망의 표정이 깃들어 있었다.

"이런 짓을 하고 있어야 헛일입니다." 그는 초조한 목소리로 말했다. "나에게는 적이 없습니다. 내게는 적을 만들 만한 용기가 없습니다. 나는 아무 짓도 한 적이 없습니다. 나는 모범 청년인 리처드 브래들리였으니까요. 지고서도 기뻐하는 인간, 선두에 나서지 않는 인간, 미소를 띠며 승리한 사람의 웃옷을 들고 있는 사나이니까요. 아무도 나를 미워하거나 하지는 않습니다." 그는 지쳐빠진 듯이 이마를 문질렀다. 흥분해서 마구 떠들어대어 지친 것 같았다. "아무튼 이런 가혹한 일을 당할 만큼……."

"좀 쉬십시오."

클로리는 브래들리의 두려움을 가라앉힐 방법이 있으면 좋겠다고 생각했다. 그러나 아직 희망을 갖게 할 수는 없었고, 거짓말할 수도 없었다. 그는 일어났다.

"감독관에게 보고하지 않으면 안 됩니다. 잠시 쉬고 계십시오."

클로리는 거실과 식당 사이의 서재에 초고주파 수화기와 송화기를 장치해 놓고 그것으로 시내의 브로드웨이에 있는 FBI 뉴욕 지부와 24시간 연락할 수 있도록 해두었다. 전날 밤 브래들리 집 지붕 창문으로 들어가서 그 뒤로 1시간마다 웨스트 감독관과 연락을 취하고 있었다. 협박장 원본을 구두로 웨스트에게 전하고, 웨스트는 그것을 워싱턴에 알렸다. 워싱턴에서는 그 협박장의 문장과 철자를 두꺼운 협박장 서류철에 있는 다른 것들과 대조하여 유사점을 조사하는 것이다.

클로리는 보모인 캐슬린 레일리에 대해서는 중요한 사실을 아무것도 파악하지 못했다. 리처드 브래들리도 아버지 올리판트 브래들리도 그녀는 유괴에 관계가 없다고 확신하고 있었다. 그녀는 충실하고 지적이며 그 아기에게 헌신적이었다. 이것을 두 사람은 몇 번이나 되풀이했다. 그러나 어째서 그녀가 짐을 싸가지고 나갔느냐 하는 점에 대해서는 두 사람 다 설명하지 못했다. 클로리는 리처드의 아내와 아직 만나보지 못했다. 그가 도착했을 때 그녀는 진정제를 먹고 자고 있었다. 지금 아침 8시 반이 되어가는 데도 아직 침대에 있었다.

클로리는 이런 경우에 해야 할 일을 벌써 해두었다. 몸값은 객실 벽장에 자물쇠를 채우고 넣어두었다. 문과 창문을 모두 조사하여, 아무도 이 집에 무리하게 침입하지는 않았다는 것을 확인했다. 자물쇠를 비틀어 연 흔적도 없었다. 아기 방에서는 에테르 냄새가 조금 났지만 격투한 흔적은 없었다.

아기 방의 지문을 채취했으나 보모와 아기의 지문밖에 없었다. 보모의 방에서 채취한 지문과 대조해 보고 보모의 지문임을 확인했다. 그리고 가정부에게 이 집에 드나드는 사람들에 대해 물었다——배달하는 소년, 우유배달부, 집집을 차례로 도는 세일즈맨, 날마다 정해진 거리를 드나드는 장사꾼——가정부는 이 사람들을 모두 알고 있었으므로 집 안에 들여놓을 때는 상당히 주의하고 있었다. 그녀는 지난 몇 달 동안 낯모르는 사람은 오지 않았다고 단언하였다. 클로리는 리처드 브래들리와 그의 아버지에게 과거에 해고시킨 하인, 뭔가의 이유로 파면시킨 사원, 사업상 해를 입혔을지도 모르는 사람이나 회사에 대해 물었다. 그리고 리처드 브래들리와 그 친구와 클럽 및 관계 단체, 아내와 그 친구와 가정에 대해 긴 이야기를 나누었으며 그의 과거에 있어서의 적을 찾아보았다. 그러나 아무 효과도 없었다.

클로리는 끝내 판에 박힌 일을 다 하고 말았다. 책에 있는 대로 다 해보았다. 그러나 아무것도 얻을 수 없었다. 웨스트 감독관에게 보고할 수 있는 것은 이 말뿐이었다. 논리상 생각될 수 있는 것을 모두 생각해 보았으나, 아무 결과도 얻지 못했다. 그는 온몸이 죄어드는 것 같았다. 10시간이나 지났는데도 아무 단서도 얻지 못하지 않았는가? 밖에는 백 명의 수사요원이 대기하고 있다는 것을 그는 알고 있었다. 웨스트가 워싱턴의 막대한 인원을 손가락 하나로 움직일 수 있다는 것도 알고 있었다. 필요한 것은 무엇이든 몇 분 안에 다 갖춰진다는 것도 알고 있었다. 그러나 그가 여기서 단서를 발견해 내지 못하는 한 그것은 모두 소용없는 일인 것이다……

그가 보고를 마치자 웨스트가 물었다.

"브래들리 부인과 이야기해 보았나?"

"아직 못했습니다. 부인은 아직도 자고 있습니다."

"될 수 있으면 빨리 이야기하도록 해주게. 그 보모에 대해 좀더 알고 싶네. 그 여자가 이 일에 관계하고 있는지 어떤지…… 그녀의 남자친구, 가정, 브래들리 씨 집에 오기 전에 어디서 일하고 있었는지 하는 것도 조사하게. 교회에 다니고 있었는지 어떤지, 다니고 있었다면 어느 교회인지, 어떤 클럽이나 단체에 속해 있었는지 어떤지……. "

"네, 알겠습니다. "

"자네 부인으로부터 로스 차장에게 연락이 있었는데, 딸은 아마 별일 없는 모양일세. "

"알았습니다. " 클로리는 쥐고 있는 마이크를 보며 천천히 숨을 내쉬었다. "고맙습니다. 브래들리 부인과 이야기하고 나면 곧 전화하겠습니다. "

"나는 여기 있겠네. "

클로리가 식당으로 돌아오자 올리판트 브래들리가 아침 식탁에 앉아 있었다. 그는 클로리를 보고 고개를 끄덕이며 물었다.

"본부와 이야기하고 계셨군요? 그쪽으로부터 뭔가 뉴스가 있었습니까? "

"그다지 뚜렷한 것은 없습니다. "

"이런 종류의 범죄에는 몇 가지 정해진 스타일이 있는 게 아닙니까? 즉 그 스타일이 같으면 그 행동의 종류도 같다는 거지요. "

"일반적으로 그렇게 말할 수 있습니다. "

올리판트 브래들리는 커피 잔을 식탁 위에 내려놓았다.

"그러니까 당신들은 벌써 뭔가 알아냈을 것 같은데…… 협박사건에 관계한 일이 있는 자들을 모조리 잡아다 다그쳐봐야 합니다. 뭔가 얻어질지도 모르니까요. "

손녀 일이 걱정되기는 했지만, 노인의 기분은 실제적이고 적극적으로 변해 있었다. 그의 아들은 그가 FBI에 전화한 것이 옳았다고 동의했다. 그 말이 그의 무거운 마음의 짐을 내려주었다. 강한 자신감이 완전히 되살아나며, 지난밤의 긴장으로 도리어 힘이 솟아나는 듯한 기분이었다.

"또 한 가지. 협박장이 아직 이 집에 있는 모양인데, 그것을 워싱턴에 있는 당신들 연구소에 보내면 어떻겠소? 지문이라든가 화학 분석이라든가…… 그런 건 당신들의 전문이 아닙니까?"

"아버지, FBI는 자기들의 할 일을 잘 알고 있습니다."

리처드 브래들리가 말했다.

"그야 물론 알고 있겠지. 나는 모른다고 말하는 게 아니다." 노인은 초조해 하고 있었다. "그러나 제안을 무시하지는 않겠지, 아마. 나는 늘 그렇게 해왔고, 지금도 그렇게 하고 있다. 회사 사원이 내놓은 어떤 제안도 무시한 적이 없어."

"우리는 아기를 찾고 있지 유괴범을 찾고 있는 게 아닙니다." 클로리가 조용히 말했다. "많은 사람을 검거하면 단서를 얻을 수 있을지 모릅니다. 그러나 손녀를 유괴한 범인이나, 또는 어떤 점에서 그 범죄에 관계하고 있는 범인은 아기를 그대로 두어서는 곧 들켜서 사형을 면하지 못하리라고 생각하겠지요. 우리들이 아기를 죽이는 결과가 되는 겁니다. 그리고 협박장 말씀입니다만, 그것을 워싱턴에 보내 분석한다고 합시다. 그러나 만일 범인이 이리로 연락을 보내 그 편지를 돌려달라고 하면 어떻게 합니까? 없애버렸다고 하시겠습니까? 쓰레기통에 던져버렸다고 하시겠습니까?" 클로리는 고개를 내저었다. "그런 대답으로는 무사하지 못할 겁니다. 범인이 바보가 아닌 이상 당신이 경찰을 불렀다는 것을 알아차릴 겁니다. 그렇게 되면 위험하므로 아기를 가지고 거래할 수 없다고 깨닫게 됩니다."

"과연…… 나는 그런 줄은……" 하고 노인은 턱을 쓰다듬었다.

"다만 기다리고 있는 것처럼, 아무것도 하지 않고 있는 것처럼 이 세상에 괴로운 일은 없습니다. 지금 우리들의 일이 바로 그것입니다."

리처드 브래들리가 얼른 식탁에서 일어나 거실로 갔다.

올리판트도 클로리에게 잠깐 실례하겠다고 말한 뒤 창문 있는 곳에

서서 큰길을 바라보고 있는 아들 옆으로 갔다.

클로리는 세 개의 컵과 접시를 식탁에서 집어 부엌으로 가지고 갔다. 그리고 "이걸 어디에 두면 좋겠습니까?" 하고 가정부에게 물었다.

그녀는 곧 대답하지 않았다. 조금 얼굴을 찌푸리고 손가락을 꼽으며 뭔가 세고 있었다. 그녀는 얼른 그 쪽을 보았다.

"뭐라고 하셨지요?"

클로리는 손에 들고 있는 컵을 보며 고갯짓했다.

"이걸 어디에 두면 좋겠습니까?"

"아, 그거요? 아무 데나 놓으세요. 그 수도 위가 좋겠군요." 몸이 달아 조바심하는 목소리였다. "당신은 이 몇 주일 사이에 혹시 낯모르는 사람이 서성거리고 있지 않았느냐고 물으셨었지요?"

"그런데요?" 클로리는 갑자기 심장이 뛰는 것을 느꼈다. "뭔가 생각이 나셨습니까?"

"네, 3주일 전 목요일에 전화를 조사하러 온 남자가 있었어요. 나는 없었어요. 쉬는 날이라서. 하지만 그 이튿날 케이트 양에게서 그 이야기를 들었지요. 다른 이야기를 하던 기회에 말이에요. 케이트 양은 별로 이상하게 생각지 않았어요. 됐나요?" 그녀는 감정에 치우치지 않는 정확한 증인이 될 결심을 한 것 같았다. "말하자면 그저 심심풀이 이야기였어요."

"그 날짜가 틀림없지요?"

"지금 생각해 보고 있는 중이에요. 저번 목요일로 3주일이 되는군요. 그날은 온종일 롱아일랜드의 동생 집에 가 있었기 때문에 기억하고 있어요."

"케이트 양이 한 말을 그대로 이야기해 주시오. 하나도 빠짐없이, 아무리 시시하게 생각되는 일이라도."

"할 수 있는 데까지 해보겠어요." 그녀는 숨을 깊숙이 들이마셨다. "글쎄요, 우선 첫째로 케이트 양은 그 사람이 말을 잘하는 마술이라도 가지고 있는 게 틀림없다고 말했어요. 듣기 좋은 소리만 했다는군요. 케이트 양이 예쁘다느니 어떻다느니 하면서 아무튼 말을 참 잘하더래요. 아주 재미있는 사람이라고 케이트 양은 말했어요. 몸집이 크고 얼굴도 잘생겼는데, 머리와 피부가 거무스름했대요. 아일랜드 사람이래요. 이건 케이트 양이 분명히 말했어요. 아일랜드에 있는 그 사람 아버지에 대해 서로 이야기했대요. 그리고 또 뭐라고 했더라……?"

가정부는 바닥을 내려다보며 이맛살을 찌푸렸다. 클로리는 잠자코 있었다.

"그 밖에는 아무것도 생각나지 않아요." 마침내 그녀는 말했다.

"전화가 고장이었다던가요?"

"아니오, 전화는 아무렇지도 않았대요. 그 사람은 아래위로 온 집 안을 돌아다니며 전선이고 뭐고 모조리 조사해 보고 나서 돌아갔답니다. 아마 이 블록 어딘가 다른 집인 모양이라고 말하더래요."

"이건 중요한 일일지도 모릅니다. 케이트 양과 이야기한 것을 좀더 생각해 보십시오. 뭔가 다른 것이 생각날지도 모르니까요."

"아, 또 한 가지 있어요. 그 사람은 전쟁에서 부상을 입었대요. 케이트 양에게 그렇게 말했다더군요. 다리를 절었대요."

이 마지막 한 마디로 클로리의 열이 약간 식었다. 이처럼 남의 눈에 잘 띄는 특징을 가진 사람이 내부 사정을 탐지한다는 것은 도저히 생각할 수 없다. 명랑하게 이야기했다는 점도 해당되지 않는 것 같다. 그런 식으로 자신에게 주의를 돌리게 할 짓은 하지 않을 것이다. 될 수 있는 한 남의 눈에 띄지 않게 가만히 들어왔다 나갈 것이다.

클로리가 부엌의 자동 문을 열고 나오자, 슬리퍼를 신고 푸른 가운을 걸친 여윈 젊은 여자가 거실 난롯가에 리처드 브래들리와 함께 서 있었다. 그는 갑자기 자신의 와이셔츠 차림과 하루 깎지 않은 수염과 윗주머니의 홀스터 권총이 마음에 걸렸다. 아기의 어머니 엘리나 브래들리일 것으로 생각되었다. 자신이 여기에 있는 이유를 가족들이 이야기해 두었으면 좋을 텐데 하고 그는 생각했다.

두 사람의 얼굴은 마주치지 않았고 그로서는 그녀가 자기를 보았는지 어쨌는지도 분명히 알지 못했다. 그녀의 눈은 창백해진 얼굴 속의 정체모를 그림자 같았다. 그러나 화장을 하지 않았는데도 대중잡지에 나오는 모델들처럼 갸름하니 고전적인 얼굴을 하고 있었으며, 윤기 흐르는 금발 머리를 대접처럼 딱 눌러 붙여 빗어 우아하다는 것을 그는 알았다.

그녀는 느닷없이 남편의 팔을 붙잡았다.

"여보!"

그녀가 자기를 본 것을 클로리는 알았다. 본능적으로 그녀는 남편에게 달라붙었다.

"괜찮아, 걱정할 것 없소."

"이분은 누구지요?" 엘리나의 목소리는 히스테릭했다.

올리판트 브래들리가 두 사람에게서 1, 2미터 떨어진 곳에 서 있었다. 키가 크며 자세가 바르고 훌륭한 얼굴이었다. 건강한 생활과 실제사회에서의 몇 가지 활동과 아주 우수한 재단사가 있어야만 이렇게 보일 수 있다. 그는 의무를 수행하는 전통을 이어받아 태어났으며, 남이 싫어하는 결단을 내리고 그것을 단행하는 훈련을 받아왔다. 그러나 어제는 옳다고 생각되는 일을 했는데도, 지금 엘리나의 눈에 떠오른 공포의 빛을 보자 신경질적이 되고 불안해졌다.

"엘리." 리처드는 두 손으로 달래는 듯한 작은 제스처를 해보였다.

"엘리, 괜찮아."

바보 같은 사람들이라고 클로리는 생각했다. 이런 일은 그녀에게 말해 주지 않아도 좋은데…….

그녀는 남편의 팔에 매달리며 외쳤다.

"누구지요?"

"나는 클로리라고 합니다, 부인. FBI의 수사요원입니다. 우리는 당신의 아기를 무사히 찾아드리기 위해 일하고 있습니다."

그가 터무니없는 거짓말을 하고 있다는 듯이 그녀는 천천히 고개를 내저었다.

"그럴 리가 없어요." 조용하지만 당황하는 듯한 목소리였다. "그 사람들은 경찰에 알리지 말라고 했어요. 경찰에 알리면 아기를 죽이겠다고 말했어요."

리처드가 그녀를 끌어안았다.

"여보, 염려 없소. FBI를 믿는 것이 더 마음 놓을 수 있소."

"하지만 그 사람들은 경찰을 부르지 말라고 했어요!"

"아기를 유괴한 범인을 잡으려면 우리에게 도움이 필요해, 엘리."

"범인 같은 건 아무래도 좋아요! 아이를 찾고 싶을 뿐이에요!"

"글쎄, 침착하오. 마음을 단단히 가져야 해. 아버지는 경찰을 부르는 것이 좋다고 생각하셨소. 즉…….."

엘리나는 발작적인 힘을 내어 남편의 팔에서 몸을 빼냈다.

"당신 아버지가……" 그녀는 천천히 머리를 내저었다. "그런 짓을 …… 그런 가혹한 짓을…….."

노인이 헛기침을 했다.

"엘리, 내가 너무 빨랐던 모양이다. 그것은 나도 인정해. 딕과 상의해야 할 일이었다. 그러나 시간이 귀중했기 때문에 나는…….."

"그만, 그만해요!" 그녀는 손가락을 관자놀이에 대고 소리쳤다.

"나는 너를 위한 일이라 생각하고 한 일이다. 그건 알고 있겠지, 엘리."

"어떻게 그런 일을 할 수 있지요?" 그녀는 절망적으로 머리를 내저었다. "고통받는 건 질이에요! 어떻게 우리들에게 그런 일을 할 수 있지요?"

"글쎄……."

"네, 아버님에게는 아무것도 아닌 일일 거예요, 그렇고말고요!" 엘리나는 올리판트 브래들리에게 그늘에 숨은 차가운 노여움을 보이며 외치고 갑자기 소름끼치는 듯한 표정으로 바뀌었다. 이때의 그녀의 얼굴은 무섭고 험상궂고 매정했다. 눈이 대리석처럼 핏기 없는 얼굴에서 묘하게 반짝이고 있었다.

"아버님은 그것이 가장 좋다고 생각하고 하신 거겠지요." 낮게 떨리는 목소리였다. "그건 그것으로 좋아요, 하지만 없어진 것은 제 아이예요. 지금쯤은 죽어 있을지도 몰라요. 뭔가 해주기를 바라고, 뭐가 먹고 싶어서 울고 있을지도 몰라요. 어떻게 할 것인가 결정하는 것은 저희들의 권리예요. 그런데도 아버님은 늘 그러셨듯이 그 권리를 빼앗아가셨어요. 대학 기금 건도 아버님이 결정했고, 학교 계획도, 여름방학도, 해외여행도 아버님이 결정했어요. 하지만 이번에는 그 아이의 목숨이 달린 문제……."

"엘리!" 리처드가 목멘 듯한 목소리로 말했다.

엘리나는 남편의 말을 무시했다. 그녀의 어둡게 빛나는 눈이 시아버지를 보고 있었다.

"그 아이가 죽게 되어도, 그래도 아버님은 가장 옳은 일을 했다고 생각하시겠어요?"

클로리는 자기가 무슨 말을 해도 이 경우에 아무 소용이 없다는 것을 잘 알고 있었다. 그녀는 그를 신뢰하지도 않고, 그의 말을 믿지도 않을 것이다. 그는 법률의 대표자이며 그녀의 아기에 대한 새로운 위협의 상징인 것이다. 그러나 그녀의 노여움이 폭발하는 방향을 바꾸면, 그 노여움을 없애는 데 도움이 될지도 모른다.

"부인, 우리의 힘을 빌게 되면 아기를 찾을 기회가 많아집니다. 지금 백 명의 전문 수사요원이 부인을 위해서 일하고 있습니다. 필요하면 그 위에 천 명을 더 쓸 수도 있습니다. 모두들 자기 일에 대해 잘 알고 있는 사람들입니다. 좀처럼 실패하지는 않습니다."

엘리나는 천천히 그에게로 얼굴을 돌렸다. 눈에 의심의 빛이 떠올라 있었다.

"네, 당신들은 그렇게 생각하시겠지요." 그녀의 온몸에서 긴장이 풀리며 팔이 양옆으로 축 늘어졌다. 지쳐 맥이 풀린 듯이 보였다. "이기느냐 지느냐로군요." 조용하고 힘없는 목소리였다. "스코어를 매겨두어야겠는데요. 한쪽에 진 것을 적고, 한쪽에 이긴 것을 적어서 …… 그것을 연말에 계산해 보아야겠어요."

리처드가 조심조심 그녀의 팔에 손을 대었으나, 그녀는 남편에게서 떨어져 맨틀피스에 몸을 기댔다. 그때 그녀의 눈에 아침 햇빛을 받아 밝게 빛나고 있는 식당이 보였다. 아침식사에 쓴 것들이 아직도 식탁 위에 놓여 있었다. 은으로 만든 크림 옹기와 설탕그릇, 잼병, 구깃구깃해진 냅킨. 브래들리 집안 사람들은 언제나처럼 아침식사를 든 것이다. 웃음이 터져 나올 것만 같은, 비틀거리며 쓰러질 것만 같은 충동을 누르며 그녀는 그것을 생각했다. 좋은 집안에서 잘 자라면 이렇게 되는 것이다. 예의바르게 행동하는 것을 배우고 해야 할 일을 하는 것을 배우면…….

그녀가 금방 쓰러질 듯하다는 것을 클로리는 알았다. 그는 리처드의 시선을 잡았다.

"위층으로 모시고 가십시오."

리처드는 그의 말에 정신을 차렸다.

"네, 그래야지요. 자, 여보, 당신에게는 휴식이 필요해."

"나에게 필요한 게 그건가요?"

엘리나는 남편의 얼굴 모습을 기억하려는 듯 가만히 생각에 잠겨 그를 쳐다보았다.

"당신 방까지 데려다주겠소."

"혼자 갈 수 있어요. 필요 없어요."

그녀는 방을 가로질러 천천히 계단을 올라갔다. 남자들은 서로의 시선을 피하면서 불안한 침묵 속에 서 있었다.

"엘리는 몹시 지쳐 있어." 올리판트 브래들리가 말했다. 갑자기 늙은 듯하고 약해보였다. "쉬고 나면 아마…… 틀림없이 기분이 달라지겠지. 이것이 정리되면, 즉……."

"어떻습니까, 아버지?" 리처드가 말했다.

리처드가 가장 고통스러울 거라고 클로리는 생각했다. 아내가 필요로 하는 것을 그는 가지고 있지 않았다. 그것을 깨닫게 되는 것은 괴로운 일이다. 만일 이런 일이 없었더라면 아마 그로서는 알지 못했을 것이다.

"엘리가 말한 대로입니다." 리처드는 똑바로 아버지를 보았다. "우리가 결정하지 않았다는 것, 그것을 나는 아버지께 말할 용기가 없었던 겁니다."

"너라도 같은 일을 했을 거다, 딕. 내 입장에 있으면 너라도 내가 한 것처럼 행동했을 거야."

"나는 그렇게 하고 싶지 않습니다. 나는 내 자식들에게는 자신의 일은 자신이 생각하도록 해주고 싶습니다. 아버지는 그렇게 할 수 없습니다. 우리는 FBI를 부르고 싶지 않았습니다. 경찰이 간섭하지 않아야 질은 무사할 수 있습니다."

"너는 잘못 생각하고 있는 거야."

"그래도 상관없지 않습니까! 자유 속에는 잘못된 권리도 들어 있으니까요." 리처드는 갑자기 클로리 쪽으로 향했다. "당신은 내가 한 말을 들었겠지요? 우리는 당신이 여기 있는 것을 바라지 않습니다. 당신을 필요로 하지 않는 겁니다."

이 경우 리처드에게 져줄 수 있었으면 하고 클로리는 생각했다. 그러나 이것은 공기놀이와는 다르다. 이 경우 그에게 져줄 수는 없다.

"안됐습니다만, 그렇게 할 수 없습니다."

"돌아가 달라고 말하는 겁니다!" 리처드는 날카롭게 소리쳤다.

"우리는 남을 기쁘게 해주기 위해 일하고 있는 게 아닙니다. FBI는 누가 청해서 와 있는 게 아닙니다. 우리는 법률기관으로서, 연방 법률에 위반되는 범죄가 행해졌으므로 나온 겁니다. 그 때문에 백 명이라는 사람과 백만 달러의 시설이 대기하고 있는 겁니다, 당신 아기를 찾아내기 위해서."

리처드는 뭔가 대답하려고 해보았지만 결국 맥없이 고개를 저으며 얼굴을 돌렸다. 아무런 할 말이 없었던 것이다. 할 일도 아무것도 없었다. '아버지가 결정한 대로 되겠지.' 그의 인생은 지금까지 계속 이렇게 되어 왔었다.

여기에 이어진 침묵 속에서 누군가가 현관의 노커를 울리는 듯 온 집 안에 벨 소리가 시끄럽게 울려 퍼졌다. 클로리는 팔목시계를 보았다. 8시 반이었다.

"우편인가요?" 그는 리처드에게 물었다.

"그렇습니다."

리처드는 재빨리 현관 쪽으로 걸어갔다. 올리판트 브래들리가 그 뒤를 쫓으려고 하자 클로리가 팔을 붙잡았다.

"집배원을 여럿이 우르르 나가서 만나는 건 좋지 않습니다. 이상하게 생각할지도 모르니까요."

"과연…… 그렇군요."

노인의 목소리에는 이상하게 비굴한 데가 있었다.

리처드는 광고와 편지와 잡지뭉치를 가지고 돌아왔다. 하지만 그는 그것을 분류할 수 없을 정도로 신경이 곤두서 있다는 것을 분명히 알 수 있었다. 손이 몹시 떨려 몇 개의 우편물이 손가락에서 빠져 떨어졌다. 클로리는 그에게서 우편물 다발을 받아들고, 바닥에 떨어진 것을 주웠다.

재빨리 광고와 잡지를 골라냈다. 마지막으로 그것이 나왔다. 브래들리의 이름이 인쇄체 대문자로 씌어 있는 값싼 무늬 없는 봉투가. 그것을 뜯으면서 클로리는 전날 밤 뉴욕 시내에서 집어넣었다는 것을 자동적으로 머릿속에 기억했다. 줄친 공책 종이에 있는 속의 글씨도 인쇄체 대문자였다. 클로리는 소리 내어 편지를 읽었다.

돈 준비가 되었으면 12시에서 오후 2시까지 2층 바깥방 한복판 창문의 베니스 풍 블라인드를 내려두도록. 아기는 아직 무사하다.

그것뿐이었다.

리처드는 한 가닥 희망이 남아 있다는 긴장된 표정으로 클로리를 지켜보았다.

"돈은 준비되었습니다. 망설일 것 없습니다."

"그럼, 여기 씌어 있는 대로 합시다."

클로리는 몸을 돌려 얼른 서재로 갔다. 감독관에게 보고할 일이 두 가지나 있었다. 이 편지와, 그리고 전화 수리공이 3주일 전 목요일에 브래들리의 집을 돌아다니며 조사했다는 사실을……

그러나 웨스트는 클로리의 보고를 9시까지 받지 못했다. 그는 이른 아침 시간에 차를 타고 브래들리 집 부근을 돌면서, 감시할 곳을 정하고 교통의 방향을 조사하기도 하며 거리의 모습과 느낌을 살펴보고 있었던 것이다. 그가 돌아오자 제리 로스가 책상 앞에 서 있었다. 그의 표정으로 웨스트는 무슨 일이 있었다는 것을 알았다.

"클로리로부터 30분 전에 연락이 왔습니다. 보통 우편물과 함께 두 번째 편지가 왔답니다."

제리 로스는 유괴범이 보낸 편지를 적어둔 메모지를 웨스트에게 주었다.

웨스트는 그것을 읽고 얼굴을 조금 찌푸렸다.

"12시에서 2시 사이는 거리가 꽤 혼잡할텐데. 그 밖에 다른 일은 없었나?"

로스는 브래들리 집에 왔다는 전화 수리공에 대해 이야기했다.

"전화회사에 조회해 보았겠지?"

웨스트의 질문은 묻고 있다기보다 긍정하고 있는 말투였다.

로스는 고개를 끄덕였다.

"회사에서는 기록을 조사하고 있는 중입니다."

웨스트는 머리에 쓴 모자를 뒤로 젖혔다. 언제나 빈틈없고 예의바른 그로서는 이상하게 어울리지 않는 행동이었다. 아직 한숨도 자지 않았는데, 피로한 빛이 조금도 보이지 않았다. 얼굴에 생기가 돌았으며, 눈은 날카롭고 또렷또렷했다. 그의 주위에서는 일이 신속하고 능률적으로 진행되고 있었다.

지휘를 하는 그의 자리로부터 부채꼴로 놓여진 책상에 6명의 수사요원이 있었다. 브래들리네 집이 있는 31번 블록에 개인과 가족에 대해 세금 및 크레디트 서비스의 기록에 대해 신중한 조사가 계속되고 있었다. 다른 책상에서는 사무직원의 타이프라이터 소리가 브로드웨이에서 들려오는 자동차 소리를 압도할 만큼 크게 울렸다.

웨스트가 있는 방의 한복판에는 길쭉한 테이블이 놓이고, 불규칙한 책상과 서류 케비닛이 그 주위를 둘러싸고 있다. 웨스트는 그 테이블 앞에 서 있었다. 테이블 위에는 머리 위의 전등빛을 받으며 흰색의 크고 네모난 두꺼운 종이에 검은 잉크로 그린 브래들리 집 블록의 축도가 놓여 있었다. 그 주위에는 브래들리 집 일대의 사진이 흩어져 있다. 현관, 상점, 주차장, 브래들리 집 반대편에 있는 교회, 2번 거리의 창고……

웨스트는 주위가 딱딱하게 긴장되어 있는 것을 느끼지 못하는 것 같았다. 손목시계를 들여다보고 있는 그의 여윈 얼굴이 조금 흐려 있었다. 조금 뒤 그는 로스에게 말했다.

"좋아, 아직 준비할 수 있는 시간이 3시간쯤 있군. 12시부터 시작해서 브래들리 씨 집 앞 도로와 보도를 영화로 촬영해 주기 바라네. 그곳을 지나는 승용차와 택시와 트럭, 지나가는 남자와 여자아이, 또는 개, 아무튼 모두 찍어두게. 그것을 전부 필름에 담는 걸세. 효과가 있을지는 모르지만. 범인이 블라인드가 내려져 있는지 어떤지 직접 보러 오리라고 말할 수는 없지. 아이들에게 25센트쯤 주어 부탁할 수도 있을 걸세. 택시로 앞을 지나갈 수도 있겠지. 아니면 큰길 맞은편 창문에서 살펴보고 있을지도 모르고. 아무튼 효과가 있을지는 모르지만 해보세. 그런데 어디다 카메라를 장치하면 좋겠나?"

두 사람은 고개를 숙이고 웨스트의 책상을 거의 반이나 차지하고 있는 31번 블록의 축도를 검토했다. 마침내 로스가 커다란 집게손가락으로 브래들리 집 앞의 교회를 가리켰다.

"여기가 어떨까요?" 그는 웨스트를 곁눈으로 보면서 말했다. "탑에서라면 충분히 내려다볼 수 있습니다."

웨스트는 천천히 고개를 끄덕였다.

"좋아. 더욱이 클로리의 아저씨가 교회 맞은편 거리에 살고 있으니까. 거기에도 카메라를 한 대 설치할 수 있겠지." 그는 몸을 돌려 사무직원 한 사람을 손짓해 불렀다. "사진반의 블래너를 불러주게. 곧 이리로 올라오도록."

"네."

"자네가 해줘야 할 일이 있네." 웨스트는 로스에게 말했다. "브래들리 부인에 대해서인데, 엘리나 심즈, 그녀는 시카고 출신으로 뉴욕과 밀워키에서 일했었지. 지금은 '매스터슨 앤드 토머스'라는 광고대행사에 근무하고 있네. 그녀에 대해서 완전히 조사해 주었으면 하네. 사업상의 적, 그녀가 없었다면 그녀의 일을 하게 되었을지도 모를 광고 전문가에 대한 것을 조사해 주게.

그리고 브래들리 씨 집에 대해서도 계속 조사해 주게. 노인의 재산 가운데 그 어린아이의 몫에 대해 상담하는 사람──이건 좀 지나친 일일지도 모르지만, 어쨌든 조사해 주게. 그리고 브래들리 씨 집에 늘 오는 식료품가게의 심부름꾼, 배달부, 세일즈맨을 한 사람도 빠짐없이 모조리 조사해야 하네. 클로리가 그 리스트를 내게 주었으니까 그걸 가지고 조사하게."

로스는 메모지에 갈겨쓰고 있었다.

"알았습니다. 해보지요."

로스가 방을 나가자 곧 한 수사요원이 급히 일어나 웨스트의 책상으로 갔다.

"전화회사의 이야기에 의하면, 브래들리 씨 집 전화를 고쳐달라는 신청은 받지 않았다고 합니다. 그리로 간 것은 회사 사람이 아니랍니다."

웨스트는 고개를 끄덕이며 책상 가장자리에 걸터앉았다. 그리고 참을성 있게 정보를 찾아 모으고 있는 사나이들과 타이프라이터를 치고 있는 여자들로 가득 찬 분주한 그 방 안을 둘러보았다. 그의 눈이 약간 가느다랗게 되었다. 이것은 무의식적인 반응, 인간이 먼 옛날부터 가지고 있는 반사작용이다. 사냥감의 최초의 흔적을 본 사냥꾼의 반응이었다.

제11장

"아기는 좀 좋아졌나요?"

"보모가 하는 말을 들었잖아!" 그랜트가 퉁명스럽고 초조한 목소리로 말했다. "보모는 아기가 열이 나는 것 같다고 말했는데, 뭐가 좋아졌느냐는 거야?"

"어머나, 그렇게 화내지 말아요."

월요일 아침 9시. 그랜트는 제대로 옷을 갖춰 입고 있었다. 벨은 속치마에 슬리퍼 차림이었다. 두 사람이 있는 방 창문은 강 쪽을 향해 나 있다. 그랜트는 창문 앞에 서서 심호흡을 하고 있었다. 오늘은 맑고 좋은 날씨가 되겠지 하고 그는 생각했다. 그리고 고요하고…… 그는 시골 풍경과 분위기에 대해 어쩔 수 없는 굉장한 노여움을 느끼기 시작하고 있었다. 선명한 색채가 그의 눈을 아프게 했고, 지난밤 폭풍 뒤에 이어진 고요가 도리어 귀를 울리고 있는 것 같은 느낌이 들었다. 무엇이든 좋으니 이 근처를 가득 메운 정적을 깨뜨리는 소음이 들려왔으면 하고 생각했다. 정적 속에서 그는 소리가 들려오지 않나 하고 귀를 기울이고 있었다.

벨은 침대 끝에 걸터앉아서 손톱을 칠하고 있었다. 자기의 담배연기가 눈으로 스며들기 때문에 고개를 옆으로 젖혀 그것을 피했다. 그 모습은 마치 이 집 어딘가에서 소리가 나지 않을까 하고 귀를 기울이는 새처럼 보였다. 이날 아침 그녀는 좀더 몸단장을 단정히 하려고 결심했다. 너무 볼품없이 하고 있으면 완전히 지고 말 것이다. 그것은 경험으로 잘 알고 있었다. 이제 술도 마시지 않기로 했다. 저녁식사 뒤에만 럼 술에 물을 타서 한 잔이나 두 잔쯤 마실 생각이었다. 그러면 잠이 잘 드는 수가 있으니까. 이날 아침에는 일찍 일어나서 단단히 마음먹고 찬물로 샤워를 했기 때문에 육체적으로만이 아니라 정신적으로도 깨끗해진 느낌이 들었다. 파운데이션을 바르고 충분히 화장을 하면 예쁘게 보일 것이다. 그러나 추워서 도저히 좋은 기분이 되지 않았다. 입술이 뻣뻣하고, 드러난 팔과 다리에 소름이 돋아 있는 것을 알았다.

그녀가 아기에 대해 물었으나 그랜트는 제대로 대답하지 않았다. 그는 두 손을 뒷짐 지고 우뚝 서서 머리를 앞으로 내밀어 창 밖을 바라보고 있었다. 마치 황소 같다고 그녀는 생각했다. 그는 정말 황소처럼 시무룩했다. 그러나 그녀는 기분 좋게 그것을 받아들였다. 그의 커다란 몸, 그녀의 감정을 말없이 무시해 버리는 태도를 그녀는 찬미했다.

"여기는 정말 어린아이를 놓아둘 곳이 못돼요."

"설마 고급 호텔에 놓아두어야 한다는 말은 아니겠지?"

"하지만 난방장치가 되어 있는 곳을 물색하고 싶지 않아요?"

"감옥에는 난방장치가 되어 있지." 그랜트는 강한 익살을 담아 말했다. "그곳이라면 당신은 좋겠지?"

"여보, 아기를 어떻게 하지요?"

"걱정하지 마. 열 때문에 죽지는 않으니까."

그랜트는 창문에서 떨어져 작은 방을 왔다갔다하기 시작했다. 실수한 것은 하나도 없다고 그는 생각했다. 오늘 오후가 되면 브래들리의 집에 돈이 준비되었는지 어떤지 알 수 있다. 틀림없이 준비되었을 것이다. 그 늙은이가 돈도 없이 일부러 보스턴에서 뉴욕까지 왔을 리가 없다. 다음에는 그것을 받는 일만 남았다. 거기에도 문제될 것은 없다. 절차에도 빈틈이 없다. 클리시는 그 돈을 집어 들기만 하면 된다. 그리고는 셋이 나누는 거다.

"난 듀크 씨의 태도가 마음에 안 들어요." 벨이 한쪽 손을 확인하듯 가만히 쳐다보면서 말했다. "그는 사람을 두렵게 만들려는 고등학교 학생 같은 짓을 해요."

"누구를 두렵게 만들려고 하고 있지?"

"우리들의 여행 친구 플로렌스 나이팅게일 말이에요. 그녀밖에 또 누가 있어요?"

"그 녀석은 여자를 좋아하니까. 그러나 연방경찰로부터 벌받을 만한 일은 아니야."

"하지만 뒷일을 생각지 않아요. 아무것도 생각지 않는 거예요, 자기 목에 대해서도."

"그 녀석 일은 걱정하지 마. 내가 시키는 대로 하니까."

벨은 미소 지으며 다시 손톱 손질을 시작했다. 그녀는 얼마쯤 거칠게 취급받고 있는 것이다. 남자는 그래야 한다고 생각했다. 그것이 완전히 그녀에게 맞는다. 이해심 많은 얌전한 사나이 앞에서는 마음이 가라앉지 않았다.

"당신이 이 일을 지휘하고 있는 것이 나는 기뻐요."

창 옆에 앉아 담배에 불을 붙이던 그랜트는 약간 미소 지어 보였다. 그 자신은 인정하려 들지 않겠지만, 그는 그녀가 자기를 신뢰하고 만족해하는 데 대해 감사하고 있었던 것이다.

"옛날의 내 모습을 당신에게 보여주고 싶군. 내 담배에 불붙이기 위해서만도 듀크 같은 녀석이 한 다스나 내 주위에 우글거리고 있었거든."

"어머나, 그 이야기를 해줘요."

"아니, 적어도 반 다스는 있었어. 모든 일이 잘되어가고 있었는데 ……." 그랜트는 의자에 몸을 좀더 편안히 하고 앉았다. "내 세력권에 도노반이라는 가게가 있었는데, 노드클라크 거리와 매코믹 거리 모퉁이 바로 옆의 큰 비프스테이크 집이었어. 금주법이 시행되던 시절에도 계속 몰래 술을 마시게 해주었지. 가게를 닫는 일은 한 번도 없었어." 담배 끝을 바라보고 있는 그의 커다랗고 창백한 얼굴에서 차츰 미소가 사라졌다. "나는 매일 그 가게로 점심을 먹으러 갔었지. 시카고의 잘난 사람들은 모두 마찬가지였어. 두목들도, 노름판 주인도, 정치가도, 큰 조합의 간부도, 그리고 시장도 말이야. 그런 사람들이 모두 1주일에 두세 번은 도노반의 가게에 왔었어. 마치 큰 클럽 같았지. 어쩌다 오는 관광객들은 바의 앞자리에 앉을 수도 없었어."

그랜트는 추억에 잠겨 약간 얼굴을 찡그렸다. 가게에 들어서면 우선 냄새가 코를 찔렀다고 그는 생각했다. 술과 음식과 값비싼 엽궐련의 짙은 연기, 자극적인 권력의 향내, 떠들썩한 소음. 말쑥한 와이셔츠와 검은 넥타이를 매고, 위스키 잔과 큰 비프스테이크 접시를 들고 단골에게는 미소를 띠며 고개를 꾸벅 숙이지만, 대단치 않은 손님에게는 거의 본 척도 하지 않으며 돌아다니는 웨이터. 누구든 이 가게에 들어오기만 해도 흥분을 느꼈다. 그러나 여러 가지 거래의 내막을 알고 있다는 것은 훨씬 더 대단한 일이었다. 경마, 권투, 경찰국과 시청의 인사이동에 대해 직접 정보를 파악한다는 것은. 어떤 일이 일어났을 때 어째서 그렇게 되었으며, 누가 배후에서 조종했는지 알고 있다는 것은……

"나는 주문할 필요도 없었어. 몇 해나 같은 테이블을 차지하고 있었으니 말이야. 20년이나 된 스카치를 마시고, 한 사람 몫이 6달러나 하는 비프스테이크만 먹었어. 그곳 웨이터들은 모두 내가 무엇을 주문할지 알고 있었거든."

그랜트가 얼굴을 들자 그녀는 손톱 손질을 중단하고 그에게 미소지으며 말했다.

"멋있어요, 여보!"

"뭐가 멋있다는 거지?" 그는 어깨를 으쓱해보였다. 바보 같은 소리를, 자기의 속마음을 드러내 보이는 소리를 하고 있었다는 것을 그는 알고 있었다. "기껏해야 비프스테이크 집이잖아." 그는 반들반들한 소나무 마룻바닥에 담배를 던지고 구두 앞쪽으로 밟아 문질렀다. "나는 빠른 시일 안에 그리로 가볼 생각이야." 무의식중에 그의 목소리가 성난 것처럼 거칠어졌다. "모두들 나를 보면 기뻐할거야."

그의 머리에 떠오르는 도노반의 가게는 그가 잃은 모든 것의 상징이 되어 있었다. 교도소에 있으면서도 그는 놋쇠로 장식한 그곳 문이 그를 위해 활짝 열리고 시끌시끌한 커다란 홀로 거침없이 들어가서 시를 움직이는 거물들과 마음 편히 앉아 있을 때의 그 기분, 나는 위대하다고 뽐내는 그 기분에 취해 있었다. 그리고 교도소에 있었던 몇 해 동안 줄곧 도노반의 가게로 돌아가는 것을 꿈꾸며, 거기로 들어갈 때의 일을 세밀한 점까지 계획해 두었었다. 개버딘 옷, 크림을 많이 넣은 커피 빛이 나는 2만 달러나 하는 고급 옷을 입고, 다갈색과 흰색이 섞인 구두를 신고, 검푸른 빛 와이셔츠에 붉은 넥타이를 매리라. 문 바로 안쪽에 2, 3초 동안 서서 바 뒤쪽의 조와 맥스에게 고개를 끄덕여 보인 뒤 천천히 느긋하게 주위를 둘러보리라. 그리고 나서 담배에 불을 붙여 물고 곧장 늘 앉던 테이블까지 걸어가리라. 교도소에서 지낸 몇 년이라는 세월은 마치 없었던 것처럼……

생각에 잠겨 있는 그의 귀에 느닷없이 듀크의 목소리가 들렸다.

"에디, 아래로 내려오게."

"저 사람이 지금 이리로 오면 곤란해요." 벨이 말했다.

그랜트는 성난 듯이 그녀를 쏘아보고 나서 거실로 내려갔다. 듀크와 보모가 현관에 서 있었다. 외출하려는 모양이었다. 두 사람 모두 톱코트를 입고, 듀크는 자동차 열쇠를 한쪽 손으로 만지작거리고 있었다. 그의 동생은 난롯가에 서 있었다.

"이 녀석을 감시해 주게, 에디. 이상한 짓을 하지 못하도록 말이야." 듀크가 말했다.

"대체 자넨 어디를 가려는 건가?"

"읍내로." 듀크는 미소 지으며 보모의 팔을 잡았다. "이른바 자비를 베풀려는 거지. 아기의 열은 내리기 시작한 모양이지만, 그래도 이 사람이 콧구멍에 넣는 약과 가슴에 바르는 약 등을 필요로 하고 있으니까."

그랜트는 치밀어 오르는 분노를 누르려고 애썼다.

"그래서 자네가 그것을 손에 넣는 영웅이 되겠단 말이로군?"

"아니, 내가 아니라 보모지." 듀크는 침착하게 말했다. "읍내 사람들은 내가 행크의 형이었던 것을 알고 있다네. 내가 병든 아기에게 필요한 물건을 사면 소문이 퍼져. 근처 사람들과 친구들이 위문 올지도 몰라. 그렇지만 이 사람에 대해선 아무도 모르거든. 이 사람이라면 이야깃거리가 안되고 필요한 것을 살 수 있어. 내가 하는 말을 알겠나?"

그랜트로서도 그럴 거라고 생각되었지만, 그것이 중요한 일은 아니다. 문제는 듀크가 우선 그에게 상의해 오지 않았다는 것이었다.

"그만 나가보겠네." 듀크가 조용히 말했다. "뭐 구해왔으면 하는 건 없나?"

그랜트는 새삼스럽게 문제를 일으키고 싶지 않다고 생각하며 잠시 망설였다.

"자네 오늘 아침 라디오를 확인해 보았나? 뉴스 말일세."

"들었지. 우리들에 대해선 아무것도 없었네, 아무것도."

"좋아, 될 수 있으면 빨리 돌아오게."

그랜트는 얼마쯤 엄하게 말했다.

그가 듀크에게 외출 허가를 내리고 있는 것처럼 들리도록 하고 싶었지만, 그렇게 들리지는 않았다. 모두들 그가 도전을 피하고 있다는 것을 알았다.

듀크가 차를 움직이려 하고 있을 때 벨이 아래층으로 내려왔다. 자동차 모터 소리가 정적을 휘젓는 끈질긴 소음이 되어 들렸다. 그녀는 미소로 행크에게 아침인사를 하고, 아직도 현관 문을 노려보고 있는 그랜트 쪽을 쳐다보며 물었다.

"듀크 씨는 어디 가는 거지요?"

"식료품이 필요해. 그리고 아기에게 필요한 것도 있고."

"그래요……." 벨은 그랜트의 기분이 몹시 나쁜 것을 눈치채고 흘끗 행크를 보았다. "그 여자는 어디 있지요, 그 보모는?"

"형과 같이 갔습니다." 행크가 대답했다.

"그런 일을 하도록 내버려두어도 괜찮을까요?"

행크는 어깨를 으쓱했다.

"글쎄, 모르겠군요."

"당신은 어째서 두 사람을 함께 내보냈지요?"

"걱정하지 않아도 돼." 그랜트는 그녀를 보지도 않고 말했다. "괜찮을 테니까."

그랜트가 금방이라도 화를 터뜨릴 것 같은 상태에 있음을 행크는 알았다. 그랜트는 듀크에게 선수를 빼앗겼다. 이것이 그를 괴롭히고 있는 것이다.

"당신은 서투른 짓을 하셨군요. 듀크 씨는 그 여자를 쫓아다니고 있어요. 그 여자와 같이 있는 동안에 그가 무슨 어리석은 짓을 할지도 몰라요."

"걱정 말라고 했잖아!"

"듀크 씨는 그날 밤 어린아이를 데리고 올 때 일부러 그 여자를 깨웠을지도 몰라요."

그랜트는 벨 쪽을 돌아보았다.

"당신 무슨 소리를 하고 있는 거지?"

"그 사람이 일부러 보모를 깨웠는지도 모른다고 말했어요. 그는 아기 방에 그 여자가 누워 있었다고 말했지만, 그런 걸 어떻게 알겠어요! 다만 그 사람이 그렇게 말했을 뿐이에요. 그 여자를 같이 데리고 오려고 일부러 깨웠는지도 몰라요."

"닥쳐!" 그랜트는 느닷없이 한쪽 손으로 위협하는 몸짓을 해보였다. "공연한 말을 지껄여서 귀찮은 일을 일으키지 마!"

"나는 우리들에게 귀찮은 일이 생기지 않도록 말하고 있는 거예요."

"닥치고 있으라고 하잖아! 듀크는 미치광이가 아니야. 목숨이 중요하다는 것을 우리와 마찬가지로 잘 알고 있어."

"네, 그렇습니다." 행크가 말했다.

그랜트와 벨이 그를 쳐다보았다.

"고맙군, 젊은이." 그랜트가 퉁명스럽게 말했다. "역시 형제로군. 이 사람은 알고 있어."

"그야 알고 있겠지요. 형이 미치광이가 아니라는 걸 알고 있을 거예요. 그러니까 나는 지금 당신에게 그렇지 않다고 말하는 게 아니에요?"

행크는 담배를 물고 다치지 않은 손으로 성냥을 그었다.

"그것이 그리 간단하지 않아요. 형은 자신이 하고 있는 일을 잘 알고 있지요. 그러나 다른 사람으로서는 이해할 수 없을 때가 있으므로, 그래서 좀 머리가 이상하다고 생각되는 겁니다."

벨은 앉아서 다리를 포개며 행크에게 미소 지어 보였다.

"그건 재미있는 관찰이로군요." 그녀는 한쪽 발로 작은 동그라미를 그리고 있었다. "나로서는 똑똑히 알 수 없지만, 아무튼 재미있는 관찰이에요."

"의미심장하군. 듀크는 영리하단 말이야. 자신이 원하는 것은 어떻게 해서든 손에 넣는 사나이지." 그랜트가 기분 나쁜 듯이 말했다.

"그렇습니다." 행크가 말했다. "무슨 짓을 해서라도."

그랜트는 두 사람에게 떨어져 천천히 창문 쪽으로 갔다. 그가 겨우 몇 초 거기에 서 있는 동안 방 안의 침묵이 기묘한 긴장감을 띠게 되었다. 이야기가 벌써 끝난 것은 아니었다. 세 사람 모두 그것을 알고 있었다. 듀크는 그랜트와 벨에게는 아무튼 중요한 인물인 것이다. 두 사람은 그를 믿고 있지는 않았지만, 두 사람의 목숨이 그의 손에 달려 있다. 두 사람은 그의 성격에 대해서, 그가 어떤 때 어떤 행동을 하는가 하는 점에 대해 알고 싶었다. 어떤 경우에 그가 위험한 인간으로 변하는지 알 필요가 있었다. 행크는 전부터 그걸 눈치 채고 있었으며, 지금 확신하게 되었다. 두 사람 모두 아무 말없이 있었지만, 그 불안은 그에게도 느껴졌다.

그랜트가 천천히 돌아서서 그를 쳐다보았다.

"'무슨 짓을 해서라도'라는 말은 무슨 뜻이지?"

"무슨 짓을 해서라도?"

"그 녀석은 원하는 것은 '무슨 짓을 해서라도' 손에 넣는다고 자네는 말했어." 그랜트는 초조한 듯한 몸짓을 했다. "그게 무슨 뜻이지?"

"아, 그거 말입니까? 그건 다만 형은 사람들이 소름끼칠 것 같은 모험을 한다는 이야기지요. 뭔가 원하는 것이 있으면 그렇습니다." 행크는 미소를 지으며, 옛날의 달고 쓴 기억들을 되새기고 있는 것처럼 고개를 내저었다. "예를 들면 어느 여름의 일이었지요. 샌드스턴 호수의 마스키(물고기 이름) 낚시 콘테스트에서 형은 가장 큰 놈을 낚아 1등이 틀림없을 거라고 생각되었습니다. 상금은 25달러로, 그때로서는 큰돈이었지요. 호수에 피서를 와 있던 큰 단체 하나가 주최한 거였습니다. 형은 7월에 46파운드짜리 큰 놈을 낚았는데, 콘테스트는 9월의 노동절에 끝나기로 되어 있었지요. 9월 1일까지는 형이 싫어도 이긴다고 생각되었소. 아무도 그 물고기에 비길 만한 것을 낚지 못했으니까요."

행크는 담배를 빨았다. 전혀 다른 생각이 없는 침착한 태도였다. 그는 엄숙한 표정으로 약간 얼굴을 찌푸리며 자기를 바라보고 있는 그랜트에게 미소를 보냈다.

"당신은 25달러로 그런 큰 소동을 벌였을 리가 없다고 생각하겠지요. 기껏해야 물고기를 가지고 말입니다. 하지만 형은 그 상금을 타고 싶었던 겁니다."

"알았네. 그래서 어떻게 했지?"

"형은 끝내 콘테스트에 이겼습니다. 그러나 정정당당히 이긴 것은 아니었지요. 콘테스트가 열리기 전날, 형의 친구 한 사람이 엄청나게 큰 놈을 낚았다는 이야기가 주최자 단체에 들려온 겁니다. 그 낚은 사람은 아직 고기를 가지고 호수에 있었는데, 옆 사람들에게 그것을 보였다고 합니다. 60파운드는 될 거라면서 말입니다. 저녁 어둠이 다가왔으나 수평선은 아직 약간 밝을 때였습니다."

"경치 이야기는 필요 없어. 결과만 말해 주게. 자네는 듀크가 이겼다고 했는데, 어떻게 해서 이겼나? 다른 사람이 훨씬 더 큰 것을 낚았다면서?"

"그것이 바로 내가 말하는 '무슨 짓을 해서라도'라는 겁니다. 형은 모터보트를 타고 나가 그 친구의 작은 배를 반으로 박살내고 말았습니다. 충돌해서 침몰시킨 겁니다. 그리고는 어두워서 보이지 않았다고 말했지요."

벨이 놀라 숨을 들이마셨다.

"그런 무서운 이야기는 들은 적이 없어요."

"그러나 형은 언제나 원하는 것을 손에 넣었습니다. 그 친구는 낚시 도구 전부와 함께 그 기록을 세운 큰 물고기를 잃고 말았습니다. 그리고 하마터면 목숨까지 잃을 뻔했습니다. 그러나 형은 25달러를 손에 넣었습니다. 형에게는 그것이 당연한 일이었지요. 다른 사람들은 그렇게 보지 않았지만."

"아이들이란 언제나 그런 바보 같은 과감한 짓을 하기 마련이지. 그래 듀크는 그때 몇 살이었나?" 그랜트가 물었다.

"23살쯤이었을 겁니다." 행크가 조용히 대답했다.

그랜트는 천천히 한숨을 내쉬고 다시 창문 쪽으로 향했다. 집 앞으로 굽어들어 있는 자갈길을 내다보았다. 벌써 햇빛이 강해져서 벌판의 이슬 위에 빛나고 있었다.

"여보……."

그랜트는 몸을 돌려 벨을 보았다. 그녀는 몹시 창백해져서 신경질적으로 스커트 양옆을 손가락으로 만지작거리고 있었다.

"뭐야?"

"아니, 아무것도 아니에요."

그랜트는 낮은 소리로 욕을 하고 다시 창문 쪽을 향했다. 벨은 그랜트의 무뚝뚝한 행동을 마음에 두지 말아달라고 부탁하듯 행크를 향해 조심스럽게 미소를 보냈다.

"오늘은 날씨가 좋아질 것 같군요."

행크는 햇살이 반짝이고 있는 창유리로 시선을 달렸다.

"그 두 사람은 물건 사는 데 좋은 아침을 택한 겁니다. 이 마을 사람들 중 절반이 아마 같은 생각을 하겠지요."

"그래요." 벨이 천천히 말했다. 그리고 그랜트의 긴장된 어깨와 걱정스러운 듯 약간 눈썹을 찡그린 얼굴을 흘끗 보았다. "상점은 사람들로 가득할 거예요, 아마."

행크는 고개를 끄덕였다.

"크게 혼잡할 겁니다."

제12장

클로리는 브래들리 부인의 방문을 가볍게 노크했다.

"누구세요?"라는 대답이 들리자, 한순간 어떻게 해서든 만나지 않고 끝났으면 하고 하늘에 빌고 싶은 심정으로 주저했다.

그에게는 어려운 회견이고, 그녀에게는 고통스러운 일이었다. 그러나 만나지 않고 끝날 수는 없다.

"클로리입니다. 잠깐 드릴 말씀이 있는데요."

"들어오세요."

클로리는 문을 열고 어둡게 빛을 차단한 그 방으로 발을 들여놓았다. 처음에는 그녀가 보이지 않았다. 블라인드가 내려져 있고, 나이트 램프가 하나 술이 달린 분홍색 침대커버를 위에서 비춰주고 있었다. 그 빛이 야광시계의 글자판에 반사되어 화장대 위의 팔걸이가 번쩍번쩍 빛나고 있었다.

그때 "여기 있어요"라는 목소리가 들려 그쪽을 보았더니 엘리나는 창문 옆의 긴 의자에 팔짱을 끼고 앉아 있었다. 블라인드에서 비쳐드는 한 가닥 빛이 반들반들한 금발 머리에 비치고 있었으나, 얼굴과 눈은 어둠 속에 있었다.

"단서 같은 것이 발견되었습니다." 클로리가 조용히 말했다. "지난주 목요일로부터 3주일 전, 이 댁에 전화를 조사하러 온 사나이가 있었습니다. 그는 보모에게 전화일로 왔다고 말했습니다. 그러나 전화회사에서는 그런 사나이를 보내지 않았습니다. 우리는 그를 찾아내고 싶습니다. 그러기 위해서는 당신의 협조가 필요합니다."

"지금까지는 별로 도움이 되지 못했군요."

"당신이 할 수 있는 일은 없었습니다."

"얌전히 있었더라면 좋았을 텐데……."

엘리나는 클로리를 쳐다보았다. 그는 그녀의 눈에 깃들어 있는 고뇌를 보았다.

"무엇 때문에 남편과 시아버지에게 그처럼 화를 냈는지 모르겠어요. 하지만 나는 올바르게 생각할 수가 없어요. 질을 데려간 사람들이 돌려보낼 생각이 없다는 것을 나는 알고 있어요. 나는 질이 있던 방을 샅샅이 뒤져보았어요. 질이 필요로 하는 것이 모두 그대로 있었어요. 옷가지도 모포도 베이비파우더도 올리브도. 그런 것에는 손도 대지 않았어요. 그냥 질만 데리고 갔어요."

"그 사람들은 아기에게 필요한 것은 미리 갖춰두었겠지요. 그런 것을 찾느라고 아기 방을 뒤지거나 하지는 않았을 겁니다."

"하지만 희망은 갖지 않아요. 가질 수조차 없어요. 그것이 못 견디겠어요."

"그건 나도 잘 압니다. 나에게도 딸아이가 하나 있답니다. 당신의 마음을 잘 압니다."

"당신 아기는 댁에 어머니와 같이 있겠지요. 그 점이…… 달라요."

클로리는 입술을 축였다.

"아니, 병원에 있습니다. 그애는…… 그애는 두통이 좀 있어서 의사가 진찰해 보면 원인을 알 수 있을지도 모른다고 하더군요."

"어디가 아픈데요?"

"그걸 모르는 겁니다."

"그런 법이!" 당혹한 듯한 목소리였다. "병원에서 곧 알아낼 거예요, 만일……."

그녀는 말을 끊고 작은 몸짓을 했으나, 그것은 효과가 없었다. 두 사람은 말없이 얼굴을 마주 보았다.

"그렇습니다." 클로리는 겨우 입을 열었다. "병원에서 곧 알아내게 될 겁니다. 만일 암이나 육종 같은 것이 아니라면……."

"안됐군요."

빛이 얼굴에 반사되어 그를 쳐다보고 있는 그녀의 얼굴이 울고 있는 것을 그는 알았다.

"왜 당신은 아기와 같이 있지 않는 거지요? 왜 부인과 함께 댁에 계시지 않지요?"

"공연한 말을 해버렸나 보군요. 나는 내 문제를 꺼내고 싶지는 않았습니다. 다만 알아주셨으면 하는 점은, 나는 여기에 스코어를 매기러 파견된 계산기가 아니라는 것뿐입니다. 자, 담배 피우시겠습니까?"

"아니오…… 괜찮아요."

클로리는 자기 담배에 불을 붙이고 큰 손 안에서 라이터를 천천히 빙그르르 돌리면서 바라보고 있었다.

"나는 어젯밤 내내 리처드 브래들리 씨와 함께 이야기해 보았습니다. 그분의 학창시절에 대해, 사업관계자에 대해, 당신과 결혼한 일에 대해서 등등. 그러나 그분 자신보다도 당신 쪽을 더 잘 알았습니다. 당신 쪽이 주인보다 더 확실합니다. 보다 강하다고 하는 편이 좋을지도 모르겠군요. 당신은 지금까지 혼자 힘으로 무엇이든 해왔습니다. 나도 그렇게 지내왔습니다. 우리 같은 사람으로서는 당연한 일이겠지요. 우연히 그런 환경에 놓였기 때문입니다. 그러나 브래들리 집안 사람들은 그렇지 않았습니다. 돈으로 해결되지 않는 문제를 만난 것은 이번이 처음일 겁니다. 돈 이외에 의지할 것을 찾지 않으면 안 되게 되어 있습니다."

"나에게서 말인가요?"

"이 집안사람들에게 있어 당신 말고 의지할 것은 없습니다. 당신이 그들의 의지가 되어야 합니다."

"어떻게 해야 되는 거지요?"

"나를 도와주십시오. 나에게는 그 가짜 전화 수리공의 단서가 필요합니다. 보모가 당신에게 그 사나이의 이야기를 하지 않았습니까? 잘 생각해 보십시오."

그녀는 천천히 머리를 들었다. 눈의 표정으로 보아 그녀가 차츰 그의 편이 되어가고 있다는 것을 알았다.

"생각해 보겠어요."

"고맙습니다." 클로리는 그녀의 옆에 앉으며 말했다.

그녀는 몇 해나 사업계에 있었기 때문에 사물을 생각하는 것에 익숙해 있으며 잘 훈련되어 있었다. 그녀의 생가은 조직적이고 정확했다. 1분쯤 지나자 그녀는 그 수리공이 집에 온 날에 대한 것을 뚜렷이 생각해 내었다.

"그래요, 그건 목요일이었어요." 그녀는 약간 얼굴을 찌푸리며 클로리에게 있어 거의 의미가 없는 일로부터 그날의 이야기를 들려주기 시작했다. "오전에 밀번 회사의 일 때문에 간부회의가 있었고, 그리고 기획 회의가 있었어요. 패션부 사람들과 점심을 먹었어요. 신문의 광고 담당 직원들과 이야기를 하고…… 그리고 집에서 전화가 걸려 왔으며, 알곤킨에서 칵테일을 마셨지요. 그 뒤 남편과 함께 50번 블록 모퉁이에 있는 어느 가게로 저녁을 먹으러 갔었어요. 집에 돌아온 것은 거의 10시쯤이었지요."

"돌아오셨을 때 보모와 이야기를 했습니까?"

"……그러니까 분명히 아기 방으로 갔었어요. 그렇지, 케이트는 질에게 우유를 먹이고 있었어요. 내가 질을 안고 케이트는 잠시 그대로 있으면서 나와 이야기를 했지요." 엘리나는 손가락으로 이마를 문질렀다. "아기에 대한 이야기였어요. 특별한 것은 아무것도 기억하고 있지 않아요."

클로리는 다그치지 않았다. 희망을 가지고 기다리고 있었다. 그러나 마침내 그녀는 힘없이 머리를 저었다.

"헛일이에요. 아무래도 도움이 되어드릴 수 없어요."

"케이트 양에게는 특별한 남자친구가 있습니까?"

"아니오, 아마 없다고 생각해요. 지난해 겨울에는 젊은 남자가 한 사람 있었어요. 이름은 델런시, 윌리엄 델런시라고 했어요. 케이트는 자주 그 사람과 만나고 있었어요. 하지만 그리 대단한 관계는 아니었어요. 육군소위로, 독일에 파견되어 가려던 참이었지요. 아마 그랬던 걸로 생각돼요."

"케이트 양에게는 뉴욕에 친척이 있습니까?"

"아니오, 케이트의 가족은 아일랜드에 있어요."

"알았습니다. 케이트 양에게 친한 여자친구는 있었겠지요?"

"몇 사람 있었어요, 분명. 그것이 중요한 것이라면, 그들의 이름은 가르쳐줄 수 있어요."

"부탁합니다. 케이트 양은 아기에게 애착을 가지고 있었습니까? 말하자면 아기를 지나칠 정도로 귀여워한다고 생각된 일은 없었습니까?"

"물론 질을 아주 귀여워하고 있었지요." 엘리나는 갑자기 그에게서 떨어지며 힘차게 고개를 가로저었다. "하지만 케이트가 이런 짓을 저지를 리는 없어요!"

"싸운 흔적이 없었습니다. 자물쇠도 비틀어 열지 않았습니다. 그녀는 짐을 챙겨가지고 나갔습니다."

"설마……." 엘리나는 다시 머리를 저었다. "케이트는 충실하고 친절하며 착한 처녀예요. 우리는 그녀에 대해 속속들이 다 알고 있어요. 나에 대해서는 친동생 같았지요. 나는 그녀의 가족들에 대해서도, 남동생과 여동생에 대해서도 잘 알고 있어요. 그 사람들은 질에게 조그마한 선물들을 해주었지요…… 색깔 있는 그림엽서며 수레가 딸린 나무로 만든 동물 같은 것들을. 케이트는 이 일에 아무 관계도 없어요, 절대로 없어요."

클로리는 몇 초 동안 잠자코 있더니 말했다.

"나와 함께 케이트 양의 방으로 가주시지 않겠습니까?"

"좋아요."

보모의 침실은 3층 계단을 올라간 곳에 있었다. 다른 방과 마찬가지로 실내장식에 신경을 쓴 밝고 산뜻한 방이었다. 엷은 푸른 빛이 도는 녹색 벽, 스마트하고 간소한 가구, 파란색과 흰색이 섞인 굵은 삼베 커튼이 침대 겸용의 긴 의자 위쪽에 개어져 있는 침대 커버와 조화를 이루고 있었다.

클로리는 문 앞에 서서 벽장 안을 뒤지고 있는 엘리나를 지켜보았다.

"케이트는 새 봄옷이며 트위드 스커트며 블라우스도 가지고 갔군요." 엘리나의 나직한 목소리는 당혹하고 있는 듯했다. "필요한 것은 모두 다…… 외출 구두도, 산책 구두도, 레인코트도……."

그녀는 몸을 돌려 얼른 머릿장으로 가서 서랍을 열기 시작했다.

"그곳은 비었습니다."

"어머나, 그래요?" 하며 엘리나는 서랍이 붙은 작은 책상으로 가서 그 위를 손가락으로 만졌다. "케이트…… 케이트는 여기에 언제나 일기를 넣어두었었는데…… "

"그것도 없어졌습니다. 작은 여행가방도 없어졌습니다. 화장품도, 빗과 머릿솔, 오 데 코롱, 향수, 칫솔, 치약, 비누…… 모두 다." 자신은 느끼지 못했지만 클로리의 목소리는 날카롭게 캐묻는 듯한 말투가 되어 있었다. "개인적인 편지도 핸드백도 현금도 열쇠도 모조리 가지고 갔습니다. 이것을 당신은 어떻게 설명하시겠습니까?"

"그…… 글쎄, 모르겠군요."

"자물쇠를 비틀어 열지 않았습니다. 격투한 흔적도 없습니다. 어린아이와 함께 보모가 없어졌습니다. 이러한 사실을 해석하는 방법은 열 가지도 넘겠지요. 그러나 지금 내가 생각할 수 있는 것은 단 하나입니다."

"만일 케이트가 질을 데리고 갔다면 질은 조금도 무서워하지 않을 거예요." 엘리나는 생기 없는 공허한 목소리로 말했다. "질은 케이트를 잘 알고 있으니까요. 질이 태어난 뒤로 줄곧 같이 있었거든요."

엘리나는 침대 겸용의 긴 의자 끝에 앉아 매끈매끈한 베개의 흰 표면이 약간 들어가 있는 곳을 보았다. 잠을 잔 흔적이 있었다. 침대 커버는 개어져 있었으나, 모포와 시트가 아주 조금이지만 흐트러져 있었다. 그녀는 눈살을 찌푸리며 조용히 말했다.

"케이트는 그날 밤 자고 있었어요. 이상해요…… "

"어째서요?"

"잠깐만!" 갑자기 엘리나가 다급하게 높은 소리로 말하며 얼른 베개 밑으로 손을 들이밀었다. "여기에 넣어둔 것을 알고 있었어요. 아, 있어요!"

"그게 뭡니까?"

클로리는 침대 겸용의 긴 의자 끝을 돌아서 얼른 엘리나 곁으로 다가왔다.

"보세요!"

엘리나는 로자리오를 손에 들고 있었다. 투박한 염주 구슬과 큰 십자가가 달린 구식 물건이었다.

"케이트가 이걸 두고 갔을 리가 없어요!"

"잊었는지도 모르지요."

"천만에요! 당신은 알지 못해요. 케이트는 이것을 낮에는 머릿장에 넣어두었어요. 밤이면 베개 밑에 놓았고요. 자기 전에 이것을 만지면서 기도를 올렸답니다."

"하지만 그것은……." 클로리는 망설이며 어깨를 움츠렸다. "그것은 좋은 습관일 뿐입니다, 부인. 그뿐입니다."

"모르시겠어요? 케이트는 잘 생각으로 침대에 들었어요. 그렇지 않으면 로자리오가 베개 밑에 있을 리가 없어요. 그런데 무슨 일이 있어서 눈을 뜬 게 틀림없어요. 뭘까 하고 일어나…… 그리고는 다시 침대로 돌아오지 못한 거예요." 엘리나는 초조하게 머리를 내저었다. "아직도 모르시겠어요? 질을 데리고 나갈 생각이었으면 침대에 들어갈 까닭이 없잖아요?"

클로리는 엘리나가 가지고 있는 로자리오를 살펴보았다. 틀림없었다. 어린아이를 데리고 간 사람이 보모도 데리고 간 것이다. 분명 그런 것 같다…… 그렇다면 전문적인 조직을 가진 수완 있는 자들, 그리고 임기응변에 뛰어난 자들이다. 그렇다면 일이 곤란하게 되었다. 전문적인 범인이라면 어린아이를 처리하는 데 양심의 가책을 받는 일이 없을 것이다.

"케이트는 관계없다고 내가 말했었지요?" 엘리나는 클로리를 쳐다보며 말했다. 그 눈이 갑자기 희망에 빛나고 있었다. "지금 그것이 분명해졌어요. 이 사실이 도움이 되지 않을까요?"

"네, 물론 도움이 됩니다." 클로리는 그녀가 이 사실이 뜻하는 의미를 알지 못한다는 것을 깨달았다. "자, 그만 방으로 돌아가 쉬는 것이 좋겠습니다. 나는 감독관에게 연락하겠습니다."

엘리나는 손에 들고 있는 로자리오를 내려다보며 잠시 머뭇거리더니 그것을 자기 주머니에 집어넣고 얼른 방을 나갔다.

제13장

개인용 도로로 들어오는 차 소리가 들리자 그랜트는 흘끗 행크를 보고 나서 한쪽 손을 본능적으로 주머니의 권총 쪽으로 가져가며 창문 옆으로 다가갔다.

그가 커튼을 들자 벨이 "두 사람이 돌아왔나요, 여보?" 하고 물었다. 그녀의 목소리는 어른에게 안심시켜 주기를 바라고 있는 겁에 질린 어린아이같이 불안하고 경계적이었다.

"으음, 돌아왔군." 그랜트가 씁쓰레하게 말했다. "너절한 것들을 잔뜩 안고 있어. 분명 읍내에 있는 가게란 가게는 다 들렀다 오는 모양이지."

"윌리엄즈보로에는 가게가 얼마든지 있으니까요." 행크가 말했다.

그랜트는 성난 듯이 눈을 가늘게 뜨고 그를 쳐다보았다.

"걱정이었지, 안 그런가? 긴장하지 말게, 젊은이."

행크는 손목시계를 보았다. 11시. 듀크는 2시간쯤 돌아오지 않았던 셈이다. 그 동안에 긴박한 공기가 차츰차츰 더해가고 있었다. 그랜트는 불안해했으며 그의 공포가 벨에게로 옮겨지고 있었다. 그녀는 긴 침묵을 깨려고 두세 차례 말을 걸어보았으나, 그랜트는 시시한 이야기를 하고 있을 기분이 아니었다. 이 1시간 동안 거의 아무도 말이 없었다.

한 번 그랜트가 행크에게 "자네는 듀크가 못마땅하겠지, 안 그런가?" 하고 물었다.

행크는 어깨를 움츠리며 그 질문을 피했다.

그 다음에 그랜트는 다른 각도에서 다시 그 문제를 들고 나왔다.

"듀크는 자네한테 무슨 짓을 했었나? 자네가 그의 말을 거역한 게 틀림없겠지? 그 녀석은 충실한 사나이야. 나는 그 녀석을 알고 있어. 친구 사이에 의리가 있는 녀석이지."

"그 점에 대해서라면 형 친구에게 물어보십시오."

"뭐라고? 나는 누구에게도 물을 필요는 없어."

발소리가 들리더니 문이 열리며 듀크와 보모가 방으로 들어왔다. 그때의 움직임과 소란스러움을 틈타 행크는 그녀의 시선을 잡고 그 표정에서 뭔가 읽으려고 해보았다. 그러나 그녀는 다른 일에 마음이 사로잡혀 고민하고 있는 모양으로, 상대와 마음이 통하지 않았다. 애매하게나마 상대를 인식하고 의식한 듯한 표정도 없었다. 그는 어젯밤 그녀가 그에게 보인 태도를 잘못 판단하지나 않았나 하고 의아해했다.

"아이의 몸이 좋아진 모양이지?" 벨이 그녀에게 말했다. "우는 소리가 한 번도 들리지 않았으니까."

"나는 위층으로 올라가겠어요."

보모는 계단 쪽으로 향했다.

"아기가 잠이 깨거든 약을 가지고 와달라고 말하오!"

듀크가 소리쳤다.

그는 들뜬 기분이 되어 있었다. 입술에는 익살스러운 각도로 엽궐련이 물려 있고, 볼이 태양과 공기와 흥분으로 붉게 상기되어 있었다. 행크는 그가 기분 좋아하는 이유를 알 수 있었다. 케이트와 같이 읍내에 있었다는 위험이 그의 마음을 들뜨게 한 것이다. 그는 언제나 이러한 자극을 필요로 하는 사람이다. 그것이 없으면 지루해지고, 기분이 나빠지고, 사람에게 귀찮게 군다.

"이 전리품을 조금 가져가주오." 듀크는 큰 물건꾸러미를 벨에게 건넸다. "색다른 것을 좀 먹어야 해. 이 속에 두께가 2인치나 되는 스테이크와 큰 아이다호 감자가 한 다스 들어 있소." 그는 벨의 엉덩이를 손바닥으로 가볍게 톡 치며 말했다. "자, 기운을 내요! 내가 감자 소스를 만들 테니까 말이야. 치즈와 버터를 넣은 듀크 파렐 스페셜이지. 아마 내일 아침까지도 나른해져 있을 거야. 안 그렇소, 벨?"

벨은 그의 흥분에 감사하여 웃으며 대답했다.

"그래요, 당분간은 아무 일도 없을 테니까 지금 좀 만들어 놓아야겠군요."

벨은 쾌활한 것이 좋았다. 남아도는 음식과 술, 농담, 떠들썩한 분위기, 장난——이것이 파티에 대한 그녀의 생각이다. 남자는 쾌활한 기분으로 있기만 하면 그 다음에는 아무래도 좋다는 것을 그녀는 오랜 경험으로 알고 있었다. 사람들이 남자를 쾌활하게 만들려고 할 때, 그저 먹고 마시고 성내고 한다는 것은 터무니없는 짓이다. 지금 듀크가 생기 있어 보이자 그녀는 이 기분이 그랜트에게로 좀 옮겨갔으면 하고 바랐다.

"점심은 비프스테이크예요." 벨은 그랜트에게 미소 지어 보였다. "바깥쪽은 검게 타고 속은 새빨갛게 하겠어요. 당신이 이야기한 시카고의 도노반 가게의 것처럼 말이에요."

"도노반이라고?" 듀크는 아직 엷은 미소를 띠고 있었다. "교도소에 있는 녀석들은 모두 여자에 대해서 생각하고 있는데, 에디만은 달라…… 비프스테이크 집을 그리워하고 있었군 그래!"

"시카고에서 첫째로 잘난 녀석들이 다니던 곳이지."

그랜트는 분명하게 말했다.

"알았네, 뭔가 마시고 싶은 모양이지만, 여기에는 럼 술밖에 없다네."

"럼 술이라도 좋잖나!"

그랜트가 듀크의 좋은 기분에 응하지 않는 것을 알자 벨은 슬펐다. 모처럼 좀 즐거운 마음이 생기려는 판에…….

"럼 술은 늙은이들이나 마시는 거야. 나는 위스키를 마시고 싶어." 듀크는 행크 쪽을 보았다. "너의 그 이상한 읍내에서는 술을 팔지 않는다는 말을 왜 내게 하지 않았지?"

"형이 묻지 않았잖아."

"그래, 하지만 너는 내가 한 병 사고 싶어하는 것을 알아주려고 하지 않았던 거야. 술을 살 수 있는 가장 가까운 곳은 어디지?"

"제임스턴…… 여기서 12마일쯤 떨어져 있어."

"이상하게 까다로운 주로구나. 한 마을에선 술을 팔지 않고, 그 옆마을에서는 팔고, 네가 살기에는 꼭 알맞겠군. 좋아, 단숨에 달려가서 30분 안으로 술을 사가지고 오지."

"럼 술을 마셔도 죽지는 않아." 그랜트가 말했다.

"그야 그렇지. 하지만 나는 마실 수가 없어."

"그럼, 물을 마시지그래!" 그랜트의 목소리가 날카로워졌다.

듀크는 1초쯤 그를 보고 나서 태연한 얼굴로 미소 지었다.

"물은 마셔봐야 소용없지. 안 그런가?"

"자네는 이제 읍내로 나가선 안돼. 알겠나?" 그랜트는 두 손을 몸에서 빼어 크게 흔들면서 듀크 앞에 우뚝 섰다. "우리는 지금 미국에서 가장 위험에 처한 사람들일는지도 몰라. 이 이상 위험을 무릅쓸 수는 없어 ! "

"그야 그렇지. 하지만 말이야, 하고 싶은 걸 억지로 하지 않고 있을 수는 없잖나. 고행자도 아닌데, 말 털 셔츠를 입고 빵과 물로 살아봐야 소용없지. "

"그런 얘기는 하고 싶지 않네. "

듀크는 천천히 미소 지었다. 불안한 침묵이 잠시 방 안에 넘쳐흘렀다.

"나는 해야겠네. 그래, 하지 않으면 안돼. "

행크는 어느 쪽도 똑바로 보지 않고 가만히 서 있었다. 어떤 일이 벌어질 것인지 그는 알고 있었다. 듀크는 지휘권을 휘두르고 싶은 것이다. 자기가 그랜트보다 더 적임자라고 생각하기 때문은 아니다. 그저 지루하기 때문이다. 만일 듀크가 이긴다면 자기와 케이트에게 기회가 있을 거라고 그는 생각했다.

"모르는 소리 하지 말게, 듀크. 내가 하는 말이 옳다는 것은 알 수 있을 텐데? "

"머리가 좋다는 것이 자네의 자랑이지? 안 그런가? "

"그래, 그것이 내 자랑이지. " 그랜트의 목소리가 갑자기 높아졌다. "자네는 세상일을 생각지 않아. 자네는 생각이 없는 인간이야! 스테이크, 감자, 엽궐련, 술만 알아 왔지. 자네는 큰길에서 코끼리가 술에 취해 있는 것처럼 사람들 눈에 잘 띌 걸세. 우리는 위험해. 이 말이 무슨 뜻인지는 알고 있나? " 그는 분노로 떨면서 듀크에게 한 걸음 다가섰다. "붙잡히면 모두 3주일 뒤에는 죽어. 그래서 위험하다고 말하는 걸세. 그런데 자네는 야유회 선발대 같은 짓을 하고 있지 않나? 이것이 없어선 안 된다, 저것이 없어선 안 된다 하면서 말일세. 럼 술은 마실 수 없다, 통조림 음식은 먹을 수가 없다…… 5, 6일 비프스테이크를 먹지 않고 있으면 발육이 정지되기라도 한단 말인가?"

"고행은 재미없다고 말했을 뿐일세." 듀크는 여전히 미소 짓고 있었다. 그랜트가 성내는 것을 재미있어하고 있는 것 같았다. "마음을 편히 갖게, 에디. 쓰라린 생각을 해봐야 소용없으니까."

"이 일이 끝나면 마음 편히 지낼 수 있을 테지. 나는 이 일을 6개월 동안이나 계획해 왔어. 자네 때문에 깨져서야 되겠나!"

"내가 없었으면 그 아기를 잡아올 수 없었을 테니, 그걸 잊지 말게나!"

"물론이지. 그리고 자네가 없었으면 저 보모도 잡아올 수 없었을걸세." 그랜트는 고함쳤다. "자네가 저 여자를 깨워서 데리고 온 거야. 자네는 우리들 모두의 목을 도마 위에 올려놓은 걸세. 이건 자네가 일부러 한 짓임에 틀림없어."

듀크는 여전히 미소 짓고 있었다. 그러나 눈이 조심스럽게 긴장되어 갔다.

"그건 자네 말이겠지? 끝까지 말해 보게."

그랜트는 위험한 실수를 저질렀음을 깨달았다. 그러나 화가 치밀어 그런 걸 생각할 수는 없다. 듀크를 눌러놓지 않는 한, 그의 어리석은 행동의 대가를 그들의 목숨으로 치르지 않으면 안 될지도 모른다.

"내가 시키는 대로 해야 돼!" 그랜트의 목소리는 낮게 떨렸다. "자네는 어떤 술이 아니면 못 마신다고 하지만, 나는 전기의자에 앉고 싶지 않네."

그는 분노로 목구멍이 막힐 것 같았다.

'듀크는 앞뒤 가리지 않고 바보 같은 짓을 저지를 결심을 하고 있군. 머리가 어떻게 된 모양이지.' 벨은 그것을 눈치 채고 있었다. 듀크의 동생도 그것을 알고 있었다.

"알겠나?" 그랜트는 듀크를 흘겨보았다. "우리는 20만 달러에 목숨을 걸고 있는 걸세. 시시한 물고기를 낚아 상금을 노리고 있는 건 아니야. 자네가 끼어든 일 가운데 이처럼 큰 일은 처음이겠지? 내가 이 일을 지휘하고 있는 거야. 이상한 생각을 가지고 거역하려고 하지 말게!"

"그야 자네가 우두머리고, 대장이지. 그러니까 이 일은 더 이상 말하지 않겠네."

듀크는 약간 미소를 띠고 있었다. 그러나 긴장되어 있는 것을 행크는 알았다. 눈이 날카로워지고, 큰 몸이 생기를 잃고 기분 나쁘게 축 늘어졌다.

듀크가 조용히 물었다.

"그런데 그 물고기를 낚는다는 이야기는 대체 무슨 소리지?"

"무슨 이야기 말인가?"

"우리들은 시시한 물고기를 낚아 상금을 노리고 있는 건 아니라고 자네가 말했잖아? 어째서 그런 이야기를 꺼낸 거지?"

말을 잘못 했구나 하고 그랜트는 생각했다. 자기가 그런 말을 한 것도 모르고 있었다.

"잊어버렸는데. 아무것도 아닐세."

"우리는 형이 낚은 마스키 이야기를 하고 있었소." 행크가 아무렇지도 않은 것처럼 말했다. "그것이 아마 당신 머릿속에 남아 있었던 모양이오."

"뭐가 내 머릿속에 있든 다 귀찮아!"

듀크의 날카로운 시선이 그랜트에게서 동생에게로 옮겨졌다.

"너는 무엇 때문에 두 사람에게 마스키 이야기 같은 걸 했지?"

"잊어버렸어." 행크는 약간 미소 지어 보였다. "우리는 형 이야기를 하고 있었지. 아마 무슨 말 끝에 그 생각이 난 모양이야."

"내 이야기를 했다고?" 듀크는 다시 시선을 그랜트에게로 돌렸다. 당황하고 성난 눈이었다. "이건 중대한 문제인데…… 나는 먹을 것을 사러 나갔는데, 자네들은 여기에 가만히 앉아 내 과거나 들추고 있었군그래. 정말 중대한 문제인데."

"흥분하지 말게. 그저 시간을 보내기 위해서였으니까."

그랜트가 말했다.

"나는 그랜트 씨에게 형이 아주 머리가 좋다는 것을 설명하고 있었어." 행크가 말했다.

"자네 동생은 영리하더군."

"자네는 나의 머리가 좋다는 것을 동생을 통해 들을 필요가 있었군 그래. 그렇지?"

"아무것도 아니라니까!"

"좋아, 알았네." 듀크는 행크 쪽으로 향했다. "너 한번 혼나보고 싶으냐? 형이 나쁘다는 이야기를 꾸며냈으니!"

"이야기를 꾸며냈다고요? 에드 덜리가 들으면 화내겠는걸."

"나는 사고로 부딪친 거야. 누구나 그걸 알고 있어."

"누구나 그건 형이 하는 말이라는 것도 알고 있어."

"너는 지금까지 얌전히 참아왔다." 듀크는 약간 얼굴을 찡그렸다. "이제 싫증날 때도 되었지. 하지만 시끄럽게 짖어대면 또 호된 꼴을 당할 줄 알아!"

"나를 위협하려고 해도 소용없소. 사형수에게 커피와 크림을 넣어 주지 않겠다고 말해 봐야 전혀 흥미가 없을 테니까. 무엇이든지 형이 하고 싶은 대로 하면 되잖아!"

듀크는 얼굴을 찡그린 채 물끄러미 행크를 바라보았다. 짧은 한순간 정말로 동생에게 흥미를 가진 것 같았다. 그는 천천히 말했다.

"우리는 너를 죽일 필요 같은 건 없어. 그걸 넌 모르겠니? 이 일이 끝나면 너를 놓아 주겠다. 하지만 넌 경찰에 갈 수 없을 거야. 너도 여기에 한몫 끼어 있는 거니까, 꼬마야. 그걸 잊지 마라. 마음 편히 느긋하게 앉아 있어!"

"모두 마음을 편하게 가집시다." 벨이 불안한 목소리로 나직이 말했다. "오늘은 맛있는 점심을 먹을 수 있어요, 기쁘지 않아요?"

듀크는 벨을 보고 천천히 머리를 내저었다.

"부디 그 말을 잊지 마오, 약속할 수 있겠소?"

"당신은 아직 위스키를 생각하고 있군요, 위스키만 있으면 되는 것이라면 내가 읍내에 갔다 오겠어요, 그것이 좋겠어요, 안 그래요, 여보?"

그랜트는 이마를 문지르더니 거친 목소리로 폭발할 듯이 고함쳤다.

"바보 같으니라구!……"

"그게 무슨 말이지요?"

"아무도 읍내에 가선 안돼!" 그랜트는 벨을 노려보았다. "당신은 대체 지금 우리가 무슨 이야기를 하고 있다고 생각하지? 이봐, 듣고 있는 거야?"

"네, 물론 듣고 있어요, 당신은 듀크 씨에게 가면 안 된다고 말했어요," 벨은 말을 끊고 입술을 축였다. "하지만 이 사람…… 이 사람은 눈에 띄기 쉬우니까……"

"그럼, 당신은 사람들로 복잡한 틈에 끼어도 좋은 여자라고 생각하고 있나?" 그랜트는 매서운 눈초리로 천천히 그녀의 하이힐을 내려다보고, 그리고 윤이 나는 금발머리를 쳐다보았다. "잘 생각해 봐. 여긴 조용하고 작은 읍내란 말이야. 조용하고 얌전한 사람들이 사는 읍내. 아마 스트립이라도 하러 온 건가 하고 생각하겠지."

벨의 뺨이 분해서 빨갛게 달아올랐다.

"나는 단정한 사람으로 보일 수 있어요, 이런 읍내에서 몇 번이나 산 적이 있으니까요. 남의 눈길을 끈 적은 없었어요. 누군가 길에 서서 나를 유심히 보거나 한 일은 없었단 말이에요." 목소리가 약간 떨리고 있었다. "당신이 이런 말을 하는 걸 우리 아이가 들으면 기뻐하겠군요. 그애는 이해성이 있는 아이니까, 정말로."

"알았어, 알았단 말이야! 시시한 이야기는 그만둡시다. 점심 준비나 하구려, 어서."

벨은 눈물을 참고 서둘러 부엌으로 갔다. 온몸이 얻어맞아 상처를 입은 듯한 느낌이었다. '저 사람은 조금도 힘 안 들이고 나를 괴롭힐 수 있다'라는 생각이 들자 화가 났다. 조금도 힘들이지 않는다는 것이 한층 더 분했다. 남자들은 모두 그런 수법을 알고 있다. 태어나면서도부터 알고 있다.

그녀는 찬장에서 럼 술병을 꺼내 가득 따랐다.

'당연하지. 그 사람은 내가 무엇을 하든 상관하지 않아. 그 사람의 눈으로 볼 때 나는 말 못하는 동물이나 마찬가지겠지. 머리를 툭 치거나 옆구리를 꾹 찌르거나…… 어떤 짓에도 감정이 조금도 들어 있지 않아.'

조금 뒤 듀크가 다리를 절며 부엌으로 들어왔다. 벨은 그를 향해 잔을 들었다.

"오늘의 첫 건배!"

듀크는 대답하지 않았다. 잔에 럼 술을 가득 따라가지고 거실로 돌아갔다.

"이상한 사람이야……" 하고 중얼거리며 벨은 잔을 들었다.

듀크가 의자에 편안히 앉자 계단의 문이 열리며 보모가 방으로 들어왔다.

"아기는 어떻소?"

"자고 있어요. 하지만 몹시 추운 것 같아요. 잠깐 젖병을 데울까 하고요."

"걱정할 건 없다고 그랬잖소."

"네, 좋아진 것 같이 보여요."

그녀는 듀크가 말을 계속하기를 기다리고 있었으나, 그는 이 문제에 싫증난 것 같았다. 잡지를 집어 들더니 가끔 단조롭고 나른한 목소리를 높이 울려 제목을 읽으면서 페이지를 뒤적이기 시작했다. 그녀는 몸을 돌려 행크와 잠시 시선을 마주치고 부엌으로 들어갔다.

"이건 자네한테 좋겠군······'40이 넘어서 아내의 애정을 유지하려면'. 이 방면이라면 자넨 좀 배워야 하지 않을까, 에디?"

듀크가 말했다.

행크가 일어났다.

"어디 가는 거지?" 그랜트가 물었다.

"수염을 깎으려고요, 괜찮겠지요?"

"물론. 가봐."

행크가 계단을 오르기 시작하자 듀크가 말했다.

"아버지한테서 들은 교훈이 있지. 깨끗한 정신은 깨끗한 몸에 깃든다고 말이야."

"자네 아버지는 정말 재미있는 사람이었나보군."

듀크는 잡지를 바닥에 떨어뜨리고 럼 술을 벌컥벌컥 마셨다. 위 속에서 술이 불타고, 그리고 육감적인 따스함이 천천히 기분 좋게 아래로 내려가 아랫배와 허리가 따스해지는 것을 느꼈다.

"이제 겨우 몇 시간만 지나면 클리시에게서 소식이 있겠지." 그랜트가 말했다. 그는 의자 끝에서 몸을 앞으로 내밀고 두 팔꿈치를 무릎 위에 올려 세웠다. "브래들리에게 돈이 준비되었는지 어떤지 알게되겠지. 이제 그것을 받는 일만 남았어."

"돈은 준비되었겠지. 아이를 돌려받고 싶을 테니까."

듀크는 담배에 불을 붙인 다음 기분 좋게 가만히 앉아, 타다 남은 성냥개비를 높고 정확하게 난로에 던졌다. 그가 있는 곳에서는 보모가 부엌 수도에서 일하는 모습을 지켜볼 수 있었다. 즐거운 구경거리였다. 그녀의 옆 벽에 네모진 햇살이 비치고, 그 반사광이 그녀의 비단결 같은 검은 머리 속에서 작은 보석처럼 빛나고 있었다. 그녀는 소매가 짧은 흰 실크 블라우스를 입었으며, 스커트는 허리와 엉덩이에 꼭 맞아 단정하고 주름 하나 없었다. 향기를 뿜는군, 하고 그는 약간 미소 지으며 생각했다.

"돈 받는 걸 클리시에게 시키지 않았더라면 좋았을 텐데……."

그랜트가 말했다.

듀크는 그녀가 펌프스를 슬리퍼로 바꿔 신은 것을 알아차렸다. 아마 어린아이가 있는 방에서 그런 것은 너무 높은 소리를 내게 될 것이다…… 틀림없이. 그는 그녀에 대해 어렴풋이 이것저것 즐겁게 생각했다. 그녀는 섹시하지는 않다. 블라우스와 스커트를 섹시한 차림이라고 말할 수는 없다. 그러나 그녀에게는 뭔가 호소하는 듯한 것이 있었다.

"클리시는 빈틈없는 녀석일세." 그랜트가 말했다.

"물론 그렇겠지."

"그리고 돈을 받아오는 계획은 완전해. 경찰이 온다 해도 감시할 수는 없을 걸세."

듀크는 여전히 보모를 바라보고 있었다. 입술에는 뚜렷이 미소가 떠올라 있었고, 눈은 상냥하고 졸린 것 같았다.

"그러나 난 내가 직접 하고 싶었어. 여기 있으려니 속이 썩는 것 같군!" 그랜트는 팔과 어깨의 관절을 꼬부리고 뱃속까지 깊숙이 숨을 들이마셨다. "답답해서 견딜 수가 없어, 가만히 앉아만 있으려니. 잠시 바닷가에서 지내고 싶군. 햇빛에 그을리면서 말이야. 2, 3일 태양을 쬐고 있으면 얼마나 젊어 보이는지 자네도 알고 있겠지 ? " 그는 담배를 더듬었다. "듀크, 자네는 클리시가 용케 돈을 받을 것으로 생각하겠지 ? "

"글쎄⋯⋯."

듀크는 그랜트가 하는 말에는 거의 주의를 기울이지 않고 있었다. 그랜트의 걱정스러운 목소리는 듀크의 밑도 끝도 없는 생각의 맥빠진 반주에 지나지 않았다.

"클리시가 돈을 잘 받아올 것으로 생각하느냐고 물었네, 듀크 ! 자네 자고 있는 건가 ? "

"아니, 꾸벅꾸벅 졸고 있을 뿐이네. 그렇고 말고, 클리시라면 문제없이 해낼 걸세. "

보모는 뭔가 수저에 담아 재고 있었다. 두 팔을 들어올리자 비단 블라우스 밑의 부드러운 가슴 선이 불룩하니 드러났다. 듀크는 두 사람이 함께 브래들리 집 침실에 있었을 때의 일을 생각해 냈다. 모든 것이 이상할 정도로 생생했다. 눈을 감으면 그 넓은 방이, 핑크빛과 검정색의 대담하고 암시적인 색채 배합이 선명하게 보였다. 그 두꺼운 카펫의 감촉이 구두 밑에 느껴지고, 은은하면서도 강한 향수 냄새가 공기 속에 스며들어 풍기고 있는 것 같은 느낌이 들었다. 하얀 제복을 입고, 그가 갑자기 자기에게 물불가리지 못하는 욕구를 느낀 것도 모르는 채 천진난만하게 그와 이야기하고 있었던 그녀는 깨끗하고 귀여웠다.

"여보게, 듀크, 자넨 클리시가 돈을 좀더 많이 차지하려 할 것이라고 생각하겠지 ? "

"당연하지 않은가 ? " 듀크는 신경이 날카로워져 있었다. 그랜트의 말소리가 귀찮았다. 투덜투덜 불평만 늘어놓고 있는 것처럼 느껴졌다. "사람이란 언제나 생각하기 때문에 난처한 꼴을 당한단 말이야. "

"그럼, 녀석에게는 그만한 일은 하게 놔둬야겠군. 생각만이라면 용서해 주지."

그녀가 갑자기 아기 방으로 들어왔을 때 그는 깜짝 놀랐지만 곧 그녀를 뒤에서 껴안았다. 한쪽 팔을 몸에 감고, 한쪽 팔로 비명을 지르시 못하도록 입을 틀어막으며. 그녀는 살쾡이처럼 나대며 몸부림쳤다. 그것을 생각하며 듀크는 천천히 럼 술을 마셨다. 그에게 착 달라붙은 가늘고 가벼운 몸이 그를 몹시 흥분시켰다. 그녀에게 싸울 힘이 없어졌을 때 가엾은 생각이 들었던 것을 그는 생각해 냈다. 이때 갑자기 듀크는 술잔을 아래로 내려놓고 의자 속에서 몸을 똑바로 세우며 그랜트에게 물었다.

"카드를 가지고 왔겠지?"

"아니, 나는 여기에 있을 작정이 아니었네."

"자넨 좋은 역할을 맡았었지. 뉴욕에서 기다리고 있었다면 그다지 나쁘지 않았을 걸세. 술과 신문 정도는 손에 넣을 수 있었을 테니까."

"우리는 여기에 오래 있게 되지 않을 걸세."

"그게 큰 문제지."

듀크는 마음속이 가라앉지 않고 조마조마했다. 위스키를 향한 욕구, 그랜트와의 다툼, 이제부터 앞으로 아직 오래 기다리고 있어야 한다는 것——이러한 것들이 모두 머릿속에서 날뛰고 있는 듯한 느낌이 들었다.

보모가 부엌에서 나와 계단을 올라가기 시작했다. 그녀가 양말을 신고 있지 않은 것을 듀크는 알았다. 계단을 올라가는 그녀에게 햇빛이 비쳐들어 다리의 솜털이 반짝반짝 빛났다. 하얀 피부. 그는 그녀가 계단을 올라가는 것을 지켜보고 있었다. 엉덩이가 율동적으로 흔들리고 날씬한 종아리의 섬세한 근육이 팽팽하게 당겨 붙어 있는 것을 바라보고 있었다. '뭐가 천진난만한가! 다 알고 있으면서 일부러 그러는 거다.' 이렇게 생각하자 그의 미쳐 날뛰는 불합리한 분노가 갑자기 무서운 폭력이 되어 흘러나갈 길이 열렸다.

"나는 위로 가서 동생 녀석을 감시하고 있겠네."

아무렇지도 않은 말투였으므로 그랜트는 페이지를 뒤적이고 있던 잡지에서 얼굴을 들지도 않았다. 그는 페이지를 넘기면서 말했다.

"좋은 생각이군."

행크가 성한 쪽 손으로 힘들게 얼굴을 닦고 있을 때, 형의 절름거리는 무거운 발소리가 들려왔다. 그는 타월을 걸고 조용히 선 채 듀크가 어디로 가는지, 복도를 걷는 그 발소리에 주의를 기울였다. 문이 열리고, 쥐죽은 듯 조용한 집 안에 어렴풋이 삐거덕거리는 소리가 났다. 그 소리로 행크는 듀크가 어느 방으로 들어갔는지 알았다. 보모와 아기가 쓰고 있는 방이었다.

행크는 복도로 나왔으나, 갑자기 몸이 마비된 듯 움직일 수 없었다. 그는 멍하니 보모 방의 닫힌 문을 바라보고 있었다. 그를 멈춰 서게 한 것은 듀크에 대한 공포였다. 그의 생애를 통해 그의 육체의 일부가 되어버린 공포, 이것은 눈과 피부빛과 마찬가지로 결코 변하지 않는 것이다. 그리고 공포와 더불어 죄의식도 있었다. 이 두 가지가 하나로 되어 사정없이 왜곡된 삼단논법을 만들어내고 있었다. 듀크에게 기회를 주지 않으면 안 된다. 따라서 듀크를 방해하지 말고 바라는 것은 무엇이든 갖게 해주자. 이 논법을 몇 번이나 되풀이하여 머릿속에 쑤셔 넣으면 그것은 일종의 미치광이 같은 뜻을 갖게 된다.

그때 갑자기 보모의 방에서 비명이 들렸다. 그 소리가 문득 조그마하게 억눌린 소리로 변했다. 그러나 그때는 이미 행크가 복도를 달리고 있었다. 그녀의 절망적인 목소리에 의해 그의 마비가 풀려버린 것이다. 손으로 문을 열 때까지도 그는 자기의 결심을 깨닫지 못했다.

어두운 방 한가운데서 싸우고 있는 두 사람의 모습이 보였다. 듀크는 한쪽 팔로 그녀를 끌어당기며 나머지 한쪽 손으로 그녀의 얼굴을 억지로 뒤로 젖히려 하고 있었다. 그의 힘 앞에 그녀는 무력했다. 두 팔은 몸 양쪽에 잡혀 눌려 있고, 슬리퍼를 신은 다리가 헛되이 공중을 차고 있었다.

"놓아!" 행크는 소리쳤다.

"이 녀석!" 듀크는 어깨 너머로 행크를 노려보았다. 어둠 속에서도 눈이 분노를 띠고 날카롭게 빛났다. "나가! 돌아가!"

"놓아!"

듀크가 거칠게 욕을 하며 그녀를 놓았다. 그녀는 비틀거리며 그에게서 떨어졌다. 그는 아직도 욕을 퍼부으면서 손등으로 행크의 얼굴 정면을 세게 후려쳤다. 그 힘에 행크는 비틀거렸다. 듀크는 그 옆으로 다가왔다.

"자, 덤벼봐, 꼬마야!"

행크는 다친 손을 축 늘어뜨리고 듀크로부터 눈길을 돌렸다. 입술에 타는 듯한 아픔과 끈적끈적하고 따뜻한 피를 느꼈다.

"덤비지 못하겠니? 얻어맞은 채 빙글 돌아 저쪽을 바라보며 엉덩이를 걷어차이고 싶으냐? 나는 전에 그런 사냥개를 길렀었다. 결국은 쏘아죽이고 말았지만."

듀크는 약간 몸을 돌려 보모 쪽을 흘끗 보았다. 거친 숨을 몰아쉬고 있었지만, 그의 입술에는 쓸쓸한 미소가 떠올라 있었다. 지금 휘두른 폭력의 한순간으로 노여움도 욕구불만도 거의 사라지고 말았다. 그는 보모에게 "겁낼 건 없어" 하고 말했다.

그녀는 방바닥을 내려다보고 있었다. 그 창백한 얼굴은 어두워서 보이지 않았으나, 입술이 떨리고 있는 것을 듀크는 알았다.

"동생 녀석은 언제나 엉뚱한 곳에 얼굴을 내민단 말이야. 이 다음에는 방해하도록 내버려두지 않을 테다. 분명히 약속해 두지!" 그는 행크를 노려보면서 문 쪽으로 향했다. "잘도 방해하는구나, 꼬마 녀석!"

듀크는 잠시 두 사람을 번갈아보며 가만히 서 있더니 넓다란 어깨를 으쓱하며 방을 나갔다.

"괜찮습니까?" 행크가 물었다.

"왜 당신은 그 사람을 죽이지 않았지요…… 죽일 수 있었을 때?" 그녀의 목소리는 분노와 경멸로 떨리고 있었다.

"그 생각은 그만두오, 아무 소용도 없으니까."

"무슨 짓을 해도 소용없어요. 저 사람들은 우리를 살려두지 않을 거예요. 우리가 죽는 건 시간문제예요."

"그건 그렇소. 시간문제요. 그러나 시간은 우리 편이지 저들 편이 아닙니다." 행크는 그녀에게 한 걸음 다가섰다. "내가 하는 말을 잘 들어요. 저들은 유괴범입니다. 유괴범이 어떤 벌을 받는지 아시겠지요? 경찰에 잡히면 한 달 안에 사형이오. 그들은 그걸 알고 있습니다. 우리가 조금이라도 오래 살아 있으면 그만큼 저들에게 압력을 더 하게 됩니다." 행크는 닫혀진 문 쪽을 흘끗 쳐다보았다. 계단에 발소리가 들렸다. "저들은 하나라도 실수를 해서는 안 됩니다. 하나라도 잘못되면 안 됩니다. 여기는 시베리아가 아닙니다. 이 근처 숲에는 하이킹이나 피크닉 오는 사람들이 있습니다. 그리고 읍내의 친구들이 들를지도 모릅니다. 만일 경찰이 움직이고 있다면 지금 수백 명이 당신과 아기를 찾고 있을 겁니다. 이 집 현관에 노크 소리가 들리고, 그것이 곧장 저들을 사형수의 독방으로 데리고 가게 될지도 모릅니다. 저들은 그것이 무서워서 견딜 수가 없는 겁니다."

행크는 성한 손으로 그녀의 어깨를 잡으며 낮은 목소리로 말했다.

"참고 견뎌요. 당신은 지금까지 참아왔습니다. 좀더 참아주시오.

그럴 수 있습니까?"

그녀는 그를 쳐다보았다. 그 눈에 담긴 공포와 의혹을 그는 알아차렸다. 그는 힘찬 말투로 말했다.

"당신은 저들과 싸우고 싶지 않습니까? 나에게 당신을 도울 만한 용기가 있다고 생각지 않습니까?"

"알아요, 그런 게 아니고…….."

그녀는 갑자기 그의 옆을 떠나 벽장문을 열었다. 거기에 걸려 있는 옷에 가냘픈 햇살이 비쳤다. 행크의 웃옷, 양복, 몇 개의 바지.

"나는 이걸 보았어요." 그의 육군 군복 웃옷을 만지면서 그녀는 말했다. 거기에 달린 화려한 종군 리본과 훈장이 햇빛 속에 빛나고 있었다. "여기에 뭔가 뜻이 없나요?"

"아마……" 행크는 그 세 줄의 리본을 바라보았다. "아마 있었겠지요."

"나도 있었다고 생각해요."

복도에서 발소리가 들리고 문이 불쑥 안으로 열렸다. 그랜트가 거기에 서서 무섭게 경계하는 눈초리를 번쩍이며 두 사람을 노려보고 있었다. 오른손에 권총을 쥐고 있었다.

그는 행크에게 말했다.

"이봐, 젊은이, 내려가! 이 여자에게서 떨어져 있어. 여기는 대학 기숙사의 파티장이 아니야. 다시 한 번 건방진 짓을 하면 나머지 한쪽 손마저 박살내고 말겠어. 잊지 말아, 젊은이. 자, 내려가!"

제14장

클로리는 엘리나 브래들리와 이야기를 하고 나서 바로 제2의 단서를 잡았다. 엘리나와 이야기한 뒤 그는 서재에서 그 전화 수리공이 손을 댔을지도 모른다고 생각되는 물건에 묻은 모든 지문을 채취하고 있었다. 전화기에서는 지문이 채취되지 않았지만, 별로 눈에 띄지 않는 곳에서 잡히겠지 하는 희망을 가지고 있었다. 창문 주위라든가 책상 등 날마다 먼지를 털거나 만지지 않는 곳에서. 책상 뒤의 마룻바닥에 붙어 있는 작고 검은 쇠붙이 상자에서 지문이 하나 발견되었다. 벨과 전화 코일을 넣어두는 상자로, 옛날식 건물에만 붙어 있는 것이었다. 클로리는 지문 도구 상자를 열고 은가루와, 지문을 묻혀 벗겨내는 흰 테이프와 솔과 가위를 꺼냈다. 그리고 일에 착수했다.

일을 끝내고 일어나 돌아서니 젤로드 부인이 문 앞에서 가만히 그를 지켜보고 있었다.

"방해하고 싶지 않았기 때문에……."

그녀는 딱딱하고 점잖은 구식 말투로 말했다.

경솔한 사람이나 게으른 사람은 용서하지 않을 것 같은 여자라고 클로리는 생각했다. 공연한 일이나 관계없는 일은 말하지 않고, 사실과 추측 사이의 차이점을 분간할 수 있는 여자이다. 호기심에서 이곳에 온 것이 아니라는 것을 그는 분명히 알았다.

"나는 오전 내내 계속 케이트 양에게서 뭔가 다른 이야기를 들은 것 같은 느낌이 들어 그걸 생각해 내려고 해봤어요."

"그래, 생각이 났습니까?"

"아니, 생각이 안 나요." 둥그런 볼이 어쩔 줄 몰라 하며 빨개졌다. "분명하게 나지는 않아요."

"그야 누구에게나 있는 일이지요." 클로리는 마음 가볍게 말하며 담배에 불을 붙여 물고서 책상 끝에 걸터앉았다. "생각해 내려고 하면 할수록 모르게 되는 겁니다."

"그래요."

클로리는 지문 도구를 하나하나 일부러 천천히 아무렇지도 않은 것처럼 치우기 시작했다. 뭔가 다른 일에 그녀의 생각을 집중시키면 생각해 내려던 것이 갑자기 머리에 떠오를지도 모른다. 그는 잴로드 부인에게 물어보았다.

"가위를 가지고 계십니까?"

"가위요? 네, 가지고 있어요."

"지금은 필요치 않습니다. 다만 내 것은 잘 들지가 않기 때문에."

"지문을 채취하는 데 가위를 쓰시나요?"

"네, 테이프를 자르기 위해서지요. 맨 처음 지문에 가루를 뿌리고, 그리고 나서 사진을 찍고, 그 다음에 지문을 이 테이프에 묻혀 벗기는 겁니다. 당신도 보아서 알겠지만, 자동차 타이어를 수선하는 데 쓰는 것과 같은 겁니다. 그리고 지문 모양이 뭉개지지 않도록 테이프에 셀로판을 덮어씌우지요. 그러면 끝입니다."

"귀찮겠군요."

"그렇게 하도록 되어 있습니다. 그것뿐이지요."

젤로드 부인은 얼굴을 찡그리고 있었다.

"그건 뭔가 별명이었어요. 그래, 그것만은 생각이 나요! 그 남자는 케이트 양에게 자기 별명에 대해 뭔가 이야기했대요."

"그렇다면 다행이군요. 출발점이 생긴 겁니다."

"하지만 그것이 뭐였는지 생각나지 않아요."

"이렇게 해보시지요. 별명이란 대개 몇 가지 종류로 분류됩니다. 안 그렇습니까? 육체적인 특징에 대한 것은 어떻습니까? 뚱뚱이, 키다리, 꼬마, 대머리, 검둥이……" 클로리는 조용하게 천천히 말했다. "그렇지 않으면 왼손잡이, 땅딸보, 안경잡이, 네눈박이 등……."

"아니에요. 그런 건 아니었어요."

클로리는 담배연기를 들이마셨다.

"이렇게 해가는 동안에 생각나게 됩니다. 걱정 마십시오. 완전히 무시하는 말이었습니까? 절름발이라든가 못난이라든가 곱사라든가?"

그러나 젤로드 부인은 머리를 내저었다.

"그 반대예요."

"좋은 뜻이라는 말씀이군요? 멋쟁이라든가 두목이라든가 그렇지 않으면…… 저…… 로미오라든가?"

"칭찬하는 말도 아니었어요. 뭔가 특별한 것이었어요. 케이트 양에게서 그 말을 들었을 때, 나는 수리공치고는 무척 잘난 체하는 별명이구나 하고 생각했었지요."

"잘난 체하는 별명?"

클로리는 이맛살을 찌푸리며 다시 천천히 담배를 빨아들였다. 이제 범위가 많이 좁혀졌다. 그것이 느껴졌다. 그러나 그녀의 생각을 어지럽히고 싶지는 않았다.

"그럼, 챔피언이라는 건 어떻소? 그렇지 않으면 에이스?"

"네, 그래요, 에이스예요!" 그러나 그녀는 갑자기 얼른 머리를 내저었다. "아니에요, 그렇지 않아요. 하지만 지금까지 당신이 말씀한 것 가운데 그것이 가장 가까워요."

"에이스? 트럼프는 어떻습니까? 에이스, 퀸, 잭…… 이 중에는 없습니까?"

"네, 없어요!"

"마음을 차분히 가라앉히십시오, 곧 알게 될 테니까요." 클로리는 느긋하게 미소 짓고 있었으나 그녀를 붙잡아 흔들어주고 싶은 기분이었다. "좀더 트럼프에 대해 생각해 봅시다. 조커, 그렇지 않으면 사티 데이즈……이건 텐이 세 장이라는 포커할 때 쓰는 속어입니다. 이건 어떻습니까? 포커라면 풀 하우스, 로얄 플래쉬, 그리고 트럼프의 듀스(2)……."

"듀스, 듀스! 그거예요!" 그녀는 높고 흥분된 소리로 외쳤다. "틀림없이 그거예요!"

"듀스? 틀림없습니까?"

"아니……." 그녀는 잠시 헐떡이는 목소리를 냈다. "듀스가 아니에요. 하지만 비슷해요. 아주 비슷해요…… 네, 듀크, 듀크예요! 틀림없어요! 그 남자의 아버지가 듀크라는 별명을 붙여주었대요. 그 남자가 케이트 양에게 그렇게 말했대요."

클로리는 지금 단 하나의 지문을 채취한 검은 금고 상자를 흘끗 내려다보았다. 그리고는 "듀크……" 하고 조용히 말했다.

"그걸 잊어버리다니 나도 정말 바보였어요."

"용케 생각해 내주었습니다."

클로리는 웨스트 감독관에게 알리기 위해 무전기로 손을 뻗었다.

그날 오전 11시 조금 지나서 꽃집의 배달 자동차가 32번 블록의 세인트 존 교회 앞에 멈춰 섰다. 챙이 달린 모자를 쓰고 녹색 무늬의 유니폼을 입은 한 사나이가 이름이 적힌 수첩을 뒤적거리더니 차 뒤에서 기다란 상자를 두 개 꺼내 재빨리 교회의 현관으로 들어갔다. 사나이는 30초도 안 되어 다시 나오더니 차에 뛰어올라 돌아갔다. 이것은 늘 있는 일이다. 뉴욕에서 매일 있는 수송의 몇 백 만분의 일에 지나지 않는 것이다. 세례라든가 결혼식을 위한 꽃, 제단에 바치는 꽃…… 아무리 빈틈없이 감시하고 있는 사람이라도 그 이상 의심하지는 않을 것이다.

그 꽃상자는 세례실의 테이블 위로 운반되어 있었다. 지금 그 옆에 교회 목사가 그 상자를 보지 않도록 하고 서 있다. 키가 큰 초로의 남자로, 윤곽이 뚜렷한 얼굴에 맑고 생각 깊은 눈매를 하고 몇 초마다 손목시계를 보는 버릇이 있으며 가끔 헛기침을 하고는 손수건으로 이마를 두들겼다. 몇 분 뒤 세례실 문이 열리며 여느 신사복을 입은 젊은 사나이 하나가 들어와서 목사에게 미소 지어 보였다.

"목사님, 나는 넬슨이라고 합니다."

"네…… 기다리고 있었습니다. 당신이 있는 관청에서 전화가 왔었습니다."

그 젊은 사나이는 사진이 붙은 신분증명서를 보이고, 목사는 주의해서 그 사진을 살펴보았다. 목사는 자세히 보고 나서 말했다.

"좋습니다. 틀림없군요. 그 밖에 또 뭔가 내가 할 수 있는 일이 있습니까? 도움될 만한 일이 있으면 말씀하십시오."

"아닙니다, 모든 준비가 다 되어 있으니까요."

이 FBI 요원은 목사보다 한 세대쯤 젊어보였으며, 아마 현명하기로는 몇 세대 뒤져 있을 것이다. 그러나 자기의 일에 대해서는 자신이 있어, 그 점이 그보다 나이가 위인 목사를 안심시켰다.

"계단은 바로 거기입니다." 목사는 닫혀 있는 문을 향해 고개를 끄덕였다. "다른 사람이 올라가지 못하도록 내가 지키고 서 있겠습니다."

"미안합니다."

젊은이는 상자 하나의 뚜껑을 열고 속에 들어 있는 도구를 살폈다. 그의 기민한 눈이 필름과 카메라와 30센티미터나 되는 망원렌즈 위를 달렸다.

"그럼, 일을 시작하겠습니다. 정말 고맙습니다, 목사님."

그리고 얼마 안 되어 낡기는 했지만 멋있는 컨버터블이 클로리의 아저씨가 살고 있는 갈색 사암 건물 앞에 멈춰 섰다.

운전해 온 젊은이——얼굴이 볕에 그을렸으며, 운동하기에 편한 바지를 입고 머리를 단정히 짧게 깎았다——가 차를 바라보고 있는 두 남자아이를 보고 빙긋 웃으며 말했다.

"이 차는 1초 동안에 65마일을 달릴 수 있단다."

"설마……." 아이들은 믿어지지 않는다는 듯 말했다.

"정말이야. 카뷰레터가 특별한 거라서 컴프레서의 힘이 여간 세지 않거든."

여전히 아이들에게 엷은 미소를 보이며 젊은이는 뒷자리에서 골프 백이 든 가방을 집어 들고, 그리고 차의 짐 싣는 곳으로 돌아가 테니스 라켓 둘과 축 늘어진 가죽 슈트케이스를 꺼냈다. 활발하고 명랑한 태도였다. 그는 차에 자물쇠를 채우면서 휘파람을 불었다. 최근 유행하는 노래와 테니스 공 값밖에 생각지 않는 건강한 젊은이같이 보였다.

"이 차는 아저씨가 직접 수리하나요?" 아이 하나가 물었다.

"그럼, 그렇지 않으면 후드 밑에 뭐가 들어 있는지 알 수가 없잖아. 문제없어."

두 아이는 갑자기 영웅 숭배심이 마구 솟아나는 듯 계단으로 올라가는 그를 말없이 숨을 죽인 채 지켜보고 있었다.

클로리의 아저씨 집으로 들어가자 젊은이는 신분증명서를 보이며 말했다.

"나는 위로 올라가서 준비를 하겠습니다."

"가방을 들어다드릴까요?"

"아닙니다, 혼자 할 수 있습니다. 여러 가지로 감사합니다."

클로리는 심각한 얼굴을 하고, 끊임없이 정확하게 움직여가는 손목시계의 초침을 눈으로 쫓고 있었다. 그는 브래들리 집 거실의 창문 옆에 서서 오른손에 베니스 풍의 블라인드 끝을 잡고 있었다.

"앞으로 몇 분?" 리처드 브래들리가 물었다.

"앞으로 2분."

브래들리는 얼른 담배에 불을 붙였다. 약간 신경질적이 되어 긴장해 있는 것이 동작에 나타났다.

"범인은 집 밖에 오겠지요? 그것이 나는 견딜 수가 없습니다. 범인이 집 바로 앞까지 와서 블라인드가 닫혀 있는지 어떤지를 보고 있는데, 우리는 여기에 가만히 있으면서 아무것도 할 수 없다니!"

"우리는 그저 가만히 있지 않으면 안 되는 겁니다."

클로리가 말했다.

그는 벌써 카메라가 브래들리 집과 길 양쪽의 보도와 현관과 창문을 향해서 돌아가고 있다는 것을 알고 있었다. 몇 십 명의 FBI 수사요원이 근처에 깔려 있다. 트럭과 택시 속에 있는 사람도 있고, 주의해서 만들어진 시간표에 따라 이 블록을 어슬렁어슬렁 거니는 사람도 있다. 범인이라고 생각되는 사람이 이 근처를 다니는데도 모르고 지나친다는 것은 우선 생각할 수 없는 일이다. 물론 당장 체포할 수는 없지만 계속 충분히 감시할 수는 있다.

"앞으로 얼마쯤 기다려야 하나요?" 엘리나 브래들리가 물었다.

그녀는 팔짱을 끼고 소파 끝에 앉아 있었다.

"앞으로 1분입니다." 클로리가 그녀를 보며 말했다.

그녀는 조금 전에 아래로 내려왔으며, 지금까지 남편에게 거의 한 마디도 하지 않고 있었다. 이 두 사람 사이는 백만 마일이나 떨어져 있다고 클로리는 생각하였다. 두 사람의 기질과 성장 과정 사이에 가로놓인 깊고 거대한 못이 이번의 위기로 뚜렷하게 드러났다. 두 사람은 이 점을 깨닫지 못하고 그때그때의 여러 가지 공통 관심사에 속아 진심으로 결합되어 있는 것이라고 생각하고 지금까지 함께 살아 온 것뿐이다. 이런 일이 없었다면 서로 거의 상대를 모르고 있다는 사실로 인해 두 사람의 평화로운 특권적인 생활이 교란되는 일은 없었을지도 모른다. 그러나 지금은 두 사람이 서로 모르는 사람인 것이다. 지난 하루 낮 하루 밤의 압력이 두 사람을 갈라놓고 만 것이다.

클로리는 두 사람을 동정했다. 두 사람이 서로 도울 수 있으면 좋을 텐데…… 그러나 두 사람은 줄 것도 없고, 받을 것도 없다.

엘리나는 난로 앞을 왔다갔다하고 있는 남편을 쳐다보았다. 그녀의 몹시 창백해진 얼굴에 긴장과 공포가 가엾을 정도로 뚜렷이 나타나 있었다. 그녀가 말했다.

"아버님을 호텔로 모셨군요?"

"으음, 그랬소…… 그러는 편이 좋을 것 같아서."

"아버님은 어떻게 생각하고 계시나요?"

리처드 브래들리는 이때 아주 좋은 말을 했다. 아마 지금까지 이렇게 좋은 말을 한 적이 없었을 것이다.

"글쎄, 모르겠소, 물어보지 않았으니까."

교활한 사람이었다면 이것은 교활한 말이었을 것이다. 그러나 그에게는 그럴 생각이 없었다. 그 점만큼은 그녀도 잘 알고 있었다.

"내 옆에 앉아주세요, 딕."

"그러지."

두 사람은 꼭 붙어 앉았다. 그는 시험해 보듯 조심조심 한쪽 팔로 그녀의 어깨를 안았다.

"걱정 없소, 여보. 나는 확실히 그렇게 생각하오."

"당신 말대로일지도 몰라요." 그녀는 자기의 두 손을 내려다보고 있었다. "당신의 예감은 언제나 맞았으니까요."

"으음, 나는 자꾸 그런 예감이 드는군. 하지만 이것은 단순한 예감 만이 아니오."

클로리는 손목시계를 보며 "12시!"라고 조용히 말하고는 끈을 당겨 한복판 창문의 블라인드를 내렸다.

'잘 보아라!' 그는 차가운 분노를 느끼며 마음속으로 외쳤다. '똑 똑히 보아라. 이쪽도 아마 네놈을 보고 있을 것이다.'

두꺼운 커튼을 내린 창 뒤에 서서, 클리시는 이날 아침 10시부터 브래들리의 집에서 보내올 신호를 지켜보고 있었다. 그는 이 감시를 즐기고 있었다. 이 집을 감시하며, 그 깨끗한 벽 뒤에서 높아져가고 있을 고뇌를 생각하는 것이 그에게 이상한 흥분을 가져다주었다. 길 도 감시할 필요가 있었다. 그는 즐거움 때문에 의무를 잊는 일은 없 었다. 그의 작고 빛나는 눈은 낯선 얼굴, 수상한 동작, 보통이 아닌 상태에 빈틈없는 주의를 기울이고 있었다. 그의 시야 안에 멈춰 있는 트럭을 모두 감시하고, 택시에서 내리는 모든 손님, 보도를 천천히 걸어가고 있는 모든 사람을 세밀히 살폈다. 그는 경찰 계통 사람을 직감적으로 알아볼 수 있었다. 그들은 그의 눈을 속이지 못한다.

그러나 2시간이 지나도 그는 의심이 갈 만한 것은 아무것도 보지 못했다. 이 블록의 생활은 아무 일없이 그의 눈앞에서 전개되어 갔다. 빈틈없이 감시하고 있는 그의 눈에 비친 것은 언제나 평상시의 눈에 익은 것뿐이었다.

신호는 12시 정각에 있었다. 클리시가 이 항복의 증거를 보았을 때, 그의 약해 빠진 몸은 이상한 흥분감으로 떨렸다. 한 번 잠깐 맛보고 말기에는 너무도 아까운 클라이맥스였다. 천천히 즐기지 않으면 안 되는 것이었다.

몇 분 동안 클리시는 작은 회색 얼굴을 상냥한 미소로 빛내며 내려진 블라인드를 바라보고 있었다. '저자들의 무릎은 경첩 모양으로 되어 있다. 두고 보아라. 곧 접힐 테니까. 그것에 익숙해지리라'라고 생각하며 그는 조용히 웃었다. 지렛대에 힘을 주기만 하면 된다. 죄어 붙이기만 하면 가난한 사람들과 마찬가지로 홀쩍홀쩍 울면서 이쪽에서 하라는 대로 고분고분 따르게 된다.

저들은 어떤 기분일까? 그 거만하고 아름다운 여자는? 그리고 그 남편은? 그의 클럽이며 학교며 돈이 지금 무슨 소용 있단 말인가?

그러나 클리시의 미소는 차츰 사라져갔다. 물론 돈으로 아이를 사서 돌려받는다——그렇게 생각하는 순간 그는 강한 실망감에 싸였다. 그렇다, 역시 돈이 소용되는 것이다——그들은 언제나 그것으로 큰소리를 친다. 원하는 것은 무엇이든 살 수 있다. 차도, 요트도, 아이를 무사히 되찾을 수도 있는 것이다. 그들에겐 무엇이고 문제없다. 이상한 패배에 대한 예감이 그의 마음속에 강하게 솟아올랐다. 그들은 고작 하루나 이틀쯤 괴로워할 뿐, 그것으로 완전히 끝나고 만다. 아이는 무사히 집으로 돌아오고, 그리고 그들은 다시 전과 마찬가지로 살아가겠지. 버릇없이 굴고, 보호를 받고, 손가락을 올려 볼일을 명령하고, 자기들의 변덕이 법률이라는 확신을 가지고…….

아마 아기의 안전에 대해서는 조금도 걱정하지 않을 것이다. 걱정할 필요가 어디 있겠는가? 그들은 자기들의 돈의 힘을 알고 있다. 이 확신이 있기 때문에 걱정도 공포도 누그러지게 될 것이다.

화가 치밀었다. 클리시는 성이 나서 창문에서 떨어져나와 피우다 만 담배꽁초를 입술에서 떼어냈다. 고통으로 얼굴이 일그러졌다. 담배 종이가 입술에 달라붙어 있었으므로 마른 입술 피부가 꽁초와 함께 조금 떨어졌다. 가라앉지 않는 초조한 기분으로 그는 자신의 어둡고 작고 숨막힐 듯한 냄새가 나는 방을 둘러보았다. 점심식사가 침대 옆 책상에 놓여 있다. 에그 샐러드 샌드위치와 종이컵에 남은 커피. 그는 기름진 샌드위치와 종이그릇에 담긴, 토할 것 같은 맛의 식어버린 커피를 어떻게든 먹어볼까 하고 앉았다. 입술의 상처가 찌르는 듯이 아프고 기분이 울적했다.

시무룩한 얼굴로 방 안을 흘끗 둘러보았다. 그전 같으면 그는 여기서 충분히 행복했을 것이다. 그는 이 작고 음침하며 밀폐된 방이 마음에 들었다. 이 방은 조용하며 따뜻하고 안전하다. 그러나 지금은 그것이 그를 우울한 기분에 젖게 했다. 그가 위로로 삼고 있는 사진과 가계도들——이것은 취미라기보다 도저히 그만둘 수 없는 고정관념이 되어 있었다——을 바라보아도 그의 기분은 가라앉지 않았다.

그의 침대 끝 쪽 벽을 장식하고 있는 몇 십 장의 사진은, 일찍이 이름을 날렸던 영화배우의 빛바래고 잔금이 간 사진이었다. 그 대부분은 이제 죽었거나 잊혀지고 만 사람들이다. 그들은 그 시대에 유행한 표정과 미소로 클리시를 바라보고 있다. 여배우들은 대부분 앞머리를 단정하게 잘라 이마에 드리우고, 눈을 커다랗게 뜬 채 딱딱하고 활기 없는 표정이다. 남자배우의 특징은 상냥하고 신비스러운 데, 차갑게 웃고 있듯이 눈썹을 치켜올리고 머리를 반짝반짝 빛내고 있는 데 있다. 클리시는 그들을 모두 미워했다. 그가 젊었을 때는 그들도 젊었었다. 그러나 그들은 유명하고 아름답고 그리고 행복했었다. 그들을 꼼짝할 수 없도록 핀으로 꽂아놓고, 지금 어떤 얼굴이 되었을까 상상하는 것이——만일 아직 살아 있다면——그의 복수인 것이다. 어느 의미에서 그는 매일 밤 그들에 대해 승리감을 맛보고 있었다. 그는 침대에 누워 마음속으로 붓질을 더해가며 그들의 나이들어가는 얼굴을 새로 그려보는 것이다. 희어지기도 하고 엷어지기도 한 머리털을, 힘없이 늘어진 아래턱을, 가늘게 뜨고 쳐다보는 눈을, 마음의 고달픔과 두려움을 말해주는 주름살을, 이가 빠진 잇몸을, 움푹 들어간 뺨을⋯⋯.

이것은 그의 취미였다. 그러나 가계도는 그의 정열이었다. 그는 몇 해에 걸쳐 가계도를 수집해 왔다. 벽에 강철 서류 케이스가 세 개 붙어 있는데, 그 속에 미치광이의 산물인 가계도가 들어 있었다.

클리시는 보스턴과 뉴욕과 필라델피아 신문들의 사교란을 열심히 읽으며 출생과 결혼, 상류사회의 누가 어디로 가고 누가 무엇을 하고 있는가를 세밀하게 기록했다. 그리고 먹을 것을 냄새 맡은 족제비처럼 흥분하고 그 이름을 서류철 속에서 찾아내어 미로처럼 뒤얽힌 혈통과 관계를 더듬어 조상을 밝혀내고 속임수와 가짜, 벼락부자, 상류사회 사람인 척하는 자와 벼락 출세자를 찾아내었다. 그가 발견한 바에 의하면 그들 대부분은 쓰레기처럼 천한 출신들이었다. 그 더러운 신분이 1세대 전의 일이었든 30세대 전의 일이었든 그에게는 마찬가지였다. 나쁜 피는 나쁜 피일 뿐, 시간이 그것을 깨끗하게 해주는 건 아니다. 그는 물론 브래들리 집안에 대해서도 세밀하게 검토했다. 그 결과 기대했던 대로 그 집안에도 나쁜 열매가 가득한 것을 발견하였다.

클리시는 점심을 먹고 일어나면서 그것을 생각하고 있었다. 천한 관리와 악당⋯⋯ 그 썩은 줄기에서 나온 마지막 가지가 저토록 잘난 체하고 있다. 나리와 마님이라고! 그들은 이번 일로 조금은 보상을 받았는지도 모른다. 공포와 고뇌에 시달리고 부대끼며. 아니, 그렇지 않다. 그것마저 없다. 그들은 소액의 청구서라도 지불하듯 몸값을 치름으로써 아이를 찾아갈 수 있다.

클리시는 창문으로 갔다. 확실히 블라인드는 아직도 내려져 있었다. 그러나 그런 것은 아무래도 좋은 것처럼 생각되었다. 비가 오고 있었다. 그것이 한층 더 그의 기분을 우울하게 만들었다. 그는 젖은 것은 무엇이든 싫었다. 그러나 그랜트에게 전화하러 나가지 않으면 안 된다.

클리시는 장화를 신고 목도리를 두른 다음 레인코트를 입었다. 우산과 장갑을 가지고 방을 나갔다. 밖으로 나온 순간 차갑고 축축한 바람이 불어와 저절로 몸이 떨렸다. 우산을 펴들고 얕은 물웅덩이를 피해가며 손에 닿는 젖은 쇠난간을 기분 나쁘게 생각하면서 고양이 같은 걸음으로 입구 계단을 조심스럽게 내려갔다. 택시는 도저히 눈에 띌 것 같지 않았다. 그는 단념하고 걸어가기로 하였다.

그런데 계단 아래까지 내려가자 도시의 조그만 기적이 일어났다. 택시 한 대가 그 바로 앞에서 손님을 내리기 위해 멈춘 것이다. 클리시는 높고 흥분된 목소리로 운전기사를 부르며 눈에 띄도록 우산을 아래위로 흔들었다. 운전기사는 그를 흘끗 보고서 고개를 끄덕였다. 트위드의 톱코트를 입은 덩치 큰 남자 손님이 내렸다. 그 커다란 사나이는 클리시 옆을 지나면서 싱긋 웃었다.

"어서 타시지요, 운이 좋았군요."

"네!" 하고 클리시는 말했다.

택시의 뒤쪽 문이 열려 있었다. 그 안은 그를 기다리고 있는 따뜻하고 폭신한 피난처 같았다. 그러나 클리시는 트위드 코트를 입은 사나이의 뒷모습을 불안스럽게 지켜보면서 잠시 머뭇거렸다.

운전기사가 귀찮은 듯이 말했다.

"어서 타시지요, 손님!"

"아, 네!"

클리시는 주의하며 보도에서 발을 들어올렸다. 지금 그 손님은 실내장식점으로 들어가 있었다. 그다지 이상할 것도 없는 일이다.

그러나 갑자기 클리시는 아차 싶어 경계를 했다. 이 택시가 뜻밖에도 이처럼 운좋게 자기 앞에 멈춰선 것은 우연일까? 그는 아무 이상없이 언제나와 다름없는 큰길을 가만히 바라보면서 또 머뭇거렸다. 교회의 커다란 다갈색 건물을 보고 나서 눈길을 그 위 뾰족탑까지 가져갔다가 다시 큰길 맞은편 2층 창문으로 옮겼다.

"싫으면 그만두시구려!" 운전기사가 말했다. "나도 점심을 먹으로 가야 하니까."

클리시는 퉁명스럽게 말했다.

"무슨 말을 하는 거요! 안 타겠소!"

운전기사는 손을 뒤로 뻗어 쾅 하고 문을 닫았다.

"그럴 줄 알았소."

운전기사는 혼잣말을 중얼거리며 소리도 요란하게 달려갔다.

'위험을 무릅쓸 필요가 어디 있담!' 클리시는 종종걸음으로 거리 모퉁이를 향해 걸으며 생각했다.

내기를 하지 않으면 손해 보는 일이 없다. 아마 그는 지나치게 조심하는 것인지도 모른다. 그러나 그는 그렇게 생각하지 않았다. 택시가 멈췄다는 것은 단순한 행운이었을지도 모른다. 그러나 그는 이상한 일, 예기치 않았던 일, 얼른 보아 행운으로 보이는 일에 주의해서 손해 보는 법은 없다는 것을 알고 있었다. 이런 것을 알아차리지 못했기 때문에 경찰에 잡히는 것이다. 함정은 곳곳에 있다.

클리시는 3번 거리의 교차점까지 걸어가서 거기서 몇 분 동안 기다려 확인한 다음, 다행스럽게도 다른 택시가 왔기 때문에 손을 들었다. 그 운전기사는 그의 신호를 보기 전에 31번 블록으로 구부러지고 말았기 때문에, 그것을 타고 그 블록을 한 바퀴 돌지 않으면 안 되었다. 그러나 클리시는 신중을 기하기 위해 20센트를 더 치르는 일은 비싸지 않다고 생각했다.

그 차가 브래들리 집 앞을 지날 때, 클리시는 그곳 블라인드가 내려져 있는 것을 흘끗 보고는 편안히 자리에 앉아 담배에 불을 붙였다.

제15장

산장의 무거운 정적을 깨고 전화가 울린 것은 월요일 오후 2시 조금 지나서였다. 그랜트는 신경질적으로 얼굴을 찌푸리고 수화기를 들었으나, 곧 표정이 밝아졌다.

"그래? 잘됐네. 모든 게 예정대로 되어가는군 그래." 그랜트는 난로 앞에 서 있는 듀크에게 눈짓을 하며 엄지손가락과 둘째손가락으로 동그라미를 만들어 보였다. "응, 알았네. 걱정할 건 아무것도 없어. 문제없고말고, 내가 한 말을 잘 기억하고 있으면 되는 걸세…… 그렇지, 그래, 좋아…… 좋아!"

그랜트는 수화기를 놓고 손바닥으로 책상을 쾅 내리쳤다. 그리고 웃기 시작했다. 마음을 놓은 듯한 높게 울리는 들뜬 웃음소리였다.

"제대로 되어가고 있어, 듀크! 블라인드가 12시 정각에 내려졌다는군!"

"그럼, 돈은 준비되었군그래."

"틀림없어. 저쪽은 우리가 시킨 대로 하고 있네. 잘되어가는 거야!"

"대단한데……."

보모 방에서 행크와 싸우고 난 뒤로 듀크는 계속 술을 마시고 있었다. 가만히 앉은 채 난롯불꽃의 빨간 눈을 바라보면서 우울한 얼굴을 찡그렸다. 뛰노는 불꽃에 두 손등이 빛나고, 새까만 머리털이 그 빛을 받아 어렴풋이 빛나고 있었다.

"드디어 돈을 받아쥘 차례로군, 에디."

"물론이지. 오늘 밤 클리시가 돈에 대해 지시한 편지를 저쪽에 낼 걸세. 내일 아침이면 그것이 브래들리에게 닿겠지. 그래서 내일 밤에는 돈이 나오는 걸세. 클리시가 그 돈을 집어 들기만 하면, 그것으로 모든 일이 끝나는 거야!"

"남는 것은 방해물뿐이로군."

"그렇지." 그랜트는 손으로 얼굴을 문질렀다. "방해물이라……." 그는 부엌문을 흘끗 쳐다보았다.

행크와 벨이 거기서 점심 먹은 설거지를 하고 있었다. 보모는 아기와 함께 위층에 있다.

"자네에게 뭔가 좋은 생각이 없나?"

"뻔하잖나!"

두 사람은 바짝 붙어 앉아 불꽃이 탁탁 튀는 소리에 목소리가 묻힐 정도로 낮게 이야기하고 있었다. 듀크는 럼 술을 한 모금 마셨다. 둘 다 상대방의 눈을 피하며 잠자코 있었다. 간신히 그랜트가 천천히 숨을 내뿜었다.

"어떻게 하지?"

듀크가 어렴풋이 미소 지었다.

"자네가 지휘권을 가졌으니 자네 생각에 따르겠네."

"농담은 그만두게."

"우리는 하지 않으면 안 될 일을 하는 거야, 에디. 달리 방법이 없

어. 내가 보는 바에 의하면 말일세. 자네에게 다른 생각이 있을지
도 모르지만……."

"없어. 하지만 어떤 식으로 보이게 하지?"

"그건 문제없는 일일세."

"듀랜트……." 그랜트는 목구멍에 있는 뭔가를 삼키면서 말을 더듬
었다. "두 사람 다 말인가?"

"가만!"

벨이 세탁한 젖은 기저귀가 가득 담긴 큰 사기그릇을 들고 방으로
돌아왔다.

"방금 기저귀를 빨았어요. 이것으로 그 아가씨도 조금 힘이 덜 들
겠지." 벨의 태도는 착한 일을 하여 기쁜 듯이 보였으나 눈이 약간
흐릿하게 흐려져 있었다. 뭔가를 확인하고 싶은데, 그것이 무엇인지
분명치 않은 것이다. "조금 물러나주지 않겠어요, 여보? 기저귀를
불 앞에 널어야겠어요."

"그만둬! 우리는 지금 이야기하는 중이야."

"그건 알고 있어요. 하지만 의자를 조금 움직인다고 해서 나쁠 건
없잖아요."

"기저귀는 부엌에다 널어!"

"마르지 않는단 말이에요, 여보, 누가 몰라서 그러나요?"

듀크가 조용히 말했다.

"기저귀를 가지고 본디 있던 곳으로 가요, 여기는 아기 방이 아니
니까."

"어쩌면 그런 말을……."

"나가!" 그랜트가 소리쳤다. "시키는 대로 하지 않겠어? 우리는
바빠!"

"아기를 깨끗하고 기분 좋게 해두는 것보다 그쪽이 더 중요하겠지

요."

벨은 머리를 흔들면서 부엌으로 돌아갔다.

그녀가 행크에게 "저쪽에서는 참모회의를 하고 있는 모양이에요" 하고 말하는 소리가 두 사람에게 들렸다. 그랜트는 순간 문 쪽을 가만히 바라보고 나서 듀크에게로 눈길을 돌렸다.

"두 사람 다? 보모도 어린애도?"

"내 생각은 그렇네. 자네에게 다른 생각이 있나?"

"그렇게 해도 들통 나지 않을까?"

"경찰은 그것으로 모두 끝났다고 생각할 걸세. 보모도 어린애도 말이야. 더 이상 조사하지는 않을 거야."

"편지가 있으면 좋겠군. 보모가 브래들리 집안사람에게 보내는 편지, 미안하다는 말을 적은 편지 말일세. 그것이 좋을 것 같지 않나?"

"약간 좋은 생각이군. 아니, 약간이 아니라 아주 좋아."

두 사람은 또다시 1분쯤 잠자코 있었다. 이윽고 듀크가 초조한 듯이 그랜트의 얼굴을 쳐다보았다.

"어서…… 자네 뭘 기다리고 있지?"

"알았네, 내가 그 편지를 쓰게 하지. 걱정 말게."

"그럼, 나는 땔감을 해오지. 누군가 움직이기를 기다리고 있다간 얼어 죽겠군."

듀크는 현관 문 쪽으로 다리를 절며 갔다.

그랜트는 부엌으로 가서 행크에게 물었다.

"종이와 연필이 필요한데, 여기 있나?"

"있겠지요."

"잘됐군. 가지고 와주게." 그랜트는 부엌 식탁 앞에 앉아 있는 벨을 내려다보고 말했다. "위층에 가서 보모에게 내가 좀 보잔다고 말해. 어서 가봐."

"알았어요."

벨은 멋을 부려 무관심한 말투로 말하려고 했지만, 오전 내내 계속 술을 마시고 있었기 때문에 발음이 한데 붙어 뚜렷하지 못한 중얼거림으로 들렸다.

그랜트는 수도에서 직접 컵에다 물을 가득 따랐다.

"당신도 가끔 이걸 마셔보는 게 어때? 이건 물이라는 별로 알려지지 않은 음료수지."

"기가 막혀!" 벨이 자기 뒤통수를 치면서 말했다. "우리 집 양반이 수다스럽게 설교를 하시게 되었군요."

"가라고 했잖아!" 그랜트의 목소리가 날카로워졌다. "당신 같은 건 우습다고 할 게 아니라 가엾다고 하는 거야!"

"좋아요, 간다고 했잖아요!"

벨의 저항은 그랜트의 차가운 시선에 마주치자 무너졌다. 그가 그녀를 싫어하고 있다는 것, 얌전치 못한 귀찮은 여자로 생각하고 있다는 것을 그녀는 잘 알고 있었다. 그는 조금도 자기 감정을 숨기려고 하지 않는다. 그녀는 비틀비틀 일어서며 가혹하다고 생각했다.

'잔혹하다…… 이 사람이 내가 싫어졌다면 그것으로 그만이다. 같이 있으면 즐거운 때도 있었다. 전에는 서로가 좋아하고 있었다. 그것을 지금 모조리 부수고 싶지는 않다. 나는 잠자코 나가야 한다. 나에게도 긍지라는 것이 있다. 나를 값싸고 시시한 여자로 생각하다니, 정말 너무하다! 나는 부끄러운 짓은 아무것도 한 적이 없는데…….'

그녀가 방을 나가자 행크가 연필과 편지지를 가지고 돌아왔다.

"이걸로 될지 모르겠군요."

"아, 좋아. 거기 테이블 위에 놓아두게."

"잘되어갑니까?" 행크는 아무렇지도 않은 듯이 물었다.

"무슨 뜻이지?"

"당신이 원만하게 할 작정인지 어떤지 몰라서 말입니다. 당신 생각은 어떻습니까?"

그랜트는 잠자코 몇 초 동안 행크를 노려보고 있더니 천천히 말했다.

"나는 생각할 필요 같은 건 없어."

"당신은 부인에게 좀더 상냥하게 대하는 것이 좋겠습니다. 이건 당신에 대한 친절심에서 하는 말입니다. 당신이 그 여자를 버린다고 하더라도 좋게 처리하지 않으면 언젠가 이 일을 밀고할지도 모릅니다. 여자란 그런 거니까요."

"자넨 실연 상담의 회답이라도 쓰고 있는 편이 좋겠군. 그러나 그보다도 그저 잠자코 있는 게 좋아. 알겠나?"

"네."

그랜트는 여전히 행크를 노려보면서 물을 마셨다.

"자넨 무엇 때문에 걱정하는 건가? 우리를 돕겠다는 건 아니겠지?"

"그건 당신이 싸움에서 진 개라고 치고 하는 말인가요? 아니, 그럴 수는 없습니다."

"우리는 싸움에 지는 개가 아닐세. 이기는 개지. 내 계획으로는 그렇게 되어 있어."

"보모를 어떻게 할 것인지는 계획에 들어 있지 않았잖습니까? 나를 어떻게 할 것인지도 계획에 들어 있지 않았잖습니까?"

"그건 그렇지. 그러니까 그런 일은 임기응변으로 하는 걸세. 두고보게나!"

그랜트는 벨에게 가볍게 팔을 부축받으며 부엌으로 들어온 보모 쪽으로 향했다.

"앉아요." 그는 연필과 편지지가 놓여 있는 의자를 향해 고개를 끄덕였다. "브래들리 집 사람에게 편지를 써야겠소. 아기는 무사하다, 무섭고 걱정하게 만들었다면 미안하다고 말이오. 알겠소?"

보모는 천천히 테이블에 앉았다. 그녀는 가느다란 한쪽 손을 테이블 저쪽으로 뻗어 연필을 잡았다. 그녀는 무표정하게 그랜트를 바라보면서 물었다.

"그뿐인가요?"

"그것이 첫머리지. 그리고 이렇게 쓰는 거요…… 아이를 유괴해서 미안하다. 하지만 돈이 아무래도 필요했다. 얼마나 무서운 짓을 했는지 깨달았을 때는 이미 너무 늦어서 돌아갈 수가 없었다고 말이오. 그러니까 브래들리 집 사람에게 사정하는 거요……." 그랜트는 초조한 듯한 몸짓을 했다. "용서해 달라고. 그것으로 좋겠지. 이상한 짓은 하려들지 말고 당신이 직접 그렇게 말하는 거요. 다시한 번 일러줄까?"

"아니, 알았어요."

보모는 한쪽 손에 연필을 잡은 채 가만히 움직이지 않았다. 방 안에 침묵이 넘쳤다. 그 무거운 침묵 속에서 그녀의 또다른 손이 마지못해 편지지 쪽으로 움직였다.

"어서 써봐요."

그녀는 연필을 쥔 손을 움츠렸다.

"아니에요. 난 못하겠어요!"

"내가 지금 말한 대로 편지를 쓰는 거요." 그랜트가 조용히 말했다. "지금 쓰든가, 아니면 조금 뒤라도 좋겠지. 하지만 아무튼 써야 돼!"

"싫어요!"

갑자기 그녀의 목소리에 확신이 깃들었으므로 그랜트는 눈에 띄게 얼굴을 찡그렸다.

"당신들은 이미 그분들을 충분히 괴롭히고 있어요, 나는 그분들에게 이런 짓은 할 수 없어요!"

"내가 말한 대로 하지 않으면 그 사람들에 대한 걱정 같은 건 할 수 없게 될 거요, 자신의 일에 대해 걱정하지 않으면 안 될 테니까!" 그랜트는 테이블 위에 두 손을 딱 붙이고 그녀 쪽으로 몸을 내밀었다. 그 얼굴의 기분 나쁜 분노를 머리 위의 전등이 밝게 비춰주었다. "하루 종일 편지에 써야 할 말을 들려주어도 좋아. 천천히 당신을 납득시킬만한 시간은 있으니까. 그러나 나는 일을 빨리 해치우기를 좋아하거든. 여러 가지 방법을 알고 있지. 감방에 있으면 온갖 것을 알게 돼. 자기 마음에 들지 않는 사람을 어떻게 괴롭혀줄까 하는 것만 생각하는 미친 녀석들에게서 온갖 것을 배우게 마련이지. 내가 무엇을 배웠는지 당신 알고 싶소? 그건 당신 생각에 달려 있소, 어때?"

보모는 두 손으로 의자의 양옆을 잡고 있었다. 얼굴에서 핏기가 싹 가서버렸다.

"자, 어떻게 하겠소?" 그랜트가 조용히 물었다.

"싫어…… 싫어요!" 보모는 긴장되고 높은 목소리로 말했다. "난 쓸 수 없어요."

"그런 말을 할 수 있을까?" 그랜트는 천천히 테이블을 돌아갔다. 벨은 무시한 채 밀어 젖혔다. 그의 눈이 가만히 보모에게로 쏠려 있었다. "태어나지 않았더라면 좋았을걸 하고 생각하도록 만들어주지."

"그 여자에게 손대지 마!" 행크가 소리쳤다.

그랜트는 행크 쪽으로 향했다. 그랜트의 권총이 너무도 빨리 내밀어졌기 때문에 행크는 그의 손의 움직임을 거의 눈치채지 못했다.

"앉아 있어!"라고 외치는 그랜트의 목소리는 노여움으로 가득 차 있었다.

"쏘면 사람들이 듣게 될 거요."

행크는 그렇게 믿고 있었던 것은 아니었다. 산장에서 반마일 이내에 사람이 있을 리는 거의 없다. 그러나 그는 자신의 기분이 크게 달라져 있음을 의식하고 있었다. 조금 전까지만 해도 그는 숙명으로 여기고 체념할 생각이었다. 결국은 죽게 될 테니까, 그전에 무슨 일이 일어난다 해도 크게 상관할 것은 없다는 기분이었다. 그는 그 기분에 사로잡혀 있었다. 그러나 이제 그것을 달게 여길 수는 없게 되었다. 보모와 어린아이는 도와줄 사람도 없고 전혀 무력하다. 그가 죽을 때까지 두 사람을 보호해 주지 않으면 안 된다. 그러는 쪽이 가만히 죽는 것보다 나은 것이다.

"근처 사람이 찾아올 거요. 그것이 소원이오? 친구가 그리운 거요? 심심한가 보지?"

행크는 그랜트를 노려보았다.

"총소리는 아무에게도 들리지 않아!"

"이 집에서 50야드 떨어진 곳에 사냥꾼이 있을지도 모르오. 당신은 불필요한 위험을 저지르려 하고 있소. 형 같은 짓을 시작하려 하고 있소."

"뭐라구?" 그랜트의 얼굴이 몹시 냉정해졌다. 그는 최초의 충동적인 격노를 억제했다. "자네가 지금 한 말은 옳은지도 몰라. 일이 여기까지 진행되고 있는데, 여기서 모험을 한다는 건 사치스러운 짓이지, 그러나 조금도 위험하지 않은 방법도 있어." 그는 약간 몸을 돌려 벨 쪽을 보았다. "위층에 가서 아기를 데리고 와."

"어떻게 하려는 거예요, 여보?"

"잠자코 데리고 오면 되는 거야."

"아기에게 어떻게 하려는 건 아니겠지요?" 보모가 믿어지지 않는다는 듯 조용한 목소리로 물었다. "설마 그런 일은 하지 않겠지요?"

"글쎄……." 그랜트는 빙긋 웃었다. "나는 그런 짓을 하고 싶지 않지만…… 벨, 시키는 대로 해."

"여보, 나……." 벨은 그랜트의 눈에 문득 떠오른 노여움의 빛을 피하며 입술을 축였다. "그런 일은 좋지 않아요, 여보, 어린아기란……."

"데리고 오라는 데도!" 그랜트가 고함쳤다. "여기가 토론회장이라고 생각하는 거야? 시키는 대로 해!"

벨은 그 말에 얻어맞은 것처럼 비틀비틀 문 쪽으로 갔다.

"그건 잘못된 거예요, 아무튼 잘못된 거예요……."

"제발 부탁이니 가지 말아줘요!"

보모가 찢어질 듯한 목소리로 말했다.

벨은 문 앞에 서서 그녀를 쳐다보며 천천히 말했다.

"나는 몇 해 동안이나 남에게 '부탁한다'는 말을 들어본 일이 없어요."

"부탁이에요!" 보모는 또 말했다.

그러나 이미 울고 있었기 때문에 이 말은 죽은 듯 고요한 방 안에 똑똑지 못한 소리로 들렸다.

"네, 알았어요." 벨은 그랜트를 흘겨보았다. "아무도 그 아기를 해치는 않아요, 당신은 해치지 않는다고 약속했었지요, 에디? 훌륭한 약속이에요, 그 아기에게 무슨 일이 있으면 나 자신을 대할 면목이 없어요, 나는 어머니예요, 내게도 감정이 있어요, 여보!"

"벨, 어서 가지 못하겠어?" 그랜트가 무거운 것이 목구멍에 걸린 듯한 소리를 냈다. "나는 더 이상 참을 수 없어!"

권총이 벨을 향해 흔들리고 있었다. 행크는 그가 쏠 생각이라는 것을 알 수 있었다. 그랜트의 숨결은 숨을 제대로 쉴 수가 없어 기를 쓰며 헐떡이고 있는 것 같았다. 눈이 분노로 불타고 있었다. 이것은 행크가 바라던 일이 아니다. 폭발은 듀크와 그랜트 사이에 일어나야만 한다. 행크는 방 안의 위험한 긴장을 늦추려고 될 수 있는 한 조용하고 가라앉은 목소리로 보모에게 말했다.

"당신은 편지를 쓰는 편이 좋을 거요."

"네……" 보모는 조급하고 절망적인 목소리로 대답했다. "네, 쓰겠어요."

"좋아. 그럼, 됐어." 그랜트는 권총을 옆으로 내리고 마른 입술을 축였다. "처음부터 그렇게 말했어야했지……."

모두들 굳은 표정으로 침묵을 지킨 채 보모가 편지 쓰는 것을 지켜보고 있었다. 전등이 그녀의 검은 머리 위에 빛나며, 볼에 흐르는 눈물에 닿아 반짝였다. 조용히 달리는 연필소리와 그녀의 고르지 못한 숨소리 말고는 아무 소리도 들리지 않았다.

그녀가 쓰기를 마치자 그랜트는 그 편지를 집어 들고 몇 번이나 읽더니 천천히 고개를 끄덕였다.

"진작 이렇게 해주었더라면 그런 소동도 없었을 텐데……."

그리고 나서 그랜트는 벨의 얼굴이 발개질 때까지 마치 다른 사람을 쳐다보듯 가만히 지켜보았다.

"그렇게 쳐다볼 건 없잖아요." 벨은 불만스럽게 말했다. "그런 건 좋지 않아요, 여보, 아시겠지요?"

그랜트는 대답도 하지 않고 거실로 들어갔다. 벨은 걱정스러운 듯이 그의 뒷모습을 바라보며 되풀이했다.

"아시겠지요, 여보?"

행크는 테이블을 돌아가서 보모의 어깨에 손을 얹었다. 그녀는 얼굴을 숙여 두 팔에 묻고 힘없이 흐느껴 울고 있었다. 그로서는 할 말이 아무것도 없었다. 위로나 희망 같은 말은 쑥스럽다. 그는 그녀의 팔을 상냥하게 두들겼다. 간신히 그녀는 얼굴을 들어 그의 손등에 볼을 꼭 눌렀다. 그것은 별로 그를 의식한 행동이 아니라는 것을 그는 알고 있었다.

겁에 질린 어린아이가 충동적이고 본능적으로 모르는 사람의 친절한 목소리 쪽을 향하는 것과 같은 일이었다.

제16장

월요일 저녁 6시에는 카펫 세탁소 제복을 입은 두 명의 FBI 수사요원에 의해 31번 블록에서 찍은 필름이 브래들리 집에 배달되어 있었다. 그 필름은 영사막과 영사기와 함께 얌전히 만 카펫 속에 들어 있었다.

길쭉한 식당에서 클로리는 문을 닫고 창문 블라인드를 내린 다음 영사막을 걸었다. 그는 엘리나와 리처드 브래들리 부부를 영사기 오른쪽에 앉히고, 올리판드 브래들리와 젤로드 부인을 왼쪽에 앉게 했다. 그들은 지금 클로리를 가만히 지켜보고 있었다. 어둠침침한 속에서 불안해하는 그들의 얼굴이 창백하게 흐려보였다.

클로리는 그들이 공포와 희망을 곁들여 자기를 바라보고 있는 것을 알았다. 그들은 기적을 바라는 동시에, 혹시 마술사 같은 손놀림으로 속이는 건 아닐까 두려워하고 있는 것이다. 그 자신도 그런 생각이 들었다.

그는 스위치를 켰다. 파란 광선이 방 끝의 네모진 영사막을 비쳤다.

"시작하기 전에 말해 둘 것이 있습니다. 시간이 상당히 걸립니다. 아무것도 도움되는 게 없는 것처럼 생각되더라도 낙심하지 말아주십시오. 잘 주의해서 보아주십시오. 어떤 것에 주의를 하느냐 하면, 첫째로 여러분이 전에 본 일이 있는 얼굴입니다. 여러분이 고용하고 있었다고 생각되는 사람, 그리고 전에 같이 있었다고 생각되는 것 같은 사람의 얼굴입니다. 비서, 운전기사, 하녀, 정원사, 하인 우두머리, 잡일을 부탁한 사람, 그리고 클럽이나 주차장이나 학교나 가게나 레스토랑에서 만난 일이 있다고 생각되는 사람은 누구나 말입니다. "

클로리는 손가락으로 그런 사람의 종류를 세기 시작했다.

"캐디, 라커룸의 종업원, 바텐더, 엘리베이터 보이, 수리인, 구두 닦이 등등 전에 알고 있던 사람이 나타나면 얼른 말해 주십시오. 잴로드 부인, 당신은 이 집에 온 일이 있는 사람에게 특히 주의해 주십시오. 배달하는 아이라든가, 유리창 청소부라든가, 연관공이라든가, 페인트 칠하는 사람이라든가, 임시로 일하던 하녀라든가, 임시로 요리를 돕던 사람이라든가, 그런 사람들 말입니다. 다들 아셨겠지요 ? "

"잘 알았소. " 올리판드 브래들리가 분명하게 말했다.

"두 번째는 좀더 어려운 것입니다. 이상하다든가 여느 때와는 다르다고 생각되는 점이 없는지, 어떤 것이라도 좋으니 잘 주의해서 보아주십시오. 아무리 사소하고 하찮게 생각되는 일이라도 말해 주십시오. 여러 해 동안 여러분들에겐 이 거리의 인상이 무의식중에 스며들어 있습니다. 그것이 여느 때 어떤 모습이었으며 어떤 느낌이었던가 하는 것을 알고 계십니다. 여느 때와 느낌이 다르게 생각되는 점이 있거든 곧 말해 주십시오. 나로서는 그 실례를 들어 보일 수가 없습니다. 비록 들어 보일 수 있다 해도 그러고 싶지는 않습니다. 특히 이상한 것을 찾아내달라는 것은 아닙니다. 무엇을 찾아내라고 이쪽에서 요구하고 있지는 않습니다. 그렇게 하면 일이 잘 되지 않습니다. 아무튼 여러분이 무의식중에 가지고 있는 이 거리의 느낌을 흔들어놓는 무언가가 있을지도 모릅니다. 내가 알고 싶은 것은 그것입니다. 내 표현이 서툴렀는지도 모릅니다. 하지만 내가 한 말의 뜻을 여러분께서는 이해하셨을 줄로 생각합니다."

클로리가 그들의 얼굴을 둘러보자 모두들 엄숙하게 고개를 끄덕였다. 교실의 아이들 같다고 그는 생각했다. 그는 스위치를 가볍게 눌렀다.

"그럼, 시작하겠습니다."

필름이 돌아가기 시작했다.

맨 처음 30분 동안은 온 방 안이 거의 움직이지 않았다. 이 거리의 생활이 그들 눈앞에 전개됨에 따라 그들의 기분은 기대에 차서 긴장했다. 자동차와 트럭과 택시가 달리고 온갖 종류의 사람들이 화면을 가득 메웠다. 배달하는 아이들, 우편배달부, 온갖 연령의 보행자, 멋진 차림의 젊은 여자들, 가끔 군대도 지나가고, 술주정꾼도 나타났다. 금속 헬멧을 쓴 건설공사 일꾼이 한 사람 긴 이탈리아 식 샌드위치를 먹고 있는 것이 비쳤다. 몇 천이나 되는 뉴욕 거리 어디에서나 볼 수 있는 사람들이다. 클로리는 얼굴 하나하나를 검토하기 위해 몇 번이나 영사기를 멈췄다. 그때마다 흐르고 있는 장면이 괴상하게 부자연스러운 정지상태로 얼어붙었다.

한 번 올리판트 브래들리가 일어서서 "잠깐, 저 사람!" 하고 높고 흥분된 목소리로 말했으므로 클로리가 그 장면에서 정지하자 노인은 천천히 머리를 저으며 자리에 앉았다. "아니, 다른 사람이오, 우리 아버지가 부리던 사람이라고 생각했었는데, 그러나 그런 일은 있을 수 없지. 안 그렇소?" 그는 갈피를 못 잡는 의심스러운 목소리로 말했다.

비가 오기 시작하자 사람들의 수가 줄어들고, 그 다음에는 끝없이 계속되는 듯이 여겨지는 건물의 정면과 젖은 보도가 화면에 나타났다.

"이래서는 아무것도 안될 것 같군." 리처드 브래들리가 담배를 꺼내면서 엘리나에게 말했다. "여보, 담배 피우겠소?"

"필요 없어요. 잘 보고 계세요."

방 분위기가 달라지고 말았다. 갑자기 이야기 소리가 일어나며 모두들 몸을 가만 두지 못하고 움직이기 시작했으므로 희망이 죽어가고 있으며, 기적은 일어나지 않을 것이고, 모든 게 마술사의 속임수뿐이라고 클로리는 느꼈다.

마침내 그 필름은 끝나고, 방 끝의 영사막이 어둠 속에서 하얗게 빛났다. 클로리는 영사기를 멈추고 천장의 전깃불을 켰다.

"지금 보여드린 건 거리 이쪽의 어느 집에서 찍은 겁니다. 이번에는 맞은편 교회 탑에서 찍은 것을 보여드리겠습니다. 그전에 묻고 싶은데, 뭔가 여느 때와 다른 것이 느껴졌습니까?"

"또 2시간이나 보아야 하는 거요?" 올리판트 브래들리가 지겨운 듯이 말했다. "아무래도 내게는 시간 낭비처럼 생각되는데……"

"뭔가 이상하다든가, 우습다든가 하는 것을 느끼지 못했습니까?" 클로리는 그들을 주의해서 지켜보였다. 그는 그 필름 끝부분의 어느 것에 이상한 느낌이 들었던 것이다. "아무것도 느끼지 못했습니까?"

그의 목소리는 그들의 기억을 불러일으키려고 아까보다 좀 날카로와졌다.

엘리나가 의자에서 몸을 내밀고, 매끈한 이마에 약간 주름을 지으며 천천히 말했다.

"확신은 없지만…… 아마 바보스러운 말이겠지만 별의미는……."

"뭡니까?" 클로리가 성급히 물었다. "말씀해 주십시오."

"그 작은 남자 말이에요." 엘리나는 눈썹을 찌푸리며 그를 쳐다보았다. "이상하지 않아요? 저, 그 택시를……."

"맞았습니다!" 클로리는 테이블을 소리나게 쳤다.

"그게 어떻다는 거요?"

리처드 브래들리가 아내를 가만히 바라보며 물었다.

"한 번 더 봅시다."

클로리는 필름을 몇 분 동안 거꾸로 돌렸다가 천장의 불을 껐다.

"자, 잘 보십시오."

모두의 눈앞에서 갈색 사암 건물의 정면이 나타났다. 그 벽돌집 정면에 비가 비스듬히 뿌리고, 구식인 목조 현관은 어둡다. 몇 초가 지나자 문이 열리고 단정하게 차려입은 작은 사나이가 한쪽 손으로 쇠난간을 잡고 조심스럽게 돌계단을 내려오기 시작했다. 분명히 날씨에 당황하고 있는 것 같았다. 조심스럽게 보도로 내려가는 그의 태도에 분명히 불유쾌한 기분이 나타나 보였다.

"저 사나이가 누구지?" 올리판트 브래들리가 물었다.

아무도 대답하지 않았다. 그 작은 사나이는 손님을 내리려고 그의 앞에 멈춰선 택시 운전기사의 눈에 띄기 위해 우산을 흔들어보였다. 그리고 그 손님이 급히 그의 앞을 지나가 버리자 작은 사나이는 조심조심 보도에서 내려와 열려 있는 택시 쪽으로 다가갔다. 그리고 그는 길 앞뒤를 둘러보며 머뭇거리고 있었다. 이윽고 그는 눈을 들어 카메라를 정면으로 바라보았다. 그의 작고 평범한 얼굴, 거울처럼 빛나는 안경, 움츠린 어깨와 천천히 방향을 바꾸는 몸에 나타난 경계의 표시 ——이러한 것이 그들에게 보였다. 운전기사가 그에게 뭐라고 한 듯 그는 차 쪽으로 다시 한 걸음 내디뎠다. 그러나 또 머뭇거리며 결국 머리를 급히 내젓고는 3번 거리를 향해 걸어갔다.

"저기에 무슨 뜻이 있단 말이오?" 올리판트 브래들리가 물었다.

"보고 계십시오!" 클로리가 말했다.

몇 분 뒤 택시 한 대가 거리를 내려왔다. 그들에게 택시 안의 승객이 분명히 보였다. 그 손님은 자리에서 몸을 내밀고 창 밖을 내다보고 있었다.

리처드 브래들리가 놀란 목소리로 말했다.

"아까 그 사람인데!"

클로리는 불을 켜고 영사기를 멈췄다.

"이상하다고 생각되지요, 안 그렇습니까?"

"그, 글쎄요…… 그러나 간단히 설명할 수 있는 것이 아닐까요?"

"물론이지" 하고 그의 아버지가 말했다. "그 사나이는 택시를 세웠지만, 곧 타지 않기로 결정한 거다. 누구나 가끔 하는 일이 아니겠니? 다른 약속이 생각났다든가, 뭔가 잊고 있었다든가…… 흔히 있는 일이지."

"그러나 이 경우는 좀 다릅니다." 클로리가 말했다. "이 친구는 빗속에서 택시를 거절하고는 한 블록을 걸어서 다른 택시를 타고 도로 되돌아왔습니다. 이것은 보통 있는 일로 생각되지 않습니다. 물론 설명할 수는 있겠지요. 솔직히 말해서 설명이 되지 않는 쪽이 더 이상한 겁니다. 그러나 아무래도 이상하다는 점에서 나는 흥미를 갖고 있습니다." 그는 엘리나를 흘끗 쳐다보았다. "당신은 이 사나이를 전에 본 일이 있습니까?"

"아니오…… 그런 일은 없다고 생각해요."

클로리는 손으로 턱을 쓰다듬었다. 한 사람이 이상한 상황 아래 택시를 거절했다…… 결국 그것뿐이다. 적어도 겉으로 볼 때는 그렇다. 약간 변덕스러운 행동일 뿐, 그 이상은 아니다. 그러나 이 사나이는 브래들리의 집 바로 정면 건물에서 나왔다. 거기에 또 하나 이상한 점이 있다.

"잠깐 여기서 기다려주십시오." 클로리가 말했다. "나는 나의 이 예감을 좀더 확인해 볼 테니까요."

클로리는 서재로 들어가 일요일 밤에 가지고 온 슈트케이스를 열었다. 쌍안경을 꺼내 어둡게 해둔 거실을 지나 창문으로 갔다. 약간 몸을 굽히고 베니스 풍의 블라인드 사이로 맞은쪽을 겨냥하고 브래들리의 집 정면에 있는 높은 갈색 사암 건물에 쌍안경의 초점을 맞추었다. 저녁 무렵이라 어두컴컴했으나 강력한 렌즈 덕분에 그 건물이 바로 눈앞에 뚜렷이 보였다.

쌍안경을 아래층 창문으로 내리기까지 특별한 건 아무것도 눈에 띠지 않았다. 거기까지 내려오자 갑자기 그는 무서운 흥분에 사로잡혔다. 누군가가 그곳 창문의 두꺼운 커튼 뒤에 서서 브래들리의 집 쪽을 바라보고 있었던 것이다. 그 그림자 같은 윤곽이 남자인지 여자인지는 알 수 없었으나, 그 사람이 보고 있는 방향은 알 수 있었다. 담배의 작은 오렌지 색 불빛이 리드미컬하게 빛났다 엷어졌다 하는 것이 커튼을 통해 보였다.

클로리는 그 길 맞은편의 감시자에게 쌍안경을 향한 채 천천히 뒷걸음질치며 창문에서 멀어졌다. 자신이 보이지 않으리라는 것은 알고 있었다. 그러나 모험은 하고 싶지 않았다. 우연의 일치라고 하기에는 너무 지나치게 잘 들어맞고 있다.

거실 중간까지 물러나오자 엘리나와 리처드 브래들리가 거기에 와 있는 것을 알았다.

"어떻게 된 거지요?" 엘리나가 속삭였다. "뭘 보고 계셨어요?"

클로리는 쌍안경을 내리며 천천히 숨을 내쉬었다. 엘리나가 그를 바라보고 있었다. 희미한 빛 속에서 그녀의 눈에 담긴 공포와 지쳐버린 얼굴 표정이 그에게 보였다.

"누군가가 이 집 길 맞은쪽에서 감시하고 있습니다. 아무것도 아닌 지도 모릅니다. 그러나 조사해 볼 테니 걱정하지 마십시오. 나는 곧 감독관에게 연락하겠습니다. 그 다음에 남은 필름을 봅시다."

엘리나는 서재 쪽으로 가려다 클로리의 팔에 손을 얹었다.

"감독관에게서…… 저, 당신 따님에 대해 뭔가 연락이 있었나요?"

"아니, 아직 없습니다. 기도해 주십시오."

"네…… 물론이지요."

뉴욕 시내에 있는 FBI 지부에선 제리 로스와 웨스트가 그날 오후 31번 블록에서 찍은 필름의 사본을 살펴보고 있었다. 클로리로부터 연락을 받고 두 사람은 그 필름의 어느 부분에 대해 보다 새로운 깊은 관심을 가지고 검토하고 있었다. 로스는 와이셔츠 차림으로 밀폐된 작은 영사실에서 땀을 흘리고 있었다. 윗옷을 벗고 있으면 더욱 무섭게 보였다. 와이셔츠가 젖어 몸에 꼭 달라붙어 팔과 어깨의 억센 근육이 뚜렷이 드러났다.

"클로리는 관찰력이 예리하군." 화면을 향해 얼굴을 찡그리면서 로스가 말했다. "그렇지 않으면 내가 나이를 먹은 건가……."

"우리는 둘 다 모르고 있었네. 클로리가 알아보았으니 다행한 일이지."

기사가 영사기를 멈추자 로스가 웨스트에게 물었다.

"당신은 어떻게 판단하십니까?"

"어떤 사람이 감시하고 있다는 것일세. 그러나 어째서 감시할 필요가 있느냐 하는 것이 문제지. 그것에 나는 흥미를 갖고 있네. 위로 가세."

두 사람은 영사실을 나와 엘리베이터로 7층의 웨스트 방으로 갔다.

이윽고 두 사람은 크고 두꺼운 종이에 그린 31번 블록의 지도 앞에 앉았다. 로스는 담배에 불을 붙였다. 두 사람의 주위에서는 타이프라이터와 텔레타이프가 소리를 내고, 5, 6명의 수사요원이 보고를 조사하기도 하고 전화로 이야기하기도 하고 있었다. FBI의 그물은 점점 넓혀져가고 있었다. 엘리나와 리처드 브래들리의 사업 관계자, 잴로드 부인의 친구와 친척, 보모인 케이트 레일리와 데이트를 했던 육군 소위 윌리엄 렐런시의 군대에서의 행동, 브래들리 집을 단골로 하고 있는 상점의 점원과 배달부들——이런 사람들이 모두 신중하고 세밀하게 조사되고 있었다.

그러나 지금까지는 찾고 있는 것이 그물에 걸리지 않았다.

웨스트는 31번 블록의 지도를 조사하고 있었다. 그는 브래들리 집 정면 건물을 손가락으로 가리키며 물었다.

"이 정면 방에 살고 있는 건 누구지?"

로스는 투박해 보이는 손가락 끝으로 한 장의 서류 카드를 집어들었다.

"하워드 클리시, 55살. 최근까지의 직업은 맨해튼 스포츠 클럽의 라커룸 종업원. 경찰 기록은 없음. 이 정보는 개인에게 돈을 빌려주는 금융회사로부터 입수한 것임."

"그 사람은 언제부터 거기에 살고 있는 건가?"

"정확히는 모릅니다. 그러나 그곳에서 돈을 빌렸을 때도 거기에 살고 있었답니다. 지금부터 6개월 전이었습니다만."

"꾼 돈은 갚았던가?"

"네, 현금으로 갚았습니다. 3백 달러. 4개월 전에 갚았습니다. 그리고 클럽을 그만둔 뒤 지금까지 무직 상태입니다."

"내가 알고 싶은 것은 하워드 클리시와 그 택시를 거절한 작은 사나이가 동일인물인가 아닌가 하는 점일세."

"곧 알아보지요." 로스는 웨스트를 쳐다보며 고개를 끄덕였다.

"내가 아래에 있는 동안 뭔가 소식이 없었나?"

이것이 불필요한 질문이라는 것을 그는 잘 알고 있었다. 뭔가 연락이 있었으면 벌써 직원이 이야기해 주었을 것이다. 그러나 웨스트는 기다릴 수가 없었다. 기다리는 것으로 신경이 닳아 날카로워져 있었다.

"아무것도 없습니다."

아무것도 없었다, 하고 웨스트는 생각했다. 오늘은 벌써 월요일 밤이다. 아기가 납치당한 것은 금요일 밤이었다. 72시간이 지났다. 그런데도 아직 아무것도 모르고 있다. 워싱턴에서는 클로리가 브래들리 집 서재에서 발견한 지문을 온종일 조사하고 있을 것이다. 그러나 지금으로서는 그것에서 아무 단서도 얻지 못하고 있다. 그리고 브래들리 부부의 친구와 사업관계에서도, 근처 장사꾼에게서도 아무 단서를 파악하지 못하고 있다. 모든 것이 헛일이다. 이렇게 생각되는 한편 그가 이 사건에 대해 품고 있던 감정이 점점 강해졌다. 좋지 않은 느낌이. 유괴범이 아이를 돌려준다는 것은 바랄 수 없는 일이다. 왜냐하면 그것은 유괴범의 계획에 없는 일일 테니까……

워싱턴에서는 15명의 지문계 직원이 10시간 동안이나 클로리가 브래들리 집 서재에서 채취한 지문에 매달려 있었다. 그들은 조사의 테두리를 정하고 있었다. 이 지문은 '듀크'라는 별명을 가진 사나이의 것이라고 가정하고 있었다. 이 신원불명의 지문의 확대 사진이 만들어지고, 범죄자 명단에서 '듀크'라는 별명을 가진 모든 사람의 기록이 조사되었다. 그것이 1603명이나 되었는데, 그 한 사람 한 사람의 지문 카드를 브래들리 집의 서재에서 채취한 지문과 대조해 보지 않으면 안되었다. 약간은 생략되는 것도 있었다. 이 신원불명의 지문은 말굽모양에 속하기 때문에 소용돌이모양이나 활모양을 모조리 자세히 조사할 필요는 없었다. 그래도 방대한 일로서, 질러갈 수는 없었다. 지문은 열 개의 손가락을 한 묶음으로 해서 번호가 붙어 있다. 이 열 손가락 지문법에 의한 번호에서 신원을 알아내는 것은 단 몇 분이면 된다. 그러나 한 손가락의 지문을 가지고 신원을 찾아내려면 FBI 지문실 서류철에 있는 1억 2천만 개나 되는 지문 하나하나를 조사해 보아야만 한다. 폭풍우에 날려 떨어진 한 개의 잎을 본디 나무에 갖다 맞추는 것과 같이 곤란한 일이다.

최초의 카드에서 신원이 밝혀지는 경우도 있을 수 있다. 그러나 마찬가지 논리로 마지막 카드에서 밝혀질지도 모른다. 지문계는 오후에도 밤에도 쉬지 않고 일했다. 그들 책상 앞에 세워져 있는 확대 사진과 대조해 보고 일치하지 않으면 또 다음에서 다음으로 카드를 넘겼다. 가끔 일손을 멈추고 눈을 쉬기도 하고 급히 담배를 한 모금 빨기도 하면서, 또다시 끈질긴 인내를 필요로 하는 일에 달라붙었다.

이윽고 흰 머리카락이 보이기 시작한 깡마른 한 사나이가 벌떡 일어나 책상 사이의 통로를 지나서 이 일을 감독하고 있는 사람에게로 다가갔다.

"이겁니다!" 그는 조용히 말했다. "마지막으로 체포되었을 때 31살이었습니다. 흉기를 가진 강도폭행상해죄로 일리노이 주 졸리엣트 주교도소에서 4년의 형기를 살았습니다. 에드워드 존 파렐, 별명 '듀크'입니다."

감독은 듀크 파렐의 음울하고 명랑한 앞모습과 옆얼굴 사진을 보았다. 이윽고 그는 고개를 끄덕이며 말했다.

"곧 웨스트 감독관에게 알려야겠군. 이 지문 카드를 그에게 전송해 주게. 이것으로 해결된다면 다행이겠는데……."

제17장

봄날 저녁 무렵이면 산장 주위는 불안을 느끼게 할 정도로 갑자기 어두워진다. 하루가 끝나는 것을 예고하는 조용하고 어슴푸레한 황혼이라는 것은 없다. 조수가 들어오는 강물의 반사로 잠시 동안은 아직 낮 같은 환각을 주지만, 그것이 갑자기 최후의 빛을 던지고 사라져버리면 밤이 그 진공을 채우기 위해 급히 밀어닥친다.

듀크는 호주머니에 두 손을 찌르고 창문 앞에 서 있었으며, 그랜트는 난로 옆에 서서 신문을 보고 있었다. 전등 하나와 출렁이는 불꽃이 이 방의 유일한 조명이었다. 구석구석이 어두워 그랜트가 신문 페이지를 넘길 때마다 흰 천장에서 큰 그림자가 움직였다.

행크는 피아노 앞에 앉아 가끔 왼손으로 가볍게 건반을 눌러보았다. 또 오른손의 통증이 시작되어, 묵직한 맥박이 부서진 뼈를 치는 망치처럼 느껴졌다.

저녁식사를 마치고 나서 거의 아무 말도 나누지 않았다. 긴장된 분위기가 집 안에 가득 찼다. 클라이맥스가 가까워짐에 따라 신경이 고통스러울 정도로 흥분되어 가고 있었다. 아직 하루가 있다. 꼬박 24

시간이 남았다고 행크는 생각했다.

행크가 건반을 다시 한 번 두들기자 그랜트가 신문 너머로 그 쪽을 보았다.

"자네는 그걸 칠 줄 아나?"

행크는 머리를 내저었다.

"들은 풍월로 조금 칠 뿐입니다."

"그럼, 무엇 때문에 놓아둔 거지?"

"이 집을 샀을 때 집주인이 덤으로 붙여준 거지요."

듀크가 돌아보지도 않고 퉁명스럽게 말했다.

"밴드와 합창대를 덤으로 붙여준 것이 아니라면 나에게는 아무 흥미도 없어."

행크는 한 손가락으로 〈스와니 강〉을 치기 시작했다. 그랜트는 머리를 저으면서 담배연기를 천장으로 내뿜었다.

"재즈 같은 거 좋아하십니까?" 행크가 물었다.

"좋지. 대단한 거야." 그랜트는 강한 익살을 담아 말했다.

"장작불 형편은 어떤가?" 듀크가 물었다.

"문제없어."

"문제없다고? 통나무 세 개가 들어 있는 게 보이는데."

"그만하면 문제없겠지."

"그것으로 부족하면 언제든지 내가 더 구해가지고 올 테니까 말인가?"

"피해자처럼 굴지 말게, 듀크. 나무는 내가 가져오겠네. 하지만 자네는 인디언 손에서 컸으니까 여기서 보이스카웃 흉내를 내는 것도 마음에 들 줄 알았는데."

듀크는 대답이 없다. 그의 얼굴이 살짝 피아노 쪽을 향했다.

"무엇 때문에 너는 그걸 치고 있는 거냐?"

행크는 무의식중에 다른 곡으로 옮겨갔다. 무엇을 치고 있는지 생각해 내는데 1, 2초쯤 걸렸다. 아일랜드의 노래 〈케리 마을의 춤추는 아이〉였구나 하고 생각했다. 제대로 잘 맞지는 않았지만 그 곡에 가까웠다.

"오래된 좋은 노래지요."

"그래, 몹시 우울한……" 듀크는 약간 얼굴을 찡그리더니 고개를 내저으며 맨틀피스로 와서 직접 술을 따랐다. "너는 무슨 일에고 진정으로 감탄하는구나."

행크는 한 손가락으로 그 곡을 치면서 노랫말을 생각해 내려고 해보았다. 한 구절인가 두 구절 기억이 되살아났다. 잃어버린 것에 대한 신비를 노래한 가슴을 찌르는 듯 달콤하고 쓸쓸한 가사였다.

'아아, 지나간…… 그 즐거운 시절. 아아, 지나갔구나, 한때의 우리 청춘과 같이'

이 노래는 그들 집에서는 이상한 뜻을 지니고 있었다. 그것을 그는 생각해 냈다. 그러나 무엇 때문이었을까? 가족 가운데 음악에 취미를 가진 사람은 하나도 없었다. 그런데 어디서 늘 그 노래를 들었던가? 라디오로 가끔 들었다. 그 노래가 나오면 그의 아버지는 추억에 잠겼었다. 슬퍼하는 것은 아니었지만 생각에 잠겼었다. 그러면 그의 어머니는 언제나 그날 가게에 누가 왔었느냐 라든가, 또는 그 비슷한 세상 이야기를 물음으로써 남편의 기분을 다른 데로 돌리려고 했다.

행크는 그 노랫말이 지닌 뜻을 이해하려고 다시 그 곡을 치기 시작했다. 어렸을 때는 분명 이 노래에 대한 부모의 반응에 생각이 미치지 못했었다. 다만 무의식중에 그 인상이 그에게 스며들어 있었을 뿐이다. 그런데 그는 지금 그것을 알아내려 하고 있었다. 대체 무엇 때문이었을까? 그는 듀크의 등을 흘끗 보고 그 의문에 대한 대답이 얻어졌다고 생각했다.

방은 아주 고요했다. 행크는 조용히 피아노를 치고 있었다. 그 슬픈 옛 노래의 멜로디가 마음에 스미듯이 정적 속으로 녹아들었다.

"그분은 틀림없이 이 노래를 좋아하고 있었어." 행크가 말했다.

"누가?"

듀크는 돌아다보지 않았으나 그 목소리에 놀라움이 담겨 있음을 행크는 알았다.

"형의 어머님 말이오."

"뭐라고? 누가 너한테 그런 말을 했지?"

"잊어버렸어." 행크는 천천히 되풀이해 그 곡을 쳤다. "그분은 아주 젊어서 돌아가셨다고 했었지."

듀크는 천천히 행크 쪽으로 향했다. 잠깐 동생을 가만히 바라보며 한쪽 손으로 어색한 몸짓을 했다.

"난 몰라. 28살인가, 29살인가 그 정도였을 거야."

"형은 그때 아직 7살이었다지, 아마. 어머니에 대해 알고 있어?"

"물론. 7살이면 무엇이고 알 수 있어. 너는 7살 아이가 아직도 요람에 들어 있을 것으로 생각했니?"

"나는 그분의 사진을 본 적이 없어. 집에 한 장도 없었으니까. 이상하지?"

"뭐가 이상해? 우리는 몇 번이나 이사를 다녔거든. 그러니까 아버지가 재혼하기 전에 말이야." 듀크는 또 한쪽 손으로 어색한 몸짓을 했다. 갑자기 변명하는 것 같은 풀죽은 태도였다. "물건이란 없어지기 마련인 거야. 그건 너도 알겠지?"

"하긴 그렇지."

행크는 자기 이마의 상처자국을 생각했다. 사진 이야기에서 그는 그것을 생각해 냈던 것이다. 그 일이 있었던 것은 그가 아직 어렸을 때, 겨우 4살인가 5살쯤 되었을 무렵이었다. 듀크의 서랍을 열고 장난하다가 티슈페이퍼에 싼 작은 사진이 눈에 띄었다. 사진을 꺼내지는 않았다. 얇은 종이를 통해 어렴풋이 희미한 상을 알아본 것뿐이다. 그때 듀크가 언제나처럼 소리도 내지 않고 들어와서 그를 붙잡았다. 무엇으로 맞았던가? 그래, 테니스 라켓이었다. 맨 먼저 듀크가 손에 든 게 그것이었다.

"시시한 노래야!" 듀크가 말했다. 아까보다 훨씬 매섭고 거만하며 도전적인 목소리였다. "훌쩍거리는 낡은 장례식 노래!"

행크는 그를 보고 어깨를 으쓱했다.

"내가 치고 있으면 안 되는 거요?"

"그런 건 난 상관 안 해. 무엇이고 너 좋을 대로 하렴."

듀크는 다리를 절며 맨틀피스로 돌아와 또 술을 따랐다.

행크는 다시 그 노래를 치기 시작했다. 듀크는 창 쪽으로 비틀비틀 되돌아가더니 밤의 창 밖을 가만히 내다보았다. 조금 뒤 벨이 부엌에서 나와 피아노 쪽으로 왔다.

"좋은데요."

"여기 맞추어 노래를 불러보시지요." 행크가 말했다.

"당신이 부르려고 했잖아요."

그녀는 나직하고 놀랄 만큼 기분 좋은 목소리로 조용히 그 노래를 흥얼거리기 시작했다.

"정말 환상적이고 슬픈 노래예요. 난 이 곡을 참 좋아해요. 노랫말이 생각날지 모르겠군요. 한 번 불러볼까요?"

"그만둬!" 그랜트는 안절부절못했다. "우리가 듣고 싶은 건 캠프파이어 노래뿐이야."

"부르고 싶으면 내버려두지 그래." 듀크는 이쪽을 돌아보지 않았으나, 그 목소리에 노여움이 담겨 있다는 것을 모두 느낄 수 있었다. "부르고 싶으면 부르면 되잖아."

"알았네, 알았어!" 그랜트가 말했다. "하지만 이 사람이 그 지겨운 아일랜드 노래에 반해 있는 건 아니잖아!"

"자네가 음악에 대해 뭘 안다고 그러나?" 듀크는 이쪽을 향해 그랜트를 훔쳐보았다. "자네가 들은 거라곤 자네가 자란 그 폴란드 사람들이 북적대며 치는 큰길의 오르간 소리밖에 더 있겠나?"

"거기서도 훌륭한 사람들이 많이 나왔어. 그걸 알아야지."

"하지만 자네는 그 속에 끼지 못했잖나?"

"뭐가 어쨌다고 그러는 건가? 자네는 벨에게 아일랜드 노래를 부르게 하고 싶은 거지? 그럼, 얼마든지, 좋아! 대단한 솜씨지! 〈마더 매클리〉나 〈패디 매진티의 산양〉을 밤새워 부른다 해도 내가 상관할 일은 아니니까." 그랜트는 시무룩해서 신문으로 눈을 돌렸다. "다만 끝나거든 알려주게. 박수를 쳐줄 테니까."

행크는 벨을 쳐다보며 미소 지었다. 그리하여 그녀는 다시 노래를 부르기 시작했다. 천천히 수줍어하면서. 그랜트가 흥미를 갖고 칭찬해 주지 않을까, 또는 뭔가 그런 태도를 보이지는 않나 하고 그녀는 그 쪽으로 시선을 옮겼으나 그는 신문을 보는데 몰두해 있었다.

"대단한데요!" 행크가 말했다.

그가 형 쪽을 흘끗 보니 듀크는 컵을 창문 아래에 놓고 두 손으로 이마를 문지르고 있었다. 정적 속에서 들리는 가냘프고 슬픈 노래의 곡조…… 그리고 벨의 목소리는 어린아이가 흐느껴 우는 것처럼 부드럽고 슬펐다.

"정말 대단한데요!" 행크가 다시 말했다.

벨은 고마운 듯 불안한 듯 살짝 그에게 미소를 보였다.

행크는 다시 듀크를 보고, 그가 관심을 갖게 되었다는 것을 알았다. 그러나 그 틈에 박을 쐐기가 어디에 있는가? 그리고 그것을 깊이 박아 넣을 망치는?

제18장

31번 블록에는 우편물이 아침 8시 15분쯤에 배달된다. 그러나 클로리와 브래들리 가족은 7시부터 벌써 거실에서 집배원이 오기를 기다리고 있었다. 그들이 바라는 대로 된다면, 아침 우편으로 몸값 지불에 대한 지시가 올 것이다. 아기를 되찾기 전의 마지막 단계이다.

클로리는 쌍안경을 길 맞은쪽 건물에 가만히 돌린 채 정면 창문 앞에 서 있었다. 문제의 감시자가 그곳에 서 있는 것이 보였다. 두꺼운 커튼 뒤의 검은 윤곽이. 클리시, 하워드 클리시다. 4개월 동안 놀고 있는 단정한 옷차림의 작은 사나이. 시간을 대부분 브래들리 집을 감시하는 데 쓰고 있는 사나이. 클로리는 또 하나의 이름을 웨스트로부터 듣고 있었다. 듀크 파렐, 전화 수리공으로 가장했던 사나이. 지금으로서는 이름밖에 모른다. 그러나 벌써 백 명의 FBI 요원이 그의 뒤를 쫓고 있다.

엘리나 브래들리는 마룻바닥 위를 천천히 걷고 있었다. 화장 가운을 입고 슬리퍼를 신은 차림이었다. 젤로드 부인이 커피를 내왔으나, 엘리나는 한 모금 마셨을 뿐 잔을 맨틀피스 위에 놓았다. 리처드 브래들리는 현관에 시선을 쏟고, 그의 아버지는 소파에 앉아 불이 잘 붙지 않는 파이프를 신경질적으로 빨고 있었다.

아무도 이야기하려고 하지 않았다. 세상 이야기나 시시한 이야기를 하는 것이 이 침묵 속에서는 오히려 더 이상한 느낌을 주었을 것이다.

벨 소리가 울렸을 때 모두들 깜짝 놀랐다. 우편물이 오려면 아직 1시간은 더 있어야 한다고 생각하고 있었던 것이다. 올리판트 브래들리가 얼른 일어났다. 정적 속에 그의 숨소리가 크고 무겁게 들렸다. 리처드 브래들리는 어떻게 해야 좋을지 몰라 아내에게서 클로리에게로 눈길을 옮겼다.

"누군가 보십시오." 클로리가 말했다.

"네…… 물론……."

리처드는 짧은 복도를 걸어가 문을 열었다. 집배원이 문 앞에 서 있었다.

"속달입니다."

"고맙소."

"날씨가 화창해질 것 같군요, 그렇지요? 그럼……."

리처드 브래들리는 거실로 돌아와서 높게 울리는 조급한 목소리로 말했다.

"속달로 오리라고는 생각 못했는데."

그는 잠시 봉투를 들고 우물쭈물하더니 머리를 흔들며 클로리에게 편지를 건네주었다.

"당신이 뜯어보십시오. 나는…… 나는 뜯지 못하겠소."

클로리는 봉투를 뜯고 노트 종이 같은 줄친 종이 하나를 꺼냈다. 그것은 두 겹으로 접혀 있었다. 펴보고 그것이 책으로 되어 있는 것에서 찢어낸 것임을 알았다. 종이 왼쪽 끝이 고르지 못하게 톱니처럼 되어 있었다.

엘리나가 두 손을 힘껏 가슴에 누르고 천천히 그에게로 다가왔다.

"우리보고 뭘 어떻게 하라는 거지요?"

클로리는 편지를 가만히 읽어 내려갔다. 눈썹을 찡그리고 있는 게 그녀에게 보였다. 그녀는 떨리는 목소리로 말했다.

"왜 그러세요? 어떻게 된 거지요?"

편지의 한 마디 한 마디가 클로리에게 소름이 끼칠 것 같은 충격을 주었다. 어디서 실수를 저지른 것인가? 클로리는 절망 속에서 생각했다. 왜냐하면 그 편지에는 연필로 또렷하게 대문자로 이렇게 씌어 있었던 것이다.

당신들은 지시에 따르지 않았다. 변변치 못한 것들! 그렇다면 아기를 돌려받고 싶지 않다는 거겠지?

리처드 브래들리가 클로리의 손에서 편지를 받았다.

"어떻게 된 겁니까? 그들이 무엇을⋯⋯."

그는 자신의 말이 물적인 장벽에 부딪친 것처럼 갑자기 말을 끊었다.

"큰일 났군! 경찰이 움직이고 있는 것을 안 모양이야!" 아내를 바라보는 그의 얼굴이 금방 창백해지고 더 나이들어 보였다. 그는 높고 무서운 목소리로 말했다. "이제 헛일이야! 다 헛일이야!"

"이 따위 편지는 상투수단입니다." 클로리가 말했다. "지금 단계에서 그들은 당신들을 계속 위협해 두려는 겁니다. 만일 당신들이 경찰에 가려고 생각하고 있었다면, 이 편지로 그만두게 되겠지요."

아무도 그의 말을 들으려 하지 않았다. 사실 그로서도 이 일은 예기하지 못했었다. 그의 목소리가 잠시 그들의 기분을 엇갈리게 해서,

이 새로운 공포에 대비할 시간을 주었으면 하고 바란 것뿐이다. 그리고 그들에게 거짓말한 것은 아니다. 허세를 부린 협박편지가 이제 올 참인 것이다. 그러나 그들은 그렇게 믿으려고 하지 않았다. 그리고 이 경우에는 그도 그렇게 믿지 않았다……

엘리나가 아주 천천히 앉았다.

"벌써 그애를 죽인 거예요. 나는 알고 있어요. 질은 죽었어요."

그 목소리에 아무 감정도 담겨 있지 않았으므로 울부짖는 것보다 더 심각한 느낌을 주었다. 날씨 이야기를 하고 있는 것 같은 목소리였다. 그리고 그녀의 눈은 무표정하게 말라 있었다. 리처드 브래들리는 똑바로 아버지를 노려보며 조용하게, 마치 깊이 생각에 잠긴 것처럼 말했다.

"놈들은 질을 죽일 생각은 아니었어요."

"너……."

"우리는 경찰을 부르고 싶지 않았습니다. 돈을 주고 질을 무사히 데려오려고 했던 겁니다. 그런데 아버님은 자신의 생각이 현명하다고 생각하여 경찰에 알렸지요."

"글쎄, 내 말을 들어봐라. 맹세코 말하지만, 내가 생각한 것은……."

"아버님이 무엇을 생각했던 그런 건 상관없습니다. 우리들 가운데 누가 무엇을 생각했던 그런 건 상관없습니다. 문제는 우리 아기가 죽었다는 사실입니다. 아버님이 그렇게 한 겁니다!"

"그만해요, 그만해 주세요!" 엘리나는 머리를 내젓고 있었다. "그런 말은 하지 말아요, 여보, 제발!"

"엘리……." 노인은 그녀의 옆에 앉았다. 입술이 힘없이 떨리고 있었다. "나는…… 그 아이를 위해 가장 좋다고 생각한 일을 한 거란다. 그건 믿어다오. 나는 용서를 빌지는 않겠다. 그럴 수가 없으니까." 그의 목소리가 떨리기 시작했다. "그러나 내가 하는 말은 믿어 다오, 엘리……."

"네, 믿어요, 믿어요, 믿고말고요."

그녀는 달래는 듯한 목소리로 말했다.

클로리는 목이 바싹 말라 아픔을 느꼈다. 그녀는 시아버지의 기분과 모든 사람의 기분을 편하게 해주려 하고 있는 것이다.

"여보, 뭔가 마실 걸 가지고 오세요. 아버님에겐 브랜디가 좋을 것 같아요." 그녀는 시아버지의 창백한 얼굴과 입술 언저리가 고통으로 일그러져 있는 것을 보았다. "그리고 아버님은 잠시 누워 쉬시는 것이 좋겠어요. 이제 아무것도…… 아무것도 할 일이 없으니까요."

그때였다. 리처드가 방을 나간 그때였다…… 벨 소리가 울린 것은. 엘리나가 벌떡 일어났다, 한쪽 손을 목으로 가져가면서.

클로리가 말했다.

"당신은 문으로 갈 수 있겠습니까?"

"네, 걱정 없어요. 할 수 있어요."

그는 잠깐 그녀를 조용히 바라보고 나서 말했다.

"당신은 무엇이든 할 수 있을 겁니다, 틀림없이."

엘리나는 맥이 풀린 듯이 한숨을 내쉬고 현관을 빠져나가 문 앞으로 갔다. 아침 태양에 약간 눈을 찌푸리면서 그녀는 문을 열었다.

"뭡니까?"

문 앞에는 단정한 옷차림의 키 작은 사나이가 서 있었다. 안경이 햇빛을 받아 거울처럼 번쩍 하고 빛났다. 입술에 비웃는 듯한 엷은 미소가 떠올라 있었다.

"여어, 안녕하십니까, 부인?" 사나이는 어색한 태도로 공손히 모자를 벗으면서 인사했다. "방해가 되지는 않을는지요?"

"아…… 아니오."

엘리나는 그때 그가 누군가를 알아차렸다. 심장이 갑자기 무섭게 뛰기 시작했다.

"나는 클리시라고 하는데, 이 거리의 댁 맞은편에 살고 있습니다. 따님 일이 궁금해서 잠깐 들렀습니다."

"아……." 엘리나의 입술은 바싹 말라 있었다. 목 밑에서 맥박이 공포에 떨면서 펄떡거리는 것이 느껴졌다. "그러세요?"

집 안에서는 클로리가 쟁반을 들고 거실로 막 들어온 리처드 브래들리에게 손을 흔들어 경고했다. 그리고 클로리는 한쪽 손을 권총에 대고 될 수 있는 한 현관 문으로 바싹 다가갔다.

사나이는 뭔가를 숨기고 있는 듯한 미소를 짓고 있었다. 그리고 그의 태도에는 굴욕감과 오만이 기묘하게 한데 얽혀 있었다. 이것은 그의 승리의 클라이맥스였다. 그는 이처럼 행동하지 않을 수 없는 지경에 몰렸던 것이다. 일체의 상식과 경계를 무시하고 그녀를 만나 고통과 공포에 시달리는 그 얼굴을 보지 않고는 견딜 수 없었던 것이다. 상상만으로는 안타깝고 마음에 차지 않는 데까지 오고 말았기 때문이다. 그래서 그는 브래들리 집에 속달을 낸 것이다. 한 번 더 바싹 죄어주자! …… 몸값 지불의 지시는 보통 우편으로 배달될 것이다. 1시간 안팎에 도착하리라. 그러면 주리를 위의 주릿대는 다시 늦춰지겠지. 그들은 희망을 가지게 될 것이다. 그랜트의 예정도 전혀 영향을 받는 일이 없을 것이다. 이 순간은 완전히 사치인 것이다. 기막힌 특별 배급이다.

"나는 아직 부인을 뵌 적이 없습니다."

클리시는 머리를 율동적으로 굽실거렸다. '과연 이 여자는 고통을 당하고 있구나.' 그것을 그는 지금 눈앞에서 보았다. 그녀의 눈 아래 언저리가 타박상을 입은 것처럼 보랏빛이 되어 있었다.

"시골에서는 이렇지 않지요." 사나이는 그러한 예절을 그녀에게 알려주려는 듯 미소를 지었다. "명함을 가지고 인사 정도는 나누고 산답니다."

"아, 네……" 그녀의 목소리는 높고 긴장되어 있었다. "시골에서는…… 보다 시간이 많으니까요."

"그렇습니다. 여기서는 모든 것을 급히 서둘러야 하니까 말입니다." 사나이는 그녀의 파리한 얼굴을 충분히 검토하며 임상 의사 같은 주의를 쏟아 고뇌의 흔적을 일일이 기억에 새겼다. "하지만 우리들처럼 그런 것을 소중히 여기는 사람에게는 됩니까…… 옛날식 예절이라고 하나요? ……그런 걸 위한 시간이 있습니다."

"그건 그래요, 정말로."

엘리나는 악몽 속에서 이런 기분을 느낀 적이 있었다. 비명을 지르려고 애쓰는데도 도무지 소리가 나오지 않는 그런 기분.

그녀가 화장을 하지 않은 것을 클리시는 관찰했다. 저도 모르게 그의 미소가 좀더 커졌다. 그 멋부린 머리 모양과 그 사치스러운 피부와 눈과 손톱에 대한 주의는 어디로 가버렸는가? 돈을 들여 손질하지 않으면 브래들리 부인도 역시 보잘것없는 여자에 지나지 않는다.

"어째서 이렇게 불쑥 댁을 찾아왔는지, 그 이유를 말씀드리지 않으면 안 되겠군요. 최근 댁의 귀여운 따님께서 한두 번 방긋방긋 웃는 모습을 보았었습니다. 길에서 만나 내가 의젓하고 작은 아기에게 인사를 하자 보조개를 지으며 재롱을 부렸지요. 인생의 시작과 끝이 만나서 인사를 나눈 것이라고 말해도 좋겠지요." 그는 엘리나의 떨리는 입술과 어두운 눈길을 모른 척했다. "바쁘신 세상분들에게는 아마 철없는 짓으로 보일 겁니다. 그러나 사실 인생의 가을에 당면해 있는 사람들에게는 대단한 일입니다. 그런데 요즘 2, 3일 그 아기를 보지 못했기 때문에 너무도 쓸쓸해서…… 혹시 병이라도 난 게 아닌가 걱정하고 있었습니다. 그래서 찾아뵙게 된 것입니다." 그는 조용히 소리죽여 웃었다. "내가 아기를 찾아온 첫 신사 방문객이 아닐까 생각 됩니다만……."

"고맙게도 걱정해 주셔서 감사합니다. 그러나 질은 약간 감기 기운 이 있어서 2, 3일 밖에 내보내지 않는 것이 좋다고 생각되어……."

"저런, 가엾기도 하지! 밖에 나가지 못해서 울고 있겠군요."

"네, 보채고 있어요."

엘리나는 그녀로서 감당할 수 없는 투쟁을 하고 있었다. 그녀의 미 소는 따뜻했고 목소리는 마치 아무 일도 없었던 듯한 말투였다. '이 사나이는 질이 없어진 것을 알고 있다'라는 생각이 그녀의 마음을 무 섭게 뒤흔들었다.

"아마 곧 완전히 나을 겁니다. 그런 불편쯤은 아기에게 아무 해도 미치지 않을 겁니다. 내가 들러서 쉬 다시 만나보게 되기를 기다리 고 있다고 아가씨에게 전해 주십시오."

"고맙습니다, 전해주겠어요."

"부인께서 여기 계시며 아기를 간호하실 수 있어서 참으로 다행이 군요." 사나이는 약간 미소 지었다. 그는 마지막으로 그녀의 창백한 얼굴을 마음껏 즐기고 나서 힘차게 고개를 끄덕였다. "그럼, 나는 그 만 가봐야겠군요. 안녕히 계십시오, 부인."

"안녕히 가세요."

클리시는 고소해하며 자기 만족에 싸인 들뜬 기분을 안고 큰길을 건너갔다. 그는 자기 방으로 들어가 멋진 솜씨로 담배에 불을 붙여 창문 앞자리로 가서 앉았다. 그는 여전히 밝게 미소 지으면서 틀림없 이 위험한 짓을 했다고 생각했다. 그러나 참으로 할 만한 보람이 있 는 일이었다……

1시간쯤 지나 집배원이 브래들리의 집 현관 계단을 올라가는 것을 본 순간, 클리시는 이상하게 맥이 풀리며 괜한 짓을 했다는 생각이 들었다. 이것으로 다 끝나버렸다. 그 집배원의 가죽가방 속에는 사형집행의 연기를 알리는 편지가, 자세하고 분명하게 쓴 몸값 지불 방법에 대한 지시가 들어 있을 것이다. 자, 저들은 또 희망을 갖게 될 것이다. 그는 한숨을 쉬고 담배를 커피잔 속에 버렸다. 담배는 성난 듯이 나직한 마지막 소리를 냈다. 끝나버렸다…… 그는 슬프게 생각했다. 이렇게 빨리, 이렇게 무서울 정도로 빨리…….

FBI의 웨스트 감독관 책상 위에 듀크 파렐의 확대 사진이 두 장 놓여 있었다. 한 장은 정면, 한 장은 옆얼굴. 듀크 파렐에 대한 서류가 전화로 보고되고 나서 겨우 몇 분 뒤 워싱턴에서 전송된 사진이다. 그때——지난밤 10시——이후로 제리 로스는 일리노이 주의 졸리에트 교도소와 시카고 경찰 당국, 그리고 듀크가 태어난 위스콘신 주의 수도 매디슨과 연락을 취하고 있었다. 그리고 지금은 화요일 아침 9시이다. 밝은 햇살이 창문으로 길게 비쳐들고, 아래 길로부터는 소리를 죽인 자동차의 울림과 가끔 교통순경의 날카로운 호루라기 소리가 들려왔다.

웨스트는 로스와 함께 자기 책상 앞에 서 있었다. 그는 이날 아침 벌써 클로리와 두 차례 이야기를 나누었다. 속달 편지, 그것에 이은 클리시의 방문, 그 1시간 뒤에 보통 우편으로 온 몸값 지불에 대한 지시를 벌써 알고 있었다.

그는 지금 듀크 파렐의 음울하고 찡그린 얼굴 모습을 들여다보고 있었다.

제리 로스가 말했다.

"졸리에트 교도소의 이야기에 의하면 이 녀석은 위험한 사나이라고 합니다. 독방을 사치스러운 호텔 옆에 붙은 방쯤으로 알고 있었답니다."

두 사람 앞에는 듀크 파렐의 신원 조회 기록이 조금씩 모여들고 있었다. 그 사나이는 아직 미혼으로 친한 친구도 없는 모양이었다. 부모가 모두 사망했다는 것은 이미 알고 있었다. 하나뿐인 가족은 배다른 동생인 헨리 도드 파렐인데, 한국전쟁 초기에 고향인 위스콘신 주 빅스프링즈 마을을 떠났다. 그 뒤로 이들 형제가 접촉한 일은 확인되지 않고 있다. 이 동생은 육군에 들어가 한국전쟁에 참가했다. 그의 군대 기록을 지금 기다리고 있는 중이다. 현재 그의 소재에 대해서는 알려지지 않았다.

웨스트는 책상 위를 손가락으로 똑똑 두들겼다.

"이 동생의 소재를 파악할 필요가 있겠군."

"군대 기록이 오면 뭔가 알게 되겠지요. 지금으로서 우리가 알고 있는 것은 4년 전에 몇 달 동안 우편물이 빅스프링즈에서 보스턴으로 전송되었다는 것뿐입니다, 우체국 보관 우편으로."

웨스트는 벽의 큰 시계를 흘끗 보았다. 보지 않을 수가 없었다. 거의 절망적인 기분으로 그는 시계를 보았다. 시간은 바야흐로 귀중한 가치를 갖기 시작했다. 1분1분이 헛되이 흘러가는 것처럼 느껴졌다.

"몸값 지불 방법에 대한 지시라는 것을 검토해 보세."

웨스트가 말했다.

그의 왼쪽 게시판에는 펜실베이니아 주의 축도가 붙어 있다. 유괴범의 계획이 거의 완벽하다는 것을 웨스트는 곧 알았다. 간단하고 독창적이고 안전한 방법이다. 상대가 초범이거나 노이로제 환자일지도 모른다는 기대는 이것으로 끝났다.

웨스트는 몸값 지불에 대한 지시를 옮겨 적은 종이를 보고 나서 펜실베이니아 주 지도를 쳐다보았다.

"첫째 단계는 리처드 브래들리가 오늘 오후 3시에 돈을 가지고 필라델피아로 간다. 거기서 그는 컨버터블 자동차를 빌린다. 10시까지 필라델피아에 있다가 그 차를 운전하여……." 그는 메모지를 잠깐 보았다. "케네트 스퀘어까지 간다."

"그건 이 근처입니다." 로스가 손가락으로 지도의 한 지점을 가리켰다. "델라웨어 주 윌민튼 시에서 15마일, 필라델피아의 남서쪽 30마일 지점이지요."

"케네트 스퀘어를 밤 12시에 출발, 매시 30마일 속도로 1번 국도를 따라 남쪽으로 간다——경우에 따라선 날이 밝을 때까지 계속 그렇게 달린다——뒤에서 차가 한 대 따라오며 경적을 세 번 울려 멈추라고 신호할 때까지 계속 달리지 않으면 안 된다. 신호가 있으면 브래들리는 돈을 떨어뜨리고 50마일 남쪽으로 계속 달린다."

"이걸 감시하려면 여간 어렵지 않겠는데요."

"감시하자면 그렇겠지." 웨스트는 천천히 말했다.

"아기는 그쪽에 있는 모양이군요…… 즉 남쪽에."

"그렇지. 버지니아 주, 플로리다 주, 파나마, 페루…… 이 밑의 남쪽 땅은 넓으니까."

"놈들이 그 돈을 집어 들고 행방을 감추어버리면 우리는 어떻게 되지요?"

웨스트는 흘끗 로스를 쳐다보았다.

"녀석들이 우리를 눈치 채면 어떻게 되겠나? 그러면 아기는 또 어떻게 되고?"

로스는 커다란 어깨를 으쓱하고는 잠자코 있었다.

올바른 결정을 내렸다 하더라도 나중에 가서는 달리 도리가 없었기 때문이라고 말할 것이다. 잘못된 결정을 내리면, 이런 판단을 내린 녀석은 바보거나 무능한 자라고 말할 것이다. 그러나 웨스트는 그것을 잘 알고 있었다. 유일한 관심사는 아기의 안전인 것이다. 어느 길을 택하든 아기의 목숨을 잃게 될지도 모른다. 그렇게 되면 몇백만이

나 되는 심사원들이 아침 커피를 마시며 신문을 보는 자리에서 FBI 의 결정에 대해 판정을 내릴 것이다.

"대체 뭣들 하고 있는 거야? 스탠드플레이(Stand Play, 연극에서 관객을 의식한 과잉연기)를 노린 건가? 왜 범인에게 돈을 쥐어주지 않은 거지? 중요한 건 어린아 기가 아닌가? 안 그래?"

그 반대의 경우에는 이렇게 말할 것이다.

"정말 배짱 없는 녀석들이군. 그렇게 많은 사람을 거느리고 있으면 서 싸우려는 용기를 내지 못하다니…… 범인이 돈을 집으려고 했 을 때 왜 백 명이나 되는 사람을 거기에 대기시켜 두지 않은 거 야? 그 사람들은 어디에 있었지?"

웨스트는 몇백만의 심사원에 대해서는 아무래도 좋았다. 그는 오로 지 어린아기의 일만 생각하고 있었다. 그러나 이 심사원의 견해는 그 자신의 마음속에 행해지고 있는 의론과 똑같은 것이었다.

"감시를 붙이기로 하지." 그는 조용히 말했다. "그 준비를 하세."

"좋습니다." 로스가 대답했다.

"우선 필라델피아로 연락해 주게. 범인은 브래들리 씨에게 어디서 차를 빌리라고 지정하지는 않았네. 그 점을 이용하는 거지. 필라델 피아 지부에 연락하여 브래들리 씨에게 컨버터블을 제공하도록 해 주게. 페달로 조작할 수 있는 카메라와 송신기가 장치된 것으로. 1 시간에 30마일이라면 그는 새벽까지 1번 국도를 약 80마일쯤 달리 고 있겠지. 그래, 그만한 거리를 완전히 감시할 수 있을 만한 사람 을 오늘 오후까지 대기시켜 주게. 모든 차고, 간이식당, 레스토랑, 그리고 샛길에 사람을 배치해 두게. 국도 양쪽의 축도도 준비하게 …… 2급 도로, 강, 다리, 고가도로가 모두 다 나와 있는 것으로. 그리고 1번 국도에서 인기척이 없는 곳을 표시해 주게. 범인이 신 호를 할 만한 곳을 말일세. 일단 감시하기로 결정한 이상 충분히 준비하지 않으면 안 되네. 무선 연락장치가 있는 충분한 차와 어디까지고 미행할 수 있을 만한 인원을."

"그 준비는 할 수 있습니다."

웨스트는 그 뒤에도 책상에 앉아 범인의 지시서를 검토하고 있었다. 아무리 충분한 준비를 해도 여전히 위험하다. 범인은 온갖 이점을 가지고 있다. 몇 마일이나 브래들리의 앞에 가 있을지도 모르고, 뒤에서 올지도 모른다. 언제 어디서 신호하느냐 하는 것은 범인의 자유이며, 시간이나 장소나 그 선택 범위가 넓다. 어둡고 사람이 없는 길이 나올 때까지 기다렸다가 신호할 수 있을 것이다.

잠시 뒤 로스가 그의 옆으로 왔다.

"준비가 진행되고 있습니다. 다음은 어떻게 하지요?"

듀크 파렐에 대해서는 더 이상 정보가 오지 않고, 그 동생에 대해서도 연락이 없었다.

"클리시에 대해서 좀더 알고 싶네." 웨스트가 말했다.

"그 사람이 수상하다고 생각하시는군요?"

"증거는 아무것도 없네. 단순히 미치광이 같은 이웃일지도 모르고, 엿보기 좋아하는 사람일지도 모르지. 빗속에서 택시를 거절한 건 비맞는 것을 좋아하기 때문인지도 몰라. 그리고 브래들리의 집을 감시하고 있던 건 오랜 갈색의 사암 건물이 좋았기 때문인지도 모르네. 아무튼 나는 좀더 그에 대해 알고 싶네."

"어젯밤부터 그에 대해서는 감시하고 있습니다. 방 열쇠도 똑같은 것을 만들어두었습니다. 내가 직접 그리로 가서 조사해 보면……."

웨스트는 약간 얼굴을 찌푸리며 로스를 쳐다보았다.

"지금으로서는 아무 증거도 없다는 점을 알아두어야 하네."

로스는 잠자코 있었다. 그는 가고 싶었다. 뭔가 적극적인 행동을 하고 싶었다. 그러나 그는 잠자코 참았다. 웨스트의 결정에 영향을 미치는 일은 피하고 싶었다.

"좋네." 마침내 웨스트가 말했다. "하지만 주의해 주게."

제리 로스와 카스테어즈라는 수사요원은 3번 거리 31번 블록 모퉁이에서 조금 남쪽으로 내려온 곳에 차를 세웠다.

차 안의 무전기가 울리며 "그는 지금 건물을 나와 동쪽으로 2번 거리를 향해 걸어가는 중입니다"라는 목소리가 들릴 때까지 거의 1시간 가까이나 기다렸다.

로스는 수화기를 들었다.

"좋아, 그럼, 안으로 들어가겠네. 잘 감시하고 있게."

이것을 알려온 수사요원은 3번 거리와 31번 블록의 교차점에 있는 건물 한 방에 있었다. 거기서는 31번 블록이 동서로 걸쳐 바라보였다.

몇 분 뒤 로스는 지퍼가 달린 서류가방을 들고 클리시의 방이 있는 건물로 당당하게 들어갔다. 가방 속에는 보험안내서와 연락할 무전기가 들어 있었다. 복도는 인기척이 없고 어두웠다. 온 집안에 낡은 목재와 독일 요리 냄새가 은은히 풍겼다. 로스는 한순간 귀를 기울이고 나서 클리시의 방으로 들어가 얼른 문을 닫았다.

그는 온갖 것에 세심한 주의를 기울였다. 책상 위 메모철에 전화번호가 몇 개 있었으므로 그것을 베꼈다. 그리고 나서 서둘러 클리시의 화장대 서랍을 뒤졌다. 가계도 재료를 모은 서류철은 그에게 아무런 흥미를 불러 일으키지 못했다. 그러나 침대 끝 쪽 벽을 덮고 있는 빛바랜 무성영화 시대의 영화배우들 사진에는 잠시 눈길을 보냈다. 영화 팬인가? 영웅 숭배자인가? 그런 걸 상상해 보아야 아무 소용도 없다. 그러나 로스에게는 부조화를 느끼는 능력이 유난히 발달되어 있었다. 이 잊혀진 아름다운 얼굴들을 수집해 놓은 것에서 그는 그것을 느꼈다. 이것은 그의 직감적인 능력의 하나로 뭔가 뜻이 있는 이상한 것을 알아차리는 거의 선천적인 능력이었다. 과학자는 그와 같은 촉각을 가지고 있다. 의사도 교사도, 때로는 정치가도 가지고 있다.

그러나 이것은 그를 잠시 동안 자극했을 뿐, 그는 곧 거기에 대한 생각을 그만두었다. 지금은 사실 이외의 것에 집착하고 있을 시간이 없다. 그는 클리시의 세면도구가 어지럽게 널려 있는 화장대 위로 시선을 옮겼다. 이것은 자기 신체에 대해 경의를 갖지 못한 사나이의 가엾음을 드러내 보여주고 있다. 머릿솔은 비듬과 기름으로 검게 더러워져서 뿌리까지 닳아 있고, 면도 크림과 치약 튜브는 알뜰하게 아껴써서 마지막까지 돌돌 말려 있었다. 끝 쪽을 얼굴닦는 젖은 타월로 싸둔 막대기 모양의 비누에 마른 거품 찌꺼기가 온통 붙어 있고, 군데군데 머리카락이 엉겨 붙어 얼룩져 있었다. 이런 것에서 그는 클리시의 이미지를 더욱 뚜렷이 알게 되었다. 이 자료에서 그는 이 사나이에 대해 백 퍼센트 정확한 추정을 내릴 수 있었을 것이다. 그러나 지금 FBI가 필요로 하는 것은 추정이 아니라 '사실'이었다.

마지막으로 그는 방 한가운데에 있는 테이블에서 노트를 집어 들었다. 줄이 쳐져 있는 종이로, 검고 흰 창살 무늬의 두꺼운 종이표지가 붙어 있었다. 학교에서 아이들이 쓰는 것과 같았다. 그는 얼마쯤 흥분을 느끼면서 그 페이지를 넘겼다. 클로리의 보고에 의하면 속달로 온 편지는 줄쳐진 노트 종이에 씌어 있었다고 했다. 이 노트의 첫 페이지는 뜯겨져 있었으며, 만년필이나 연필로 쓴 흔적이 다음 페이지에 남아 있었다. 브래들리의 집에 배달된 편지는 짧은 것이었다. 두 개의 짧은 문장뿐이었다. 노트의 다음 페이지에 나 있는 자국도 짧았다. 두 개의 짧은 문장이었다.

그는 냉정하게 생각하려고 했다. 서둘러 성급한 결론을 내려서는 안 된다고 생각했다. 그 속달 편지는 길 바로 맞은편에 있다. 그 뜯어져 있는 끝을 이 노트와 맞춰보는 것은 몇 분의 1초밖에 안 걸릴 것이다. 그는 흘끗 손목시계를 보았다. 이 방에 들어오고 나서 5분이 지났다. 그러나 시간이 안전의 척도는 되지 못한다. 클리시는 온종일 돌아오지 않을지도 모르고, 지금 이 순간 집으로 오고 있는지도 모른다.

그는 문득 이마에 땀이 스며 나오는 것을 느꼈다. 그 편지를 이리로 가져오다가 안전한 시간의 한계를 넘길지도 모른다. 뭔가 잘못되면 어린아이의 생명과 연결된다. 클리시를 체포했자 아무 소용도 없다. 클리시와 다른 유괴범 사이에 어떤 암호와 신호가 정해져 있는지 그것을 아직 모른다.

정적 속에서 그는 30초쯤 노트를 바라보고 있었다.

그리고 낮은 목소리로 "하느님, 도와주십시오!" 하고 중얼거리며 서류가방 쪽으로 손을 뻗었다.

결심한 이상 그는 빨리 움직였다. 서류가방의 지퍼를 열고, 아주 정확하고 빠른 동작으로 카스테어즈를 불러내어 조용히 말했다.

"나는 지금부터 클로리에게 전화할 걸세. 잘 들어두게. 자네가 해야 할 일은……."

"알았습니다. 지시대로 하겠습니다."

로스는 무전기를 전화기 옆에 놓고 브래들리의 집 번호를 돌렸다. 신호음이 울리기 시작했을 때, 그는 갑자기 심장이 무섭게 뛰는 것을 느꼈다. 맨 먼저 리처드 브래들리와 이야기하고 그리고 나서 클로리에게 용건을 말했다.

"여기는 로스다. 지금 길 맞은편 클리시의 방에 있는데……."

클로리는 대답하지 않았다.

로스는 다시 말을 이었다.

"자네의 가운데 이름은 프랜시스, 카드 번호는 1, 2, 4, 8. 왼쪽 아래팔에 총맞은 상처 자국이 있지. 자네를 쏜 것은 밀러라는 사나이다. 그렇지 않나?"

"그렇습니다." 그제야 클로리는 대답했다.

"좋아. 주의해서 들어주게……."

수화기를 놓고 나서 로스는 창문으로 가 브래들리의 집 창문 쪽을 내다보았다. 햇빛이 커다란 놋쇠 노커와 구식 건물 문패 위에서 반사하고 있었다. 조금 있으니 잴로드 부인이 나와 바쁘게 3번 거리를 향해 걷기 시작했다. 손에 시장바구니를 들고 있었다. 로스는 손수건으로 이마를 두들겼다. 잴로드 부인은 그 편지를 핸드백 속에 넣어가지고 있고, 카스테어즈가 슈퍼마켓에서 그녀를 기다리고 있었다. 그녀는 그 편지를 냉동기 안에 두고 올 것이다. 그것을 카스테어즈가 그녀 옆에 섰다가 집어오게 되어 있다.

5분이 지났다. 그리고 다시 2분이 지났다.

"잘될 거야, 틀림없이." 로스는 두려움을 떨치기 위해 조용히 속으로 중얼거려 보았다.

그는 몇 블록을 서둘러 달려온 사람처럼 가쁜 숨을 몰아쉬면서 꼼짝도 않고 서 있었다. 그때 복도에서 발소리가 들렸다. 정적 속에 분명히 사나이의 발소리가. 그 사나이는 〈검은 눈동자〉를 휘파람으로 불고 있었다. 로스는 천천히 숨을 내쉬었다. 카스테어즈가 좋아하는 곡이다……

로스는 문으로 가서 손잡이를 돌리고 카스테어즈로부터 그 편지를 받아들었다. 말할 필요는 없었다. 로스는 노트를 펴고 두 페이지째 위에 그 쪽지를 갖다대어 찢어진 끝을 맞추며 움직여갔다. 잘 보면서 맞추어가는 동안 끝과 끝이 완전히 일치했다.

로스는 펄쩍 뛰어 오르고 싶은 심정이었다. 이로써 클리시는 잡았다! 이번에는 듀크 파렐을 잡지 않으면 안 된다.

그런데 그가 문 쪽으로 향했을 때, 조용히 무전기가 울리며 3번 거리의 방에 있는 수사요원의 목소리가 들렸다.

"나오십시오!" 날카롭게 명령적인 목소리였다. "클리시가 타고 있는 택시가 지금 멈췄습니다. 나오십시오! 빨리!"

클리시는 호주머니 속의 잔돈을 찾았다. 어째서 집으로 돌아왔는지 자신으로서도 분명치 않았다. 뭔가 위험을 느낀 것이다. 그리고 언제나 자기 방에 있는 것이 안전하다는 기분이 들었다. 그가 알고 있는 것은 이것뿐이었다. 지금까지 살아오는 동안 그는 감시를 당해왔다. 어릴 때부터 사람들이 창문이나 현관에서 그를 지켜보고 있는 것을 눈치채고 있었다. 그런데 오늘은 그러한 적의를 가진 감시자를 아주 강하게 의식했다.

잔돈이 눈에 띄지 않았다. 그는 운전기사에게 5달러짜리를 건네주며 말했다.

"급하니 빨리 부탁하오."

"급하다고요? 잔돈이 없습니까?"

"없소. 5달러의 거스름돈 정도는 가지고 있을 법한데……." 거의 자신을 잊은 듯한 말투였다. "손님이 늘 동전으로 요금을 가지고 다닌다고 볼 수는 없잖소! 거스름돈을 가지고 있는 것이 당연하지. 안 그렇소?"

운전기사는 고개를 약간 돌리고 말없이 그를 쳐다보았다. 그는 한참 지나서야 겨우 말했다.

"여보시오, 나는 그저 물어본 것뿐이오. 잔돈이 없느냐고 말이오. 없다면 그것으로 그만이잖소? 나에게 설교 같은 건 필요 없소. 시끄럽게 잔소리하지 않아도 된단 말이오. 뭐, 기분 상해 할 건 없소."

운전기사는 차근차근 거스름돈을 세어주고서 팁 같은 건 아예 단념한 듯이 미소를 짓고 고개를 내저으며 달려갔다.

클리시의 방은 어둡고 텅 비어 있었다. 그는 문에 기대어 정적과 눈에 익은 그림자와 곰팡내에서 안도감을 되찾았다. 잠시 뒤 침대 옆의 전등을 켰다. 언제나 그렇지만, 그 순간 그림자가 움직이지 않았나 하는 공포감을 느꼈다. 적이 있지 않나 하고 벽장 속과 침대 밑을 들여다보았다. 언젠가 그놈을 찾아내고 말 것이다, 그림자가 움직였을 때…… 그러나 오늘은 안심이다. 공포감은 차츰 엷어져 무의식의 깊은 곳으로 사라지고 말았다. 그는 담배에 불을 붙이고 창문으로 가서 브래들리의 집을 향해 미소 지었다. 다시금 확신이 섰다.

로스는 클리시의 방이 있는 건물 2층으로 가는 계단 위에 서 있었다. 간신히 그럴 시간을 얻었다. 클리시가 방으로 들어가는 소리가 들렸을 때 그는 자기 시계를 흘끗 보았다. 5분쯤 기다렸다가 서둘러 계단을 내려와 밝은 햇빛 아래로 나왔다.

"어서 웨스트에게 전화하자."

제19장

그랜트가 난로 앞에서 꾸벅꾸벅 졸고 있는데, 자동차가 한 대 산장 정면 개인용 도로로 들어왔다. 그가 당황해서 머리를 내저으며 일어나는 순간, 헤드라이트의 밝은 불빛이 창문을 가로지르며 몇 개의 괴상한 그림자가 난롯불이 비치고 있는 방 안에 흔들거렸다.

"듀크!" 그랜트가 잠에서 깨어난 목쉰 소리로 외쳤다. "듀크, 큰일 났어!"

헤드라이트가 창문을 스치고 지나가 방은 다시 어두워졌다. 그랜트는 주머니에서 권총을 꺼내들고 현관 문을 바라보고 있었다. 밖에서는 자동차 엔진 소리가 약해지더니 떨면서 사라져버렸다.

듀크는 의자 옆 전등을 켜고 손목시계를 흘끗 보았다. 행크는 소파위에 누워 있었는데 벌떡 일어나 듀크에게서 그랜트에게로 시선을 옮겼다.

"아직 9시 반이군." 현관으로 들어오는 발소리를 들으며 듀크가 말했다. "아직 사람들이 찾아올 시간이야."

"일어나!"

현관 쪽으로 가까이 다가오는 또렷한 발소리.

"이봐, 일어서란 말이야!" 그랜트가 말했다.

"그 권총을 치워!" 듀크의 얼굴은 그늘이 져서 잘 보이지 않았지만 눈이 어둠 속에서 차갑게 번쩍번쩍 빛나고 있었다. "손님이 온 거야, 아마 저 녀석의 친구겠지." 듀크의 목소리는 낮고 거칠었다. "그걸 치우란 말이야, 멍청아!" 그는 곧 일어나 바지를 끌어올리며 행크 쪽을 보았다. "이상한 흉내는 내지 마, 꼬마야. 서투른 짓을 하면 맨 먼저 네가 죽을 거야. 그 다음에는 보모와 아이지."

노크 소리가 났다.

"네가 주인이니까, 그런 줄 알고 행동해!" 듀크가 말했다.

행크는 고개를 끄덕이며 천천히 일어났다. 그가 방을 가로질러갔을 때 두 번째 노크로 문의 판자가 떨리고, 문을 열었을 때 막 세 번째 노크 소리가 났다. 그의 등 뒤에서 불빛이 현관을 비추자 거기에 서 있는 덩치 큰 사나이의 미소띤 얼굴이 보였다. 애덤 윌슨임을 행크는 알았다. 윌리엄즈보로에서 스포츠 용품점을 하고 있는 마음씨 좋은 거인이다.

"늦게 찾아와서 방해되지 않을지 모르겠군."

애덤은 먼저 행크에게 미소를 보내고 나서 난로 앞에 나란히 서 있는 듀크와 그랜트에게 미소를 보냈다.

"괜찮아, 들어오게. 지금 막 저녁식사를 하던 중일세. 우리 형을 처음 만나지? 그리고 형 친구인 에디 그랜트 씨도."

"두 분을 뵙게 되어 반갑습니다." 애덤은 두 손에 들고 있는 모자를 천천히 돌리며 두 사람에게 미소했다. "폽 매키를 만나러 가는 도중에 이곳을 지나게 되었으므로 잠깐 행크에게 들러볼까 하고 왔습니다. 손을 다쳐서 낚시에 못 갔다고 하더군요. 비행장 사람들에게서 그 소식을 들었지요. 손은 좀 어떤가?"

"나아가고 있네." 행크가 대답했다.

애덤은 행크의 손목에 감긴 더러워진 붕대와 짙은 자주색이 된 곳을 쳐다보며 의아한 듯이 물었다.

"그럼, 정말이었군?"

듀크가 미소 지으며 그쪽으로 다가갔다.

"처음 뵙겠습니다, 애덤 씨. 그 손에 대해 주의를 하도록 좀 타일러주십시오, 의사한테 가라고 두 번이나 말했는데도 자신이 초인인 줄 알고 있는 모양이니까요."

"형님 말씀을 듣는 것이 옳아, 행크." 애덤은 행크를 흘끗 쳐다보았다. "그 손은 조금도 좋아진 것 같지 않은데."

"내일은 내가 안고서라도 의사에게 데리고 가야겠소." 듀크가 말했다. "자, 이리로 앉으시지요, 마실 거라도 좀…… 럼 술이라도 괜찮겠습니까?"

"럼 술은 내가 좋아하는 겁니다"

애덤은 또 미소를 지었다. 그는 무거운 윗옷을 벗었다. 키가 크고 어깨가 넓으며, 뚱뚱하니 풍더분한 몸집이었다. 태도에는 상냥한 데가 있었다. 테 없는 안경 속의 눈이 맑고 순진해 보였다. 구식 사람들에게서 볼 수 있는 싹싹한 기분이 넘치고 있어, 매서운 데라든가 악의 같은 것은 전혀 없었다.

듀크는 부엌으로 들어가고 행크와 애덤은 난로 앞에 앉았다. 그랜트는 맨틀피스 앞에 서서 애덤을 경계하듯 눈을 가늘게 뜨고 바라보고 있었다.

방 안에 침묵이 감돌았다.

"당신은 읍내에서 장사를 하나 보지요?" 그랜트가 느닷없이 물었다. "네, 그렇습니다, 그랜트 씨. 조그만 스포츠 용품점을 하고 있습니다. 총과 낚시도구를 주로 다루지요."

"좋은 장사를 하시는군요, 안 그렇소?"

애덤은 예의바른 정중한 태도로 그 쪽을 쳐다보았다.

"글쎄요, 뭐라고 해야 좋을지 모르겠군요. 돈은 별로 벌지 못했지만, 재미있기는 합니다. 읍내에는 재미있는 사람들이 많아서 말입니다. 가게에 앉아 그들과 거짓말 이야기를 하는 것도 좋지요."

그랜트는 한쪽 손을 이마로 가져갔다. 손목시계를 흘끗 보는 것을 행크는 알아차렸다. 애덤에게도 그것이 보였다.

또다시 그들 주위로 침묵이 밀려들었다. 애덤이 바보가 아니라는 것을 행크는 알고 있었다. 소탈한 사람처럼 보이지만, 애덤은 역사적으로 뛰어난 장사꾼들을 낳은 지방에서 성공한 장사꾼이다. 그 크고 맑은 눈은 어지간한 일에는 속지 않는다. 사람의 얼굴을 보면 그가 무엇을 생각하고 있는지까지도 애덤은 금방 안다. 그가 포커에 지면 곧 읍내의 뉴스거리가 되었다. 지금 그는 그랜트의 긴장된 태도를 이상하게 여기며, 오직 그 일만을 천천히 마음속으로 생각하고 있었다.

"작은 읍내에도 재미있는 일이 있나 보지요?" 그랜트는 손짓으로 초조한 듯한 제스처를 해보였다. "모두들 아는 사이니까 자기 집에 있는 기분이겠군요, 틀림없이."

"네, 맞습니다. 당신은 큰 도시에 사시는군요, 그랜트 씨?"

"지금까지 줄곧 그랬었고, 앞으로도 아마 그럴 거요."

그랜트는 얼른 미소를 지었다. 맨틀피스 위에 한쪽 팔꿈치를 짚고 있었기 때문에 권총을 넣은 윗옷 호주머니께가 불쑥 내밀어졌다. 애덤은 그것을 눈치 챘다. 행크는 그렇게 확신했다. 그 의미가 담긴 듯 불쑥 내밀어진 곳을 애덤은 흘끗 쳐다보았다. 그랜트의 윗옷 단추를 보고 있는 것 같은 얼굴을 했지만, 틀림없이 그것을 눈치챘을 것이다. 그는 권총의 생김새를 알고 있었다.

듀크가 럼 술 한 병과 잔을 담은 쟁반을 들고 돌아왔다. 명랑하고 생기 있는 태도로.

"당신이 럼 술을 좋아한다니 다행이오. 여기는 이것밖에 없거든요."

"럼 술은 좋은 마누라 다음으로 좋지요. 이 근처 노인들 중에는 어린아이 때부터 이것을 마셔온 사람도 있답니다. 그들의 나이로 말하면, 아무도 모르지요. 본인들로서는 백년이나 전에 죽은 다니엘 웹스터의 연설을 들은 일이 있다고 주장하고 있으니까요." 애덤은 미소를 지으며 잔을 들었다. "도저히 믿어지지 않지만, 본인들은 그렇게 말하고 있답니다."

"나는 믿소." 듀크가 말했다. "과연 오래 살기는 했지만."

모두 술을 마시며 훨씬 편한 자세가 되었다. 듀크는 상냥하게 명랑한 기분인 것처럼 보였다.

"즐겁지 않소? 난로, 술…… 참 즐겁군요."

"그렇습니다."

"우리 도시 사람들에겐 이런 즐거움이 없소" 하고 그랜트가 말했다.

그가 듀크를 흉내내기 시작한 것을 행크는 알았다. 조금도 어색한 데가 없는 태도를 보이려 하고 있었다.

"우리 도시 사람들은 도무지 충분한 여가를 누릴 수가 없거든요. 인생을 뭔가 일하는 면에서만 생각해 버리고, 그 반대 면에서는 생각을 못하지요."

"그거 재미있는 말씀인데요." 애덤이 고개를 끄덕였다. "우리는 그 정반대지요. 그렇잖나, 행크? 낚시만 하고 일은 별로 하지 않으니."

"행크는 이리로 와서 놀고만 있었소?"

듀크가 물었다.

애덤은 웃었다.

"아니, 이거 공연한 소리를 해서 또 실수했나 보군!"

"정말 조심해 주게, 애덤!" 행크가 즐거운 듯이 말했다.

그러나 행크는 뭔가 있구나 하고 눈치를 챘다. 낚시만 하며라니, 애덤의 스포츠는 총이다. 낚시꾼이 아니다.

애덤은 럼 술을 한 모금 마시고 나서 난로를 향해 미소 지었다.

"나는 일 이야기를 하는 건 일하는 것만큼이나 싫지만…… 여보게, 행크, 자네가 원하던 새 낚싯줄이 들어왔네. 두 개인데, 아주 훌륭한 걸세. 그만큼 투자를 해서 많이 낚이지 않으면 거짓말이지."

"그렇게 될지 어떨지 재미로 한번 해보지."

행크는 심장이 천천히 무겁게 뛰는 것을 느꼈다. 애덤에게 낚싯줄을 부탁한 일은 없었다.

"그런데 사실 그 낚싯줄이 밖의 차 안에 있다네. 뒤에 실은 여러 가지 너절한 것들 밑에. 같이 거들어서 꺼내주겠나? 아니면 자네가 읍내로 나올 때까지 그대로 둘까?"

"아, 그대로 두어주게."

듀크가 이제 미소 짓고 있지 않다는 것을 행크는 알았다. 듀크는 이상한 듯이 눈살을 찌푸리고 애덤을 지켜보았다.

"나는 손이 이러니 당분간은 낚시를 할 수 없다네."

행크가 말했다.

두 사람은 듀크를 상대로 위험을 무릅쓰고 있는 것이다. 듀크는 배신당하거나 속지 않도록 늘 경계하고 있다. 그러면서 그 자신이 친구를 배신할 때는 그저 선수를 치는 것뿐이라고 생각한다.

대화는 자연스럽게 세상 이야기로 옮겨갔다. 애덤은 사냥 이야기를 자랑스럽게 했으며, 듀크는 또 한 차례 술을 따랐다. 그랜트는 아프리카로 사냥을 갔으면 하는 것이 어릴 때부터의 큰 소원이었다고 말했다. 애덤은 그 이야기에 흥미를 갖는 것처럼 보였다. 듀크는 컵마다 럼 술을 조금씩 더 따랐다. 별일 없이 시간이 지나갔다.

이윽고 듀크가 하품을 하며 말했다.

"이거 죄송합니다만, 그만 너무 피곤해서."

"주무시는 데 방해를 해서 미안합니다." 애덤이 말했다. "난 그만 돌아가봐야겠군요."

"마저 마시지요. 나는 상관 마시고." 듀크는 애덤과 악수를 나누었다. "2, 3일 안에 들르겠습니다. 당신 가게를 구경하고 싶으니까요."

"꼭 오십시오. 그리고 우리 친구들을 만나주십시오."

듀크가 위층으로 올라가버리고 나자 이야기가 끊어졌는데, 그 침묵은 이런 경우에 흔한 일이었으며 차라리 기분 좋은 것이었다. 그랜트는 가만히 자신을 억누르며 애덤이 돌아가기를 초조한 모습도 보이지 않고 기다리고 있었다. 세 사람 모두 컵에 남은 마지막 술을 마시고, 난롯불을 가만히 바라보며 나른한 기분에 젖어 만족스러워하고 있는 것 같았다.

마지막으로 애덤이 말했다.

"잊은 것이 있군, 행크, 어제 우연히 해리 데이비드를 만났는데, 아직도 자네가 지붕 수리를 해주었으면 하는지 어떤지 묻더군. 만일 원한다면 나와서 견적서를 내겠다는 거야. 난 자네한테 물어보겠다고 말해 두었지."

"어떻게 할까⋯⋯."

행크는 약간 어깨를 으쓱해보였다. 여기서 서투른 소리를 했다가는 둘 다 끝장이다. 해리 데이비드는 건물 청부업자가 아니다. 윌리엄즈보로의 읍내 보안관이다.

"그거야 해달라고 해도 괜찮겠지." 마침내 행크는 대답했다. "하지만 가격이 문제일세. 꽤 비싸게 먹힐걸. 그 사람 혼자선 되지 않을 테니까."

"그대로 두면 둘수록 곤란하게 된다네. 이를테면 내 경우처럼 말일세. 난 지붕이 새는데도 1년이나 내버려두었다가 나중에 골치를 앓았었지." 파이프 담배를 피우면서 애덤은 아주 태연자약했다. "그럼, 그 사람에게 해달라고 부탁해 두겠네. 괜찮겠지?"

"좋아, 그렇게 해주게."

"그럼, 그만 돌아가야지. 그랜트 씨, 돌아가시기 전에 가게에 한 번 들러주십시오. 모두 함께 집에 모시고 간단히 식사라도 대접하고 싶으니까요. 그뿐만이 아니라 우리 다시 만나서 한잔하지 않겠습니까?"

"좋지요."

"언제든지 형편 되는 대로 와주십시오. 미리 알려주실 필요는 없습니다."

그들은 함께 문으로 갔다.

"길 조심하게, 애덤. 오늘 밤에는 럼 술을 상당히 마셨으니까."

애덤은 웃으면서 모자를 썼다.

"내 걱정은 말게." 그는 행크를 보고 미소 지었다. 그 표정이 좀 이상했다. "아무것도 걱정할 건 없네, 이 사람아. 그만 불 옆으로 가계십시오, 두 분 다."

"그럼, 실례합니다." 그랜트가 말했다. "조심해서 돌아가십시오."

"네, 잘 알겠습니다. 그럼, 안녕히……."

그랜트는 문을 닫고 현관을 가로질러가는 애덤의 무거운 발소리에 잠시 귀를 기울이고 있더니 고개를 내저으며 담배를 꺼냈다.

"똑똑한 시골 친구로군. 안 그런가? 시골 가게에 모여 앉아 시시한 잡담들이나 떠벌리는 자들 중에서 인기 있는 모양이지?"

"애덤은 여간 사람이 좋지 않답니다."

행크는 아무렇지도 않은 듯이 말했다.

그는 애덤이 윌리엄즈보로까지 가서 해리 데이비드를 만나기까지의 시간을 계산하고 있었다. 적어도 1시간은 걸릴 것이다. 그리고 데이비드가 이리로 오기까지는 앞으로 30분이 걸릴 테고……

"저런 시골 광대들은 모두 사람이 좋지." 그랜트는 난로 쪽으로 어슬렁어슬렁 다가갔다. "저자들은 저 정도의 머리밖에 없어. 저런 사람과 함께 있다가 엘리베이터가 도중에 멈춰서버리면 나는 못 견딜 거야. 가끔 그런 생각이 들어."

그러나 만일 애덤이 해리 데이비드를 만나지 못하게 된다면? 주경찰에 전화를 할까? 그럴 것이 틀림없다. 그러면 2시간이나 그 안에 주경찰이 오게 될 것이다. 행크는 손목시계를 보았다. 10시 30분. 그러면 12시 30분까지는……

현관 쪽에서 무거운 발소리가 들렸다. 그랜트의 몸이 경련을 일으키듯 굳어지고 목의 힘줄이 공포로 죄어들었다.

"아니, 또 누가 오는 건가?"

"너무 서두르면 안 됩니다. 애덤이 뭔가 잊어버린 것이 있을지도 모르지요."

"잠자코 있어! 거기에 가만히 있어!"

문이 힘차게 안으로 열렸다. 쾅 하고 열리며 벽에 부딪쳤다. 찬 공기가 확 방 안으로 밀려들고 유리창이 덜거덕 소리를 냈다. 타고 있던 장작불이 불끈 치솟았다.

문 앞에 서 있는 애덤의 모습이 행크의 눈에 비쳤다. 행크는 벌떡 일어났다. 어둠 속에서 애덤의 얼굴은 창백하고, 시꺼먼 액체 같은 것이 이마 가득 흐르고 있었다.

"애덤!" 행크가 외쳤다.

애덤은 안으로 비틀거리며 무릎을 꿇고 숨을 몰아쉬며 괴로운 듯이 헐떡였다. 그 뒤에서 손에 장작을 들고 검은 얼굴에 기분 나쁜 노여움을 띤 채 우뚝 서 있는 듀크가 보였다.

"이 미친 녀석, 무슨 짓을 한 거지?"

그랜트가 듀크에게 소리쳤다.

"자네 목숨을 건져준 걸세. 그뿐이야."

애덤 옆에 무릎 꿇고 있는 행크에게는 머리 위에서 주고받는 말다툼이 거의 들리지 않았다.

"자네가 하고 있는 짓은 제정신이 아니야! 경찰이 이자를 찾게 돼. 자네 같은 얼간이 머리로서는 그런 생각을 못한단 말인가?"

그랜트는 높고 지친 목소리로 말했다.

"이 녀석은 경찰로 가는 참이었어." 듀크의 목소리도 거칠었다. "그러니까 가만히 있어, 에디. 자네의 신경질에 나는 질리고 말았네. 조용히 있을 수 없거든 위층에 가서 여자들과 같이 있든지!"

"경찰에 가는 참이었다니, 그게 무슨 말이지?"

"이 녀석의 차에는 꼬마에게 줄 낚싯줄이 들어 있지 않았어. 나는 가서 뒤져보고 왔지."

"잊어버리고 왔는지도 모르잖나? 다시 한 번 말해 두지만, 듀크……"

"나에게 말해 줄 건 없어. 이 녀석들은 자네 눈앞에서 신호를 주고받고 있었던 걸세. 해리 데이비드가 어째? 지붕 수리가 어째? 내가 계단에서 엿듣고 있어서 운이 좋았지. 해리 데이비드란 바로 윌리엄즈보로의 보안관이야. 그 녀석을 다시 당선시켜 달라는 선전 벽보가 읍내 전신주에 나붙어 있었네. 이 자는 그 녀석을 만나러 가는 참이었어. 나는 창문을 열고 홈통을 타고 내려가 간신히 시간을 놓치지 않았지."

"하지만 앞으로 우리는 어떻게 하지, 듀크? 나…… 나로서는 생각이 나지 않아."

"이 녀석의 입을 봉해놓는 거야. 아침이 되면 가게로 전화를 걸게 하여 못 돌아간다고 말하도록 시켜야지. 이 녀석은……."

"애덤은 아무것도 할 수 없어!" 행크가 말했다. "죽었어! 형이 죽인 거야!"

"바보 같은 소리 마! 나는 때렸을 뿐이야." 듀크는 무릎을 꿇고 한쪽 손을 윗옷 밑으로 찔러 넣었다. "다만 5, 6분 동안 정신을 잃게 만든 것뿐이지. 나는 꼭 그 시간만큼만 때릴 수 있거든. 내가 만일 정말……."

듀크는 갑자기 말을 끊고 약간 얼굴을 찡그리며 애덤의 얼굴을 살펴보았다.

잠시 동안 아무도 입을 열지 않았다. 그랜트의 무거운 숨결이 침묵 속에 크게 들렸다.

"듀크, 어떻게 됐나?"

"그래, 꼬마가 말한 대로야." 듀크는 생각에 잠긴 듯이 말했다. 그는 비틀비틀 일어나며 머리를 내저었다. "이상한 일도 있군, 에디. 나는 그저 때린 것뿐인데……." 그는 가만히 꼼짝도 않고 있는 행크 쪽을 돌아다보았다. "알겠니, 꼬마야, 이 녀석이 스스로 저지른 일이야. 나 때문이 아니라 이 녀석이 영리한 점을 보여주려고 했기 때문이야."

행크가 일어났다.

"자신도 그렇게 믿고 있지는 않을걸. 아무도 그렇게 믿지 않아!"

"이 녀석이 스스로 공연한 일에 머리를 들이민 거야. 이 녀석이 영리한 체한 것뿐이야. 알겠니? 그뿐이야."

행크는 형을 쳐다보았다. 처음으로 똑똑히 보았다. 죄의식에도, 두려움에도, 감상에도 누그러지지 않는 그 모습을. 그 비정함을. 비뚤어져 한데 섞인 교활한 지혜와 대담성을. 도전과 공포를. 특히 그 중에서도 두드러진 공포의 빛을.

"이 녀석이 스스로 저지른 짓이야!"

듀크는 약간 어깨를 으쓱하며 자기에겐 책임이 없다는 듯한 몸짓을 해보였다.

"위층의 어린애도 자기가 저지른 일이겠군." 행크가 말했다. "그리고 보모도, 형은 뒤에서 사람을 몽둥이로 내려치고도 그때마다 그 녀석이 스스로 저지른 일이라고 어물어물하며 다리를 절면서 달아나곤 했어! 그런 짓만 하면서 아직도 싫증이 나지 않았소?"

"너는 잠자코 있는 것이 좋아!" 듀크는 천천히 말했지만, 동생 얼굴에 나타난 경멸의 빛에 가슴이 찔려 분노에 불타면서 자신을 변호하려고 했다. "그러고 있어. 노려보려면 노려봐! 내 저는 다리를 실컷 비웃어봐! 훌륭한 두 다리를 가지고 있는 놈은 모두 그러지. 나는⋯⋯."

계단 문이 열리고 벨이 방으로 들어왔기 때문에 듀크는 얼른 입을 다물었다.

"여보, 나는 어쩐지⋯⋯."

문 앞에 뻗어 있는 애덤을 본 벨의 입술에서 공포의 외침 소리가 조그맣게 새어나왔다. "이 사람, 어떻게 된 거예요? 누구예요, 여보?"

"죽어 있는 거야!" 그랜트가 말했다.

"어머나!"

벨의 창백한 얼굴에 어두운 눈이 커다랗게 열렸다. 그녀는 의자에 길게 앉아 두 손을 머리 뒤에서 마주잡고 있는 듀크 쪽으로 천천히 향했다.

"당신이 그랬나요? 당신이 했어요, 듀크 씨?"

"그렇소, 나를 가만히 보오." 듀크는 비꼬는 듯한 엷은 미소를 보였다. "시체가 넘어져 있으니 이 상냥한 듀크가 했을 게 틀림없지. 맞았어, 내가 죽인 거요. 그래, 당신이 올라탈 만한 나무로 내가 머리를 부숴버렸지."

그녀는 얼른 뒤로 물러섰다. 숨결이 작게 불규칙적으로 할딱거렸다.

"이런 일로 농담은 그만둬요. 제발 그만둬 주어요! 이 사람은 죽었어요. 당신은 왜 그랬지요?"

"내가 미쳤기 때문이오. 나는 미치광이야! 에디가 그렇게 말했지. 에디는 어른이니까 그의 말은 틀림없을 거야."

"제발 부탁이니……" 벨이 속삭이듯 말했다.

"괜찮아, 벨, 침착해!" 그랜트가 말했다. "듀크는 이렇게 하지 않으면 안 되었던 거야. 이 녀석이 경찰에 가려고 했거든. 자, 이제 앞으로 어떻게 할 것인가를 생각하지 않으면 안 되겠군." 그는 행크를 쳐다보았다. "이 녀석이 여기 온다는 걸 누가 알고 있을까?"

"내가 들은 건 당신도 다 들었잖소."

"결혼했나? 기다리는 가족이 있나?"

"결혼은 하지 않았소. 어머니와 형수와 조카 둘을 보살펴주고 있지요. 모두 함께 여기서 30마일쯤 떨어진 이튼이란 곳에 살고 있소. 애덤의 형은 보병 중사로 유황도에서 전사했소."

"신상 이야기 같은 건 필요 없어."

"당신과 형은 그때 교도소에 있었겠지. 그러니까 아마 신문을 보지 못했을 거요."

"영리한 척하지 말아……" 이 말은 상대를 누르기 위해 자동적으로 나온 것으로, 힘도 확신도 들어 있지 않았다. 공포와 분노의 틈바구니에 끼어 그랜트는 어떤 태도를 취해야 좋을지, 어떻게 행동해야 좋을지 몰랐다. "여보게, 듀크," 그는 걱정스러운 듯이 말했다. "어떻게 하면 좋을지 생각하지 않으면 안 되겠네."

"난 모르겠어, 에디. 난 지금까지 할 수 있는 데까지 애써 일해 왔네. 그런데 자네는 그걸 마음에 안 들어 했어. 마냥 나무라기만 했지." 듀크는 커다란 어깨를 움츠렸다. "자네가 우두머리니까 자네 좋을 대로 하게."

"대단한 소릴 하는구먼. 자기가 죽여 놓고서 이제 하기 싫은 내기를 하는 것 같은 소리를 하고 있군."

"그래, 난 빠지겠어. 질렸어. 자네를 돕는 것이 싫어졌어. 스스로 돕게나, 에디."

그랜트는 듀크를 노려보았다.

"자네는 잘 알면서 그런 소릴 하는 건가? 마룻바닥에 시체가 있어. 경찰이 이 녀석을 찾아 이리로 올 거야. 위에는 어린애와 보모가 있고!" 노여움으로 목소리가 높아졌다. "잔소리가 지겹다고? 전기의자에 묶이게 되어도 지겹겠나?"

"당신 때문에 이렇게 된 거예요. 가만히 있으면서 아무 일도 하지 않는 것이 현명한데……." 벨이 말했다.

"우리들은 방법에 대해서도 생각이 다르기 때문에, 그래서 난 얌전히 빠지겠다는 걸세."

이러한 듀크의 작전을 행크는 잘 알고 있었다. 듀크는 상대에게 굴복을 요구하고 있는 것이다. 다만 그뿐이다. 그것이 얻어지지 않으면 그는 손을 뗀다. 모든 약속과 책임, 그리고 정을 냉정하게 무시해 버린다. 그는 결코 따지려들지 않는다. 다만 등을 돌리고 나갈 뿐이다. 이러한 듀크의 압력이 이긴 것을 행크는 보아왔다. 축구 코치와의 경우에는 "좋습니다, 그럼, 난 연습이 끝나면 이제 그만둘 테니까요." 여자와의 경우에는 "그 따위 소리 하려거든 누군가 다른 사람을 찾아봐. 난 그만 작별할 테니까. ", 아버지와의 경우에는 "좋아요, 난 집을 나가겠습니다. 그야 편지를 하겠지만 기다리지는 마십시오" 하는 식이었다.

그리고 지금 또 그랜트의 초조하고 걱정스러운 눈초리를 보고 이번에도 역시 성공하겠구나 하는 것을 알았다. 그들은 듀크를 필요로 하고 있다. 듀크의 조건을 받아들이리라.

그랜트가 말했다.

"글쎄, 누가 지휘를 하느냐 하는 것을 따질 필요는 없네. 자네가 하고 싶으면…… 그래도 좋네. 문제는 지금 우리가 난처한 입장에 처해 있다는 걸세. 누가 우두머리냐 하는 것을 따지고만 있을 처지가 아니야. "

"그건 그래요. " 벨이 불안한 듯이 그랜트를 쳐다보며 말했다.

듀크의 얼굴에 만족스러운 미소가 어렴풋이 떠올라 있는 것을 보면서 행크는 그랜트와 벨은 자신들이 생각하는 것 이상으로 지고 말았다고 생각했다. 두 사람은 생각을 하고 있지 않다. 다만 희망하고 있을 뿐이다. 어리석게도 맹목적으로 듀크를 의지하고 있는 것이다. 두 사람은 듀크의 저 자신에 찬 태도는 다만 그 자신의 순간적인 승리감 때문이며, 그들의 최후의 안전과는 아무 상관도 없다는 것을 아직 모르고 있다. 어제만 같아도, 아니, 2시간 전만 같아도 이런 실수는 저지르지 않았을 것이다.

"좋아, 우선 이 녀석부터 처치하지 않으면 안 되겠지. " 듀크는 벌떡 일어났다. "내가 차에 싣고 숲으로 가서 버리고 오겠네. 그뿐이야. 발견되더라도 경찰은 아마 차에 태워달라고 한 녀석의 짓이라고 생각할 걸세. "

"하지만 그렇게 생각지 않을지도 모르네" 하고 그랜트가 말했다.

"그야 그렇지. 잊지 말라고, 지금 우리는 위험에 처해 있다는 것을. 일은 못마땅하게 된 거야. 에디, 자네는 예정대로 도노반의 비프스테이크 집 손님이 되기는 틀렸네. 이번 일의 목적은 오로지 그뿐이 아니었나? 10분 동안 뽐내고 있을 수 있으면 그건 10분 동안 교도소에 들어가 있는 거야. 배가 나오고 머리가 벗어지기 시작한 늙은이가 아니라는 기분으로 있었으면 그걸로 좋겠지. 글쎄, 들어보게!" 그랜트가 한 걸음 앞으로 나오자 듀크의 목소리가 거칠어졌다. "자네는 그렇게 될 수 없어. 우리는 지금 쫓기고 있는 걸세. 쫓는 사람의 눈을 피해 숨어 있는 거지. 빈터와 구석을 찾아 도망치려 하고 있어. 그러니까 자네는 내가 하라는 대로 하고 있게. 그렇지 않으면 나는 혼자서 도망쳐 버리겠네." 듀크는 그랜트에게서 벨 쪽으로 눈길을 옮겼다. "벨, 당신은 위층으로 올라가서 보모 곁을 떠나지 말아요. 자, 어서!"

벨은 얼른 방을 나갔다.

행크가 말했다.

"형은 그랜트 씨를 우두머리로 두는 편이 좋았을 텐데. 이제 형은 끝장이오."

듀크는 양쪽 발끝으로 몸의 균형을 유지하면서 행크를 보고 웃었다.

"지금까지 가만히 보고 있었는데, 너는 성냥개비로 집을 짓는 녀석처럼 조금씩 대담해지고 있구나. 네게는 시간이 걸리는 어려운 일임에 틀림없지. 세상일은 그렇게 되지 않으면 안 되는 법이야. 단단히 상대와 겨루지 않으면 안돼. 그렇지 못하면 지는 거다. 너는 사나이답게 해볼 생각이었겠지? 하지만 말이다. 나는 네게 영웅 역할을 맡길 수 없어. 네가 영웅인 체하는 얼굴을 보는 건 재미있지만, 웃고 있을 겨를이 없거든."

듀크는 그랜트를 흘끗 쳐다보았다.

"에디, 지하실로 된 광이 있지? 돌벽에 자물쇠가 채워진 튼튼한 문짝이 붙어 있네. 거기가 이곳 독방일세. 행크를 우리가 필요로 할 때까지 거기에 넣어두는 게 좋겠네. 시끄럽게 굴거든 정신을 잃을 정도로 쥐어박아주게. 이 일은 자네에게 맡기겠네. 그리고 자동차가 어떤가 보고 커피와 음식 준비를 한 다음 가만히 있어 주게. 알겠나?"

행크는 자기들이 진 것을 깨달았다. 기다리고 있었던 것도, 바라고 있었던 것도, 그랜트와 듀크에게 압력을 넣은 것도 모두 헛일이 되었다. 광문이 탁 닫히는 것을 마지막으로 이제 다시는 기회가 없다. 그에게도, 케이트에게도, 어린아이에게도……

"가지, 젊은이." 그랜트가 말했다.

"아!" 하고 신음하며 행크는 문 쪽으로 향하다가 빙글 돌아서며 몸을 웅크렸다.

"이 녀석이 왜 이래!" 하고 그랜트가 맞서왔다.

행크는 얼른 일어서며 마룻바닥에 내렸던 왼쪽 팔을 쭉 내밀었다. 그것이 그랜트의 이마를 쳐서 비틀거리게 만들었다. 행크는 그랜트가 권총을 넣어둔 호주머니를 덮치려고 했다.

듀크가 허리를 굽혀 아까의 그 장작을 집어들었다.

"이 잘난 녀석아!" 하고 듀크는 기분 나쁜 목소리로 호통을 쳤다.

듀크의 팔이 올라갔다. 장작이 기분 나쁜 곡선을 그리며 내려왔다. 행크가 바닥에 쓰러지자 듀크는 그랜트 쪽을 내려다보며 말했다.

"하마터면 자네 또 당할 뻔했군. 좀 조심하게나!"

그랜트는 행크의 뻗어 있는 몸뚱이를 가만히 내려다보았다.

"우리가 이곳을 나가기 전에 이 녀석은 내가 처치하지. 약속하네!"

"조심하고 있게. 알겠나?"

제20장

클리시는 몸값을 수요일 아침 날이 밝기 전에 펜실베이니아 주의 옥스퍼드 시내 바로 남쪽 1번 국도의 인기척 없는 곳에서 손에 넣었다. 아무 곤란도, 귀찮은 일도, 감시를 당할 염려도 없다는 것을 클리시는 확신하고 있었다. 그가 천천히 달리고 있는 브래들리의 차 바로 뒤로 다가가서 경적을 세 번 울렸을 때, 국도는 어둡고 남북 몇 마일에 걸쳐 사람도 차도 없었다. 브래들리는 명령대로 차를 멈추었고, 60초도 되기 전에 클리시는 차 뒷자리에 돈이 가득 든 슈트케이스를 싣고 뉴욕으로 달리고 있었다.

클리시는 어둠 속을 달리면서 그랜트는 정말 멋있는 계획을 세웠다고 생각했다. 가장 간단하고도 가장 위험이 적다. 신호를 하는 시간도 장소도 모두 클리시의 자유였다. 브래들리의 차는 계속 시속 30마일로 달리고 있었으므로 그것을 안전하게 감시한다는 것은 어이없을 정도로 쉬웠다. 클리시는 몇 번이나 그 차를 추월하여 지나가서는 주유소와 간이식당에 차를 세우고 다시 브래들리를 앞서 가게 했다. 만일 뭔가 의심스러운 일이 있으면 국도를 떠나 뉴욕으로 돌아오면 그것으로 그만이다. 그러나 모든 일이 그랜트가 말한 대로 되었다. 차의 왕래는 거의 없었으며, 장거리 버스와 트럭이 합법적인 제한 속도를 조금 초과해서 달리고 있는 정도였다. 오는 도중에 간단히 안전하게 신호할 수 있을 만한 한적한 곳이 몇 군데 있었다. 그런 곳은 모두 그랜트가 몇 주일이나 전에 주의해서 조사해 두었었다. 정말 아무 문제없는 일이었다. 무전기 문제도 잘 끝났다. 브래들리가, 아니면 경찰이 브래들리의 차에 무전기를 장치해 놓고 클리시가 신호를 하면 따라서 신호를 보내지나 않을까 하고 그랜트는 두려워하고 있었다. 그것을 경계하기 위해 클리시는 그랜트의 지시에 따라 브래들리의 차 뒤에 가까이 갔을 때 자기 차의 라디오를 틀어두었다. 그렇게 하여 공중 전파에 의한 방해가 없는지 주의해 들어보라고 그랜트가 일러주었다. 그런 일이 있으면 브래들리의 차에서 무전기를 쓰고 있다는 증거이다. 그러나 의심스러운 방해며 소리는 없었다. 한 번인가 두 번 흔히 있는 찌직 소리가 조그맣게 났을 뿐이었다. 두 번이 아니라 한 번이었다고 클리시는 생각해 냈다. 라디오 수신 상태는 완전했다.

그리고 나서 클리시는 경적을 세 번 울렸다. 그 1분 뒤에는 20만 달러가 손에 들어와 있었다. 그는 가방을 열고 확인해 보았다. 걸린 시간은 겨우 15초였다. 그리고 나서 차를 돌려 뉴욕을 향해 뉴저지 주의 유료도로로 향했다.

델라웨어 주의 윌민튼 시 교외까지 와서 국도를 떠나 어두운 주택지대로 들어온 다음, 아치처럼 된 나무와 아름다운 정원이 있는 주택들이 줄지어 있는 블록에 차를 세웠다. 몇 대 안되는 자동차와 버스가 그를 앞질렀을 뿐이었지만, 그 어두운 곳에 숨어서 미행당하고 있지 않다는 것을 확인하려고 그는 결심했다. 조심하는 것보다 나은 것은 없다.

클리시는 자동차 도로 지도를 펼쳤다. 우연히 경찰차가 서는 일이 있더라도 이렇게 말하면 된다.

"도무지 길을 알 수가 없어서 말입니다. 메모리얼 다리로 가려면 어떻게 가는 것이 좋을까요? 아, 그렇습니까? 내가 잘못 알았군요, 대단히 고맙습니다."

그는 담배에 불을 붙이고 나서 자리에 깊숙이 기대앉아 바람막이 유리에 희미하게 비치는 자기 안경을 향해 미소 지었다. '그랜트는 지나치게 걱정하고 있었군. 머리 나쁜 아이에게 강의하듯 지시하면서, 정말 세밀하게 화가 날 정도로 몇 번이고 되풀이하며.' 그랜트는 클리시가 제대로 자동차를 운전할 수 있을지가 미심쩍은 모양이었다. 그러나 클리시는 우수한 운전기사로 올드 웨스트베리에서 몇 해나 운전 일을 해왔다. 그는 그곳의 조용하고 꼬불꼬불한 길과 정원을, 뉴욕 근처에서는 어울리지 않는 너무 넓은 느낌을 주는 그 길들을 생각해 냈다.

거기에는 왕자의 특권이 있었다. 정말이지 평방 야드당 10에서 20달러는 하는 땅에 9홀의 골프장을 갖는다는 것은 고상한 생활이었다. 겨울철을 대비한 실내 정구장과 온수 수영장과 폴로 경기장이 있고, 경마와 게임과 학교 이야기며, 어떤 늙은 부인이 행운의 유족들에게 얼마를 남겨주겠지 하는 따위의 이야기를 끝도 없이 지껄여대고 있었다. 그가 일한 집은 명문 윈슬로프 집안이었다. 그러나 분가(分家)나 본가(本家)의 직계는 아니었고, 그저 팔촌 정도 되는 집안이었다. 따지고 보면 아무것도 아닌 집안이었다. 그는 그 집 계통을 철저하게 알고 있었다. 그런데 얼마나 거만을 떠는 못마땅한 인간들이었던가! 그 집 딸로 말하면…… 그는 그녀를 정말 잘 알고 있었다. 거만하기 그지없는 작은 수캉아지 같은 계집! 하얀 반바지만 입고 번듯이 위를 보고 누워서 가느다란 갈색 몸뚱아리를 햇볕에 그을렸다. 차가운 음료수를 옆에다 놓고…… 그녀에게 지금은 남자아이가 하나 있는 것을 그는 생각해 냈다. 마이클 데즈몬드라는 아이다. 이름을 지어주는 날의 파티 기사가 신문의 사교란에 엄청나게 크게 나 있었다. 그 아기도 벌써 첫돌쯤 된다.

자신의 생각이 이처럼 펼쳐지며 밑도 끝도 없는 엉뚱한 분노가 가슴 속에 타오르며 기분 좋게 온몸으로 번져가는 것이 스스로도 의아했다. 윈슬로프 집안 놈들, 그렇다, '놈들'이다! 그놈들에게는 당연히 벌을 줄 필요가 있다. 그들은 첫손자에게 정신이 빠져 있다. 교훈을 줄 필요가 있는 인간은 많다. 그리고 그것은 쉬운 일이다.

번쩍 정신이 들어 클리시는 시계를 보았다. 가지 않으면 안 된다. 그런 일을 위한 시간은 다음에 또 있을 것이다. 그러나 무엇을 하기 위한 시간이지? 생각이 이상하게 어지러워졌다. 다만 분노의 감정이 아직도 계속되고 있는 것이 아주 기분 좋게 느껴졌다. 그는 작은 발에 악의를 담아 액셀러레이터를 밟았다.

긴장된 침묵을 뚫고 웨스트의 책상 위에 있는 무전기가 울렸다. 제리 로스가 급히 스피커 쪽으로 몸을 굽혔다. 그 얼굴은 긴장과 피로로 매서워보였다.

소리가 났다.

"필라델피아 지부의 데이비드입니다. 그 사나이는 몇 분 전에 메모리얼 다리를 건너 뉴저지 유료도로로 향하고 있습니다."

"알았네." 로스가 말했다.

"그럼, 이만 끊겠습니다."

"잘했네, 데이비드."

로스는 불이 붙지 않은 담배를 물고 책상 끝에 앉아 있는 웨스트를 흘끗 쳐다보았다. 웨스트의 생기 있고 젊어 보이는 얼굴에도 날마다 계속되는 긴장으로 지친 빛이 나타나 있었으나, 눈은 여전히 대리석처럼 차갑게 빛났다.

"놈이 뉴욕으로 돌아오고 있는 모양입니다." 로스가 말했다.

웨스트는 천천히 고개를 끄덕이며 벽시계를 올려다보았다.

또다시 무전기가 울렸다.

"필라델피아의 블란델입니다. 그자는 유료도로에 있습니다. 나는 그 사람 앞으로 나갑니다. 그는 시속 45마일로 달리고 있습니다. 10마일이나 12마일쯤 지난 뒤 교대하겠습니다."

"알았네, 블란델." 로스가 말했다.

웨스트는 또 시계를 흘끗 보면서 일어났다. 시계가 자석처럼 그의 눈을 끌어당기고 있다. 수요일 오전 3시. 지금은 시간이 지날수록 이쪽에 불리하다. 1분이 지날 때마다 어린아이의 위험이 그만큼 커져간다. 몸값은 지불되었다. 유괴범은 돈을 손에 넣었다. 이제 어린아이는 거치적거리는 위험한 짐이 되었다. 방해물이 되었다. 어린아이를 집으로 돌려보내는 위험을 무릅쓸 까닭이 있겠는가? 이 의문은 범인 자신도 갖게 될 것이다. 웨스트는 범인이 그 의문에 어떻게 대답할 것인지를 알고 있었다.

FBI가 몸값 지불을 감시한 까닭은 다른 것이 아니다. 돈을 받아든 차를 따라가면 아이 있는 곳으로 가게 되리라 기대했기 때문이다. 백 대 이상의 자동차와 트럭과 택시, 그리고 스테이션왜건이 이 감시에 참가했다. 오토바이까지 몇 대 동원되었다. 클리시가 펜실베이니아 주 케네트 스퀘어를 나왔을 때부터 세밀한 계획에 따라 차들이 번갈 아서 그 뒤를 미행했다. 브래들리의 차에는 FBI 필라델피아 지부 직원의 손에 의해 무전기와 카메라가 장치되어 있었다. 클리시가 브래들리 차 뒤에 자신의 차를 세웠을 때, 브래들리는 페달을 밟았다. 카메라는 클리시의 차번호를 기록하고 무전기는 1번 국도와 나란히 나 있는 부차적인 도로를 감시하고 있던 몇 사람의 FBI 수사요원에게 한 차례의 신호를 보냈다.

이것은 복잡한 일이었다. 감시에 참가하고 있는 많은 수사요원이 완전히 시간을 맞추어 행동해야 했다. 그것은 조금의 실수도 없이 실행되었다. 그런데 클리시가 지금 돈을 가지고 뉴욕으로 되돌아오고 있는 모양이다. 시간은 점점 촉박해 간다······.

웨스트는 갑자기 성난 몸짓으로 불이 붙어 있지 않은 담배를 버렸다. 책상 위에 놓인 두 장의 확대 사진을 바라보았다. 듀크 파렐과 하워드 클리시. 대체 파렐은 어디에 있는 것인가?

웨스트의 기다란 책상을 둘러싸고 6명의 수사요원이 책상에 앉아 있었다. 그들은 전화가 울리기를, 텔레타이프의 키나 무선 신호가 침묵을 깨뜨리기를 기다리고 있었다. 그들은 넓게 그물을 쳐 두었다. 시카고와 위스콘신 주의 수도 매디슨과 디트로이트, 남쪽은 앨라배마 주의 모빌, 서쪽은 콜로라도 주까지, 파렐 형제에 대해 단서가 얻어질 만한 곳은 어디에나 그물이 쳐 있다.

수사요원 한 사람은 행크 파렐의 부대장, 뉴저지 주 레드 뱅크에 살고 있는 퇴역 대령과 이야기를 나누었다. 다른 한 사람은 졸리에트 교도소에서 듀크 파렐을 알고 있는 소장과 모범수들과 이야기를 하며 3시간을 소비했다.

그들은 벌써 이 두 형제에 대한 것은 뚜렷한 양각처럼 알고 있었다. 육군 복무중의 일, 교도소 복역 중의 일, 신용 정도, 취미, 식성, 옷차림, 여자──그것은 모두 서류철 속에 기록되어 있다. 클리시에 대해서는 서류철의 재료가 별로 없었으나, 듀크 파렐과 교도소에서 친하게 지냈던 시카고의 옛날 건달 에드윈 데이비드 그랜트라는 자의 서류철 내용은 점점 불어갔다. 이 두 사람은 교도소를 나온 뒤 잠시 시카고 근처를 빈둥거리다가 함께 디트로이트로 갔고, 그 뒤 덴버로 갔다. 거기서 소식이 끊어져, 그랜트가 지금 듀크 파렐과 함께 있다는 것을 보여주는 증거는 아무것도 없다.

제리 로스가 말했다.

"듀크의 동생이 이번 사건에 관계하고 있다고는 도저히 생각할 수 없습니다."

"그건 모르네." 웨스트가 말했다.

로스는 책상에서 카드를 집어 들었다.

"그런 짓을 할 사람 같지 않습니다. 훈장이 두 개, 종군 중의 훌륭한 태도, 그리고 그의 부대장이 그에 대해 어떻게 생각하고 있는지 당신은 알고 있겠지요? 도저히 그런 일을 할 사람이 아닙니다."

"나중에 알게 되겠지."

그들은 행크 파렐이 메인 주의 포틀랜드 시에 살면서 어느 부동산 회사의 젊은 중역으로 일하고 있는 것을 알았다. FBI가 그의 아파트를 조사해 보았으나, 거기에는 아무도 없었다. 캐나다로 낚시하러 갔다고 하는데, 그의 비서는 간 곳을 몰랐다.

"이야기가 맞는 것 같군." 웨스트가 말했다. "파렐 형제는 캐나다에서 몰래 만났겠지."

"그런 모양이군요." 로스는 카드를 책상 위에 도로 놓았다. "하지만 도무지 믿어지지 않습니다."

기다리는 수밖에 아무것도 할 일이 없다. 클리시가 뉴욕으로 가까이 오는 것을 시시각각 보고해 오는 무전기 소리가 방의 침묵을 깨뜨릴 때마다 모두 얼굴을 들었다. 그리고 벽시계의 초침이 쉴 새 없이 글자판을 돌고 있는 것을 가끔 슬쩍 쳐다보았다.

3시 반에 웨스트의 책상 전화가 울렸다.

그는 수화기를 집어 들고 "여보세요?" 하고 사무적이고 날카로운 목소리로 말했다. 그리고는 "네, 좋습니다. 시간이 있습니다. 뭐지요?" 라고 말했을 때의 목소리는 거의 상냥해져 있었다. 이미 무뚝

뚝하고 사무적인 말투는 사라져 있었다. "아, 그거 좋은 소식이군요, 내가 전해주겠습니다…… 네, 물론이지요, 틀림없이…… 네, 아마 당신과 마찬가지로 기뻐할 겁니다."

전화로 이야기하고 있는 웨스트의 얼굴을 로스는 흘끗 바라보았다. 웨스트는 수화기를 내려놓으면서 로스에게 말했다.

"한 가지 좋은 소식이 있는데, 클로리 부인에게서 온 걸세."

"아기가 아무렇지도 않다는 거로군요?"

"아무렇지도 않은 건 아닐세. 소아마비인데, 가벼운 거라는군. 의사는 아이의 생명에 절대로 위험이 없다고 말한다네."

"후유증은?"

"부인은 다만 아이의 목숨에 별 지장이 없다고 말했네. 다리를 하나씩 건너고 있는 셈이지." 웨스트는 새 담배를 물었다. "클로리에게 알려주게. 기다리고 있을 테니까."

시카고와의 직통전화가 울리기 시작한 것은 4시였다. 한 수사요원이 수화기를 집어 들고는 웨스트에게 눈짓했다.

"감독관님께 왔습니다. 시카고 지부 책임자에게서입니다."

웨스트가 수화기를 받아들었다.

"여보세요?"

"짐 킬리입니다. 듀크 파렐에 대해 또 한 가지 단서를 얻었는데, 정확한 것은 아닙니다. 간접적으로 들은 것뿐이니까요. 그러나 당신이 알아내겠지요. 여기에 정보를 제공하고 있는 한 사람으로부터 지금 막 전화가 왔었는데, 그가 듀크 파렐에게서 편지를 받은 경마장 술집 주인을 우연히 만났답니다. 듀크 파렐은 그때 뉴욕에 있으면서 웰즈 호텔인가 벨 호텔에 묵고 있었다는군요. 술집 주인은 똑똑히 기억하고 있지 못합니다."

"그게 언제였나?"

"한 달쯤 전이랍니다. 듀크 파렐은 그 술집에 2백 달러쯤 외상이 있어서, 그것을 갚으라고 독촉을 받고 있었나 봅니다. 6주일만 있으면 시카고로 돌아와서 그때 갚아주겠다는 편지였답니다. 그것밖에 모르겠습니다."

"그건 도움이 될지도 모르겠군. 고맙네, 킬리."

웨스트가 수화기를 내려놓자 로스가 일어나며 "뭡니까?" 하고 물었다.

다른 직원들도 일어나서 긴장된 눈으로 웨스트를 지켜보았다.

"웰즈 호텔이나 벨 호텔…… 둘 중 어느 쪽에 한 달 전 파렐이 있었네. 자네는 이 호텔을 알고 있나?"

"웰즈 호텔은 압니다. 5번 거리와 6번 거리 사이의 47번 블록에 있습니다. 지독한 곳이지요, 부랑자, 범죄자, 경마장의 노름꾼 같은 자들이 있습니다."

"벨 호텔은 할렘에 있습니다." 한 수사요원이 말했다. "그곳은 어느 종교 재단에서 운영합니다. 거기에 묵는 사람은 그 교회의 교인이 아니면 안 됩니다."

"그럼, 웰즈겠군. 그곳에 먼저 부딪쳐보세." 웨스트가 말했다.

"어떻게 할까요?" 로스는 벌써 윗옷을 입고 있었다. 곧 출발할 모양으로, 긴장된 얼굴이 엄숙해지며 크게 흥분된 빛을 띠고 있었다. "철저하게 호텔을 수사할까요? 거기 머무는 사람에게 기억해 내는 방법을 가르쳐줄까요?"

"파렐은 그곳에 친구가 있을지도 모르네."

"틀림없이 그럴 겁니다. 그들이라면 파렐이 있는 곳을 알고 있겠지요."

"밖에서 쳐들어가서 위협할 수는 없을 걸세."

"그 호텔 누군가에게서 단서를 얻게 될지도 모릅니다." 로스의 시선은 자신도 모르게 벽시계로 갔다. "그것을 자백하게 만들고 싶습니다, 시간이 늦기 전에."

"물론 그렇지만, 그렇게 하면 10분 뒤에 누군가가 파렐에게 전화로 알릴지도 모르네. 웨이터, 야근하는 프런트 직원, 엘리베이터 보이 …… 그들 가운데 이 사건과 관계하고 있는 자가 있을지도 모르네."

"그럼, 대체 우리는 뭘 할 수 있는 거지요?"

로스는 주먹으로 손바닥을 쳤다.

"침착해야 하네…… 지금 당장 조사해 주게." 웨스트의 목소리에 갑자기 명령하는 듯한 울림이 깃들었다. "아이를 무사히 되찾을 때까지 우리는 수갑을 차고 있는 거야. 절대로 모험은 금물일세. 그런 생각으로 일에 들어가세. 파렐이 웰즈 호텔에 있는 동안 등기우편이 오지 않았는지 우체국을 조사할 것. 그리고 전화회사에 연락하여 장거리 전화에 대해 알아보게. 그리고 웨스턴 유니온(전신회사)에서 전보를 알아볼 것."

웨스트는 자기 앞에 서 있는 수사요원들을 주욱 둘러보았다.

"자, 일을 시작하세! 사무원에게 용건을 설명하며 시간을 낭비하는 짓은 하지 말게. 직접 책임자에게 이야기해야 돼. 지금 말한 정보가 당장 아쉬우니까."

그리고 나서 웨스트는 시카고와의 직통전화를 담당하고 있는 수사요원 쪽을 보고 손가락으로 손짓해 불렀다.

"그 전화는 이제 괜찮네. 자네는 웰즈 호텔의 관할 경찰서로 가서 그 구역 안에 있는 가출옥 중의 범죄자에 대해 알아보게. 이름과 주소를 말일세. 웰즈 호텔에 묵은 녀석으로 관할서에서 감시하고 있던 자가 있는가 어떤가도 물어봐주게. 이유를 묻거든 방첩상의 용건이라고 말하게. 그 결과를 곧 이리로 연락해 주게."

로스는 3명의 수사요원에게 전화를 걸게 하고 나서 다시 웨스트의 책상으로 돌아왔다.

"미안합니다. 그만 흥분해 버려서……. "

"아니, 괜찮네. 이번에는 뭔가 잡힐지도 모르겠군. "

웨스트는 약간 고통스러운 기분으로 백만의 심판자에 대해서 생각하고 있었다. 그들은 유괴사건이 경찰 당국의 손발을 묶고 있다는 것을 알지도 못하고 생각해 보려고도 하지 않으며 이 결정에 대해서도 첫출발부터 여러 가지로 지적할 것이다. 유괴사건의 경우 경찰은 불리한 입장에 놓이는 것이다——어린아이가 행방불명되어 있는 한은.

이윽고 몇 분 뒤 클리시에 대한 마지막 보고가 무전으로 들어왔다. 클리시는 몸값과 함께 차를 2번 거리의 어느 차고에 두고 갔다. 거기서 걸어서 31번 블록의 자기 방으로 돌아갔다. 지금 그는 거기에 있다.

'속이고 있구나' 하고 웨스트는 생각했다. '네놈에 대해서는 이제 완전히 끝났다. 나는 다 알았다. 이제 네 놈은 꺼져 없어져도 좋아! 다만 네놈이 필요치 않은 것은 가지고 가지 마라……'라고 그는 마음속으로 말했다.

물론 클리시는 체포할 것이다. 파렐도 다른 녀석들도 다. 여기에 대해서는 아무 문제도 없다. 그들은 재판에 회부되어 법이 허락하는 한 빨리 처형될 것이다. 그러나 아이가 죽는다면, 브래들리는 과연 그들의 처형으로 보상을 받았다고 생각할 것인가?

1분1분이 날아가는 것처럼 생각되기 시작했다. 웨스트는 시계를 보지 않으려고 했지만 시선이 자꾸만 그리로 갔다. 시계를 볼 때마다 귀중한 시간이 또 흘러가고 있었다. 그때——4시 15분——한 수사요원이 후다닥 일어나며 의자를 벌렁 넘어뜨렸다.

"있었습니다! " 그는 숨을 몰아쉬며 날카로운 목소리로 외쳤다.

그리고는 빙글 돌아서며 길을 가로막고 있는 의자를 발로 차 던지고 단숨에 웨스트에게로 달려왔다. "있었습니다. 파렐의 동생에게서입니다."

웨스트는 그 종이쪽지를 잡아채어 씌어 있는 내용을 조용히 읽었다. '이거다!' 그는 심장이 고동치는 것을 느꼈다. '이거다!'

거기에는 이렇게 씌어 있었다.

내 산장은 2주일쯤 비게 됩니다. 필요하거든 더 비워두어도 좋습니다. 못 만나서 섭섭하군요, 나는 캐나다로 낚시를 갑니다. 건강을 빌며.

행크

"발신지는 어딘가?"

"메인 주의 윌리엄즈보로입니다."

웨스트는 한순간 꼼짝도 하지 않고 선 채 그 쪽지를 노려보았다.

"잘 들어주게, 로스!" 조용하고 느릿한 목소리였으나 온 방 안은 물을 뿌린 듯 조용했다. "나는 그리로 가겠네. 보스턴 공항에서 자네에게 전화하지. 자네는 워싱턴으로 전화하여 이쪽에서 알아낸 것을 이야기하고, 나에게서 연락이 가는 즉시 회의가 열릴 수 있게끔 주선해두게. 그런 다음 보스턴 지부에 연락하여 공항에 12명의 수사요원을 대기시켜 놓기 바라네. 윌리엄즈보로 근처의 시골을 잘 알고 있는 사람들로 말일세. 알겠나?"

"알았습니다."

"행크 파렐의 산장이 어디에 있는지 내가 알고 싶어한다는 것을 보스턴 지부에다 일러두게. 그 부근 주택에 살고 있는 사람들 전부에 대해 나는 알고 싶네. 아무튼 행크 파렐의 산장에서 나오는 길을 다 차단하도록 해주게. 그곳의 트럭을 썼으면 좋겠군. 발전소 트럭이나 이삿짐 트럭이나 배달 트럭을 말일세. 발신과 수신이 될 수 있는 무전기를 장치하게. 지금 곧 보스턴에서 현지에 비행기로 사람을 보내 자세한 수배를 해주었으면 하네. 나는 윌리엄즈보로에서 또 워싱턴으로 전화하겠네. 지금 말한 것을 모두 알았겠지?"

"네, 알았습니다. 브래들리 씨 집으로 전화를 할까요?"

웨스트는 잠깐 망설이다가 천천히 머리를 저었다.

"그쪽에서는 결과가 어떻게 될 것인지 몹시 알고 싶어할 걸세. 그런데 우리로서도 아직 모르거든. 아직 어느 쪽으로 되어나갈 것인지⋯⋯."

그는 넥타이를 꽉 죄고, 고개는 돌리지도 않은 채 윗옷과 모자 쪽으로 손을 내밀었다. 수사요원 한 사람이 그것을 내밀어주었다. 마지막으로 벽시계에 흘끗 시선을 보내며 웨스트는 엘리베이터로 달려갔다.

제21장

듀크는 럼 술을 섞은 커피 잔을 들고 부엌 창문 앞에 서서 떠오르는 아침 해와 더불어 수평선이 밝아지는 것을 지켜보고 있었다. 강어귀의 푸른 물 위 하늘은 잿빛에 분홍빛이 곁들여졌으며, 새벽의 엷은 햇빛이 전나무 가지에서 반짝였다. 뜨거운 커피를 마시고 상쾌한 전원 풍경을 바라보면서 듀크는 기분 좋은 졸린 듯한 기분을 느꼈다. 그는 지금까지 사흘 동안 거의 잠자지 않았으며, 게다가 그 대부분의 시간 내내 계속 술을 마시고 있었다. 이 두 가지가 한데 얽혀 쾌적하고 거의 사치스럽다고 할 수 있는 몽롱한 기분에 빠져 있었다.

정말 잠을 잤다면, 음식이나 술이나 여자와 똑같을 정도로 가치 있는 관능적인 쾌감을 느꼈을 것이다. 그러나 아직 잘 수는 없다. 아직 결말짓지 않으면 안 될 일이 몇 가지나 있다. 클리시로부터는 4시 반에 전화가 있었다. 그는 돈을 받았다고 말했다. 그 일은 그것으로 끝났다. 애덤 윌슨의 시체도 처치해 버렸다. 그는 차를 숲 깊숙이 몰고 들어가서 핸들 위에 그대로 축 늘어지게 해두었다. 시체는 지금 오직 혼자서 텅 빈 숲의 정적을 바라보고 있을 것이다. 그는 산장까지 걸어서 돌아왔는데, 카누가 물 위에 자취를 남기지 않듯 걸어온 발자취를 조금도 남기지 않았다. 그는 그 조용하고 남이 모르는 길로 돌아오는 것을 즐겼다. 위스콘신 주에서 보낸 소년 시절, 나이든 인디언들, 사냥과 낚시, 혼자 숲의 어둠 속 비밀에 싸여 있을 때 느끼던 거센 흥분을 그는 생각해 냈다. 방법만 알고 있으면 캠핑 파티에서 3미터 이내의 거리까지 다가가 모습도 보이지 않고 소리도 들리지 않게 몇 시간이나 상대가 하는 말을 엿듣고 행동을 지켜볼 수가 있다.

듀크는 시계를 보았다. 6시 30분. 보모는 자신과 어린아기의 준비를 마치고 있을 것이다. 이로써 마지막 처리가 끝난다. 그는 그녀에게 집으로 데려다준다고 말했으나, 그녀는 그것을 믿지 않았다. 그가 거짓말을 하고 있다는 것을 알고, 함정에 빠진 동물 같은 눈으로 가만히 그를 노려보고 있었다.

듀크는 머리 위로 두 팔을 올려 뻗었다 굽혔다 한 다음 두 손을 허리에다 대고 큰 몸을 앞으로 옆으로 비틀며 체조를 했다. 경련 같은 아픔이 가슴을 죄었다. 위층으로 다리를 절며 올라갈 때도 아직 몸이 굳어 있는 것 같았다. 몸이 약해진 거라고 그는 생각했다. 운동이 필요하다.

그랜트는 자지 않고 있었다. 활동하기 편한 바지와 스포츠 셔츠 차림으로 듀크의 노크에 대답하여 문을 열었다. 입 끝에 짧아진 담배를 물고 있었으며, 이마의 땀이 담뱃불에 비쳐 번쩍였다.

"떠날 준비가 된 거로군?" 그랜트가 말했다.

"완전히 다 됐네."

그랜트 뒤의 큰 더블베드에는 벨의 몸이 담요 밑에서 부드러운 언덕처럼 부풀어 올라 있었다. 그녀는 조용히 규칙적으로 숨을 쉬고 있었다.

"양심에 거리끼는 일이 없는 모양이군." 듀크가 말했다.

"몇 시간이든 얌전히 있을 걸세. 취해 있는 거야. 그러니까 걱정할 건 없네. 자네가 떠나면 깨우지."

"좋아. 내가 돌아오면 우리는 이곳을 나가는 걸세."

"자네 동생도?"

"그렇지, 그놈도 데리고. 읍내에 머물러 여러 사람에게 녀석을 보이는 걸세. 그렇게 해두면 다른 녀석들이 이 집에 와서 냄새 맡거나 하지는 않겠지."

"알았네, 이제 출발하는 것이 좋겠군."

"좋은 장소를 물색해 두었네. 수면까지는 똑바로 30미터쯤 될 걸세."

"그런 소리는 여기서 하지 않는 편이 좋아."

듀크는 약간 웃어보였다.

"못마땅한 짓이라는 말이로군."

"왜 그런 말을 하지?" 하고 묻는 그랜트의 눈이 긴장으로 반짝였다.

"그곳 물은 깊어." 듀크는 그랜트가 부들부들 떨게 될 것을 알고 말했다. "차는 몇 날이고 발견되지 않을 걸세."

그랜트는 입술을 축였다.

"차량 번호는 거짓이야. 그 번호는 워싱턴 주 시애틀의 어떤 사람 이름으로 등록되어 있지만, 누구의 차인지 알 도리가 없을 걸세."

"물론! 걱정할 건 아무것도 없네." 듀크는 그랜트의 창백하게 빛나고 있는 얼굴에 미소를 보였다. "그런데 자네가 직접 이 마지막 일을 하고 싶지는 않나? 안심하기 위해서 말일세. 틀림없이 도노반의 비프스테이크 집으로 돌아가게 된다고 안심하기 위해서."

"그건 안 돼, 자네가 하게."

"정말 나를 믿어도 좋을까?"

그랜트의 얼굴에 떠올랐던 미소가 공포의 주름으로 굳어졌다.

"쓸데없는 농담은 그만두고 어서 갔다 오게!"

"좋아. 내가 돌아오면 떠날 수 있도록 준비해 주게. 그때는 행크의 차를 쓰도록 하지. 알겠나?"

그랜트는 얼른 고개를 끄덕이며 문을 닫은 다음 문에 기대서서 고통스러운 듯한 깊은 숨을 내쉬었다. 듀크가 보모의 방으로 가는 발소리가 나고, 이어서 노크 소리와 문의 경첩이 항의하듯 삐걱거리는 소리가 들렸다.

'보모는 듀크를 기다리고 있었던 것이 틀림없구나' 하고 그는 생각했다. '어린애를 안고 거기에 서서.'

그들은 벌써 복도를 걸어 계단 쪽으로 가고 있었다. 보모의 가벼운 구두 소리가 듀크의 끄는 듯한 발소리에 가벼운 반주가 되어서 들려왔다. 계단을 내려갈 때 듀크가 보모에게 뭐라고 말을 했다. 기분 좋고 명랑한 목소리로. 보모의 조심스러운 발소리로 그녀가 아기를 안고 있다는 것을 그랜트는 알았다.

그들이 나가고 문 닫히는 소리가 들렸다. 그랜트는 벨의 어깨를 잡아 흔들었다.

"자, 떠날 시간이야. 떠나는 거야!"

태연한 목소리가 나올 수 있는 데 그 자신도 놀랐다.

차가운 아침의 정적 속을 저항하듯 달려가는 자동차 소리를 들으면서 2, 30분이면 모든 일이 끝나버리겠지 하고 그는 생각했다.

"어서!" 하고 그랜트는 다시 소리쳤다.

"알았어요, 아침식사를 하고 싶은 거지요?"

"커피만 하겠어. 도중에서 먹으면 되니까."

"아이 참, 잠은 깨어 있어요." 선잠을 깬 목소리였다. "5, 6분 지나면 아래로 내려가겠어요."

"좋아, 또 잠들지 마. 알았지?"

그랜트가 방을 나가자 벨은 얼른 몸을 일으켜 두 다리를 살짝 침대 끝에서 내렸다. 그 순간 구역질이 올라왔다. 몸이 싸늘해지며 공포가 위장을 죄어 붙이고 치밀어올랐다.

"큰일이야!" 그랜트가 닫고 간 문을 바라보며 그녀는 중얼거렸다. "공연한 소리를 듣고 말았어! 모르고 있었더라면 좋았을 텐데!"

그러나 알고 말았다. 그녀는 자고 있었던 것이 아니었다. 듀크와 그랜트의 이야기를 듣고 어린아이를 죽이러 간다는 사실을 알고 말았다. 그토록 에디는 약속했는데도…… '그런 일을 해서는 안 된다. 하게 내버려두어서는 안 된다.' 윗옷을 걸치고 슬리퍼를 신으며 그녀는 생각했다. 그때 길로 나가는 차의 속력을 더하는 요란한 소리가 개인용 도로에서 들려왔다. 차는 오른쪽으로 돌아서 갔다.

"일어났어, 벨?" 아래에서 그랜트가 소리를 질렀다.

"네, 지금 내려가요."

엔진 소리는 멀어져갔으나, 그 메아리가 그녀의 마음속에서 점점 더 커져가는 것처럼 느껴졌다. 그리고 그랜트의 목소리가 조용한 집 안에 귀청을 뚫을 듯 기분 나쁘게 들렸다. 그 두 가지 소리가 한데 뒤얽혀 정신을 잃을 정도로 귀에 울렸다. 그녀는 윗옷 벨트를 꼭 죄면서 복도로 나갔다. 오른쪽에 보모와 어린아이가 쓰고 있던 방문이 활짝 열려 있는 것이 보였다. 장롱 위의 빈 젖병, 나이트 테이블 위의 작고 네모난 베이비파우더 통. 그녀의 눈에 눈물이 글썽했다.

"벨!"

"가요, 여보. 제발 소리치지 말아요."

한쪽 손을 몸에 바싹 붙이면서 그녀는 서둘러 계단을 내려갔다.

"당신이 서두르는 바람에 내가 어떤 꼴을 당했는지 보세요. 담배에 불을 붙이려다가 불에 데고 말았어요. 아이, 아파!"

그에게서 떨어져 그 손을 옆구리에 바싹 눌러 붙이면서 그녀는 엄살을 부렸다. 그녀가 이처럼 과감한 짓을 한 것은——이렇게까지 한 것은 생각하고 있었던 일도 계획하고 있었던 일도 아니었다. 자동적으로, 보모의 방에서 젖병과 베이비파우더 통을 보고 반사적으로 나온 행동이었다. 어린아이를 죽게 해서는 안 된다!

"그래, 어디 좀 볼까? 성냥불에 덴 것이 그렇게 심할 리가 없어."

"보자구요? 자세히 보기만 하면 저절로 낫나요? 심할 까닭이 없다구요? 그렇고말고요. 당신에게는 아무것도 아닐 게 뻔해요, 내 손이니까."

"그렇게 화내지 마오, 벨. 우리는 여러 가지 할 일이 있어."

"그래요, 요리며 짐싸는 거며 무엇이든 지금부터 내가 할 거예요."

"이 집에 뭔가 화상약은 없을까? 소다는 어떨까?"

"소다는 취했을 때 먹는 약이에요. 앙겐틴이라는 튜브에 든 연고를 목욕실에서 보았어요. 그것을 가져와요. 여보, 어서 가지고 와서 발라주세요. 무엇 때문에 당신은 밤낮 야단만 치는 거지요?"

"알았소, 알았어. 치료하고 나서 일을 시작하지."

"좋아요."

벨은 그랜트의 발소리가 2층에서 들릴 때까지 기다렸다. 그리고 몸을 돌려 부엌으로 달려갔다. 숨결이 어린아이가 보채듯 작게 할딱였다. 지하실로 가는 문이 열리지 않았다. 그것을 잡아당기면서 솟아오르는 공포를 누르려니 그녀는 울음이 터질 것만 같았다. 그때 마침 열쇠가 눈에 띄었다. 자물쇠를 채워둔 것이다. 이제 됐다. 기절할 정도로 마음이 놓였다. 자물쇠가 채워져 있을 뿐이다…… 열쇠를 돌려 문을 열고 미칠 듯이 마음이 조급하여 굽 높은 슬리퍼로 비틀거리면서 계단을 소리 내어 내려갔다. 땅바닥 높이에 있는 작은 창문으로 한 줄기 햇살이 시멘트 바닥을 비추고 있었지만, 지하실의 어두운 구석구석은 아주 희미하게밖에 보이지 않았다. 문이 하나 보였다. 튼튼한 옛날식 문으로, 쇠막대를 걸쇠에 지르고 둥그런 자물쇠가 걸려 있었다. 열쇠가 그 자물쇠에 꽂혀 있었다.

벨은 자물쇠를 걸쇠에서 벗기고 쇠막대를 바닥에 떨어뜨렸다. 문이 무서운 기세로 열리며 그녀를 넘어뜨릴 뻔했다. 행크가 왼손으로 덤빌 태세를 갖추고 몸을 웅크리면서 나왔다.

"아니에요!" 벨이 뒷걸음질쳤다. "듀크 씨가 어린아이를 데리고 갔어요. 죽일 작정이에요. 그이는 그런 짓을 하지 않겠다고 약속했었는데…… 늘 그렇게 말해 왔는데……."

"그는 어디 있지요?"

"잠시 2층으로 올려 보냈어요. 하지만 급해요! 당신이 서두르지 않으면…… 그이가 내려오기 전에. 차는 오른쪽으로 돌아갔어요. 오른쪽으로 돌아가는 소리를 들었어요. 당신 차는 아직 여기에 있어요. 어서 뒤쫓아 가세요. 그런 짓을 하지 못하도록 말려줘요!"

행크는 왼손으로 쇠막대를 집어 들고 부엌으로 가는 계단을 올라가기 시작했다. 현관 문으로 나가는 수밖에 없다. 부엌 문 열쇠는 듀크가 가지고 있고, 부엌 창문은 닫아 못질을 해두었다. 그는 아무것도 의식하지 않고 있는 듯한 이상한 기분이었다. 생각하지도, 계획하지도, 희망하지도, 두려워하지도 않고 있었다. 피로 굳어버린 머리카락 하나가 이마 위로 늘어지고, 오른손의 통증은 불로 지지는 것만 같았다. 그러나 그는 그런 것도 거의 느끼지 못했다.

부엌에서 그는 한순간 발길을 멈추고 멍하니 거실을 바라보았다. 집 안에 들리는 소리라고는 벨이 뒤에서 계단을 올라오며 헉헉거리는 숨소리뿐이었다. 현관까지 소리를 죽인 발걸음으로 갈 것인가, 아니면 달려가야 할 것인가? 자연스럽게 하는 편이 좋다. 그랜트는 벨의 발소리로 알 것이다.

행크는 거실로 들어갔다. 현관문을 바라보며, 차를 달리게 하기까지에 걸릴 시간을 계산하면서.

그때 옆에서 소리가 났다.

"그걸 버리지, 젊은이, 어서 버려!"

행크는 몸을 돌렸다. 그랜트가 창백하고 커다란 얼굴을 공포와 분노로 일그러뜨리며 다가왔다. 행크는 심장이 무겁고 기분 나쁘게 펄떡이는 것을 느꼈다.

"버려, 어서!" 갑자기 그랜트가 큰소리를 질렀다. "내 말을 못 알아듣겠나?"

벨이 문 앞에 멈춰섰다. 그녀의 마른 입술에서 공포의 작은 부르짖음이 새어나왔다.

"여보, 그만둬요! 이제 됐어요, 그만해요!"

그랜트는 그녀를 노려보았다. 큰 가슴이 천천히 물결치고 있었다.

"네가 꺼내주었구나! 네가 이놈에게 나를 죽이도록 했구나! 네가 한 짓은 바로 그거야. 그것이 은혜에 대한 너의 보답이지."

"당신은 아기에게 아무 짓도 하지 않는다고 약속했었잖아요!" 벨의 부어오른 눈 속에서 눈물이 떨어졌다. "그렇게 말하지 않았어요? 당신은 몇 번이고 몇 번이고 약속했어요, 안 그래요, 여보?"

"어서 쏘아, 우리들 둘 다 쏘아!" 행크의 목소리는 낮고 거칠었다. 쇠막대를 옆구리 쪽에서 휘두르고 있었다. "형은 애덤 윌슨을 죽였어. 그리고 지금부터 보모와 아기를 죽일 참이다. 그러니까 네 놈은 우리를 죽여라! 모두 한꺼번에 해치워버려!"

"닥쳐! 내가 하라는 대로 해!"

"무슨 말을 지껄이는 거야! 네 녀석은 이제 아무것도 아니야. 3주일만 지나면 사형이야! 그걸 벗어날 수 있으리라고 생각하는 모양이지? 다섯 사람을 죽여 놓고 여름 피서객처럼 떠날 수 있다고 생각하는 건가? 정말 바보 같은 녀석이로군!"

"여보, 이 사람 말이 맞아요! 이 사람을 도와서 듀크를 말려요! 당신이 살아나기 위해서는 그 길밖에 없어요."

"닥쳐!" 그랜트의 몸은 힘없는 분노로 떨리고 있었다. "우리는 이 일을 무사히 끝냈어. 클리시는 돈을 받았다. 당신도 들었겠지?" 쥐어짜는 듯한 목소리였다. 말라붙은 목구멍에서 뚜렷하지 않게 나오는 목소리였다. "클리시는 돈을 손에 넣었다고 전화를 걸어왔어. 아무것도 잘못된 건 없어. 듀크가 돌아오면 우리는 떠나는 거야. 그런데 네가 그것을 완전히 망치고 말았어! 이 울기 잘하는 미친 계집! 네가 완전히 망치고 말았어! 내 하나뿐인 소망을, 나의 단 하나뿐인 ……."

"미친 건 당신이에요!" 벨은 마침내 흐느껴 울었다. "당신이 바라고 있었던 건 바로 잘난 얼굴을 하고 그 비프스테이크 집으로 돌아가는 것뿐이잖아요? 다른 건 아무렇게도 생각지 않았어요. 미친 건 당신이에요!"

"벨, 그런……."

"그래요! 당신이 바라고 있었던 건 그뿐이에요. 도노반인가 뭔가 하는 가게로 들어가서 다시 거물 같은 얼굴을 하고 싶었던 것뿐이에요. 교도소에 들어간 적이 없었던 것처럼, 거기서 15살이나 나이를 먹은 일은 없었던 것 같은 얼굴을 하고 싶었던 거예요! 듀크는 그것을 알고 있었어요. 당신이 이번 일에서 바라는 건 돈이 아니었어요. 당신과 내가 편안히 지낼 수 있게 하려고 생각한 것도 아니었어요. 다만 다시 그곳 손님이 되어서, 돈을 벌어 고향에 돌아온 사람처럼 술을 주문하고 싶었던 것뿐이에요." 벨은 뺨의 눈물을 닦았다. "왜 당신은 간단히 돈을 빌릴 수 있는 곳으로 가서 2, 3백 달러쯤 빌리지 않은 거지요? 그 정도만 있으면 도노반의 가게에 10분쯤 앉아 있을 수 있잖아요? 그렇게 하지 않고 당신은 아이를 유괴하고, 지금까지 본 적도 없는 살인을 하고 있어요. 당신은 미치광이예요! 미친 건 당신이에요! 당신은 도노반 가게의 손님이 될 수 없는 거예요. 당신은 그만큼 오래 교도소에 들어가 있었던 거예요. 당신은 나이를 먹었어요. 공상하거나 운동을 한다고 해서 그걸 바꿀 수는 없어요. 당신은 30년 전에 꽃을 선사해 준 남자에게 아직도 반해 있는 늙은 합창단원과 마찬가지예요! 이제 아무도 상대해 주지 않는 늙은 여자나 마찬가지……."

벨의 목소리가 사라졌다. 천천히 고개를 내저으면서 그녀는 한 걸음 뒤로 물러났다.

"그러지 말아요, 여보, 진심으로 말한 건 아니었어요. 여보, 그러지 말아요, 그런 짓은 하지 말아요……."

그랜트는 천천히 기계적으로 그녀에게 욕설을 퍼붓고 있었다. 그리고 손에서 권총이 두 번 튀었을 때도 아직 욕설을 계속했다. 그녀의 눈에 갑자기 떠오른 무서운 고통의 빛을 향해 그는 욕설을 퍼붓고 있었다.

그녀가 흐느껴 울 듯이 그의 이름을 부르면서 비틀비틀 마룻바닥으로 쓰러졌을 때도 그는 아직 지치고 절망적인 목소리로 욕설을 퍼붓고 있었다.

행크는 쇠막대를 휘두르며 그랜트에게 덤벼들었다.

그랜트는 권총을 돌려대려고 했으나 이미 때가 늦은 것을 알고 경악과 공포로 얼굴이 굳었다.

"안 돼!" 하고 소리쳤으나 벌써 그는 지고 있었다.

행크의 쇠막대가 무서운 기세로 머리에 떨어졌다. 이마 바로 아래를 맞고 그랜트는 무릎을 꿇었다.

행크는 그가 쓰러지는 것을 보려고도 하지 않았다. 지금의 손의 반응으로 보아 당분간 그가 일어나지 못하리라는 것을 알고 있었다.

행크는 그랜트의 권총을 집어 들고 벨 옆에 무릎을 꿇었다. 그녀는 차츰 넓어져가는 피의 못 속에 누워 있었다.

그랜트를 부르는 그녀의 목소리가 행크에게 들렸다.

"여보……."

그녀는 그랜트의 감은 눈을 바라보고 있었다. 두 사람의 얼굴은 몇 인치밖에 떨어져 있지 않았다.

"여보, 그만 그런 소리를 나도 모르게 해버리고 말았군요…… 도노반의 가게에 대해…… 그런 말을 하는 게 아니었는데…… 그 가게는 틀림없이 당신을 기억하고 있어서……."

그녀는 그 말을 다 마치려고 했으나, 다음 말은 목구멍 안에서 사그라들어 그녀와 함께 죽고 말았다. 그녀의 창백한 얼굴에는 분명히 눈물이 빛나고 있었다.

행크는 그녀의 어깨를 만졌다. 그리고 일어나서 자기 차 있는 곳으로 달려갔다. 듀크는 오른쪽으로 돌았다고 벨이 말했다. 듀크가 간 곳을 그는 알고 있었다.

제22장

듀크는 굽어든 해안선을 따라 자갈 깔린 도로를 천천히 달려갔다. 아침 7시. 넓게 펼쳐진 푸른 바다가 뜨겁게 번쩍이는 햇빛에 빛나고 있다. 파란 벌판에서 새벽안개가 걷혀 가고, 바다로부터 불어오는 산들바람은 맑고 상쾌하며 차갑다.

듀크는 담배에 불을 붙여 연기가 기분 좋게 허파로 스며드는 것을 즐기면서 깊이 빨아들였다. 이제 몇 마일만 가면 된다. 그는 담배 케이스를 보모 쪽으로 내밀었다.

"한 대 피우지?"

보모는 앞자리에 그와 나란히 앉아 잠든 아기를 안고 있었다. 그녀는 거절했다.

"괜찮아요."

듀크가 흘끗 보니 그녀는 똑바로 앞쪽을 바라보고 있었다. 창백한 얼굴에 검은 눈을 크게 뜨고, 그녀가 물었다.

"우리를 어디로 데리고 가는 거지요?"

"이 길을 계속 가는 것뿐이오."

"아기를 죽일 필요는 없어요. 당신에게 해될 만한 말을 할 수는 없을 테니까요."

'이 여자는 알고 있구나.' 듀크는 담배를 깊숙이 빨아들이면서 생각했다. 그로서도 지금부터 하려는 일이 좋아서 하는 것은 아니다. 그러나 곧 끝나고 말 것이다. 그것으로 우선은 무사하다. 그녀의 뒤통수를 한 번 후려치면 그것으로 끝난다. 그리고 차를 그대로 달리게 하여 벼랑에서 굴러 떨어지게 한다——두 사람을 태운 채. 곧 끝날 것이다. 겨우 30초면 된다. 이런 일을 걱정하고 있는 것이 그로서는 이상했다. 생각 같은 건 할 필요가 없다. 나중에 어떤 기분이 들 것인가? 그런 건 나중 일이다.

"아기를 죽일 필요는 없어요."

그녀가 그를 바라보면서 다시 말했다.

"아기를 죽인다는 말을 누가 했지?"

"우리가 함께 죽어 있는 것을 발견하면 경찰이 수사를 중단하리라고 생각하는 거지요? 그렇지 않아요?"

"그렇게 생각한 적도 있지." 듀크는 무뚝뚝한 목소리로 말했다.

그는 그녀를 흘끗 보고 나서 뒤쪽 길을 돌아보았다. 아까운 일이라고 생각했다. 그녀의 다리가 바람막이 유리에 비쳐보였다. 날씬하고 예쁘다. 햇빛에 비친 벌꿀 빛깔의 다리.

"소원이니 내가 하는 말을 들어주세요!"

"물론 들어주고말고."

그녀의 목소리에서 애원하고 있는 빛을 알아차렸기 때문에 그는 약간 얼굴을 찡그렸다. 그녀에게 갑자기 활기가 넘쳐흘렀다. 지치고 체념한 듯한 표정은 전혀 보이지 않았다. 그녀 육체의 모든 세포가 한데 뭉쳐 싸우고 있었다……

"내가 하는 말을 믿어주세요."

"어떻게 믿을 수가 있지?"

"당신은 저번에 나를 원하고 있었지요? 그랬지요?"

그 말을 듣자 그의 입술에 엷은 미소가 떠올랐다.

"당신은 정말 눈치가 빠르군."

"나는 어디든 당신과 함께 가겠어요, 당신이 하라는 대로 하겠어요."

"새삼스럽게 달콤한 소리는 하지 마오, 이미 때가 늦었으니까."

"아니에요, 내가 하는 말을 잘 들어주세요, 아기를 집으로 데리고 돌아가게 해줘요, 어디선가 당신이 차에서 내려주었다고 말하겠어요."

"그럼, 아마 나는 신사였다고 말하겠지, 안 그렇소? 경찰은 나를 전기의자에 붙들어 매기 전에 의자의 먼지를 털어주지도 않을 텐데."

"그렇지 않아요, 그게 아니에요! 나는 절대로 당신 이야기는 하지 않겠어요, 누구에게도 말하지 않겠어요, 그리고…… 그런 다음…… 당신 있는 곳으로 가겠어요, 당신이 오라고 한 곳으로 어디든지 가겠어요, 맹세해요, 하느님께 맹세해요!"

듀크는 약간 미소 지었다. 지금까지 알고 있던 어떤 여자나 다 마찬가지다. 뭔가 몹시 원하는 것이 있어 못 견딜 지경이 되면 몸을 내던지려고 한다. 난 체하던 것도 그렇게 되면 꼴불견이다! 시시한 몸뚱이가 그토록 고마울 게 뭐람!

"그러니까 나와 함께 살겠다는 거로군?"

듀크는 바람막이 유리에 비친 그녀의 다리에 미소를 보냈다. 이런 생각을 한다는 건 미친 짓이다. 하지만 안 될 것도 없다. 무슨 일이든 안 될 것은 없다.

"당신이 있으라고 말한 만큼만 당신과 함께 있겠어요, 다만 아기를 집으로 데리고 돌아가게 해주세요! 아기만은 살려주세요!"

"당신이 아기를 집으로 데리고 돌아갈 수는 없소. 지금 여기서 길
거리에 버리거나, 아니면 마을 옆에 버려도 되겠지."

잘될지도 모른다고 그는 생각했다. 이 여자는 가톨릭 신자이다. 가
톨릭 신자는 약속을 지킨다. 갑자기 그는 뱃속으로 껄껄 웃었다. 이
여자가 말한 대로 해서 무사히 되어나간다면 어떨까? 그리고 언젠가
둘이 멕시코 같은 데서 우연히 그랜트를 만난다면? 우스워서 그는
한쪽 손바닥으로 핸들을 탁 쳤다. 그랜트 녀석, 뇌일혈이라도 일으키
겠지!

자신이 완전히 취해 있다는 것을 그는 깨달았다. 눈을 껌벅이며,
푸른 전나무 사이로 주욱 이어져 있는 햇살이 비치는 눈앞의 길에 초
점을 맞추었다. '이상한 일도 다 있군. 지금까지 술로 이렇게 된 적은
없었는데.' 그는 핸들을 꽉 잡고 몸을 더 단단하게 바로잡았다. 아직
인가가 전혀 없는 곳까지 오지는 못했다. 그에게 있어 경계심이란 본
능적인 것이다. 그는 위험을 냄새 맡는 이상한 육감을 지니고 있었
다.

"나는 당신이 하라는 대로 하겠어요."

"달콤한 말을 하는군."

"정말이에요!"

그녀의 순진함에 듀크는 고통을 느꼈다. 그녀가 말하는 태도는 술
을 거듭 주문하는 10대 소녀 같았다. 대담하게 보이면서 무서움을 숨
기고 있다. 그러나 이 점에서 그는 처음으로 그녀에게 끌리게 되었던
것이다.

"당신은 나보고 뭘 해달라는 거지? 당신이 원하는 것을 이야기해
주지 않겠소? 분명히 듣고 싶은데."

"알고 계시잖아요."

거의 들리지 않을 정도로 낮은 목소리였다. 그러나 그 목소리에 담겨 있는 부끄러움을 그는 들었고, 볼이 빨개지는 것을 그는 보았다.

백미러에 보이는 뒷길은 노끈처럼 바로 이어져 있었다. 그는 백미러를 바라보면서 속력을 늦추었다. 그의 차바퀴가 일으키고 있는 먼지 말고는 아무것도 보이지 않았다. 정적 속에서 엔진 소리가 조용히 사라져갔다. 까마귀가 한 마리 끈덕지게 경계의 소리를 외쳐대며 두 사람 위를 날아갔다. 화살처럼 날아가는 그 새를 지켜보면서, 까마귀를 쏘는 것은 멋있는 스포츠라고 그는 생각했다. 날아가고 있는 것을 쏘는 것은 멋있다. 까마귀를 쏠 수 있으면 무엇이든 쏠 수 있다. 사람이 새로 다시 태어난다면, 까마귀가 되는 것만큼 영리한 일은 없으리라는 말을 옛날 나이먹은 인디언에게서 들은 적이 있었다.

"같이 즐기지 않겠소?"

듀크는 보모에게 미소 지어 보이며 말했다.

"저어…… 저어…… 당신을 기쁘게 해드리겠어요."

"그렇게 해주어야지, 물론."

그는 그녀의 무릎을 가볍게 잡았다. 하얀 피부와 대조적으로 그의 검은 손이 뚜렷하게 보였다. 그녀의 스타킹이 내려지고, 그의 손가락 밑의 피부가 꽃잎처럼 부드럽고 매끄러웠다.

"이러면 싫소?"

"아…… 아니오, 괜찮아요."

"그렇게 긴장하면 금방 지치는데."

이처럼 긴장될 정도인가 하고 그는 이상하게 생각했다.

길 앞쪽에서 자동차인지 트럭인지 덜거덕거리는 소리가 정적을 깨뜨리고 어렴풋이 들려왔다. 듀크는 햇빛을 향해 얼굴을 찡그리면서 액셀러레이터를 밟았다.

"아기를 살려주시겠지요?"

"글쎄, 잠깐만 기다려. 생각해 보지." 그는 길에서 눈을 떼지 않으며 그녀의 무릎을 가볍게 두들겼다. "같이 즐기는 거요, 응?"

커브를 돌자 앞에 트럭이 한 대 좁은 길을 돌기 위하여 완전히 앞을 막고 있었다.

듀크는 브레이크를 밟으며 그녀에게 말했다.

"마음 편히 있어요, 당신이 말한 것을 생각하고 있으니까."

그는 트럭에서 20야드쯤 앞에 차를 세우고 차창으로 내다보았다. 트럭 운전기사는 핸들을 돌리며 솜씨 좋게 척척 움직이고 있었다. 그는 듀크에게 손을 흔들며 소리쳤다.

"곧 길을 열어 드리겠습니다!"

"급할 건 없소, 천천히 하시오!"

"고맙습니다. 네거리에서 돌았더라면 좋았을 걸……."

젊은 운전기사로, 명랑하고 예쁘장한 얼굴에 모자챙이 그림자를 던지고 있었다.

듀크는 새로 담배에 불을 붙이며 흘끗 백미러를 보았다. 사방이 조용하여 아무 일도 없는 것처럼 보였다. 맑은 하늘 어디선가 비행기의 우르릉 소리가 트럭 엔진의 시끄러운 소리에 섞여 어렴풋이 들렸다.

듀크는 핸들 위에서 몸을 단정히 일으켜 짙고 검은 눈썹 밑의 눈을 가늘게 뜨고 가만히 살펴보았다.

"벌꿀빵 제과점" 하고 빨간색과 흰색을 칠한 트럭 양옆에 씌어 있는 글자를 읽으며 그는 중얼거렸다. "매일 배달하는 모양이군요, 시골 생활은 정말 즐겁겠는데."

그 목소리는 아무렇지도 않은 듯 지루한 듯이 들렸지만, 그의 모든 감각은 날카로워져 경계하고 있었다. 반시간 전 산장을 나올 때 애덤의 집 옆에 있는 작은 호숫가에서 한 사나이가 낚시를 하고 있었다. 그것도 별로 특별한 뜻이 있는 것은 아니리라. 존 노인이거나 아니면 근처 사람이었을지도 모른다. 2백 야드 떨어진 곳에 있었기 때문에 자세히 보이지는 않았다. 긴 장화를 신은 한 사나이가 물로 들어가는 모습이 분홍빛 도는 회색 하늘을 배경으로 거무스름하게 보였을 뿐이다. 그러나 그처럼 아침 일찍 그 근처에 사람이 있었던 것은 이것이 처음이었다. 듀크는 창으로 얼굴을 내밀어 하늘을 쳐다보며 비행기 모습을 찾았다. 아까 그 까마귀는 무엇을 보고 있었던 것일까 하고 그는 의아해졌다. 집에 있는 자기 새끼에게 경고의 소리를 외치고 있었다. 벌판에 총을 든 사나이라도 있는 것일까? 그렇다면 농부는 아니다. 이렇게 이른 아침 시간이니…….

듀크는 트럭을 바라보았다.

"벌꿀빵 제과점…… 좋은 이름이군, 안 그렇소?"

"네…… 네, 그렇군요."

"하지만 약간 구식인데. 뭐, 이야기라도 합시다. 잠시 얼굴을 마주치고 있게 되면 이야기라도 하는 게 좋지. 별난 사람들처럼 앉아 있는 건 좋지 않소. 한 번 웃는 얼굴을 보고 싶은데, 정말이오."

"네……."

"그렇지, 그러는 게 좋아."

트럭 엔진이 부릉부릉 소리를 내며 멎었다. 그 뒤의 정적 속에서 듀크는 가까운 나무의 새 우는 소리와, 멀리서 들리는 비행기 폭음에 귀를 기울였다. 트럭 운전기사는 머리를 내젓고 있었다. 시동을 걸면 엔진이 소리를 내기는 하는데 금방 또 꺼진다. 단조롭고 무의미하게 그것이 되풀이되었다.

"물을 너무 넣은 모양입니다." 운전기사가 듀크에게 말했다.

"5, 6분 내버려두면 괜찮아질 거요."

"정말 미안합니다."

"그런 건 걱정 없소."

운전기사는 차에서 내려와 쓰고 있던 모자를 밀어 올리면서 두 사람 쪽으로 천천히 다가왔다. 단정히 짧게 자른 금발, 햇빛에 골고루 그을린 아름답고 상냥한 그의 얼굴을 보면서 대학생이구나 하고 듀크는 생각했다. 아마 운동선수인 모양이다. 몸매가 균형이 잡혀 있고, 동작이 자연스러우며 활발하고 우아하다. 테니스나 트럭 경기 쪽이겠지. 축구는 아니다. 그처럼 억세게 보이지는 않는다. 어째서인지는 모르지만, 이 젊은이의 젊음에 마음이 슬퍼져서 듀크는 한숨을 내쉬었다. '내가 이 녀석보다 더 소질이 있었는데. 내가 몸이 더 크고 빠르고 훨씬 힘이 세었지. 고등학교 2학년으로 주 대표 팀에 들어갔으니까. 내 앞에 이런 생활은 없었어. 만일 내가 그 뒤로 미네소타 대학이나 퍼듀 대학에 들어갔다면, 지금쯤 내 이름은 10대 팀의 대선수들과 어깨를 같이했을 텐데…… 파비스 형제, 짐과 듀에인, 팩 랜드, 비티 페더즈, 내글스키, 시카고의 바원거…… 사람들은 아직도 이들의 이야기를 하고 있다. 그러나 만일 내가 운동을 계속했었다면, 내 이름이 맨 먼저 올랐을 것이다, 듀크 파렐이라는 이름이! 어째서 모든 것이 다 소용없이 되어버린 걸까?'

젊은이는 듀크의 차 옆에 서서 난처한 듯한 미소를 띠며 두 사람을 쳐다보았다. 여자가 있는 것을 보고 그는 모자를 벗었다.

"이렇게 진로를 방해해서 미안합니다."

"그런 걱정은 필요 없소" 하고 듀크가 말했다.

청년의 이마도 똑같이 햇빛에 그을려 있는 것을 그는 보았다. 짧고 건강해 보이는 머리털 뿌리까지도 골고루 그을려 있었다. 모자 가장자리의 줄이 없다. 흔히 햇빛 아래에서 차양이 있는 모자를 쓰는 사람이라면 얼굴의 반은 그을리지 않는데…… 보통의 경우라면.

"잠시 쉬는 동안 다리라도 좀 펴볼까?"

듀크의 육체는 이 순간 이미 도전에 응하고 있었다. 모든 근육이 급한 경우를 위해 준비를 갖추고 있었다. 길로 발을 내디디면서 듀크는 말했다.

"오늘은 귀찮은 일을 당하게 됐군."

"그렇군요, 하지만 하는 수가 없습니다. 담배 피우시겠습니까?"

"고맙긴 하지만, 방금 피웠소."

두 사람은 1미터쯤 떨어져 서 있었다. 두 사람 모두 햇빛을 향해 미소 지으면서 눈을 가늘게 뜨고 상대를 노려보고 있었다.

"당신은 학교에서 테니스를 한 모양이군요." 듀크는 젊은이의 손이 아무렇지도 않은 듯이 뒷주머니로 갔을 때 말했다.

"아닙니다, 내 운동은 트럭입니다. 8백 80야드지요."

"그렇다면 약간 빗나갔군."

듀크는 히죽 웃었다.

젊은이의 손이 뒷주머니에서 나왔다. 그 손에 쥐어진 권총은 트럼프 한 벌보다 별로 크지 않았다.

"꼼짝 마라!"

목소리에 갑자기 위엄이 깃들고 날카롭게 바뀌었다.

그러나 이 명령은 1초의 몇 분의 1인가 늦었다. 듀크는 이미 움직이고 있었다. 무서운 힘으로 손을 내리치며 손 가장자리로 젊은이가 들어올리려는 손목을 갈겼다. 뼈가 하나 부러지며 권총이 두 사람의 발밑, 흙먼지 속으로 굴러 떨어졌다.

"테니스 선수 녀석!"

아무 의미 없는 무서운 분노에 사로잡혀 듀크는 소리쳤다.

젊은이는 성한 쪽 손으로 듀크의 턱을 노리면서 덤벼들었다. 그러나 듀크는 그 펀치를 피하며 두 번──한 번은 허리를, 또 한 번은 얼굴을 내리쳤다. 그 타격으로 젊은이는 무릎을 꿇었다.

"아직 더 해보겠나? 패기가 있는 대학생이로군!"

허리를 붙잡으려는 젊은이의 팔을 쳐서 뿌리치고, 온몸의 힘과 분노를 담아 다시 얼굴을 한 대 쳤다. 젊은이는 뒤로 벌렁 넘어지면서 흙먼지 속을 인형처럼 데굴데굴 길가로 굴러갔다.

듀크는 장난감 같은 작은 권총을 집어 올려 자기 주머니 속에 넣었다. 거칠게 숨을 쉬고 있었다. 심장이 쉴 새 없이 쿵쿵 소리를 내며 갈비뼈에 부딪쳐왔다. 몸속에 볼링 공 같은 크고 단단한 것이 들어 있어, 다른 것들을 모조리 밀어내리는 것처럼 느껴졌다. 길바닥에 쭉 뻗어 있는 젊은이의 몸뚱이를 내려다보면서 술 때문이었다는 것을 깨달았다. 너무 마셨다…… 그러나 아직 끄떡없다. 아직 어떤 놈이고 상대할 수 있다.

"약삭빠른 젊은 녀석이……" 하고 뒤돌아보며 말을 시작하려다가 갑자기 문득 그쳤다.

엷은 미소가 텅 빈 차를 바라본 채 사라져갔다. 그녀가 없다. 그는 가만히 선 채 한쪽 귀를 바람 위쪽을 향해 기울였다. 그녀가 갈 수 있는 곳은 없다. 이윽고 왼쪽 숲에서 그녀의 소리가 났다. 바다를 향해 달려가는 소리가. 그는 하늘을 바라보고 비행기 소리에 귀를 기울이면서 한순간 망설였다.

경찰이 출동해 있다. 이것은 처음부터 출동해 있었다는 말이 된다. 이제 누구든 자기가 자신을 지키는 수밖에 없다. 그는 인기척 없는 길을 앞뒤로 둘러보며 한쪽 다리로 도랑을 뛰어넘어 숲의 푸른 어둠 속으로 사라져갔다. 그 앞에서 그녀의 발소리가 들렸다. 달리고 있는 발자국 소리가.

제23장

행크는 커브를 돌아 듀크의 차와 빵집 트럭이 길을 막고 가로놓여 있는 것을 보자 급히 멈춰 섰다. 바퀴가 옆으로 미끄러지며 자갈을 공중으로 튀어 오르게 했다. 차에서 나와 그 옆에 웅크린 그의 모습은 흙먼지로 거의 보이지 않을 정도였다.

시골의 졸릴 정도로 단조로운 소리가 들렸다. 한 그루 전나무의 낮은 가지에서 새가 한 마리 슬픈 듯이 울고 있었다. 오른쪽 멀리서 밀어닥치는 물결의 한숨 소리가 규칙적으로 들려왔다. 흙먼지가 가라앉고 나서 행크는 천천히 듀크의 차로 다가갔다. 한쪽 손에 그랜트의 권총을 쥐고, 길 양쪽을 주의해 보면서. 그때 강물 쪽에서 분명치 않은 외침 소리가 어렴풋이 들렸다. 아까의 그 새가 성난 듯이 흥분하여 울며 가지에서 날아올랐다. 소리가 난 쪽을 향해 1초쯤 귀를 기울이고 나서 길 옆 도랑을 뛰어넘어 숲 속을 향해 달려 들어갔다. 누군가가 그 앞에서 뛰어가고 있었다――3, 40야드 이상은 떨어져 있지 않다. 나뭇잎과 가지가 바싹 말라 소리를 내는 쪽으로 그는 나아갔다.

나뭇가지와 풀 덩굴에 다리가 긁히는 것도 아랑곳없이 곧바로 나아
갔다. 한 번은 습지대의 진흙에 15센티미터나 발이 빠져 넘어지고,
또 한 번은 노끈 같은 덩굴 풀에 발꿈치가 걸려 넘어졌다.

숲의 나무가 끝나는 곳에 바위가 바다 쪽으로 높이 선반처럼 불쑥
튀어나온 작은 빈터가 있다. 그는 거기로 다가갔다. 나뭇가지 사이로
작게 칸막이된 푸른 하늘이 몇 개나 장식품처럼 빛나고 있는 것이 보
였다. 그는 자기 앞을 달리고 있는 사람이 보모라는 것을 알았다. 만
일 그것이 듀크라면 달리는 소리가 들릴 리가 없다. 듀크는 숲 속에
서 뱀처럼 소리를 내지 않는다.

갑자기 행크는 공포에 사로잡혔다. 얼른 걸음을 멈추고 푸른 그늘
을 가만히 둘러보았다. 듀크는 어디에 있을까? 행크는 거친 숨소리
를 죽이기 위해 허리를 굽혔다. 공포가 더해갔다. 듀크는 어디에 있
을까? 보모의 소리는 분명히 들렸다. 그녀는 15야드나 20야드 앞에
있는데, 나무들의 장막에 가려 보이지 않았다. 이제 달리는 것을 그
만두었다. 앞은 바다에 면한 빈터였기 때문에 달려갈 곳이 없다. 그
러나 그녀의 흐느껴 우는 소리, 어린아기가 보채는 울음소리는 들렸
다.

듀크는 어디에 있을까? 있을 것으로 생각되는 곳에는 절대로 없
다. 이쪽이 뒤돌아볼 때 언제나 습격해 오는 것이다. 듀크는 보모와
어린아기가 인질로서 필요할 것이다. 아무래도 그렇게 하지 않으면
안될 것이다. 그것이 그가 달아날 수 있는 유일한 방법이다. 그러나
그는 직접 두 사람을 쫓아가는 일은 하지 않을 것이다. 그렇다……
그전에 뒤쫓아 오는 사람이 없는지 기다리며 확인할 것이다.

행크는 동작에 세심한 주의를 기울이면서 길 쪽으로 다시 기어서
돌아왔다. 10야드쯤 되돌아와서 몸을 왼쪽으로 크게 돌려 반쯤 굽히
고서 나무 그늘로 좀더 빨리 나아갔다. 몸은 풀들이 무성한 덤불 속

에 숨겨져 있다. 발소리가 나지 않도록 부드럽고 축축한 흙을 골라서 디디며 나아갔다.

행크는 곧 아까의 그 빈터 옆으로 다시 다가갔다. 이번에는 굽어든 해안선 바위를 따라 옆으로부터 눈에 햇빛이 걸려 빛났다. 그곳의 사람이 지날 수 있는 길모퉁이를 돌려다가 행크는 문득 발길을 멈췄다. 온몸의 근육이 경련을 일으키듯 긴장했다. 겨우 3미터쯤 떨어진 곳에 듀크가 등을 이쪽으로 돌리고 서 있었다. 한 그루 나무 그늘 아래 서서 꼼짝도 하지 않았다. 그는 가만히 빈터를 바라보고 있었다. 그의 괴로운 듯한 깊은 숨결이 정적 속에서 행크의 귀에 들렸다. 그 숨소리 때문에 행크가 다가가는 것을 듀크는 듣지 못했다. 듀크는 손에 권총을 쥐고 있었다. 담배 케이스보다 별로 크지 않은 장난감 같은 무기였다.

"그걸 버려! 빨리!" 행크가 외쳤다.

"꼬마냐?" 듀크의 낮은 목소리는 재미있어하는 것 같았다. "꼬마야?"

"그걸 버려! 버리지 않으면 쏠 테다!"

"나는 너를 기다리고 있었다, 꼬마야."

듀크의 권총이 손에서 미끄러져 떨어졌다. 그는 천천히 몸을 돌려 행크를 쳐다보았다. 저쪽 빈터에서 보모가 흐느껴 우는 소리가 두 사람에게 들렸다.

"길로 되돌아가요!" 행크는 그녀에게 소리쳤다. "길로 돌아가서 기다리고 있어요, 아무 걱정 없으니까!"

"물론, 아무 걱정 없지." 듀크는 비꼬듯 엷은 미소를 띠고 가만히 행크를 보았다. "나는 저 여자를 달아나게 해주었다. 저 여자는 살아난 거야. 어린아이도 마찬가지지. 저 두 사람을 해치지 않는다고 너에게 말했었지?" 그는 머리를 번쩍 들어 빈터 쪽을 가리켰다.

"그런데 저 여자는 지금도 큰 소동이 일어날 것으로 생각하고 있구나. 그뿐이야. 여자란 늘 그렇지만. 안 그러냐, 꼬마야?"

미소를 띠고 있기는 했으나 듀크의 얼굴은 지치고 나이들어 보였다. 이틀 동안 깎지 않은 턱수염이 턱을 지저분하게 보이게 했다. 나무 사이로 새어드는 햇빛을 바라보느라고 눈을 가늘게 뜨고 있었다. 나무줄기에 기대서서 두 손의 엄지손가락을 아무렇게나 벨트에 걸고 있었다. 빨간 플란넬 셔츠가 목 밑에서 열려 있어, 가슴에 난 검은 털에 햇빛이 비쳤다.

"어떻게 해서 나왔니? 벨이 꺼내주었구나. 그렇지?"

용한 추측이라고 행크는 생각했다. 빈틈없고, 그리고 정확했다. 그러나 추측하고 있는 것뿐이다…… 행크는 잠자코 있었다.

그러자 듀크가 약간 어깨를 움츠렸다.

"나는 그렇게 될 줄 알았다. 그래서 너를 기다리고 있었던 거다. 나는 저 여자를 달아나게 해주었어. 그리고 너를 기다리고 있었지."

"그거 잘했군. 이제부터 둘이서 기다립시다…… 경찰이 오는 것을."

"경찰은 처음부터 출동해 있었다. 정말 그랜트의 머리는 대단했어." 듀크는 기분 나쁜 듯이 말했다.

갑자기 그는 한쪽 손을 들었다. 멀리서 빠른 속력으로 다가오는 차 소리가 들렸다. 숲의 고요한 침묵을 통해 엔진 소리가 울려왔다.

"제복을 입은 어린것들이 쫓아오는군, 잘난 체하며."

보모가 빈터 반대쪽의 잡초를 헤치며 그들로부터 멀어져가는 소리가 행크에게 들렸다, 아기를 안고 큰길을 향해.

"꼬마야, 우리 둘이서 잠시 생각을 해야겠다." 듀크가 조용하게 말했다. "산장에서 무슨 일이 있었지?"

"형이 알아맞힌 그대로요. 벨이 나를 꺼내주었지, 그 여자는 죽고 말았지만. 그러나 경찰은 그랜트를 체포했을 거요. 이번에는 형 차례요."

"꼬마야, 그렇게까지 하지 않아도 돼." 듀크가 조용히 말했다. "모르겠니? 벨이 죽어 버렸다면 모조리 그랜트가 한 짓이라고 떠넘길 수가 있거든." 그는 한 걸음 행크에게로 다리를 절며 다가왔다. 얼굴과 목소리가 흥분으로 굳어져 있었다. "모두 말하겠지. 모조리 말하겠지. 저 여자도, 그랜트도, 클리시도, 클리시란 뉴욕 쪽의 일을 맡아 돈을 받은 녀석이지. 하지만 이쪽은 둘이야. 둘이서 같이 말을 맞추면 놈들을 웃어줄 수 있어. 너와 나 둘이, 파렐 형제가 말이다! 아버지가 살아 계시면 그렇게 하라고 했을 거다."

"아버지가 그렇게 하라고 했을까?" 행크는 차갑게 말했다. "아들 둘이서 경찰에 거짓말을 하라고?"

"우리의 목숨이 문제야, 꼬마야. 모두 그랜트에게 떠넘길 수 있어." 듀크는 가까이 다가오고 있는 차 쪽을 향했다. 억세 보이는 굵은 목에 힘줄이 불룩 튀어나와 있는 것이 보였다. "그 녀석에게 억지로 당한 일이며, 우리는 그에게서 도망칠 기회를 엿보고 있었다고 말하면 돼." 그는 다시 동생을 바라보았다. 커다란 두 손을 폈다쥐었다 하고 있었다. "나를 도와다오, 꼬마야. 우리는 이야기를 서로 다르게 해서는 안 돼. 엉뚱한 소리를 해선 안 돼. 그리고 말이야, 이 이야기는 절대로 바꾸지 말아야 해. 알겠지? 무슨 일이 있더라도 계속 물고 늘어져야 하는 거야. 알았지?"

"좋을 대로 이야기하면 되겠지. 나는 거기 있다가 형이 거짓말하고 있다고 말할 테니까."

듀크는 천천히 한숨을 내쉬었다.

"하긴 그렇겠지. 나 때문에 네가 자진해서 호된 꼴을 당할 수는 없을 테니까." 그는 못마땅한 듯이 말했다. "너에게 죄는 미치지 않아. 하지만 너는 정말 내가 죽는 것을 보고 싶니?" 그는 다시 한 걸음 행크에게로 다가오며 마른 입술을 축였다. "그럼, 놈들이 오기 전에 나를 달아나게 해다오, 그렇게 해주는 것은 괜찮겠지? 내가 바다까지 내려가 보트를 발견하게 되면 어떻게 도망칠 수 있을 거다. 나는 여름 내내 숲 속에서 지낼 수 있어. 자, 사정한다, 꼬마야! 나는 재판에 넘겨지는 건 싫다!" 듀크는 거센 숨결을 토했다. "그것이 어떤 건지 너도 알고 있겠지? 모두들 나를 짐승처럼 쳐다보는 거야. 판사란 녀석은 신문을 하기 위해 나에 대한 것을 모두 파헤치지. 배심원이라는 바보들은 재미있어하며 나를 사형에 처할 거다. 속 못 차리는 얼간이 녀석들이나, 남자들이 거들떠보지도 않는 무뚝뚝한 계집애들이 내가 의자에 묶여 5천 볼트 전기로 몸이 터지는 것을 상상하며 기뻐하겠지. 그런 꼴이 되는 거다, 꼬마야! 내가 그런 꼴을 당하지 않겠다는 건 무리가 아니잖니? 깨끗이 거기서 벗어나고 싶은 거야." 그는 조급하게 머리를 내저었다. "자, 꼬마야, 다른 사람이 사정하고 있는 게 아니야." 절망적으로 애원하는 목소리였다. 바람에 흐트러진 머리카락이 이마에 달라붙고, 번들번들한 얼굴에서 눈이 매섭게 반짝이고 있었다. "나는 듀크다, 네 형이야. 나는 너에게 수영을 가르쳐주었지. 그렇지. 데이트 자금도 빌려주었지. 너는 내 동생이었기 때문에 읍내에서 너한테 손대는 녀석이 없었어. 그걸 너는 틀림없이 기억하고 있을 거야. 안 그러냐? 나는 네가 술집에서 만난 사람과는 달라. 너의 형이야! 그래서 지금 살려달라고 부탁하며 엎드려 사정하고 있는 거다."

"누군가 다른 사람에게 살려달라고 부탁해, 배심원에게 말이오."

듀크는 발을 끌며 다시 한 걸음 행크에게로 다가왔다. 두 손을 옆구리에서 떼어 휘두르면서.

"이 자식!" 거친 목소리였다. 갑작스럽고 무서운 변화였다. 분노로 이글거리는 눈으로 천천히 다가왔다. "너는 배짱도 없는 주제에 잘난 사나이인 척하고 있구나. 너는 줄곧 그랬었지." 그는 손바닥으로 나쁜 쪽 다리를 철썩 소리 나게 쳤다. 그 소리가 정적 속에서 권총 소리처럼 울렸다. "네놈이 이렇게 만들었다. 알겠니? 이번에는 경찰에게 나를 넘겨주어 죽게 하고 싶은 모양이로구나. 하지만 다시 한 번 생각해 봐라. 권총 같은 건 너에게 소용이 없어. 죽을 만큼 두들겨 패줄 테다! 이가 다 빠진 입으로 소리치며 울려무나!"

"그러지 않는 편이 좋을걸." 행크가 조용히 말했다.

듀크는 오른팔로 긴 팔굽이를 휘두르면서 덤벼들었다. 그러나 그의 몸에서는 속력도 힘도 빠져 있었다. 바로 옆에 있었지만 행크는 그 펀치를 피할 수 있었다. 듀크의 발이 미끄러지며 번들번들하게 이끼가 난 땅바닥으로 보기 흉하게 나동그라졌다. 그는 목쉰 소리로 욕을 퍼부으면서 비틀비틀 일어나더니 또다시 행크를 향해 덤벼들었다. 이번에는 커다란 두 주먹을 옆구리 쪽에서 휘두르며 일부러 천천히.

"못난 자식!" 그는 거친 숨을 내쉬면서 소리쳤다. "또 해보자! 자, 네놈의 자세는 성냥개비로 만든 집이나 다름없어. 자, 이번에야말로 쑥 뻗을 때까지 힘껏 두들겨 패줄 테냐!"

행크는 천천히 머리를 내저었다. 별로 아무 감정도 없이 방아쇠를 당겨 듀크의 오른쪽 무릎 종지뼈 바로 위를 쏘았다. 기분 나쁜 메아리를 따라 총소리가 숲 속에 울려 퍼졌다. 듀크의 놀란 고통의 외침은 그 소리에 거의 묻혀 사라졌다. 광포하게 마구 소리를 지르면서 그는 행크에게 덤벼들었으나, 다리가 땅에 닿았을 때 총 맞은 다리가 꾸부러들며 얼굴을 아래로 하고 앞으로 쓰러졌다. 성한 쪽 다리가 무섭게 경련을 일으킨 듯 떨리면서 그는 미쳐 날뛰는 높은 목소리로 욕을 퍼붓기 시작했다.

행크는 그에게서 떨어져나와 권총을 살피고, 아직 총알이 남아 있는지 확인해 보았다. 차는 그들로부터 5, 60야드 이상 떨어지지 않은 도로에 멈춰서 있었다. 또렷하고 날카로운 목소리가 명령내리는 것이 들렸다. 그리고 숲으로 사람들이 들어오는 소리가 들렸다.

듀크는 겨우 일어나 앉은 자세가 되었다. 바짓가랑이로 번져 나오는 피를 바라보며, 무슨 일이 일어났는지 전혀 알 수 없다는 듯 천천히 고개를 내저었다. 절대로 자기는 지지 않는다고 언제나 믿어왔는데……

"몹시 아프군." 그는 행크를 쳐다보며 겨우 나직하게 말했다. 얼굴을 찡그리며 검은 눈이 흐려졌다. 허파로 충분한 공기를 들이마시는 것이 괴로운 것처럼 보였다. "아쉬운 대로 나쁜 쪽 다리를 쏘아주었구나. 고맙다고 인사해야 할까?"

듀크는 성난 고통이 담긴 미소를 지었다.

행크로서는 아무것도 하고 싶은 말이 없었다. 끝나버린 일이다. 다만 그뿐인 것이다.

듀크는 땅바닥에 널려 있는 작은 돌을 몇 개 집어 들어 한쪽 손으로 공기놀이를 하기 시작했다. 작은 돌이 맥없이 공중으로 튀어 올랐다가 다시 떨어지는 것을 가만히 바라보고 있었다. 이미 그는 행크에 대한 것은 마음에 두지 않고 있었다. 모든 일을 마음에 두지 않고 있었다.

"나는 이런 꼴이 되리라고 생각한 적은 한 번도 없었지. 이상한 일이군. 나는 무엇이든 할 수 있었는데. 정말 무엇이든……" 생각에 잠긴 낮은 목소리였다. 듀크는 눈길을 옮겨 숲의 푸른 그늘 속을 바라보았다. 한숨을 내쉬면서 작은 돌을 옆에 버리고 다시 동생을 쳐다보았다. "너는 앞으로 재미있게 살게 되겠지, 꼬마야?"

"물론 그렇게 살게 되겠지. 걱정할 필요 없소."

행크는 완전히 지쳐버린 느낌이었다. 이로써 자신은 성숙한 것이다. 어른이 된 것이다. 형에게 빚이 있으니까 어떻게든 해야 한다고 생각했던 것과 마찬가지로 자신과 세상에 대해 그렇게 생각하지 않으면 안 되는 것이다.

"내가 이제 없어졌다고 생각하는 건 아직 일러." 듀크의 입술에 엷은 미소가 떠올랐다. "나는 이번 일에서 벗어나 보일 테다. 절름발이를 사형에 처하지는 않겠지. 나는 사람을 다루는 방법을 알고 있어. 재판 때에는 모두들 울 거다. 잘 보아두어라."

'그렇다, 형이 말한 대로일지도 모른다.' 듀크의 얼굴에 숨은 작은 미소가 번져가는 것을 바라보면서 행크는 생각했다. '모르는 사람들은 형을 위해 울지도 모른다. 그러나 나는 울 수 없다. 이제 더 이상 울 수 없다. 형을 위해서 이제 내 눈물은 남아 있지 않다.' 듀크의 얼굴을 바라보면서 행크는 확신했다.

그러나 산탄총을 가진 사람들이 저쪽 빈터에 나타났을 때, 그렇지만은 않다는 것을 그는 알았다.

제24장

이날 아침 8시, 클리시는 구식 실크햇의 챙을 한쪽 손으로 주의해 누르면서 세들어 있는 집 현관 계단을 조심스럽게 내려갔다. 맑게 갠 상쾌한 봄날씨가 될 것 같았으나, 굉장히 바람이 세게 불어 길가의 먼지를 날리며 작은 소용돌이를 말아 올리고 있었다.

클리시는 싱글싱글 웃으며 기분이 아주 좋았다. 일은 완전히 끝났다! 이제부터 잠시 조용히 쉬었다가 새로 농사를 짓는 거다. 지금까지처럼 하고 있으면서 앞으로의 지시를 기다리라고 그랜트는 말했었다. 그랜트는 아기와 보모에 대해서는 아무 말도 하지 않았는데, 그들 둘을 어떻게 할 것인가 하는 것도 계획되어 있을 게 틀림없다. 그랜트의 이야기하는 말투는 확신에 차 있고 명랑했다. 그렇다면 모두가 안전한 거다. 그랜트와 듀크와 벨은 벌써 산장에서 2백 마일이나 떨어진 곳으로 가 있을 것이다.

클리시는 여윈 두 손의 손등 위가 닳아빠진 회색 양가죽 장갑을 어루만지면서 아무렇지도 않게 브래들리의 집을 흘끗 쳐다보았다. 검은 차가 한 대 집 정면에 서 있었으며, 개버딘 톱코트를 입고 테가 좁은 모자를 쓴 젊은 사나이가 안으로 들어갔다. 운전기사는 운전대에 남아 있었다. 클리시는 아까 자기 방의 창문으로 이것을 보고 있었다. 그러나 그는 이 기다리고 있는 차에도 브래들리의 집으로 들어간 사나이에 대해서도 호기심을 갖고 있지 않았다. 브래들리 집안은 이제 그에게 별다른 흥미가 없었다. 이 집은 항해 중에 서로 알게 된 사람과 같은 것이었다. 잠시 같이 지내며 재미있었지만, 이윽고 각기 다른 길을 찾아 다른 일에 몰두하게 되는 것이다. 다른 일에…… 그렇다, 정말이다. 그는 이미 자기 서류철에 윈슬로프 집안에 대한 완전한 조사 자료를 모아두고 있었다.

브래들리 집안의 깨끗하고 아름다운 정면을 향해 미소 지으면서 이것으로 작별이라고 그는 생각했다. 이 순간을 즐기며 작별의 가뿐함을 맛보고 있었으므로 또 한 대의 차가 길 같은 쪽에 그로부터 10야드쯤 떨어져 멈춰서 있는 것을 눈치채지 못했다. 그가 미소를 띠고 장갑을 쓰다듬으며 보도에 서 있는 동안 네 사나이가 그 차에서 나왔다. 그들은 삼면에서 그를 둘러싸듯이 하고 아무 표정도 없이 어슬렁어슬렁 다가왔다.

로스가 먼저 클리시 옆으로 다가왔다. 클리시는 외투 깃에 손이 얹힌 것을 느꼈다. 그와 동시에 양옆에 사나이가 한 사람씩 서서 그의 두 팔을 억센 손으로 붙잡는 것을 알아차렸다. 클리시가 가만히 쳐다본 상대방 사나이는 쇠를 조각해 만든 듯한 얼굴이었다.

"하워드 클리시, 체포하겠다!" 로스가 말했다.

"아니…… 뭔가 잘못 안 것입니다!" 클리시는 자신이 절망적으로 떨고 있는 것을 느꼈다. "나는 그런……." 그는 피식피식 웃기 시작했다. 그의 생각은 갑자기 어지럽게 빙글빙글 돌기 시작했다. "그런 건 뻔히 아는 일이라서 말이오, 신사에 대해서 이런 일을…… 아니, 그런 말은 그만두기로 합시다. 소송을 제기하거나 그런 일은 없겠지

요? 그보다도 농담으로 해둡시다, 완전히. 잘못했다는 것에 대해서
……. ”

"가자 ! ”

로스는 클리시의 팔을 잡고 있는 두 사람에게 고개를 끄덕였다.

"아니, 이것 보시오 ! ”

클리시는 갑자기 깜짝 놀라며 눈을 껌벅였다. 길거리가 춤추는 듯
한 그림자로 가득 찼다. 움직이고 있다. 그렇다. 수은처럼 움직이고
있었다. 무서운 속력으로 비틀리고 구부려지며 복잡하고 이상한 불길
한 모양이 되어갔다. 그는 승리를 자랑하듯 웃었다.

'지금까지 언제나 예기하고 있었던 것은 이것이다. 그림자와 적 !
내 생각이 옳았다. 그렇다, 정말이다. '

브래들리 부부가 나와서 길가에 서 있던 아까 그 차를 타고 급히
사라지는 것이 보였다. 두 사람은 그림자가 없는 것처럼 그림자를 박
차고 갔다. 젊음과 아름다움과 돈의 마술 수레바퀴에 의해 지켜지고
보호되며…… 브래들리 부인은 지금 정말로 아름다웠다. 창백하게
여위고, 고뇌로 다듬어지고, 완전히 정화되어서. 클리시는 그녀에게
손을 흔들려고 했으나 팔이 들어올려지지 않는 것을 깨달았다.

"저 두 사람은 나의 친구입니다. ” 클리시는 조급하게 말했다. "훌
륭하고 유서 깊은 집안입니다. 나와는 친하게 지냅니다. ” 그는 차 쪽
으로 끌고 가는 손에 힘없이 저항했다. "그녀는 그다지 지체 있는 집
안 출신이 아닙니다. 그러나 우리들은 친구입니다. 나는 그 댁을 방
문한 일도 있습니다. 당신들로서는 믿어지지 않겠지요 ? ”

"그 이야기는 나중에 하지. ” 로스는 여전히 무서운 얼굴을 하고 있
었으나 목소리는 약간 누그러졌다. 그는 클리시의 얼굴과 눈에서 병
적인 것을 본 것이다. "자, 가자 ! ”

"물론 가야지요. ”

클리시는 벌써 잔잔하게 미소 짓고 있었다.

'이자들은 내가 부자라는 것을 모르고 있다' 하고 생각하니 그는 우스웠다. '나에게는 돈이 가득 든 슈트케이스가 있다. 무례와 모욕에 대해서는 이것이 항구적인 방법이 된다. 이 무례한 바보 녀석들을 혼내 주는 거다. 그렇지, 정말이다. 하지만 아직 이르다. 좀더 멋대로 하게 버려두자.'

차에 실리자 클리시는 커다랗게 웃기 시작했다. 어떻게 웃음을 그쳐야 좋을지 모를 정도로 우스웠다.

길 맞은편 보도에서는 엘리나 브래들리가 클로리를 쳐다보고 있었다. 그녀는 클리시가 체포되는 것은 보지 않았다. 클로리는 로스를 알아차렸다. 로스가 막 클리시를 잡았을 때 그는 그녀의 집 현관에 나와 있었다. 엘리나는 아까부터 울고 있었다. 얼굴이 눈물로 젖어 있었으나, 눈에는 생기가 넘쳤다. 밝고 믿어지지 않을 정도로 행복한 듯했다.

"지금은 제대로 작별인사를 드릴 수가 없어요." 그녀는 두 손으로 클로리의 팔을 잡으면서 말했다. "오늘 밤 부인과 함께 다시 와주시지 않겠어요? 당신에게 질을 보여드리고 싶어요. 괜찮으시지요?"

"네, 전화하겠습니다." 클로리는 미소 지었다. "자, 타십시오. 질아기가 기다리고 있습니다."

"당신 아기도요. 정말 어떻게 감사하다고 드릴 말이 없군요."

"무슨 말씀을……."

"자, 여보!"

리처드 브래들리가 그녀의 팔을 건드렸다. 그는 차 옆에서 그녀를 기다리고 있었다. 운전기사는 벌써 시동을 걸고 있었다.

"네, 알았어요."

엘리나의 목소리는 심한 흥분으로 떨렸다. 그녀는 몸을 돌려 차 뒷좌석에 올라탔다. 리처드 브래들리는 빙긋 웃으며 클로리와 악수를 나누었다.

"전화해 주시겠지요?"

"네, 꼭 하겠습니다."

차는 길가를 떠나 3번 거리로 다가감에 따라 속력을 더했다. 운전기사가 교차점을 돌 때 엘리나는 뒤 창문으로 내다보며 클로리에게 키스를 던졌다.

클로리는 그들에게 손을 흔들었다. 몇 초 동안 그곳에 서서 이른 아침 거리의 조용함에 살짝 미소를 보냈다. 트럭과 자동차가 새로운 하루의 일을 위해 그의 앞을 달려가고, 그 블록 아래쪽 갈색 사암의 오래된 건물 앞에서는 아이들이 놀고 있었다. 여자들이 시장바구니를 들고 큰길 쪽으로 걸어가고, 비상계단 층계참에는 노인들이 몇 명 엷은 봄 햇살을 쬐고 있었다.

클로리는 담배에 불을 붙이고 길가에 성냥을 버렸다. 와이셔츠의 맨 윗단추를 끼고 넥타이를 꼭 죄어 맸다. 그는 여전히 희미한 미소를 띤 채 브래들리네 집의 두꺼운 검은 문을 쳐다보았다. 집 안에서는 다른 수사요원들이 뒤처리를 하고 있었다. 클로리의 일은 끝났다. 지난 사흘 동안의 긴장이 몸에서 빠져나가고 뼛속까지 피로감이 느껴지기 시작했다. 몹시 지쳐서 무척 집에 돌아가고 싶었다. 담배를 한 모금 깊숙이 빨아들이고, 길가로 가서 지나가는 택시에 손을 흔들었다.

제25장

웨스트 감독관은 에너지와 인내력이 완전히 소진된, 긴장된 하루 내내 데이비드 보안관의 사무실을 본부로 쓰고 있었다. 밖은 이미 거의 어두워졌다. 그는 보안관 책상에서 잠시 쉬고 있었다. 아래 광장에서는 밀려오는 저녁 어둠 속에 사람들이 모여서서 이야기를 하고 있었다. 그들의 나직한 이야기 소리가 어렴풋이 들렸으며, 어둠 속에서 담뱃불이 번쩍 빛나는 것이 보였다. 그들은 유괴사건 이야기를 하고 있는 것이다. 윌리엄즈보로 사람들은 이날 하루 종일 다른 이야기는 입에 올리지 않았다. 읍내에는 신문기자, 사진기자, 텔레비전 방송국 사람들이 몰려와 있었다. 방송국과 큰 일간신문들은 많은 특파원을 보내왔으며 텔레비전 중계반은 온종일 읍내 거리를 돌아다니며 카메라를 돌려댈 수 있는 것은 아무리 하찮은 거라도 다 찍었다. 유괴범과 접촉한 일이 있는 사람은 누구든 흥미 있는 뉴스 가치가 있는 사람이 되었다. 잡화점 점원, 식료품가게 점원, 죽은 애덤 윌슨의 친구와 가족들———그들은 인터뷰를 하고, 그들의 말이 인용되고, 사진을 찍히고, 그들의 얼굴과 이야기는 영구히 테이프와 필름에 보존되었다.

웨스트는 두 차례 기자회견을 했다. 그리고 방에서 군청 건물 복도로 들어가는 자리에서 텔레비전 카메라와 마주하게 되었다. 이러한 잡일은 귀찮은 것이었지만 필요한 일이었다. 대중은 뉴스를 알 권리를 가지고 있는 것이다. 그러나 그 밖에도 해야 할 일이 많이 있었다. 지문을 채취하고, 사진을 찍고, 개인의 재산목록을 만드는 등, 범인에 대한 판에 박힌 절차상의 일이지만, 참으로 귀찮은 일이었다. 범인들 이야기를 몇 번이나 대조하며 여러 가지 각도에서 모순을 검토하지 않으면 안 되었다. 단서를 철저하게 파악하지 않으면 안 되었다, 그것도 빨리. 이날 아침 웨스트는 이 유괴사건 관계자를 모두 체포했다고 생각하지는 않았다. 감시나 연락 책임자, 돈을 받은 자가 아직 체포되지 않고 있는지도 모른다. 그는 그 누구에게도 달아나 숨을 기회를 줄 생각이 없었다.

이러한 일들이 무서우리만큼 빠른 속도로 순서 있게 진행되어 갔다. 그러나 다행히도 지금 단 몇 분 동안이지만 조용해졌다. 군청 사무원들은 돌아가 버렸다. 그의 부하 수사요원들도 어디론가 나가버렸다. 2층에 있는 보안관의 방은 조용하고 평화로웠다. 웨스트는 담배에 불을 붙이면서 한숨을 내쉬고 회전의자 속에 몸을 편안히 묻었다. 조금 뒤 안쪽 방으로 통하는 문이 열리고 행크 파렐이 나왔다.

웨스트는 그에게 미소를 보냈다.

"조금밖에 자지 못했군요."

"자려고 해도 도무지 헛일입니다."

"당신은 상당히 오랫동안 보통때보다 세 배나 더 움직이고 다녔으니까요. 안정이 되기까지는 시간이 걸릴 겁니다. 담배라도 피우시겠소?"

"고맙습니다."

행크는 천천히 의자에 앉아 한쪽 손으로 이마를 문질렀다. 지칠 대로 지쳐 있었으나 잠은 오지 않았다. 의사가 30분 전에 진정제를 주었고, 웨스트는 보안관 뒷방에 들어가 소파에 누워 있으라고 말했다. 그러나 잠이 오지 않았다. 누워서 어두운 천장을 바라보며 생각에 잠긴 채 깨어 있었다. 이 날은 그의 일생에서 가장 긴 하루였다. 손의 상처를 치료받고 나서 질문을 받게 되었다. 한 번 두 번이 아니라 스무 번 쉰 번이었다…… 그들은 진술을 하나하나 검토하고, 온갖 점에 대해 꼬치꼬치 물었다. 거짓말을 발견하기 위해서만은 아니라는 사실을 그는 알고 있었다. 그가 이 유괴사건에 관계없다는 것을 확인하기 위해서였다. 결국 그의 이야기는 받아들여졌다. 보모의 증언이 그의 진술을 완전히 뒷받침해 주었다. 그리고 그랜트도 다 털어놓고 말았다.

"내가 돌아가면 안 될 이유라도 있습니까?" 행크가 물었다.

"아니, 없습니다."

"신문기자들은 아직 밖에 있습니까?"

"아니, 이제 시달리거나 하는 일은 없을 겁니다. 당신 차는 군청 뒤에 세워져 있습니다. 이제 더 이상 사진을 찍히지 않고도 나갈 수 있을 겁니다."

"다행이군요. 나에게 전화가 있었습니까?"

"브래들리 씨로부터 전하는 말이 있었습니다. 감사하고 있다고요, 그 정도의 말로는 도저히 부족하지만…… 여기서든 뉴욕에서든 당신 형편 좋은 때에 만나서 이야기하고 싶다고 하더군요. 그리고 또 같은 말이지만, 나도 감사하고 있습니다. 당신은 굉장히 어려운 일과 맞서 싸워 완전히 그것을 해치웠습니다."

"고맙습니다." 행크는 일어났다. 몸이 둔하고 굳어져 있는 것 같은 느낌이 들었다. "그리고 그 밖에는 전화가 없었습니까?"

"없었습니다."

그녀는 전화한다고 했었다. 이리로든 산장으로든. 그녀에게 조금이라도 시간이 있으면…… 그녀와는 이날 아침 열 마디 정도밖에 주고받지 못했다. 웨스트가 두 사람의 이야기를 듣고 나서 그녀와 아기는 브래들리 부부를 맞이하기 위하여 공항으로 보내졌다. 그러나 그전에 그녀는 잠깐 그의 팔에 손을 얹으며 시간 나는 대로 곧 그에게 전화하겠다고 말했었다.

"한 가지 부탁이 있습니다만……." 행크가 말했다.

웨스트는 한숨을 내쉬며 책상을 돌아서 왔다.

"짐작이 갑니다. 형님을 만나고 싶은 거지요?"

"네, 만날 수 있습니까?"

"물론이지요. 하지만 하루 이틀쯤 기다리는 게 어떻습니까?"

"지금 만나고 싶습니다."

"좀 난처할 텐데요."

"나는 그렇게 생각지 않습니다."

"애덤 윌슨을 죽였더군요." 웨스트의 목소리에 강한 노여움이 담겨 있었다. "당신 친구로서 훌륭한 사람이었는데…… 벨이라는 여자도 죽었습니다. 아기와 보모가 살아 있었다는 것은 정말 하느님의 도우심이 있었기 때문입니다. 그 점에서는 당신도 마찬가지지요. 아기의 부모는 다시 아기를 만날 수 있을지 어떨지 애타게 기다리며 사흘 동안 심한 지옥의 고통을 치렀습니다. 우리 기록 속에서도 가장 얄미운 범죄입니다, 정말." 웨스트는 한쪽 손을 급히 휘두르며 강한 몸짓을 해보였다. "그런데 당신 형은 그것을 어떻게 생각하고 있는지 아십니까? 상상이 갑니까? 가소로운 일이라고 생각하고 있더군요. 농담을 하며 마치 사인 수집가에게 둘러싸인 명사처럼 행동하고 있습니다. 사람들을 떠들썩하게 만드는 것이 기쁘고 즐거워서 견딜 수 없는 모양입니다. 만일 조금이라도 미안하다든가 후회하고 있다고 생각한다면, 그만 생각을 고치십시오." 그는 한숨을 내쉬며 머리를 내저었다. "심한 말을 한 것 같군요. 그러나 지금 한 말을 마음에 두지 말아주십시오. 이 사흘 동안 당신은 질려버렸다고 생각지 않습니까?"

"나는 모르겠습니다. 하지만 형을 만나고 싶습니다. 이제 시간이 얼마 남아 있지 않으니까요."

"무슨 시간이?"

행크는 지친 듯이 어깨를 움츠렸다.

"잘 모릅니다. 막연히 그런 기분이 들 뿐입니다."

"그럼, 좋소." 웨스트는 책상 쪽으로 향했다. "그렇게 해드리지요." 그가 전화에 손을 뻗었을 때 마침 전화가 울렸다. "잠깐 실례하겠습니다." 그는 수화기를 집어 들었다. "여보세요, 웨스트입니다." 천천히 고개를 끄덕이면서 잠시 동안 가만히 듣고 있었다. "언제였지요? 알았습니다…… 대단히 고맙습니다. 아, 그야 물론이지요, 안녕히……."

웨스트는 약간 얼굴을 찡그리면서 수화기를 내려놓았다. 그는 몇 초 동안 책상 위를 가만히 바라보고 있다가 한숨을 내쉬며 행크의 얼굴을 쳐다보았다.

"이것이 당신에게 좋은 소식인지 나쁜 소식인지 나로서는 알 수 없지만……."

"어떻게 된 겁니까?"

"당신 형은 몇 분 전에 죽었습니다." 웨스트는 조용히 말했다. "저녁식사 뒤에 가슴이 아프다고 했다는군요. 30분 사이에 두 번 심장에 발작이 온 겁니다. 두 번째 발작에서 회복을 못했대요."

"죽었다고요?"

"그렇습니다. 의사의 이야기에 의하면, 전부터 심장이 나빴던 게 틀림없다고 하는군요, 최근 건강진단을 받은 일은 없었겠지요?"

"건강진단? 아니오, 그런 걸 받을 리가 있습니까? 형은…… 형은 의사와는 거의 상대하지 않았습니다."

행크는 보안관 책상 뒤의 창 밖을 바라보면서 가만히 꼼짝도 하지 않고 서 있었다. 한 그루의 단풍나무 가지가 어둠 속에 천천히 움직이고, 그 뒤로 거리의 등불이 밤의 어둠 속에 빛나고 있는 것이 보였다.

"그럼, 벌써 죽은 거로군요……." 행크는 조용히 말했다.

거의 믿어지지 않는 사실이다. 자기의 몸 반쪽이 죽어버린 느낌이었다. 그에게서 떨어져 있을 때에도 살빛이 검은 형의 모습이 계속 옆에 있는 것 같은 느낌이 들었었다. 지금까지 일생을 통해 그에게서 벗어난 일이 없었다. 그 무거운 짐이 사라진 지금 그는 이 사실이 쓸쓸하게 여겨지리라는 것을, 가끔 못 견디게 되리라는 것을 알았다.

행크는 문 쪽으로 향했다. 웨스트가 뒤에서 따라와 팔에 손을 얹었다.

"여기 있다가 나와 밤참을 하고 가면 어떻겠소?"

"고맙습니다. 하지만 그보다도 집에 돌아가고 싶습니다."

"크게 벌이려는 건 아닙니다. 스테이크와 맥주 한 병뿐입니다. 어떻습니까?"

"다음 약속으로 해주실 수 없을까요?"

"그래도 좋지요, 그러나 당신이 이야기하고 싶어하지 않을까 싶어서……."

행크는 천천히 고개를 저었다.

"아무것도 할 이야기가 없습니다. 다만 나로서는 도저히 알 수가 없군요, 나의 형은……." 설명해도 소용이 없다는 것을 깨닫고 그는 지친 듯 어깨를 움츠렸다. "형은 골칫거리였습니다." 그는 못마땅한 목소리로 말했다. "나에게도 그 누구에게도 형은 무슨 일이든 할 수 있었던 사람입니다. 나에게 총알을 맞은 뒤 자신이 그렇게 말했습니다. 옳은 말입니다. 그런데 골칫거리가 되어버린 겁니다. 방해하는 사람에게는 미친 듯이 부딪쳐나가며, 사람들에게 폐만 끼치고…… 당신은 이해할 수 있겠습니까?"

"당장은 대답할 수가 없군요. 나는 직업상 모든 종류의 인간, 모든 종류의 악을 보아 왔습니다. 훨씬 젊었을 무렵에는 사람의 행동 형태와 행위가 모두 이해될 수 있는 하나의 방정식 같은 것이 있으리라고 생각하고 나는 그것을 찾았지요. 내가 늘 부딪치는 이해할 수 없는 일과 모순된 일을 모두 한 마디로 설명해 줄 수 있는 것이 발견되리라고 생각했던 겁니다. 그러나 그런 것은 발견되지 않았습니다. 지금 나는 결코 발견될 수 없으리라는 것을 알고 있습니다."

"그럼, 당신은 이해하지 못한다는 거로군요?"

"그런 뜻은 아닙니다. 내가 알고 있는 것은 다만 악이란 확실히 이해될 수 있는 것일 경우도 있고, 전혀 이해되지 않는 것일 경우도 있다는 것입니다. 이것과 직면하는 것이 바로 우리들의 책임입니다. 마치 당신이 한 것처럼 말이지요. 이것도 누군가 다른 사람에게는 이해될 수 없는 일일지도 모릅니다. 완전한 이해력을 가진 사람이라면 우리가 말하는 뜻을 알 수 있을까요? 그런 이해력이 있다면 거기에 동정도 생기고 용서도 생기게 되겠지요."

행크는 잠시 동안 잠자코 있다가 웨스트를 향해 살짝 웃어보였다. "볼일이 있으시거든…… 나는 산장에 있겠습니다. 안녕히 주무십시오."

"또 한 가지 있습니다."

웨스트는 방을 가로질러가서 보안관의 책상 가운데 서랍에서 돈지갑을 꺼냈다.

"이것은 당신 형님 것입니다. 가진 물건은 이것뿐이었습니다. 당신이 가지고 가고 싶어하지 않을까 해서······. "

행크는 그 닳아빠진 검은 가죽지갑을 바라보면서 잠깐 망설였다.

"네, 가지고 가겠습니다. " 그는 갑자기 목이 메이는 것 같은 느낌이 들었다. "실례하겠습니다, 감독관님. "

"아직 비프스테이크 약속이 남아 있습니다. 아셨지요 ? "

"잊지 않겠습니다. "

행크는 얼른 그에게 미소를 보내고 나서 방을 나갔다.

그 반시간 뒤 행크는 산장 입구로 들어가 자물쇠에 열쇠를 찔렀다. 그리고는 집 안에 가득 차 있는 어둠을 어깨 너머로 흘끗 보며 머뭇거리고 있었다. 그의 차에 달린 주차등의 노란 불빛이 밤의 어둠을 어렴풋이 비춰주었다. 자갈을 깐 하얀 길의 커브와 검은 땅 위에 그림자를 드리우고 있는 전나무의 불규칙한 줄이 보일 뿐이었다. 숲은 조용했다. 밀려오는 파도의 은은한 소리와 멀리서 먹이를 찾는 올빼미 울음소리가 깊은 정적을 깨고 거칠게 들려왔다.

행크는 그것에 귀를 기울이면서 가만히 주위를 둘러보았다. 아직 당분간은 이런 일이 계속되겠지 하고 그는 생각했다. 이리로 올 때마다 잔가지 부러지는 소리와 나무속에서 갑자기 새가 움직이는 소리 쪽으로 선뜻 머리를 돌리며, 현관 앞의 어둠 속에 움직이는 것이 있지나 않나 하고 살펴보게 될 것이다. 간신히 그는 문을 열고 안으로 들어갔다. 집 안의 고요함이 부자연스럽게 느껴졌다. 계단에서 조용한 발소리가 나고, 부엌에서 음모를 꾸미며 속삭이는 소리가 들리지는 않나 하고 귀를 기울이면서 숨을 죽이고 있는 자신을 깨달았다.

누군가가 집 안을 말끔히 치워놓았다. 아마 데이비드 보안관이 여자들을 보낸 것이리라. 마룻바닥이 깨끗이 청소되어 있고, 테이블 램프와 의자도 단정하게 놓여 있으며, 난로에는 남은 불이 희미하게 타고 있었다. 그러나 비누와 물로 유령을 씻어내지는 못한다고 생각했다. 집 안은 마치 준비가 되어 배우가 등장하기를 기다리는 커다랗고 텅 빈 무대처럼 보였다.

그는 두 손으로 얼굴을 문질렀다. 아무도 등장하지는 않는다. 그는 생각이 치달리는 대로 맡겨두었다. 듀크가 부엌에서 어슬렁어슬렁 나오지는 않겠지——검은 얼굴에 엷은 미소를 띠고, 무슨 일이 일어나지 않나 하고 조심스럽게 눈을 빛내며. 듀크는 죽었다. 그리고 벨도 그랜트도 없어졌다.

언젠가 벨의 아들에게 편지를 써서 보내리라. 그렇게 함으로써 조금은 마음이 가라앉을 것이다. 그녀는 최후에 도와주었다.

그는 천천히 방을 가로질러가서 뜨거운 재 위에 통나무 장작을 하나 집어넣었다. 한쪽 손을 맨틀피스 위에 짚고, 그 통나무 장작 주위로 연기가 소용돌이를 일으키며 작은 불꽃이 마른 나무 껍질을 창살처럼 공격하는 것을 지켜보고 있었다. 이윽고 통나무가 탁탁 소리를 냈다. 불꽃은 춤을 추고 뜨거운 바람이 요란하게 심한 소리를 내며 굴뚝으로 올라갔다.

그는 이제 무엇을 해야 할지 모르는 채 가만히 서서 불을 바라보고 있었다. 배가 고팠지만 아무것도 먹고 싶지 않았다. 지칠 대로 지쳐 있었으나 잠이 오지 않았다. 잠시 뒤 그는 한숨을 내쉬며 호주머니에서 듀크의 지갑을 꺼냈다. 이리저리 뒤적이며, 접은 자리를 따라 생긴 갈라진 자국이며 꿰맨 실이 끊어져 있는 것을 바라보았다. 그 안에 5달러짜리 지폐가 한 장, 그리고 셀룰로이드로 칸막이된 밑에 여러 가지 직업이 씌어진 명함이 들어 있었다. 5달러…… 술 한 병과 담배 한 갑 값이다. 명함에는 별다른 의미가 없었다. 밤낮 어느 때고 배달해 준다는 술집의 명함, 차고, 오른쪽에 세일즈맨의 이름이 인쇄되어 있는 남자 양복점…….

지갑 칸막이 하나가 지퍼로 닫혀 있었다. 행크는 그것을 열고 소중하게 종이로 싼, 카드만한 크기의 것을 꺼냈다.

어렴풋한 기억이 되살아났다. 불빛에 비춰보고, 그 안에 얇은 티슈 페이퍼로 몇 겹이나 싸둔 스냅 사진이 들어 있다는 것을 알았다. 그는 생각해 냈다. 철없는 어린아이의 호기심에서 듀크의 서랍 속을 뒤져 이 사진을 발견한 일이 있었다.

그런데 듀크에게 들켰다. 자신도 모르게 행크는 손가락을 올려 이마의 흉터를 만졌다. 무엇으로 형에게 맞았었지? 테니스 라켓이었다……

행크는 몇 겹이나 싸여 있는 비단처럼 매끈매끈한 종이를 열고 듀크 어머니의 스냅 사진을 자세히 들여다보았다.

이 사진을 찍었을 때 그녀는 20대 중반이었다. 부인이라기보다는 소녀 같았다——어색하게 수줍어하는 모습. 그녀는 예뻤다. 긴 머리에 갸름하고 생기 있는 얼굴. 사진은 희미하게 바래 있었지만, 그녀의 또렷하고 솔직한 눈매와 풍만한 입술에 떠올라 있는 가느다란 미소는 알 수 있었다. 둥글고 부드러운 칼라가 달린 프린트 무늬 천의 실내복을 입고 있었다. 붙임성 있어 보이긴 했으나, 상대와 익숙해질 때까지는 마음이 놓이지 않는 것 같은 쑥스러운 표정이 약간 보였다. 그녀는 고등학교 1년을 마쳤을 뿐이었다. 그는 자기 어머니에게 그 말을 들은 적이 있었던 것을 기억해 냈다.

그녀가 죽었을 때 듀크는 8살이었다. 그리고 그로부터 30년도 넘게 우울하고 정열적인 질투심을 담아 이 유품을 지키며, 누구에게도 보이지 않은 채 몸에 지니고 있었던 것이다. 이것으로 듀크라는 인간에 대해 뭔가 알 수 있을까? 아무것도 알 수는 없다.

아는 방법이 없다. 이 수줍어하며 미소 짓고 있는 여성이 듀크에게 무엇을 의미하고 있었을까? 그녀의 죽음이 그의 마음속에 있는 무엇을 파괴한 것일까? 이런 것을 추측할 방법은 없다. 그에게서 그녀를 앗아간 데 대해 그는 스스로 이 세상에 복수하려고 했던 것일까?

추측해 봐야 소용이 없다. 그 FBI 감독관이 뭐라고 말했었지? 누군가가 그를 이해할 수 있을지도 모른다. 누군가 완전한 이해력을 가진 사람이. 사진을 바라보면서 행크는 어느 종군 목사에게서 들은 말을 떠올렸다.

"나는 지옥이 있다는 것을 믿습니다, 분명히. 그러나 지옥에 있는 사람이 있느냐고 질문한다면…… 글쎄요, 당신과 의논을 해봅시다. 나는 하느님의 자비에 한계가 있다고 생각지 않습니다."

그때 전화벨이 울렸다. 조용한 집 안에 그 벨 소리는 우렁차게 들리는 기쁜 소리였다. 행크는 입술에 엷은 미소를 담고 그쪽을 향했다. 그녀는 전화를 하겠다고 말했었다……

그는 방을 둘러보았다. 반들반들한 소나무 마룻바닥에 난롯불이 비치고 창문 유리를 두들기는 바람 소리가 들렸다. 벨 소리가 또 그에게 외쳐댔다. 그는 빛바랜 스냅 사진을 불속으로 던져 넣었다. 불꽃이 그것을 둘러싸는 것을 볼 때까지 기다리지는 않았다. 이로써 문은 닫힌 것이다——영원히. 그는 얼른 전화로 가서 수화기를 집어 들었다. 확고하고 자신에 넘치는 태도였다.

그리고 그녀의 목소리를 들었을 때, 그의 얼굴에는 뚜렷이 미소가 떠올랐다.

사회악을 증오하는 정의

미국 대부호 노인의 돌쟁이 손녀가 보모와 함께 세 유괴범들에게 끌려가서 한적한 시골 산장에 갇힌다.

FBI는 범죄자 가운데서도 가장 비열하고 악랄한 이 유괴범들을 쫓아 아기와 보모의 생명을 다치지 않도록 온 힘을 기울이며 조직적인 수사활동을 펼친다. 제목인 《파일 7》은 FBI 서류 보관철에 기록된 '유괴사건'의 서류명이라고 한다.

사건의 해결을 애타게 기다리는 가족들——유복한 환경에서 자라난 남편과, 자신의 생활을 늘 스스로 책임져 온 아내와, 돈과 권력의 힘을 크게 믿고 있던 대부호 노인 사이에 일어나는 갈등! 자기 딸 또한 위급한 상황에 놓여 있음에도 불구하고 침착하게 사건 수사에 전념하여 책임을 다하는 수사관의 모습! 그리고 사회의 뒤안길에서 병든 범인들——어린 시절에 사고로 다리를 다쳐 절름발이가 된 뒤 평생 책임이라는 것을 모르는 채 잔인하고 자극적인 만족감만을 추구하며 살아가는 듀크, 15년 전 암흑가에서 군림했던 시절의 추억 속에 살며 그날의 위엄을 되찾으려는 집념을 버리지 못하는 그랜트, 부자와 상류계급 사람들을 병적으로 미워하고 질투하는 클리시! 이 여러 인물들이 빚어내는 사건의 긴박하고 극적인 전개가, 한가롭고 평온한 시골 풍경과 대도시 뉴욕을 무대로, 감동적으로 묘사되어 읽는이의 가슴속 깊이 와 닿는다.

유괴범은 반드시 잡혀야 하며 또한 무거운 벌로 다스려져야 한다고 모든 사람들이 바라고 있건만 유괴사건은 어느 시대 어느 곳에서나 끊임없이 일어나고 있다. 그리고 여기에는 여느 다른 사건과 달리 어린이의 생명을 어떻게 해서든지 꼭 지켜야 한다는 수사상의 어려움이 있다. 범인은 돈에 눈이 어두워 무작정 어린이를 유괴해 놓고는 부모를 찾으며 보채는 성화에 못 이겨 거의 대부분 죽여 버리고 말기 때문이다.

이러한 잔학한 범죄와 범인을 다루고 있으면서도 읽는이로 하여금 범인들의 죄를 탓하고 경멸하기에 앞서 가엾은 마음이 들게 하고, 절박한 상황 속에서 꿋꿋이 아기를 지켜나가는 보모에게서, 그리고 아기의 목숨을 구해주려다 결국 자신이 쓰러지고 마는 범인 우두머리의 아내 벨에게서 따뜻한 '인간미'를 느끼게 하는 것은 실로 지은이의 사물을 바라보는 온정어린 눈길과 문학적인 재능 때문이리라.

미국의 추리작가 윌리엄 P. 맥기번(William Peter McGivern, 1922~1982)은 하드보일드 파의 작품으로 출발하여 챈들러나 로스 맥도날드처럼 문학성을 지향하는 작가로 변모해 갔다. 〈필라델피아 이브닝 블리틴〉에서 신문기자 생활을 10여 년 한 것 말고는 자세한 경력은 알 수 없다.

1948년에 《속삭이는 시체》를 첫 장편소설로 발표하여 높은 평가를 받은 이래 해마다 한두편의 장편을 계속 써내다가 1960년대에 이르러 미스터리소설에서 손을 떼었다. 다시 말해서 오락소설을 쓰지 않고 문학 작품을 쓰게 되었던 것이다.

힐러리 워와 마찬가지로 맥기번도 초기 작품은 하드보일드였다. 《속삭이는 시체》《최후의 심판(1949)》《허영에 찬 여자(1950)》 등이 그러하다. 그리고 이 작품들과 더불어 스릴러 장편인 《비뚤어진 계략(1952)》《금발 여자는 일찍 죽는다(1952)》《공포의 한계(1953)》 등 작가적 재능을 충분히 나타내는 수준작들이 잇달아 나왔는데, 한편으로 또 그는 이 동안에 특이할 만한 장편 《살인을 위한 배지(1951)》를 발표하여 독자의 의표를 찔렀다.

전쟁 뒤 미국에서는 공상과학소설이 유행하였고 오늘날까지도 계속되어, 그 때문에 미스터리소설이 압박을 받는 현상이 생겨났다. 로렌스 토리트가 그 타개책으로서 경찰의 수사활동을 중심으로 한 《빅 쇼트(1951)》를 썼는데, 맥기번도 그와 같은 시기에 같은 스타일의 《살인을 위한 배지》를 써서 토리트보다 두 달 늦게 책으로 펴냈다. 이 작품에서 주목할 점은, 돈을 강탈하기 위해 태연하게 사람을 총으로 쏘아 죽이는 흉포한 경관을 주인공으로 삼고 있다는 것이다.

이처럼 배덕(背德) 경관을 대담하게 묘사한 데에는 그럴 만한 사정이 있었다. 미국 경찰의 부패가 아주 심하여 비행 경관의 행동이 빈번히 신문 기사화되고 소설의 재료가 되어도 경찰에서 도저히 항변할 수 없었기 때문이다.

맥기번은 배덕 경관을 자주 등장시키고 여기에 신문기자를 대립시키는 패턴으로 《빅 피트(1953)》《악덕 경관(1954)》《최악의 순간(1954)》《긴급심야판(1957)》 등을 써내어 새로운 미스터리소설 분야의 개척자 중 한 사람이 되었다. 그의 작품은 많이 영화화되어 이 장르의 작품이 성행하는 데 기여했다.

이상으로 든 맥기번의 소설은 사회악을 증오하는 정의감이 없으면 그의 '경찰소설'은 성립되지 않고, 그러한 작가적인 자세가 강하면 오락성이 결핍되는 결과를 초래하게 되었다. 그가 '문학 소설(novel)'을 쓰겠다'고 선언한 이유는 바로 여기에 있으며, 《내일에 건다(1957)》 이래 그는 미스터리소설에서 손을 떼고 몇 편의 순수문학적인 장편소설을 발표했는데, 1972년에 《카프리포일》이라는 스파이 소설을 써내어 다시 화제를 불러일으켰다.